Amor e traição no
CALABAR

Amor e traição no CALABAR

Ensaio das relações amorosas urbanas em tempos muito modernos

Joilson Pinheiro

Rio de Janeiro

Azougue

2012

Patrocinio:

GOVERNO DO Rio de Janeiro — SECRETARIA DE CULTURA

SOMANDO FORÇAS

Coordenação Editorial
Sergio Cohn

Projeto gráfico
Tiago Gonçalves

Capa
Caroline Paz e Tatiane Gomes

Revisão
Azougue Editorial

Equipe Azougue
Anita Ayres, Barbara Ribeiro, Evelyn Rocha, Larissa Ribeiro, Luciana Fernandes, Thaís Almeida, Tiago Gonçalves e Vitor Pazete

---

CIP-BRASIL. CATALOGAÇÃO-NA-FONTE
SINDICATO NACIONAL DOS EDITORES DE LIVROS, RJ

P72a
Pinheiro, Joilson, 1966-
    Amor e traição no calabar: ensaio das relações amorosas urbanas em tempos muito modernos / Joilson Pinheiro. - Rio de Janeiro: Beco do Azougue, 2012.
    316p.: 17 cm

    ISBN 978-85-7920-084-7

    1. Romance brasileiro. I. Título.

12-0613.   CDD: 869.93
                 CDU: 821.134.3(81)-3

01.02.12   03.01.12   032946

[2012]
Beco do Azougue Editorial Ltda.
Rua Jardim Botânico, 674 sala 605
CEP 22461-000 - Rio de Janeiro - RJ
Tel/Fax 55_21_2259-7712

www.azougue.com.br
azougue - mais que uma editora, um pacto com a cultura

SUMÁRIO

- 7 SOBRE O AUTOR
- 9 SOBRE O LIVRO
- 13 INTRODUÇÃO
- 17 PREFÁCIO

- 21 A CHEGADA
- 49 NASCE O AMOR
- 83 O CASAMENTO
- 119 A TRAIÇÃO
- 161 O CRIME
- 191 A PRISÃO
- 219 A CARTA
- 261 A LIBERDADE

- 311 INSPIRAÇÃO
- 313 DEDICATÓRIA
- 315 AGRADECIMENTO
- 317 COLABORADORES

SOBRE O AUTOR

Joilson Pinheiro, baiano que nasceu na pequena cidade de São Gonçalo dos Campos na efervescência dos anos de 1960, mudou-se para a capital da Bahia no início dos anos de 1980, e no fim dos anos de 1990 migrou para a região Sudeste do Brasil indo morar na Cidade Maravilhosa, Rio de Janeiro onde, além de se encantar pelo estilo de vida dos cariocas, se reencontrou com a escrita costumeira da época da escola.

Em fevereiro de 2005 lançou o seu primeiro livro com poemas, letras de música e frases criadas pelo autor de *O veludo e o espinho*, que teve a atenção e o incentivo do filósofo, cantor, compositor e escritor tropicalista Jorge Mautner, que prefaciou a primeira obra e repete o generoso apoio nessa nova aventura literária do poeta que mora e trabalha na zona Sul da capital fluminense. Em *O veludo e o espinho* há homenagens poéticas às cidades de Salvador, São Luís do Maranhão e Rio de Janeiro e gracejos amorosos com suas musas, Natureza e reflexões sobre o cotidiano e isso chamou a atenção de Jorge, que nunca cansa de elogiar o seu prodígio poeta, o mesmo que lança agora *Amor e traição no Calabar*. Por trabalhar na zona mais nobre e em uma comunidade urbana e rica culturalmente, a cabeça do autor não para num só lugar, e dessa vez ele resolveu arriscar-se em um livro que prefere chamar de "Ensaio das relações amorosas urbanas em tempos muito modernos", em vez de romance, um ensaio de muitas páginas, que na cabeça do poeta era para ser um filme de curta-metragem. Só que nessa ideia de filme que virou livro com mais de trezentas páginas, já dá para o leitor sentir que a obra é um caos literário e o autor um aventureiro convicto que desafia sua condição social e as dos seus personagens para narrar uma realidade pouco conhecida e quase nunca debatida nos dias atuais. O Calabar é uma comunidade pobre de Salvador e tem o seu dia a dia esclarecido por Joilson Pinheiro que sonhou com o cinema no ex-quilombo e acordou com a ideia de fazer um livro apenas para não perder a inspiração, pois para o autor o cinema no Brasil é muito caro.

SOBRE O LIVRO

Rio de Janeiro, 14 de maio de 2005.

Eu estava com uma leve febre depois de mais um dia de trabalho, ingeri um analgésico e fui tirar uma soneca no meio da tarde deste sábado de outono. Acordei às 18h05min com um sonho que não me saía da cabeça por nada. Talvez uma boa ou maluca ideia para quem aprecia ideias alheias.

Fazer um curta-metragem em Salvador, precisamente em um ex-quilombo, hoje a comunidade do Calabar.

O Calabar está encravado entre três bairros de classe média alta: Ondina, acesso pela avenida Oceânica; Chame-Chame, acesso pela rua Sabino Silva e Graça; pela avenida Centenário, o pequeno bairro tem uma única rua principal que interliga os vários becos e vielas da comunidade. A rua Baixa do Calabar.

O Calabar tem o cenário perfeito para se fazer um filme sobre um jovem casal de moradores dessa comunidade pequena, mas com excelentes características para sua história de amor com paixão quente. Foi como um filme que vi a vida dos personagens que compõem este livro, a cidade de Salvador tem essa característica cinematográfica, portanto, a obra não podia ser construída de outra forma.

A saga gira em torno de dois personagens principais:
Luiz Silva e Carla Almeida

Personagens secundários:
Seu Paulo, dona Catarina, Pedro Almeida, Sérgio das Flores, Mestre Canário, Marta Fagundes, o casal pivô da traição Chico Capoeira e Fátima Pires, e o espanhol Julio Martinez que chega para morar em Salvador como Executivo de uma Concessionária de energia que acaba de ser privatizada.

Com a entrada do espanhol para a academia de capoeira, na comunidade de São Lázaro, que fica perto do Calabar, começa um triângulo amoroso entre o espanhol, Carla Almeida e Luiz Silva.

Esse triângulo amoroso é o que muda o rumo da comunidade do Calabar. O motivo é que Luiz Silva que chegou a Salvador sem nada nas mãos, ganhou a confiança do jardineiro, Sérgio das Flores que lhe deu o primeiro trabalho. Esse trabalho ou biscate pertencia a Reginaldo Campos, irmão de Chico Capoeira. Em seguida, Luiz Silva casou-se com Carla e logo passou a ser funcionário fixo do condomínio em que Marta Fagundes é síndica, antes da morte da mãe dele, dona Marlene Silva.

Após a morte de sua mãe, ele se desfaz da precária casa e vai morar com a família Almeida a qual Carla é a filha caçula, uma ambiciosa adolescente, bonita moça, de família humilde, que anda na linha e tem fama de menina comportada, querida na comunidade e cobiçada pelos rapazes que sempre entoam elogios a ela.

Luiz Silva chega ao Calabar, trazido pelo pai caminhoneiro que o traz de Cruz das Almas para Salvador com o compromisso de cuidar da sua mãe, uma ex-lavadeira que sofre de pneumonia aguda e vive sozinha até a chegada do filho que ela não via há cinco anos, em sua chegada Luiz Silva está com 22 anos e Carla Almeida 20 anos. Isso na década de 1990, precisamente em 1997.

Carla Almeida é filha de um contínuo da Prefeitura, Paulo Almeida e dona Catarina, dona de casa e cozinheira de mão cheia. Como outros adolescentes, ela gosta de praia, festas, carnaval, mas não dá bola aos estudos, apesar da insistência do seu pai para que ela volte a estudar, motivo para as diversas e conturbadas discussões dentro da família. Nessas discussões, Carla deixa clara a sua insatisfação de morar em comunidade carente. O que deixa seu Paulo preocupado com o futuro da relação entre ela e Luiz Almeida, o apoio ao casal parte de dona Catarina. Fica evidente que o fraco de Carla é grana. Com apoio de Luiz Silva, já se relacionando com a bela jovem, Carla arruma emprego como caixa de supermercado próximo ao Calabar. Os traços dos personagens são de afro-brasileiros. Chico Capoeira já tem mistura complexa de branco com índio e negro, resultando em mulato de olhos meios puxados, corpo musculoso por causa da prática constante de capoeira, discípulo do Mestre Vendaval que dá aulas na academia de São Lázaro. Chico Capoeira é um autêntico malandro soteropolitano, leva turistas da escola de capoeira para blocos afros, festas populares e Pelourinho, conhece melhor que ninguém as malícias da vida urbana da capital baiana, o que lhe rende o jeito malandro de ser, um sujeito que sabe viver entre o perigo e a boa vizinhança. Convive com Fátima Pires, que trabalha como doméstica. Contra a vontade, se torna mãe do pequeno Daniel, que é cuidado de vez em quando por Carla. Fátima Pires é uma ex-prostituta que Chico Capoeira abordou numa roda samba nos festejos do Dia da Consciência Negra tentando levar um turista para um programa. A partir daí, eles passam a morar e agirem juntos, ele como cafetão e ela como agenciadora de garotas de programa.

Antes de Luiz Silva se casar, Fátima Pires dá a luz ao filho de Chico Capoeira. Carla Almeida adora o pequeno Daniel Pires. Na comunidade, poucas pessoas sabem da antiga atividade de Fátima Pires e essas poucas pessoas não ousam comentar o assunto por causa da fama de violento que Chico Capoeira tem. Luiz Silva é o único que não reconhece o poder conferido a Chico Capoeira e não aprova o comportamento de Fátima Pires que usa o exuberante corpo de mulata para provocar as outras mulheres casadas quando vai à praia só de biquini e quando volta fica pelos bares da comunidade ao lado do marido e dos amigos dele enchendo a cara de bebida alcoólica. Ela é conhecida como transgressora dos bons costumes do bairro. Seus cabelos encaracolados, boca carnuda, seios médios quase de fora e um traseiro empinado associado as suas pernas bonitas e lisas, chamam a atenção dos homens do bairro por desejá-la e das outras mulheres pelo ciúme de seus maridos.

Depois que passa a ser porteiro, Luiz Silva dá aula de violão e outros instrumentos de corda para as crianças que vivem descalças e sujas pelos becos e vielas do pequeno bairro. Essas aulas têm como base as músicas da MPB, Luiz Silva cria problemas com os pais dessas crianças por não aceitar músicas com apelo vulgar em suas aulas. Se os pais forem viciados, o problema é maior ainda, ele fala que quer livrar as crianças dos costumes dos pais. Bebidas alcoólicas, drogas e palavrões são extremamente proibidos nas reuniões de arte e cultura da Associação de Moradores. Está aí o motivo das possíveis brigas entre o porteiro-chefe e os moradores do Calabar.

Boa praça, Luiz Silva vive entre o bem e mal, não é bem visto pela polícia local e Chico Capoeira, todos acham que tem pretensões políticas. É aí que começa uma busca incessante por um deslize do líder negro para tirá-lo da liderança do Calabar. Luiz Silva leva uma vida sem novidades após a morte de sua mãe. Carla Almeida engravida em maio de 1998, e se casam em novembro do mesmo ano. Carla trabalha como de caixa de supermercado que é de propriedade de um morador do condomínio onde Luiz Silva é chefe da portaria. É nesse supermercado que o espanhol Julio Martinez vê Carla Almeida pela primeira vez e por ela se sente atraído. Agora, caros leitores, mergulhem nessa saga e nesse triângulo amoroso que pode lhe fazer feliz, sofredor e conhecedor da vida retratada nessa ficção de uma das mais antigas comunidades negras da Bahia, o ex-quilombo Calabar.

Todos os personagens citados nesta trama com suas respectivas características são fruto da imaginação do autor, não sendo o mesmo responsável por possíveis coincidências ou meios de vida de qualquer morador dessa ou de outra comunidade de Salvador. O Bloco Calamaço é a única entidade que realmente existe na narrativa dessa história e teve a autorização de citação do seu nome por Antonio Carlos, o seu criador em 1995. Antonio Carlos estudou com o autor no Instituto Social da Bahia, Ondina, entre 1990 e 1993, são amigos e desenvolveram vários trabalhos voluntários para a escola citada acima. Essa autorização foi concedida, por telefone, ao autor no Rio de Janeiro e o criador do Bloco Calamaço, em Salvador, em 12 de junho de 2005, domingo à noite.

INTRODUÇÃO

Só tem uma coisa no Brasil que é melhor do que ser baiano: morar em Salvador.

Jorge Mautner garante que se surpreendeu com a lírica impregnada na escrita desse morador da Rocinha, o inquieto Joilson Pinheiro deu toda importância ao elogio e às dicas do incentivador e para fugir da mesmice e da agonia que seria lançar um segundo livro de poesias, desafiou as evidências e decidiu lançar o que ele não acha ser um romance e insiste em chamar de "Ensaio das relações amorosas urbanas em tempos muito modernos", com o título óbvio de *Amor e traição no Calabar*. Sem medo de frustrar o padrinho literário e o seu crescente número de leitores de poesia, o poeta quer voltar às suas origens ancestrais escrevendo um livro ambientado dentro de uma comunidade que já foi um quilombo e é uma das mais bem localizadas da cidade de Salvador, o Calabar, que recebe o mesmo nome de uma das cidades da Ilha de Madagascar, na África, mas o conteúdo da obra é o amor, a música, as intrigas entre moradores, a vingança dos personagens e a triângulo amoroso entre um jovem casal de negros que formam os personagens centrais da trama e um espanhol que se apaixona por Carla Almeida. Ela nativa do Calabar e ele nascido na cidade de Cruz das Almas, recôncavo Baiano, não por acaso a mesma microrregião onde o autor nasceu e também o grande Poeta dos Escravos, Castros Alves que nasceu na Fazenda Cabaceiras, hoje pequena cidade da região de Cruz das Almas, os poemas de Castro Alves servem como base da composição das ideias libertárias de Luiz Silva.

Tudo gira em torno da história do jovem casal de negros baianos que na visão do autor anda meio sem tradutor com a chegada da globalização no início da década de 1990 e a música baiana foi sendo empurrada aos poucos para o exigente sistema de resultados lucrativos imediatos e assim o público perdeu o costume de ouvir música de protesto e de luta pelos direitos do cidadão que relate de forma quase panfletária o sofrimento dos negões, deixando a dura tarefa para os blocos afros de Salvador, poucos artistas gravam reggae, o ritmo jamaicano, introduzido na música baiana no fim dos anos 1970, isso deixa de fora o protesto como manifestação cultural e a música que trata das questões sociais foi caindo no esquecimento das novas gerações, mas a miséria das comunidades baianas avança trazendo assim a violência e sofrimento para os menos favorecidos de Salvador.

A globalização trouxe a tecnologia e o avanço das comunicações entre os povos, mas aniquilou as correntes de protesto e Salvador que mesmo avançando com suas duas formações urbanas, preservando antiga e criando uma cidade moderna, seus problemas novos de cidade grande são como os de qualquer outra metrópole e o ex-quilombo Calabar não foge à regra, tem suas dificuldades na ficção e na cidade que não para de crescer. Querendo ser panfletário e ao mesmo tempo caindo numa ilusão romantizada o autor não esqueceu das crianças que encontrava pelos becos do Calabar e responsabilizou ao personagem principal a tarefa de ajudar as crianças da ficção, tendo como base o fato de ali haver descendentes de escravos que sempre sofreram com as mazelas sociais do país que nega a oportunidade aos mestiços e aos pobres favelados. Em sua visão de quem sofreu na pele a falta de oportunidades, criou uma história sem tirar a comunidade da cidade ou de qualquer ponto geográfico. Fincou ali, em meio aos becos e vielas, as vidas dos seus personagens, sendo fiel aos nomes das ruas do Calabar e inserindo as comunidades vizinhas na trama; Alto das Pombas, Rocinha da Sabino que também é ex-quilombo e São Lázaro, nos bairros ricos a fidelidade às ruas permanece com seus respectivos nomes e os pontos turísticos para fazer a história parecer real. Só os personagens são criações e invenções do inquieto poeta que sonhou com um casal de negros discutindo por causa da traição dela, daí a ideia de fazer o curta-metragem no Calabar, sendo que a história de Carla Almeida e Luiz Silva foi crescendo ao ponto de não ter um fim definitivo para o enredo do tal filme que passa na cabeça de quem sabe que é difícil sair do papel. Carla Almeida vira Silva casando-se com Luiz e terá que voltar a ser chamada de Almeida perto do fim dessa etapa da obra por causa do divórcio e Luiz Silva que é um mulherengo disfarçado de rapaz comportado vai aos poucos colecionando mulheres na trama, solidário, inteligente e músico talentoso, ele vai dedilhando os corpos das suas amadas como se fossem seus inseparáveis vilões. Dentro da saga o que não falta é música de carnaval nem o próprio carnaval; não falta pimenta baiana nem namoros apimentados; não falta costumes baianos nem baianidade; não falta amor nem gente querendo ser amada; não falta traição e tem personagem traidor sendo traído. Só falta mesmo é o autor definir quem será o novo amor de Carla Almeida, intrigado com o poder que Luiz Silva exerce sobre o seu criador, o Autor não entrou em atrito com a sua criatura, o deixando viver no fim dessa etapa da trama um momento de paz e felicidade ao lado de um novo e grande amor.

A extinta solidariedade vem à tona quando alguns personagens saem em defesa de José Luiz de Silva Filho, na cabeça do autor a comunidade do Calabar e outras tantas espalhadas pelo Brasil a fora teria de ser na vida real o que é dentro da ficção, mas como ficção e realidade não andam na mesma paralela da vida, a utopia é viva na ficção e morta na vida e no dia a dia real, já o amor se não continuar sendo desgastado e usado como pretexto em assuntos fúteis, continuará vivo nos dois mundos, até mesmo para aqueles que traem e se esquecem que amor não sai de dentro da alma, atormenta quem traiu para não errar de novo.

PREFÁCIO

Jorge Mautner

Este *Amor e traição no Calabar*, que chamo carinhosamente de *Calabar*, é um romance de mistérios, estrepolias, e de admirável literatura poética, e de imaginação galopante inspirada na realidade e nas experiências vivenciadas pelo autor. Joilson Pinheiro já publicou um livro de poesia e tenho o orgulho de ter escrito o prefácio. Neste segundo livro, que poderia dizer tratar-se de uma saga picaresca magistral, o autor nos mostra as voltas e reviravoltas do destino, que começa nas condições de extrema miséria e que vão se desencadeando em ritmo de mirabolante aventura. É tudo descrito com extrema paixão e com a mais profunda generosidade de alma do autor.

Não vou revelar a trama, pois este romance, além das qualidades e originalidades do autor, é como um filme de suspense do qual não se deve revelar seus mistérios e deslumbramentos inesperados que retratam a condição humana e suas paixões, pois fazem parte do sedutor encantamento do enredo. Cenas de crime, de brutalidade são mescladas a mais doce ternura e tudo seguindo uma trilha rigorosa de forma e conteúdo, de ritmo faiscante e tropical.

O autor reflete influências de vários escritores, e suas descrições de paisagens ou situações são mínimas, o conteúdo do livro encontra-se expresso em magníficos diálogos intensos em sua dramaticidade e que ainda enquanto diálogos descrevem indiretamente, mas com toda punjança o ambiente, a situação, a paisagem, o cenário entrelaçados com cada personagem da trama. Tanto que o autor transcendeu para o personagem principal, um jovem negro, a paixão e a reverência pelo poeta Castro Alves. Quero destacar ainda a presença espiritual e ideológica de Joaquim Nabuco exigindo a segunda Abolição.

O tom desta atmosfera supercolorida através dos diálogos onde as paixões humanas são retratadas e descritas, o equilíbrio entre a dor e a alegria são surpreendentes, a medida de harmonia entre angústias e conflitos é sempre contrapontuada por humor de ironia inexorável e de simpatia universal, mas sempre com ênfase na originalidade da cultura brasileira, especificamente baiana e carioca.

Joilson Pinheiro, além de ser líder cultural da Rocinha, é um escritor de alma completa e de dedicação quase obsessiva para com a sua arte, sua missão, e seu destino de proclamar o amor e o otimismo humano, escavando-o por dentre as dores e agonias, brutalidade, e do absurdo das coisas, é trabalho de um mestre da esperança humana do Brasil-Universal!

Por favor, leiam este livro com o coração aberto, ele é muito importante por tudo que ele significa, e também pela beleza de seu texto que vai revelando situações e personagens apaixonados, absurdos, demasiadamente humanos, todos movidos pela Graça Divina, mesmo sem o saberem. Isso fica muito claro em sua honra à Bahia, tão negra quanto branca, tão sagrada quanto profana, tão africana quanto eurpeia que a influenciou abrigando em seus territórios a multirreligiosidade e o autor percebe isso e escreve com a força dos batuques sagrados.

É meu amor por Salvador
a Jorge Mautner

No zum, zum, zum da capoeira.
Sinto o Sol me queimar
Banho de mar na Ribeira
No Rio Vermelho Iemanjá
Moleque sobe a Ladeira
Com berimbau para tocar
Amaralina é a primeira
Baianidade é abará
Quero todos os lugares
Farol Jardim de Alah
Te amo Stella Maris
Saudade do Bragadá
Pelourinho é Liberdade
Muzenza, África de cá.
Tô vivendo de amor
Ilê Ayê é raridade
É meu amor por Salvador
Malê Debalê, bela cidade.

A CHEGADA

No dia 20 de novembro de 1997, o jovem José Luiz da Silva Filho, de 22 anos de idade, deixa a cidade de Cruz das Almas, no recôncavo Baiano, com destino a Salvador para cuidar de sua mãe, Marlene Silva, que se encontra muito doente, mora sozinha e precisa de ajuda. Marlene Silva é uma mulata que trabalhava como lavadeira, ela deixou o seu único filho conviver com o pai no interior. Nesse momento ele o leva de volta para a capital da Bahia, onde chegam às onze horas da manhã, vão para o bairro de Ondina, onde fica o Calabar.

José – É aqui que sua mãe mora, ligue para a casa de dona Catarina daquele orelhão, aguarde que alguém vem lhe acompanhar, diga a cor da sua roupa para eles poderem lhe identificar aqui na rua.

Luiz – Tá bom, pai, me liga depois, se mamãe melhorar logo, vou passar o Natal com o senhor.

José – Primeiro, cuide da sua mãe, ela precisa muito de você, vá com Deus.

Luiz – Certo, pai, cuida do meu cavalo para mim, beijo.

Luiz Silva desce do caminhão, vai caminhando para o início da rua Sabino Silva, no canteiro do início da rua tem um posto policial e uns telefones públicos, ele pega o cartão disca o número da casa de dona Catarina.

Luiz – Alô, é da casa de dona Catarina? Eu sou o Luiz, filho da Marlene, avisa para ela vir me pegar aqui no posto policial. Obrigado!

Enquanto isso, na casa de dona Catarina...

Dona Catarina – Está bem, Luiz, o Pedro está descendo para lhe pegar, lembra dele? Não sai daí, porque ele só vai avisar para a sua mãe que você já chegou.

O sol está muito quente, observado pelos policiais do posto, Luiz Silva senta-se do outro lado da rua carregando duas bolsas de viagem e um violão com capa preta pendurado ao ombro. Luiz Silva fica olhando da rua Guadalajara e percebe que os policiais não tiram os olhos dele um instante sequer. Enquanto isso, na casa de dona Catarina...

Dona Catarina – Carla, vá até a casa de Marlene e avisa que Pedro está indo pegar o filho dela, Luiz que acaba de chegar de Cruz das Almas.
Carla – Pedro, me espera, que quero ir com você, hoje é feriado e eu não dei uma saída para ver como está a rua.

Carla bate a porta e sobe as escadas correndo até a casa de dona Marlene Silva. Vai entrando sem pedir licença.

Carla – Tia Marlene, o seu filho Luiz está lá na rua Sabino Silva, ligou para minha mãe, vou pegar ele com o Pedro.

Dona Marlene estava sentada no velho sofá da sala, levanta-se com os olhos cheios de lágrimas.

Dona Marlene – Me espera, que quero ir com vocês, afinal são cinco anos sem ver o meu único filho.
Carla – Não vai, não, deixe que a gente traz ele até a senhora, o sol está muito quente, beba um pouco de água para se acalmar e espera seu filho aí.
Dona Marlene – Tá bom, minha linda, não demore muito, traga ele direto para mim.
Carla – A senhora fala dele com tanta alegria, ele é bonzinho? Quero dizer... É bonito?
Dona Marlene – É o neguinho mais bonito de Cruz das Almas, agora vai ser o mais bonito do Calabar.

Carla sorri e sai dizendo:

Carla – Eu quero ver se é bonito mesmo, as mães nunca dizem que seus filhos são feios.

Dona Marlene balança a cabeça e começa a sorrir sozinha, se ajoelha perto de uma imagem do Senhor do Bonfim que tem numa pequena cômoda no canto da sala, com seu corpo franzino e debilitado pela pneumonia, ela se esforça para levantar após a oração. Carla entra em casa e vai direto para seu quarto sem falar com Pedro e dona Catarina.

Pedro – Oh, Carla, você vai ou não vai comigo pegar o Luiz? Estou com pressa!
Carla – Espera só um minutinho, vou só trocar a blusa que não combina com a minha bermuda. Já volto!
Dona Catarina – Pedro tem que ir trabalhar. Oh, menina folgada. E que história é essa de blusa que não combina com bermuda?
Carla – Eu estou sem perfume, seria bom uma alfazemazinha para ficar mais atraente.
Dona Catarina – Deixa de ser metida, senão conto para seu pai.
Pedro – Está mais parecendo um sabiá, com essas pernas compridas vestidas nessa bermuda marrom. Carla, o Luiz é um rapaz muito fino, não vai gostar dessa sua fantasia!
Carla – Sabiá é a sua namoradinha. Vamos logo, tchau mãe!

Os dois irmãos saem abraçados e dona Catarina vai para a cozinha. A essa altura, o almoço está quase pronto, o cheiro de tempero da comida baiana invade as vielas do Calabar, especialmente o cheirinho que sai da cozinha de dona Catarina, cozinheira das mais famosas da comunidade. Ela está pensando em convidar Luiz Silva e dona Marlene para almoçar com ela e sua família. Pedro e Carla chegam a rua Sabino Silva e vão ao encontro de Luiz Silva que se encontra na esquina da rua Guadalajara com os olhos fixos no posto policial.

Pedro – Bom-dia, Luiz! Você está um rapaz forte e elegante! Como foi a viagem, amigão?
Luiz – A viagem foi boa, meu pai me trouxe até aqui de caminhão. Foi fazer uma entrega em um depósito no Porto de Salvador, de lá retorna para Cruz das Almas. Quem é essa menina Pedro, sua namorada?
Pedro – Não, é a minha irmã mais nova! Ela veio para te conhecer. É a Carla.
Luiz – Olá, Carla, como vai, tudo bem?
Carla – Eu estou bem, sua mãe me disse que você é muito bonito, vim conferir!
Luiz – Você é bonita, mas e eu, o que você achou?
Carla – É melhor não comentar, não fica bem para uma jovem de família ficar elogiando um rapaz que acaba de conhecer.
Pedro – Vamos andando, gente, tenho que ir para o trabalho.

Os dois jovens negros dividem as bagagens. Carla Almeida pega o violão para ajudá-los e atravessam a rua. Quando encontram Chico Capoeira, todo vestido de branco, ele está indo para São Lázaro comemorar o Dia da Consciência Negra. Quando vai ligar para alguém, Pedro o interrompe.

Pedro – Fala, Chico! Esse é Luiz, filho da dona Marlene, veio para cuidar da mãe, é um bom menino.
Chico – Seja bem-vindo, amigo! Se você é filho de dona Marlene e anda com os filhos de dona Catarina, é porque é gente boa.
Luiz – Entendi! Prazer é todo meu em conhecê-lo!

Luiz fala com os novos amigos sem tirar os olhos do posto policial, Pedro percebeu e, quando eles entram na rua que liga o bairro de Ondina ao Calabar, ele indaga:

Pedro – Luiz, por que você não parou de olhar para o posto policial? Fiquei meio preocupado!
Luiz – Não gosto de policiais, eles ficam nos olhando como se fôssemos marginais, dá vontade de ir lá e perguntar se eu estou incomodando!
Carla – Vá se acostumando, aqui é sempre assim! Eles olham para todo mundo com desconfiança.
Luiz – No interior também. Eles agem dessa forma, são desconfiados e não passam confiança.
Pedro – A culpa é do sistema, para eles todos nós que moramos em comunidades pobres somos vistos como ameaça.

Por onde os três vão passando, Luiz Silva é apresentado aos vizinhos, até chegar à casa de dona Catarina que os espera na escada.

Dona Catarina – Oh, menino, você tomou chá para ficar grandalhão! Dá um abraço na tia aqui.
Luiz – Dona Catarina, quanto tempo! Quero ver minha mãe!
Dona Catarina – É pra já, Luiz, vamos para a casa dela!

Marlene Silva está na janela olhando a rua e vê seu filho se aproximar. Ela fica parada onde está, enquanto Luiz Silva, dona Catarina, Pedro e Carla entram na casa velha. Luiz se abraça à sua mãe que faz carinho em seu rosto. Pedro sai da casa às pressas, deixando os quatro conversando. Carla não tira os olhos de Luiz Silva e logo percebe que ele é diferente de seus amigos do Calabar. Mesmo assim, ela fica fascinada pelo novo amigo, só depois de alguns minutos é que Luiz Silva começa a ver as condições precárias em que vive sua amada mãe. Ele espera dona Catarina e Carla saírem para começar a reclamar do estilo de vida que a mãe leva. Na saída, dona Catarina faz o convite aos dois.

Dona Catarina – Bom, gente, estava preparando o almoço e gostaria que vocês fossem almoçar comigo, afinal temos um bom motivo, a chegada de Luiz!
Marlene – Obrigada pelo convite, o Paulo viu Luiz ainda pequeno, vai levar o maior susto quando ver que já está um homem.
Carla – Meu pai é amigo de todos na vizinhança, você vai gostar dele!
Luiz – Obrigado por tudo, Carla. Já, já a gente desce para almoçar.

Dona Catarina faz um carinho na cabeça de Carla e sai com ela.

Luiz – Mãe, o que é isso? Como a senhora consegue viver nessa casa, está caindo aos pedaços, é muito velha!
Marlene – É a falta de emprego com carteira assinada, essa casa era de um pernambucano com quem vivi, tem oito anos que ele foi embora para Recife e nunca mais deu notícias. Quando vim morar com ele, a casa já era meio acabada.
Luiz – Eu vou procurar um emprego, derrubar essa casa e fazer outra, só depois volto para Cruz das Almas.
Marlene – Nada disso, você só vai ficar aqui até eu me recuperar. Precisa fazer vestibular, esse é o seu sonho. Esqueceu?
Luiz – Vestibular eu faço aqui mesmo, só vou deixar a senhora depois que sua casa estiver pelo menos com laje pronta.
Marlene – Aí, se você quiser, faz sua moradia na laje e se casa com minha amiga Carlinha. A vi olhando para você, é paixão de primeira vista, disso eu entendo.
Luiz – Não quero me casar agora, primeiro a sua casa, depois o vestibular e bem depois será a hora de pensar em casamento. Não vi esse tal olhar da Carla para mim, é tudo impressão sua.
Marlene – Tá certo! Mãe ninguém engana e com o passar do tempo você vai me dar razão.

Os dois descem as escadas do beco para almoçar com dona Catarina e encontram com Sérgio das Flores, reclamando com Reginaldo Campos, irmão de Chico Capoeira, por não ter ido trabalhar como ajudante de jardineiro.

Sérgio – Reginaldo, você bancou o irresponsável comigo mais uma vez. Não foi trabalhar e ainda está bêbado!
Reginaldo – Pare de falar como se eu fosse filho seu, tenho mais de trinta anos de idade, não vou tolerar que fale assim comigo.

Quando vê dona Marlene e Luiz Silva, Sérgio das Flores para de falar com Reginaldo Campos, tira uma caixa de remédio da mochila e entrega para dona Marlene.

Sérgio – Boa-tarde, Marlene, aqui está o remédio, a médica lá da Barra me deu essas amostras grátis. Quem é esse rapaz, é o seu filho?

Dona Marlene – Obrigado pelo remédio, esse é meu filho Luiz, acaba de chegar de Cruz das Almas para cuidar de mim.

Sérgio – Muito bem, Luiz, sua mãe precisa muito de você nesse momento, já que a saúde dela está fraca. Vai precisar de trabalho para se manter, aqui as coisas são difíceis. Já trabalhou com jardinagem?

Luiz – É um prazer conhecer o senhor, como você se chama?

Sérgio – Sérgio, mais conhecido como Sérgio das Flores.

Luiz – Eu nunca trabalhei em jardins, senhor Sérgio, mas preciso fazer uma casa nova pra minha mãe, pego qualquer trabalho.

Sérgio – Que maravilha! É de filhos assim que as mães precisam, você começa a trabalhar segunda-feira, cada dia a gente trabalha em um condomínio diferente. Dou o transporte, o lanche a gente arruma com as empregadas domésticas e pago R$ 50,00 por semana, aceita?

Luiz – Eu aceito, sim! Mas e o seu amigo?

Sérgio – Aquilo é um inútil, ganha dinheiro comigo e gasta tudo em maconha e cachaça. Oh, Reginaldo, amanhã não precisa ir trabalhar, já encontrei um substituto.

Reginaldo – Ainda bem, o verão já vai chegar, vou vender cerveja na praia. É melhor do que tomar sol o dia inteiro no jardim dos bacanas, suportar você enchendo o saco e ainda por cima não poder molhar o bico de vez em quando.

Sérgio – Eu quero ver ter lucro, o macaco vai vender banana. Gente, vou almoçar, à noite volto para a gente acertar os detalhes.

Sérgio das Flores e Reginaldo Campos sobem as escadas na maior discussão, enquanto Luiz Silva e sua mãe vão para a casa de dona Catarina. Lá estão Pedro, a dona da casa, Carla, seu Paulo, Carmem e Patrícia com o filho de dois anos, fica faltando Paulo Junior, o filho mais velho que trabalha durante o dia e só volta no fim da tarde. Todos querem ver Luiz de perto, a boa novidade para essa gente simples e acolhedora.

Dona Marlene Silva ajudou dona Catarina a criar todos esses filhos, quando ela não tinha onde morar vivia com essa família. Quando ela os conheceu,

Carla, a mais nova, era apenas um bebê. Como cuidou dela desde pequena conhece-a mais do que dona Catarina, pois enquanto a mãe trabalhava, ela cuidava dos filhos. Todos a têm como uma tia ou segunda mãe. Paulo Junior já é casado, mas sempre que pode vai jantar na casa dos pais, coisas que acontecem com frequência nas famílias da comunidade. Ele já ligou para saber se Luiz chegou. Seu Paulo está com uma cerveja na mão na chegada de Marlene e Luiz Silva.

Seu Paulo – Marlene, que rapaz forte é esse seu filho! Tudo bem, meu jovem?
Luiz – É muito bom conhecer o senhor, seu Paulo. Obrigado por ter ajudado minha mãe esse tempo todo.
Seu Paulo – O que eu e minha família fazemos pela Marlene é uma forma de a gente retribuir o tanto que ela nos ajudou, todos os meus filhos foram cuidados por sua mãe. Ela é uma pessoa muito generosa.
Dona Marlene – Eu não fiz nada demais, apenas dei atenção a essas crianças quando você e a Catarina estavam trabalhando.
Carla – A senhora deu atenção a cinco crianças e agora tem seis para dar atenção à senhora. Vamos almoçar, gente!

Todos vão para a sala de refeição, Pedro já está de saída, se despede dos demais e sai correndo rua afora. Nesse momento, está rolando uma roda de samba em São Lázaro, onde Chico Capoeira está tocando instrumento de percussão, na expectativa de rolar uma roda de capoeira. Na roda de samba tem algumas mulheres vestidas de baianas, senhoras que são adeptas do Candomblé, crianças fazendo brincadeiras, homens bebendo cerveja e outras bebidas alcoólicas, mulheres que formam uma espécie de coral, acompanham os cantos, turistas que se hospedam em hotéis situados entre a Barra e Ondina, algumas prostitutas vão a esses eventos em busca de clientes. Fátima Pires fica muitos minutos conversando com um turista italiano, mas não consegue fazer programa, chega a hora do grupo de turistas ir embora e ela vai para roda de capoeira bater palmas e jogar conversa fora com os capoeiristas, o samba voltará a rolar à noite e até lá os soteropolitanos descendentes de africanos têm muito o que comemorar, afinal é dia 20 de novembro, cada negro se sente aliviado ou com um pé na escravidão. Fátima Pires se aproxima de Chico Capoeira e fala:

Fátima – Eu vim aqui ano passado e vi você fazer umas acrobacias melhores que as de hoje, saí com um gringo e me dei bem, hoje você não fez acrobacias e estou sem grana até para me divertir.

Chico – A culpa é da crise, não da falta de acrobacias, a coisa está feia esse ano, eu também ganhei muito pouco dinheiro dos turistas.

Fátima – É falta de piruetas, meu gato, você é a estrela da roda de capoeira, Mestre Vendaval não está com nada.

Chico – Que papo é esse de usar a roda de capoeira para ganhar dinheiro com os turistas?

Fátima – Eu estou pra deixar essa profissão, tenho 28 anos e cada vez os turistas escolhem as mulheres mais novas.

Chico – O que vai fazer da vida a partir de agora?

Fátima – Não sei, estou pensando em organizar essas novas meninas e ganhar algum por fora sem ter que ir para a cama, cansei dessa vida.

Chico – Você mora de aluguel no Alto das Pomas, não é?

Fátima – Como sabe? Eu não lhe falei isso!

Chico – Eu conheço todo mundo da Rocinha da Sabino até a Vila Matos. Sempre tenho informações de algum morador.

Fátima – Eu sou de Jardim Cruzeiro, me mudei para cá há dois anos. Morando aqui, minha família não fica sabendo como ganho a vida.

Chico – Se quiser largar o aluguel é só ir morar na minha casa. A gente divide a cama e os negócios, que tal?

Fátima – Tenho que arrumar um emprego, isso ajuda a disfarçar a parada, minha ex-agente era uma cabeleireira, ficava acima de qualquer suspeita. Só agia nos fins de semana.

Chico – Então, você topa ir morar na minha casa?

Fátima – Posso dividir um negocio com você, a cama é outra história. Preciso dar um trato no meu corpo, dar um tempo nesse negócio de só viver transando.

Chico – Eu deixo você bem à vontade, te dou o tempo que você precisar, está cansada de sexo diariamente e estou cansado de viver sozinho.

Fátima – Certo, tenho que fazer uns exames, coisa de mulher, isso demora uns 40 dias, se você conseguir esperar até lá, fica tudo bem.

Chico – Tudo bem, vamos ao desfile do bloco Calamaço, do Mestre Canário, depois vamos ao Pelô e por fim passamos a noite num motel, depois te dou teus 40 dias.

Fátima – Tá certo, depois só com o fim do meu tratamento e não quero sair da minha casa agora, é melhor a gente não ficar muito perto do outro, senão a cama vai arder em chamas de amor e sexo.

Os dois saem da roda de samba e de capoeira, descem as escadas que dão acesso à Ondina, vão para um bar perto da avenida Oceânica, no bar outra roda de samba já está formada entre pescadores, outros capoeiristas, salva-vidas que trabalham na praia, moradores de São Lázaro e Calabar, e em especial o grupo de músicos que à noite vão sair pelos becos no Calabar arrastados pelo Mestre Canário.

Mestre Canário é um músico de percussão, usa o bloco para se manifestar contra o racismo e a miséria do Calabar. O ensaio em São Lázaro é para atrair os moradores dessa comunidade para o Calabar. A festa começa mais ou menos às sete da noite com homens vestidos de monstros, as fantasias são feitas com calhamaço, uma espécie de pano usado para colocar batatas nas feiras livres de Salvador. Mestre Canário é um ex-feirante que tem uma pequena quitanda no Calabar, tem o nome de Mestre Canário porque leva a vida sempre cantando, é branco e adora quem defende os direitos dos negros e dos mais pobres da comunidade, é uma das peças mais importantes da Associação de Moradores, ele dará apoio para Luiz Silva ter sua sala para ensinar os menores do Calabar a tocar violão. O dia ensolarado passa rápido, no cair da noite Carla Almeida vai para a casa de dona Marlene chamar Luiz para ver o cortejo do Bloco Calamaço, é a atração da noite da Consciência Negra. A saída do bloco é do posto policial da rua Sabino Silva e corta todo Calabar até o largo da comunidade perto da avenida Centenário, onde é lida uma lista de reivindicações para melhorar a vida dos moradores, o reggae e o samba dominam o cortejo, entram outros ritmos da música baiana. O ponto alto da festa termina com mais uma roda de capoeira. O Calabar faz justiça ao nome de antigo quilombo. Luiz Silva, acompanhado dos filhos da família Almeida Sérgio das Flores, aguardam o início do cortejo. Chico Capoeira e Fátima Pires chegam de mãos dadas, Reginaldo Campos vai falar com eles.

Reginaldo – Chico, eu preciso voltar a morar na sua casa, o Sérgio me dispensou, não vou poder pagar aluguel.

Chico – Negativo, a partir de agora minha namorada vai morar comigo, portanto não vai dar para você ir morar na minha casa.

Fátima – Mas isso será daqui a um mês, Chico, por enquanto ele fica em sua casa.

Chico – A resposta é não, se ele entrar não vai sair da minha casa tão cedo, ele que se vire.

Fátima – Mas ele é seu irmão.

Chico – Eu conheço bem essa criatura, se for para ficar uns dias, vai querer ficar uns dois anos.

Reginaldo está meio embriagado deixa Chico e Fátima vai falar com Luiz Silva.

Reginaldo – Escuta aqui, seu forasteiro, por sua culpa estou desempregado, isso não vai ficar assim.

Sérgio – Deixa de ser ridículo, Reginaldo, te demiti por causa dessa sua cachaça abusada e não por causa desse rapaz.

Reginaldo – Se ele não viesse morar aqui, você não teria alguém para me substituir.

Mestre Canário percebe um princípio de confusão, se aproxima do pequeno grupo observado por Chico Capoeira e Fátima Pires.

Canário – Escuta aqui, Reginaldo, resolveu armar barraco na saída do bloco? Ficou maluco?

Reginaldo – Eu estou maluco para arrumar encrenca mesmo, até agora você não me deixou construir minha casa, fica só me enrolando.

Canário – Se fizer casa naquela encosta, a chuva derruba e eu vou ter que responder na Prefeitura, você sabe disso.

Chico – Isso é assunto para discutir na reunião de moradores. Mas também é assunto do Sérgio, se Reginaldo ainda estivesse trabalhando, não teríamos confusão hoje.

Reginaldo – É culpa desse cara aí, chegou hoje e já tomou o meu trabalho.

Paulo Junior vem chegando do trabalho e se junta ao grupo de amigos.

Junior – Meu amigo Luiz, você mal chegou e já está causando confusão, deixa eles aí brigando e venha tomar uma cerveja comigo.

Luiz – Tá bem, não entendo por que uma pessoa briga tanto para manter um biscate.

Junior – Sabe, é um prazer te ver de novo. Salvador é muito bom só que tem muita disputa; se estiver empregado, tem que segurar a vaga.

Nesse momento chega Joana Dark, um homossexual que vive atazanando a vida dos homens que não têm mulher, leva a vida se divertindo com as figuras mais expressivas da comunidade.

Joana Dark – Reginaldo, meu bem, vamos para o meu quarto me colocar de quatro, essa sua briguinha não vai te levar a nada e eu te levarei ao prazer.

Reginaldo – Sai de mim, coisa ruim! Não vem estragar minha noite de feriado, quero distância de você.

Joana Dark – Tem sangue novo na área! Ainda por cima sangue negro! Esta noite promete muito e eu estou nela.
Carla – Joana, esse é o Luiz, filho de dona Marlene. Chegou hoje de Cruz das Almas.
Joana – É um amoroso e glorioso prazer conhecer esse pedaço de mau caminho. Quando estiver na solidão, Joana Dark é a solução, gostoso!
Luiz – O prazer é meu. Só que, quanto à solidão, não espere algo de mim. Gosto de mulher e lhe respeito como ser humano.
Joana – Tá vendo aí, gente! O cara tem um conceito alto e refinado! O Calabar acaba de receber um negão culto e humano.

A chegada de Joana Dark tirou o clima de confusão. Chico Capoeira e Fátima Pires voltam a ficar afastados observando o que se passa. Mestre Canário organiza a posição de sua orquestra de percussão e sopro. Chico e Fátima percebem que os policiais concentram seus olhares em Luiz.

Chico – Fátima! Esse Luiz é muito esperto para um cara que acaba de chegar do interior! Enquanto estava rolando aquela pequena discussão, ele não tirava os olhos dos meganhas e os meganhas, por sua vez, não paravam de olhar para ele.
Fátima – Vamos prestar mais atenção nele. Essa educação dele não é de escola, é um estilo de vida, uma coisa bem diferente para jovens negros como ele.
Junior – Chico, preciso colocar minha mulher para fazer capoeira. Está ficando gorda e sedentária. Fala para o Mestre Vendaval dar desconto na matrícula.
Chico – É só ela dizer que me conhece que não vai precisar pagar a matrícula. Paga só a mensalidade. Depois de seis meses, ela passa ser a instrutora de crianças ricas. É assim que a gente forma novos professores para a capoeira não morrer.

Nesse momento, sai o cortejo do Bloco Calamaço. Uma multidão vestida de trapos e farrapos corta a comunidade sambando e cantando letras das músicas criadas por componentes do bloco. Luiz Silva chama Paulo Junior no fim do cortejo, já na outra extremidade do Calabar e faz uma observação crítica sobre o que viu e ouviu.

Luiz – Junior, gostei do bloco. É uma coisa bem diferente no quesito fantasia. Mas no quesito letras de música é uma aberração. É preciso fazer críticas ao sofrimento que vive o Calabar, crianças nas ruas, esgoto a céu aberto, discriminação social e racial, a pobreza e principalmente sobre o descaso dos governantes com a comunidade.

Junior – Ah, é? Então, você é politizado? Vou chamar o Mestre Canário para ele colocar você na diretoria de cultura da associação. Canário, chega aqui! Tenho uma boa novidade.

Canário – Tem que ser muito boa. Estou cansado de fazer eventos e perder a batalha para a alienação dos moradores.

Junior – É que o Luiz acha que a fantasia do bloco mostra o sofrimento do bairro, mas as letras das músicas deixam a desejar. São fracas para o que realmente acontece na vida social da comunidade.

Canário – Jura que esse rapaz falou isso? Então, ele é um homem consciente dessa realidade que eu não consigo passar para a mente dessa gente. Isso é muito bom! Obrigado por aparecer aqui na hora certa. Isso é coisa do Senhor do Bonfim.

Luiz – Foi lendo a obra de Castro Alves que aprendi o que é bom e o que é ruim para o povo. O problema é que essas coisas não entram na cabeça do povo. A gente que sabe isso tem que transformar o lugar em que mora sem falar muito no preconceito e na discriminação racial e social.

Canário – É de gente assim que o Calabar precisa! Gente que tem multiplicidade de consciência.

Carla – Luiz, umas amigas minhas querem conhecer você. Vem, que eu vou lhe apresentar a elas.

Nessa hora, Pedro está chegando do trabalho, se junta ao grupo de amigos e irmãos. Sérgio das Flores conversa alegremente com Fátima Pires e Chico Capoeira. Reginaldo Campos e Joana Dark discutem qualquer coisa. Aos poucos, uma roda se forma e o assunto é puxado por Mestre Canário que se dirige até Sérgio das Flores.

Canário – Eu estou impressionado com Luiz, o rapaz nasceu no interior, mas tem uma visão de comunidade melhor que a minha.

Junior – Eu conheci Luiz há cinco anos, quando fui passar uns dias em Cruz das Almas com dona Marlene, ele tem quase todas as obras de Jorge Amado, é um bom músico e sabe se comunicar muito bem. É um jovem raro.

Fátima – Mas como ele aprendeu tudo isso no interior?

Canário – Deve ter sido a falta de diversão que o transformou em rapaz estudioso, esperto e atento a tudo o que acontece na sua frente. É por isso que ele entende muito bem a vida dele e dos outros.

Chico – Isso pode ser bom ou muito ruim para a mãe dele que se encontra doente, ele tem mais que cuidar da dona Marlene, ela está precisando e muito dele.
Pedro – Ele quer ir embora assim que tia Marlene ficar curada da pneumonia, não pretende ficar em Salvador.
Canário – Sergio arranje um emprego melhor para ele, quero ver se o levo para a Associação de Moradores.
Sérgio – Eu vou tentar alguma coisa, mas não prometo nada.
Chico – Gente, a conversa está boa, mas vou me retirar, vou ao Pelourinho, preciso agitar um pouco.

O som está rolando na pequena praça, a presença de Luiz Silva é a novidade desta noite, as senhoras mais velhas o acham simpático em companhia de Carla Almeida e suas amigas. Chico Capoeira e Fátima Pires começam a discutir a situação que tanto os deixa intrigados.

Chico – Esse Luiz é uma ameaça constante e emergente, ler bons livros, tem apoio da família Almeida, do Sérgio, as meninas estão dando uma atenção especial para ele e o Canário quer levá-lo para a Associação de Moradores. Eu moro no Calabar há mais de trinta anos e ninguém nunca me deu o mínimo de apoio.
Fátima – Por que isso te incomoda tanto? Tem homens que nasceram para ser adorados e outros que nasceram para ser esquecidos, você é o segundo. Estou disposta a te amar e mudar nossas vidas. Você lutou muito para chegar a algum lugar e não conseguiu e eu também sempre tive uma vida dura, quero mudar isso junto com você.
Chico – Eu sei que você está disposta a mudar nossos caminhos traçados até aqui, mas o meu problema é que estou perdendo terreno para um forasteiro dentro do meu bairro, um dia eu vou resolver e ponto final.

A noite acaba sem novidades e os dias também seguem iguais. Luiz Silva é o novo ajudante de Sérgio das Flores. dona Marlene continua sem recuperar a saúde. Na segunda semana de dezembro, Luiz vai fazer uma limpeza em um apartamento que a síndica do condomínio tem no Corredor da Vitória, perto do Campo Grande. Esse apartamento é usado para aluguel no carnaval. O trabalho feito por Luiz Silva no apartamento da síndica chamou a atenção da mesma e ela fala para Sérgio das Flores que precisa de Luiz na equipe de porteiros do condomínio onde mora. Quando descobre que Luiz é músico, começa a fazer elogios ao jovem porteiro. Passam-se o Natal e o Ano Novo. Mestre Canário convida Luiz Silva para ingressar na Associação de Moradores como Secretário de Artes e Eventos. Luiz surpreende com a criação da Escola de Música para ensinar as crianças do Calabar a tocar violão e outros instrumentos de corda. Isso faz com que as lideranças da comunidade passem a vê-lo como "o líder" que faltava ao Calabar.

Luiz – Eu só preciso da sala e de mais instrumentos, o resto vou dando um jeito. Preciso também fazer as matrículas dessas crianças.

Seu Paulo – Mas... Que tipo de crianças pretende trabalhar?

Luiz – Principalmente essas que vivem vagando pelos becos e escadas do bairro, as outras já têm ocupação.

Pedro – Vai ser difícil, as mães não põem disciplina nessas crianças, elas não vão lhe obedecer.

Luiz – Elas não vão precisar obedecer as minhas ordens, só a doce melodia das músicas. Em um mês de aula, serão eles que não vão querer largar a escola.

Canário – Já entendi. Você só vai monitorar o que eles estarão aprendendo.

Luiz – Não só isso! Vou proteger essas crianças das influências ruins que recebem fora das aulas de música: más companhias, inclusive a dos pais viciados em algum tipo de droga.

Seu Paulo – Espero que dê certo. As freiras davam aula de cidadania e tiveram que parar, porque algumas mães serviam de mau exemplo para os próprios filhos.

Canário – Eu vou ficar de olho. Qualquer problema que apareça conversarei com os pais para que colaborem.

Dona Catarina desce as escadas correndo para avisar que dona Marlene não está bem. Todos sobem para vê-la. Luiz é o primeiro a chegar.

Luiz – Mãe! O que a senhora está sentindo? Já tomou seus remédios?

Marlene – Já, sim. Estou com falta de ar.

Dona Catarina – Hoje à tarde Reginaldo ateou fogo no matagal dos fundos. A gente reclamou, mas o fogo não foi apagado.

Seu Paulo – Vamos levá-la para um hospital, só um médico pode nos ajudar agora.

Luiz – Vamos chamar um táxi! Depois falo com esse Reginaldo.

Canário – É melhor deixar Reginaldo de lado. Vai cuidar da sua mãe.

Dona Catarina – Eu vou avisar para Carla que talvez eu precise ficar no hospital.

Seu Paulo – Vamos levá-la para o táxi. Canário, procure Chico Capoeira e relate o que Reginaldo aprontou.

Joana Dark aparece e comenta o feito por Reginaldo. Paulo Junior também vem ajudar.

Joana – Reginaldo é um inconsequente. Precisa mesmo é de tratamento psicológico.

Luiz – Ele precisa mesmo é de uma queixa na polícia. Esse negócio de deixar os problemas na boa vizinhança não resolve nada.

Todos pegam dona Marlene e começam a levá-la escada a baixo. Carla e dona Catarina se juntam aos voluntários. Os comentários do fato causador da crise respiratória de dona Marlene é o assunto da noite. Essa noite é 25 de Janeiro, a comunidade já se preparava para o carnaval.

Chico Capoeira não é encontrado no Calabar, mas Fátima Pires, que está de chegada, se encontra com o grupo de voluntários. Ela e Carla trocam algumas palavras.

Fátima – Carla! O que ouve com dona Marlene?

Carla – Hoje à tarde, Reginaldo ateou fogo no matagal que fica nos fundos da casa dela e agora ela está com falta de ar. Avisa para o Chico, a gente não o encontrou.

Fátima – Para que hospital vocês estão indo?

Sr Paulo – Para o Hospital Geral do Estado. Vai logo avisar o Chico.

Dona Marlene é colocada no táxi. Luiz, dona Catarina e seu Paulo entram no veículo. O restante do grupo vai pegar um ônibus que passa em frente ao hospital situado na avenida Vasco da Gama. A notícia vira o assunto principal também no Alto das Pombas, onde Chico Capoeira estava esperando por Fátima Pires. Ao saber da crise respiratória de dona Marlene, ele vai para casa do seu irmão Reginaldo que, por sua vez, também já sabe do ocorrido, Fátima deduz e se desloca para verificar se Chico está com o irmão e os encontra conversando.

Fátima – Chico! Você já sabe o que aconteceu com dona Marlene?

Chico – Sei, sim. Notícia ruim corre rápido.

Fátima – Estão procurando por você. Por que não lhe acharam?

Chico – Eu estava esperando você chegar, a gente precisa conversar.

Fátima – Conversaremos depois. Quer levar o Reginaldo para o Jardim Cruzeiro? Esse incidente de hoje vai render, se a Marlene ficar internada é melhor ele sair do Calabar.

Chico – Reginaldo, pegue algumas roupas, vá para o Campo Santo e fique me esperando lá. Fátima, vamos para sua casa.
Reginaldo – Eu não fiz nada, ela já estava na pior mesmo. Um foguinho não mata ninguém.
Chico – Cale essa boca e faça o que eu te mandei!

Fátima Pires e Chico Capoeira saem juntos e vão para a casa dela, durante o trajeto os dois seguem calados. Quando estão dentro da casa, Chico começa a desenrolar o seu plano.

Chico – Vamos levar Reginaldo para Jardim Cruzeiro e ele só volta se dona Marlene sair do hospital. Eu vou mandar uma grana para sua família.
Fátima – O certo é eu levar Reginaldo e você ir para o hospital. Não deixe que os outros pensem que você retirou seu irmão do Calabar, seu Paulo e Carla ficaram perguntando por você. Vá lá mostre solidariedade.
Chico – E você? Como vai voltar sozinha?
Fátima – Eu me viro, vou deixar Reginaldo na casa de minha mãe. Lá, só vive minha mãe, meu pai, um irmão meu. A casa é grande, tem espaço à vontade.
Chico – Se Reginaldo sair dessa, vou cuidar mais dele, meu irmão precisa de ajuda.
Fátima – Vamos realmente ter que fazer isso. Quando eu for morar com você, darei meus móveis para ele.

Chico Capoeira e Fátima Pires atravessam o Alto das Pombas e vão para a avenida Cardeal da Silva. Chico deixa Fátima esperando por Reginaldo e vai andando para a avenida Centenário pegar ônibus para o hospital. Reginaldo aparece, pega ônibus com Fátima e desaparecem na noite quente de Salvador.

Enquanto isso, só depois de três horas no Hospital Geral do Estado, dona Marlene recebe o diagnóstico dos médicos que a atendeu. Luiz é quem dá a notícia aos amigos.

Luiz – Gente, as coisas vão muito mal. Minha mãe não vai poder sair porque seus pulmões estão funcionando precariamente, ela vai ficar em observação por setenta e duas horas. O médico disse que podemos ir para casa e retornar amanhã à tarde para fazer uma visita.
Seu Paulo – Chico, depois quero que você converse com Reginaldo sobre o que aconteceu hoje. Ele podia apagar o fogo, mas saiu rindo do que estava acontecendo.

Chico – Não precisa, seu Paulo, já dei uma bronca nele. Outra coisa, a proprietária vai pedir a casa que ele mora, Reginaldo vai ter que sair do imóvel.
Luiz – São onze e meia da noite. Vamos para casa, temos que acordar cedo para trabalhar.
Chico – Luiz, eu lamento muito o ocorrido de hoje. Sei que está sendo duro para você.

Luiz não dá uma única palavra para Chico, olha para dona Catarina e Carla que estão chorando e só depois solta com uma voz meio grave o seu desabafo.

Luiz – O que você está vendo nelas duas é apenas o reflexo do que sinto por dentro. O sentimento é dez vezes maior que o rolar das lágrimas. Eu convivi muito pouco com a minha mãe. Esse momento é muito forte para mim.
Chico – Não sabia que era tão apaixonado por sua mãe, Luiz. Isso que é amor de verdade.

Chico Capoeira abraça Luiz Silva e vai conduzindo-o pelo corredor do hospital em direção a saída.

Eles são seguidos pelo pequeno grupo de amigos que não escondem em seus rostos o ar de tristeza. No estacionamento, Carla Almeida se aproxima de Luiz. Eles conversam como quem aprende a ser mais forte em suas jovens vidas. Continuam assim até arrumarem condução que leve todos de volta ao Calabar.

No dia 27 de janeiro, passado dois dias da internação, ao cair da noite, após a visita a paciente no hospital, dona Catarina recebe uma ligação avisando que o estado de saúde de dona Marlene é gravíssimo. A insuficiência respiratória da paciente se agrava. Luiz Silva é chamado para passar a noite acompanhando sua mãe. Luiz pede para Carla ligar para seu pai em Cruz das Almas. Chico Capoeira fica sabendo do agravamento de dona Marlene e vai procurar Fátima Pires.

Fátima – Por que você me chamou com tanta pressa?
Chico – A coisa está feia, parece que a Marlene não escapa. Acabaram de ligar do hospital.
Fátima – Você não me contou que consolou Luiz na hora que ele saiu da enfermaria? Isso livra sua consciência de qualquer sentimento de culpa.
Chico – É aí que fiquei sem saída. Eu nunca tinha ouvido um filho dizer que ama a mãe com tanta firmeza. Foi comovente o que vi naquela noite no hospital.

Fátima – Mas você é um lutador, tem que ser firme e não pode dar a entender que retirou Reginaldo do Calabar.

Chico – Escuta, Fátima, homem nunca chora. Quando Luiz viu dona Catarina e Carla chorando, ele me disse que o que sentia era dez vezes mais doloroso do que elas sentiam. Eu admiti pela primeira vez que alguém me falou algo poderoso. Senti-me sozinho, sem ação e sem força para mudar o que acontecia naquele momento.

Fátima – Esquenta, não, parece que a Marlene não escapa, se prepare para trazer seu irmão e encarar um forte problema. Seu coração anda meio mole. Esqueça ele e dê mais atenção a sua cabeça. Você vai precisar.

Chico – Já vi que você não me entendeu. Eu vi a morte da dona Marlene nos olhos do filho dela.

Fátima – Gato, você mudou muito depois que decidiu se relacionar comigo. Ficou mais humano, isso pode ser bom ou ruim para você, pois deixou de ser aquele homem duro e frio que conheci.

Chico – É verdade, Fátima, eu nunca tive família. Sempre me virei como pude, agora que a minha vida está tomando outro rumo, quero viver um pouco melhor. Luiz chegou aqui há dois meses e tem muito mais atenção e apoio do que eu, estou copiando o estilo dele para ser bem visto no Calabar.

Fátima – Bandido é bandido. Homem fino é outra coisa. Se um homem fino vira bandido, se dará mal. Se um bandido se transformar em um homem fino, será julgado pelo seu passado. Eu sou uma ex-prostituta e só estou com você porque a proposta saiu da sua boca. Sei que o meu passado me acompanhará e, da mesma forma, o seu te seguirá.

Chico – Mas eu não sou e nunca fui bandido.

Fátima – Eu falei da sua malandragem e do seu jeito de levar a vida. Se quiser mesmo mudar, entre para uma igreja. Viver copiando a personalidade de outra pessoa é mais perigoso do que ser malandro. É tudo uma questão de classe.

Chico – Eu estou gostando de ver, morena, é assim que se fala.

Fátima – Eu gosto de você, Chico. Em pouco tempo, nunca gostei tanto de uma pessoa como gosto de você e quero o seu bem, seja você mesmo, porque ser os outros é ser muito frágil.

Chico – Eu também gosto muito de você, meus amigos falam que ninguém quebrou a pedra que laqueava meu coração, mas você conseguiu.

Fátima – Chico, minha menstruação tem seis dias de atraso, só estou com você. Se eu estiver grávida, deixo ou faço um aborto?

Chico – Pode deixar o bebê nascer, Morena, só falta mesmo você vir morar aqui na minha casa.

Fátima – Boa ideia! Deixo minha casa com Reginaldo e venho para cá, é melhor você ir buscar o Reginaldo. Caso Marlene morra, não vão dizer que ele fugiu.
Chico – Você está louca! Vão prender o coitado.
Fátima – Se ele não aparecer, as pessoas vão à imprensa. Como Luiz é muito querido, vai comover todo o bairro com o jeito carente que ele tem. Sempre alguém conta esse tipo de história para jornalistas. A história do Luiz dá uma boa matéria de jornal, aí o seu irmão vai para a cadeia fácil, fácil.
Chico – Tá bom, vamos ligar para o Reginaldo, sua família não pode ser envolvida nessa história.
Fátima – É verdade, os meus familiares não sabem se desvencilhar dessas situações, ao lado deles Reginaldo não está seguro.
Chico – Depois de ligar para Reginaldo, eu vou para o hospital, é a tal solidariedade que você me ensinou. Isso vai diminuir a raiva do Luiz.
Fátima – Agora, você está entrando no jogo e aliviando a barra do seu irmão.

Quando Luiz chega à avenida Oceânica, Chico Capoeira aparece correndo, Luiz para pensando que é alguma notícia nova, Chico fala:

Chico – Luiz, eu vim te acompanhar. Sei que você tem que trabalhar amanhã cedo, caso precise dormir um pouco, ficarei atento aos acontecimentos. Quero lhe ajudar.
Luiz – Sobre o meu trabalho, Sérgio já avisou que não irei trabalhar, quanto a sua companhia, tudo bem. Vamos pegar o ônibus.
Chico – Você mexeu com a minha cabeça quando fez aquela comparação do choro da dona Catarina e da Carla com seus sentimentos. Ali, vi que você ama muito a sua mãe e aprendi muito com as suas palavras.
Luiz – Que é isso, Chico? Falei só o que sentia naquele momento, a vida nos faz ter ideias profundas nas horas difíceis.
Chico – Dona Marlene é uma pessoa especial para o Calabar. Ela sempre me deu conselhos e sempre me chamava de encrenqueiro, ela não tinha um filho por perto e por isso cuidava de toda molecada da rua com carinho.
Luiz – Pena que não pude curtir esse lado da minha mãe, todo mundo fala muito bem dela. É incrível!
Chico – Não estou falando isso porque ela se encontra no hospital, várias vezes ela deu comida para mim e ao Reginaldo, mesmo quando a gente não precisava.
Luiz – Onde está o Reginaldo? Ele anda meio sumido...
Chico – Falei com ele hoje. Está completamente transtornado.

Luiz – Acidentes acontecem, não foi culpa dele.
Chico – Não foi culpa dele, mas bem que devia ser menos imprudente.

Enquanto isso, no Calabar, a família do seu Paulo se reúne para analisar os acontecimentos em torno de dona Marlene.

Dona Catarina – Gente, eu não quis falar a verdade para o Luiz, mas pelo o que o médico me falou, dificilmente Marlene voltará para o nosso meio. É que o pulmão dela está funcionando com apenas 30% do que precisa.
Carla – E se ela for operada?
Seu Paulo – Só um milagre pode salvá-la, minha filha.
Patrícia – É tudo culpa do Reginaldo! Ele não tinha nada que pôr fogo no terreno baldio.
Junior – Eu vi Reginaldo há pouco tempo, parece que estava voltando de viagem.
Dona Catarina – É muito estranho: de repente, ele aparece como se já soubesse que Marlene estava em estado grave.
Patrícia – Os caras do Calabar andavam perguntando por ele, na praia o comentário é que ele havia fugido.
Seu Paulo – A ignorância levou Reginaldo a provocar aquele incêndio, é o que sempre comento com Carla: quem estuda evita certos incidentes.
Carla – Vai começar a me dar pressão, pai? Ano que vem eu volto à escola.
Patrícia – É melhor ouvir nosso pai, Carla. Já que você não tem filhos, aproveite para estudar.
Dona Catarina – Carla só vai sentir a falta dos estudos quando for procurar emprego. Aí, ela vai ter que lavar o chão para os outros pisarem.
Junior – Às vezes, quem tem estudo é obrigado a limpar chão, imagine quem não tem. Não vai encontrar nem limpeza para fazer, somos negros, Carla, isso já funciona como barreira.
Carla – Parem com isso! Vou conseguir emprego na boa, vocês vão ver.
Carmem – Pode ir se preparando para gastar sapato! Negro e sem estudo não tem a menor chance, você já está ficando mulher e é por isso que cobramos tanto de você.
Carla – Eu não sei porquê tanta exigência em cima de mim.
Seu Paulo – Carla, você gosta muito de dinheiro, mas não quer se preparar para ganhá-lo.

Irritada com as cobranças da família, Carla sobe para ficar sozinha no quarto. Sérgio das Flores e Mestre Canário chegam para procurar saber notícias de dona

Marlene. No Hospital Geral, já por volta de duas horas da silenciosa madrugada do dia 30 de janeiro de 1998, o silêncio só é rompido pela sirene das ambulâncias, das constantes chamadas telefônicas, gemidos dos pacientes e pelos passos apressados dos médicos e enfermeiros andando pelos longos corredores. No meio do corredor, está Luiz Silva e Chico Capoeira, os dois estão conversando quando um médico se aproxima.

Dr. Roberto – Luiz Silva, sua mãe quer lhe ver. Acompanhe-me, por favor.
Chico – Vá lá, Luiz, estou aqui torcendo para que tudo fique bem.
Luiz – Obrigado, Chico, vai dar tudo certo!

Doutor Roberto e Luiz entram na UTI que fica no fim do corredor.

Luiz – Meu Deus, essa é minha mãe, doutor? Pensei que ela estivesse melhor.
Dr. Roberto – Eu lhe chamei aqui, porque ele falou seu nome duas vezes. Achei justo ela ver você, digamos... Pela última vez.
Luiz – Pela última vez? O que o senhor quer dizer?
Dr. Roberto – Que sua mãe não vai resistir. Ela está muito debilitada, tem pouco tempo de vida.
Luiz – Eu vou perder minha mãe...
Dr. Roberto – Seja forte, seque as lágrimas e fale com ela. Tome coragem, será melhor para vocês dois.
Luiz – Mãe, eu estou aqui, Deus está do nosso lado.
Marlene – Meu filho, cuida da minha casa e não se esqueça da Carlinha. Ela é uma menina que precisa de apoio... É minha caçulinha... Falta a ela também controle de ansiedade e ambição...
Luiz – Mãe, a senhora vai melhorar e cuidar da Carla como sempre cuidou.
Marlene – Não tente se iludir, Luiz... Você não sabe o que estou passando... É melhor se preparar para o pior... Isso vai aliviar seu sofrimento.
Luiz – Não fala assim, mãe, a senhora vai voltar para casa. Tenho certeza.
Dr. Roberto – Luiz, é melhor você sair, sua mãe não pode se esforçar tanto.

Quando o médico e Luiz Silva chegam ao corredor:

Luiz – Por que ela me falou aquelas coisas? É efeito dos remédios?
Dr. Roberto – Não, Luiz, é certeza de quem já sabe que vai morrer.
Luiz – O senhor não pode salvá-la, doutor?
Dr. Roberto – Luiz, sua mãe me pediu para lhe ver com a certeza da sua morte.

Eu cumpri a minha promessa. Aliviei a alma dela, sua vida está cada vez mais se aproximando do fim.

Luiz – É duro ouvir isso de um médico.

Dr. Roberto – Ainda bem que você está entendendo o que pode acontecer a qualquer hora.

Chico – Como é que é? dona Marlene vai morrer a qualquer momento? É isso?

Luiz – Isso mesmo, Chico, minha mãe está caminhando para seu fim. Tem tubos na boca e no nariz. Fala com muita dificuldade, ela está morrendo.

Chico – Não tem nenhuma possibilidade de reação?

Dr. Roberto – Isso é muito remoto, senhor Chico, ela já teve outra pneumonia antes. O que a deixa sem chances de recuperação. Estou voltando para a UTI, qualquer novidade voltarei para avisá-los.

Luiz – Obrigado, doutor Roberto.

Chico – Luiz, o que você viu naquela sala?

Luiz – O que eu não queria ver, Chico: minha mãe quase morta. Foi a pior coisa que eu já vi.

Chico – Você se convenceu de que ela está mesmo no fim da vida?

Luiz – Só um milagre pode manter minha mãe viva. Vamos para a Capela. Precisamos de muita fé em Deus e no Senhor do Bonfim.

Na madrugada do dia 30 de janeiro de 1998, Luiz Silva e Chico Capoeira andam juntos pelo corredor do imenso Hospital Geral do Estado como se fossem irmãos, filhos da mesma mãe. Chico passa a se sentir como um amigo de Luiz. Como Luiz não tem quem lhe dê apoio no momento mais difícil de sua vida, vai se acostumando com a presença de Chico Capoeira. Luiz passa o restante da madrugada na Capela do hospital, Chico volta para o corredor e fica na expectativa de novas notícias de dona Marlene. Às 05h40min da manhã, doutor Roberto sai da UTI à procura de Luiz Silva, Chico vai chamá-lo na capela. Os dois voltam correndo ao encontro do médico.

Luiz – Bom-dia, doutor! Como está minha mãe, tudo bem?

Chico – Ela melhorou?

Dr. Roberto – É lamentável: dona Marlene não resistiu, infelizmente ela acabou de falecer. Sinto muito ter que dar essa notícia para vocês.

Os três ficam em um breve silêncio. O antes durão Chico Capoeira deixa as lágrimas caírem, Luiz não chora e fala.

Luiz – Que horas ela faleceu, doutor Roberto?

Dr. Roberto – Precisamente às cinco horas e trinta e cinco minutos. Uns dez minutos atrás.

Luiz – Eu senti um frio muito forte quando estava na Capela há mais ou menos quinze minutos. O vazio que eu estava sentindo no espaço deu lugar a uma espécie de alívio, sei lá, é algo meio involuntário. É como se eu estivesse sendo anestesiado a partir daquele momento. Não sinto vontade de chorar.

Dr. Roberto – Foi por isso que te levei até a sala da UTI. Estava na hora de você entender que a morte de sua mãe era cada vez mais iminente.

Luiz – Obrigado, mais uma vez, mesmo sabendo que minha mãe já se foi, me sinto preparado para encarar a situação do funeral.

Dr. Roberto – Parabéns pelas palavras sábias e pela lucidez, eu já vi homens mais vividos que você perderem o equilíbrio nessas horas.

Luiz – Eu vou segurar as lágrimas até onde eu puder, mas uma hora elas vão rolar. Vou ligar para dona Catarina.

Chico – Pela primeira vez, eu chorei depois de ter ficado adulto, foi embora nossa mãezona. Quem vai me dar broncas quando eu aprontar alguma besteira?

O dia está bastante claro apesar do horário brasileiro de verão. Dona Catarina acorda cedo para esperar notícias da amiga Marlene, seu Paulo levanta para trabalhar, quando o telefone toca:

Seu Paulo – Alô! Luiz, como vai a Marlene, ela está bem?

Dona Catarina – Quero falar com Luiz, me passa esse telefone Paulo.

Seu Paulo – Calma, Catarina, Luiz está muito nervoso, não falou direito comigo. Alô, Luiz! Aconteceu alguma coisa?

Dona Catarina – Meu Senhor do Bonfim! Tomara que Marlene tenha melhorado.

Seu Paulo – Que horas foi isso? Só agora você vem me ligar?

Carla – O que foi, gente? Vocês me acordaram com esse barulho!

Dona Catarina – O Luiz está ao telefone. Mas seu pai não me deixou falar com ele.

Carla – Calma, mãe, eu vou pegar um copo com água.

Seu Paulo – Gente, a Marlene acabou de falecer, Luiz e Chico estão vindo para cuidar do funeral.

Carla – Mãe, senta aqui no sofá, vou avisar ao Canário e ao Sérgio das Flores. Eles vieram aqui meia-noite em busca de notícias.

Seu Paulo – Agora a coisa ficou complicada. Como o Luiz vai poder continuar no emprego?
Dona Catarina – Seria melhor discutir isso depois. Luiz é um jovem, ele vai arrumar um jeito de viver sozinho.

Carla sai de casa às pressas, encontra Fátima que está indo trabalhar, fala para ela o ocorrido.

Carla – Bom-dia, Fátima! Luiz ligou para informar ao meu pai que tia Marlene acabou de falecer. Vê se dá para você voltar mais cedo do trabalho hoje.
Fátima – Meu Deus! Que horas foi isso Carla? O Chico nem me ligou.
Carla – Foi há poucos minutos. Os dois devem estar perdidos no meio dessa história toda.
Fátima – Tem razão, Carla. Vou pedir para sair mais cedo do trabalho. Tchau!

Carla Almeida vai para a casa de Mestre Canário e Fátima Pires segue em direção a avenida Oceânica. Por onde Fátima passa vai falando para as pessoas que conheciam dona Marlene que ela faleceu. Em poucos minutos, toda a comunidade do Calabar já comenta o fato. No Alto das Pombas, na igreja que dona Marlene lavava as toalhas sem cobrar pelo serviço, o padre rezou em nome de sua alma na missa das sete horas da manhã.

Mais tarde, quando Luiz chega ao Calabar, uma pequena multidão vem para lhe prestar solidariedade: desocupados, trabalhadores, donas de casa e crianças. O corpo de dona Marlene é levado para a Associação de Moradores que fica pequena para tanta gente querendo prestar suas últimas homenagens à sua lavadeira mais querida e mais solidária com os vizinhos. Tem velas por todas as partes; nas escadarias, na sala onde Luiz dá aulas aos meninos e meninas do bairro, nos becos que rodeiam a Associação e muita gente fica do lado de fora.

Em São Lázaro, as adeptas do candomblé arrumam coroas de flores para serem levadas para o velório. Nas Paróquias do Chame-Chame, Ondina e da Graça aos padres comentam em suas celebrações a vida da lavadeira que fazia caridades aos vizinhos mesmo sem ter dinheiro para cuidar da própria saúde.

Os alunos da pequena escola de música ministrada por Luiz Silva saem pelos prédios residenciais da Ondina e do Jardim Apipema recolhendo flores com os porteiros que conheciam dona Marlene.

No começo da tarde, Sérgio das Flores, seu Paulo e Mestre Canário percebem que a Associação está cada vez ficando mais cheia, vão para a igreja do Alto das Pombas pedir que o velório da noite seja feito naquela catedral por causa da multidão. O padre local aceita e o corpo de dona Marlene é transferido por seus vizinhos e amigos para o Alto das Pombas.

O caminho será feito pela rua Baixa do Calabar, porque a Associação fica no centro da comunidade. Terão que subir as escadas que separam as duas comunidades, o caixão com o corpo vai à frente seguido por Luiz Silva, o único filho de dona Marlene, por seu Paulo, dona Catarina e seus cinco filhos; por Mestre Canário, Sérgio das Flores, esposas e respectivos filhos; pelos alunos da Escola de Música da Associação; pelos músicos do Bloco Calamaço, por vários moradores do Calabar, Alto das Pombas e São Lázaro que passaram as últimas setenta horas acompanhando o sofrimento da lavadeira que tinha amigos na tríplice comunidade. A mistura de religiões que é comum em Salvador também se faz presente nesse cortejo fúnebre: se encontram católicos, adeptos do candomblé e evangélicos apoiando Luiz Silva e seus amigos.

O corpo de dona Marlene chega por volta das cinco horas da tarde na igreja do Alto das Pombas, onde passará a noite sendo velado. O Alto das Pombas fica ao lado do Cemitério Campo Santo, foi por isso que os três amigos Paulo, Sérgio e Canário escolheram essa Paróquia para o velório da mãe de Luiz Silva.

Luiz se sente exausto depois de uma noite no hospital e um dia cheio de afazeres relacionado ao funeral, ele deixa o corpo da sua mãe na igreja e vai para casa tomar um banho e se preparar para a noite que será longa e triste tanto para ele, quanto para seus amigos. Quando está descendo as escadas, ele encontra Chico, Fátima e Reginaldo.

Chico – Luiz, no que posso lhe ajudar agora?
Luiz – Você já me ajudou muito, Chico, não se preocupe, meu pai está chegando às seis horas. Vá descansar, tudo que podia ser feito já fizemos.
Reginaldo – Luiz, eu sinto muito a morte de dona Marlene...
Luiz – Outra hora a gente conversa, Reginaldo. Não estou com a cabeça boa para tocar nesse assunto do fogo no matagal. A princípio, foi um acidente.
Fátima – Gostei da sua atitude de não culpá-lo pelo incêndio, assim todos se sentem mais à vontade para lhe ajudar nessa hora de tanta dor.
Luiz – Obrigado, Fátima! Cuide-se para não perder esse bebê que carrega com

você, ele será a alegria do Chico.
Chico – Até nessas horas você consegue falar coisas boas! Vá se arrumar, te vejo mais tarde na igreja.

Carla, Pedro e Carmem Almeida se encontram com Luiz e entram na casa dele, Carla é a mais abatida e a única que não para de chorar:

Carla – Luiz, eu estou arrasada com a morte da Tia Marlene, ela era uma pessoa maravilhosa. Muitas vezes soube me aconselhar melhor que meus próprios pais, eu perdi minha mãe dos bons conselhos.
Luiz – Eu sei o quanto ela foi importante para você, Carla, mas tudo o que nos resta é guardar as boas coisas que minha mãe ensinou a todos nós.
Carmem – Dona Marlene criou a gente como se fôssemos filhos dela, isso fortaleceu nossos laços de amizade. Você, Luiz, deve dar continuidade a esses laços, você é como um irmão para a gente.
Pedro – Conte comigo para qualquer coisa, Luiz, estarei às suas ordens.
Carla – Eu espero que você não vá para Cruz das Almas, vai ser difícil para minha mãe que já perdeu a amiga ver o filho dessa amiga ir embora.
Luiz – Obrigado pela força! Quanto a minha volta para Cruz das Almas, eu ainda não sei o que vou fazer.
Carmem – Essa é a hora de você perceber que aqui há uma família para você e não estamos falando apenas da família Almeida. Estamos falando de todos do Calabar e do Alto das Pombas. Todos vieram se despedir da nossa querida Marlene Silva.
Pedro – Eu nunca vi nada igual por aqui. Parecia Cortejo de São Lázaro, todo mundo se uniu ao lado do corpo da tia Marlene. Foi uma coisa muito bonita.
Carla – Isso prova que você não está sozinho. Eu também estou ao seu lado.
Luiz – Obrigado por tudo. Depois que essa tempestade passar, pensarei se volto para Cruz das Almas. Levarei para sempre comigo o carinho e a atenção que vocês sempre me deram.
Pedro – Luiz, seu pai acaba de chegar, acho que você deve ficar sozinho com ele. Depois, quero falar com você sobre seu retorno para Cruz das Almas.
Carla – Isso mesmo, a gente não quer que você vá embora. Tchau!
Luiz – Tchau, Carla! Depois a gente se fala. Boa-tarde, meu pai!
José – Boa-tarde, meu filho! Como está a sua cabeça depois dessa barra que enfrentou sozinho?
Luiz – A cabeça foi preparada por dr. Roberto, o médico que estava de plantão nas últimas horas de vida de minha mãe. Quanto à barra, eu não estou

fazendo tudo sozinho. Toda comunidade do Calabar está me ajudando, minha mãe era muito querida aqui.

José – Então, Luiz, o que você quer mais? Ajudo você a consertar essa casa, você já tem emprego, tem sua pequena Escola de Música e é respeitado onde mora e onde trabalha. Só depende de você para crescer.

Luiz – Pai, eu sinto muita saudade dos meus amigos de Cruz das Almas e da cidade também.

José – Se você mudar para lá, vai sentir saudade daqui e dos novos amigos que fez. É só viajar nas festas e nos feriados, aos poucos você vai se acostumando.

Luiz – Essa casa tem que ser derrubada e fazer outra, as paredes são muito frágeis. Onde vou morar quando estiver construindo?

Dona Catarina – Lá na minha casa, seu moleque! Desculpa entrar assim na conversa. Já conversei com Paulo, Sérgio e Canário. Eles não querem que você vá embora, acham que precisa continuar dando aula de violão para nossa garotada.

José – Está vendo aí? Você pode melhorar muito a sua vida e a dessas crianças. Mês que vem mando dinheiro para começar as obras.

Dona Catarina – Luiz, meu filho. Sua mãe enquanto teve vida e saúde cuidou dos meus filhos como se fossem dela, agora me deixe cuidar de você, é a única forma que eu e Paulo temos para retribuir o bem que sua mãe nos fez.

Luiz – Obrigado, dona Catarina! Semana que vem darei a resposta para a senhora.

José – É assim que se fala! Sabemos que não está na hora de tomar uma decisão tão séria, mas tome a decisão que seja boa para mim, você e seus novos e antigos amigos.

Todos vão passar a noite na igreja do Alto das Pombas. Durante toda a noite, os amigos de dona Marlene contam para Luiz as histórias da sua mãe. Principalmente, sobre a sua sinceridade com as crianças, seu jeito de fazer amizade, sua gratidão com os que precisavam de ajuda e sua solidariedade com todos. Nessas histórias, Luiz fica sabendo que o maior sonho de dona Marlene era criar uma escola de corte e costura para as meninas pobres do Calabar e Alto das Pombas, mas que já se dava por satisfeita por seu único filho dar aulas de música para a molecada das duas comunidades. O dia vai clareando, já é sábado 31 de janeiro de 1998. Alguns bêbados circulam ao redor da igreja, passaram a noite ingerindo bebidas alcoólicas em homenagem a sua amiga que lhe dava comida para matar a fome de beberrões.

As flores que vão para o cemitério começam a chegar. Luiz Silva, ao lado de seu pai, se prepara para o sepultamento da mulher que lhe deu à luz há 22 anos. Junto com o povo do Calabar, do Alto das Pombas, São Lázaro e até da Rocinha da Sabino, comunidade que fica entre o Chame-Chame e a Barra. Para a maioria dos moradores dessas comunidades a festa de Iemanjá, no Rio Vermelho, dia 2 de fevereiro vai ser apenas de orações em suas casas. Carla Almeida e seus irmãos não irão saudar Iemanjá, estão sem a sua querida babá, Marlene da Silva que veio a falecer de insuficiência respiratória em 30 de janeiro de 1998, aos 48 anos de idade. Deixando vários filhos adotados pelo seu carinho ao ser humano e José Luiz da Silva Filho, o único legítimo que saiu da cidade de Cruz das Almas para cuidar dela.

NASCE O AMOR

Os dias passam se arrastando, Luiz Silva volta a trabalhar no domingo. Aos poucos vai superando a morte de sua mãe que ele lutou tanto para evitar. No meio da semana, ele se muda para a casa de seu Paulo e dona Catarina. Os móveis que não foram jogados fora ficam guardados em um cômodo do terraço. Luiz passa a dividir quarto com o Pedro. No domingo, 8 de fevereiro, ele chega cedo do trabalho e vai tocar violão no terraço e preparar as aulas que aplicará na semana que está para começar. Carla chega da praia e vai falar com ele.

Luiz – Boa-tarde, Carla! Voltou cedo da praia hoje?
Carla – Voltei, sim. Quero falar com você.
Luiz – Sobre o quê? Se ainda quero ir embora?
Carla – Isso também, mas principalmente para parabenizar você pela Missa de Sétimo Dia de tia Marlene. Foi uma missa linda.
Luiz – Até eu que organizei achei bonita, minha mãe mereceu.
Carla – Mereceu mesmo, Luiz. Agora, que esses problemas de doença, hospital e sepultamento passaram, posso lhe pedir uma coisa?
Luiz – Se for algo que esteja ao meu alcance, pode sim.
Carla – Fica aqui em Salvador, você está morando em nossa casa. Logo vai construir a sua onde sua mãe morou, será bom para você.
Luiz – Você pede com tanto carinho que eu fico sem jeito de lhe dizer não, mas ainda vou pensar um pouco.
Carla – Te peço assim, porque você é fino, um rapaz diferente de todos que eu conheço. Você é muito educado, Luiz.
Luiz – Eu sou igual a todo mundo. Não me acho tão refinado assim como você fala.
Carla – É porque você ainda não conhece os jovens daqui. Eles são desligados de emprego, estudos e das próprias famílias. Você é o contrário de todos eles.
Luiz – Tá bom, te entendo. Mesmo assim, vou avaliar mais a situação, depois decidirei se fico em Salvador ou vou embora.

Dona Catarina e seu Paulo também vão para o terraço.

Seu Paulo – Isso é uma coisa que você precisa decidir. Há muito o que fazer por aqui; o seu trabalho, as aulas de música da garotada e refazer a casa da sua mãe.
Dona Catarina – Sem contar com o que eu quero fazer: cuidar dele como Marlene cuidou dos meus filhos.
Luiz – Pronto, recomeçaram com as cobranças. Estou no maior dilema, se ficar aqui sinto saudade dos amigos de Cruz das Almas. Se for para lá, temo ficar com remorsos. Não quero carregar arrependimentos.
Seu Paulo – Isso já é um sinal de que ele está querendo ficar. Vou abrir umas cervejas para comemorar e empolgar o rapaz.
Luiz – Escutem, na verdade eu preciso refletir um pouco. Não está nada decidido ainda. Tenho que recolocar minha cabeça em ordem, mas as suas chances são grandes.
Carla – Mãe, vou me arrumar para ir à Lagoa do Abaeté com Pedro e Lúcia, ele me convidou.
Dona Catarina – Por mim pode ir, fale com seu pai.
Seu Paulo – Desde que ela se comporte na rua e não atrapalhe Pedro e Lúcia, pode ir à vontade.

Nesse momento, Carla desce para trocar de roupa.

Dona Catarina – Luiz, eu tenho certeza que você vai tomar uma decisão que seja boa para todos. Escuta, tem alguém lhe chamando lá embaixo.

Dona Catarina e Luiz Silva vão até a sacada e veem Mestre Canário na rua com duas crianças que pretendem ingressar na escola de música. Luiz desce para abrir o portão, ao passar em frente a porta do quarto de Carla Almeida a vê completamente nua. Ele dá uma parada, olha mais um pouco de forma que ela não o veja, o som vindo do terraço camufla o barulho dos passos de Luiz que fica vislumbrado com a beleza do corpo que vê. Encosta a porta bem devagar e vai abrir o portão para Mestre Canário.

Canário – Perdeu-se dentro da casa nova, Luiz?
Luiz – É verdade, Canário, eu me perdi mesmo. Não sei se fico em Salvador e encaro o meu destino ou se volto para Cruz das Almas e levo uma vida meio pacata.

Canário – Fique e encare o tal destino. Olha só que beleza, essas crianças querem entrar na sua Escola de Música. Fique e mude a vida dessas coisas lindas do Senhor do Bonfim.

Luiz vai subindo as escadas com Canário e as crianças.

Luiz – Mestre Canário, preciso de mais violões, banjos, bandolins e cavaquinhos. A escola já tem 25 alunos e faltam instrumentos para que todos aprendam na mesma aula.
Canário – Eu, Paulo e Sérgio estamos providenciando novas doações de instrumentos. Agora... E você? Já está se acostumando com a falta da sua mãe?
Luiz – Já, sim. Aquele doutor Roberto me preparou muito bem! Depois, esse fato de ela gostar de eu dar aulas e a dedicação da criançada vem contribuindo muito.
Canário – Você precisa sair um pouco, Luiz. Semana que vem nós iremos ao Pelourinho e vamos levar você. Está de luto da sua mãe, mas não está morto.
Seu Paulo – Toma uma cervejinha, serve para relaxar. Sei que você não quer saber de diversão, mas Canário está certo. Precisa arejar a mente.

Minutos depois, Carla Silva sobe já arrumada para ir à Lagoa do Abaeté:

Carla – Mãe, Pedro ligou e disse que vai me esperar no ponto da Aeronáutica, daqui a trinta minutos.
Canário – Você vai aonde, Carla?
Carla – Eu vou visitar a Lagoa do Abaeté com o Pedro e a Lúcia.
Canário – Aproveita e leva o Luiz com vocês. Ele precisa sair um pouco, semana que vem eu vou levá-lo para conhecer o Pelourinho.
Seu Paulo – Boa ideia, Canário! Assim, ele vê onde nasceu o Malê Debalê e onde Caetano Veloso gravou um dos primeiros clipes musicais da Bahia.
Luiz – Então, isso não é só um passeio, é uma viagem ao berço da cultura baiana.
Dona Catarina – Você vai ver também a bica das lavadeiras do Abaeté. É um luxo!
Carla – Se quiser ir conosco, tem uns 25 minutos para tomar banho e se arrumar.
Luiz – Eu vou! Vocês sempre conseguem me convencer.
Seu Paulo – Luiz! E esses meninos? O que vamos fazer com eles?
Luiz – O senhor e o Canário tratem das matrículas deles. Quero os dois amanhã na Escola de Música.

Luiz desce para tomar banho e se arrumar, enquanto os outros continuam no terraço.

Dona Catarina – Paulo, cuide bem dos novos alunos do Luiz, ele tem muito ciúme desses meninos.

Canário – Pode deixar que a gente ajeita tudo direitinho. Paulo, vê se consegue violões e outros instrumentos usados com a prefeitura, o Luiz vai precisar.

Seu Paulo – Amanhã mesmo vou conversar com alguns vereadores e secretários, eles podem nos ajudar muito.

Carla – Sérgio das Flores está lá embaixo. Mãe! Vou descer e esperar o Luiz na sala.

Canário – Eu espero que o passeio de hoje mude um pouco a cabeça de Luiz, desde que ele chegou só teve problemas muito sérios para resolver. É por isso que ele só pensa em ir embora.

Seu Paulo – Você não quer perdê-lo como professor de música na Associação, não é?

Canário – É claro que não! Ele deu outro sentido para a Secretaria de Artes e Cultura do Calabar, além de escolher as crianças mais pobres e transformá-las em verdadeiros músicos.

Sérgio – Boa-tarde, amigos! Cadê Luiz? Preciso falar com ele.

Dona Catarina – Luiz aceitou ir ao Abaeté dar um passeio. Deixa essa conversa para depois.

Sérgio – Deixo, sim! Quero combinar para a gente sair um pouco no carnaval. É bom que ele veja o povo nas ruas para fazer novas músicas para o Bloco Calamaço. Precisa aprender fazer letras com enredo para desfile público.

Canário – Vamos aproveitar e ir com ele semana que vem.

Sérgio – Ótimo! Só assim a gente segura Luiz em Salvador, o rapaz só fala em voltar para Cruz das Almas.

Seu Paulo – Aos poucos ele está cedendo, só que a decisão não pode ser nossa.

Dona Catarina – Nem fico pensando nessa decisão, rezo para o Senhor do Bonfim pedindo que ilumine esse jovem, ele é bondoso e inteligente. Precisa arranjar um meio de aplicar melhor o que sabe.

Canário – Sabe, Catarina? Tudo tem sua hora, quando chegar a hora certa, Luiz vai se dar muito bem na vida. Ele merece.

Nesse momento, chegam dona Graça e dona Quitéria, esposas de Mestre Canário e Sérgio das Flores respectivamente. Formando assim três casais de senhores que vão passar a tarde juntos no terraço de seu Paulo e dona Catarina. Eles farão a festa entre si contando histórias, prosas, declamando poesias, cantando sam-

bas antigos, tudo regado de petiscos e muita cerveja servida pela dona da casa. Essa festa só acaba lá pelas 9 horas da noite, quando todos vão descansar para trabalhar na segunda-feira.

Carla Almeida e Luiz Silva descem as escadas rumo a avenida Oceânica. O sol está forte e as pessoas se agitam nas ruas. Umas chegando da praia e outras saindo rumo ao Farol da Barra à procura de algum agito pré-carnavalesco. Luiz observa esses detalhes do bairro de Ondina, quando aparecem Pedro e Lúcia Veiga, uma morena simpática e alegre que não desgruda de Pedro um só instante. Feitas as apresentações, os quatros jovens pegam o ônibus da linha Campo Grande–Itapoã. Essa linha passa por toda a orla marítima de Salvador, do Porto da Barra ao Largo de Itapoã. Luiz Silva até então só conhecia a orla até o Rio Vermelho, onde trabalha. Quando vai passando por Amaralina, ele se emociona pela imensidão do mar esverdeado e vai para o lado direito do ônibus, assim fica mais fácil ver a beleza marítima da cidade. Carla Almeida o acompanha e vai dando dicas dos principais pontos turísticos pelos quais vai aparecendo aos seus olhos. A praia da Pituba, o coqueiral do Jardim de Alah, o encontro do rio com o mar na Boca do Rio. Mais coqueiros nas praias do Corsário e do Sesc. As altas ondas do mar de Piatã e por fim Itapoã com seu largo cheio de barracas de pescadores. O Farol ao fundo ostentando sua presença na bela pedra que dá nome ao bairro em língua indígena: pedra que ronca. Aquele cheiro que não se sente em outro lugar do mundo, só Itapoã tem um cheiro de comida misturada com cheiro de mar, o cheiro de tempero vindo dos pequenos e charmosos restaurantes. Cheiro de peixe, o que deixa um ar de Bahia de todos os mares, sabores, ventos, santos e amores para deixar qualquer ser humano deslumbrado. Um pequeno engarrafamento para dar tempo e olhar a calçada de pedras portuguesas e sua gente animada passeando. Logo, o ônibus começa a subir a rua que dá acesso ao Parque Ecológico e Turístico do Abaeté; a Lagoa de água escura rodeada de areia branca, suas dunas com arbustos rasteiros e um aglomerado de quiosques com muita comida típica, crianças correndo livremente, vento oeste jogando a brisa do mar e principalmente música, muita música para todos os gostos, prazeres, ouvidos e amores. Casais nas mesas comprando flores dos ambulantes, mulheres apaixonadas pedindo músicas românticas para seus companheiros e os garçons trabalhando muito para atender da melhor forma possível seus clientes. Ao pôr os pés no chão, Luiz Silva olha para todos os lados, o ônibus segue rumo ao ponto final que fica em Nova Brasília de Itapoã, os jovens começam a andar rumo aos quiosques onde estão instalados os restaurantes e a bica das lavadeiras e ao fundo a bela Lagoa do Abaeté.

Luiz – Meu Deus, a paisagem é muito bonita, obrigado, gente, por me trazer aqui!
Pedro – Isso aqui ainda vai ficar mais cheio, assim que a noite chegar.
Carla – Quando estou triste, venho parar na Lagoa, me sinto renovada toda vez que chego aqui, é um lugar místico.
Luiz – Místico e bonito, Caetano agiu bem gravando o clipe aqui.
Pedro – Vamos procurar um lugar para sentar e beber alguma coisa.
Carla – Pedro, você senta com Lúcia, eu vou dar uma volta para mostrar o restante da Lagoa para Luiz.
Lúcia – Tá certo, mas não demorem.
Luiz – Nós não vamos demorar, quero voltar para ouvir essas músicas maravilhosas que tocam aqui.
Carla – Então, vamos logo.

Pedro Almeida e Lúcia Veiga vão sentar-se enquanto Carla Almeida e Luiz Silva seguem rumo às dunas do Abaeté. Na lateral da Lagoa fica um restaurante meio isolado dos outros quiosques, um pouco acima tem uma escadaria que deixa o visitante numa posição que lhe permite ver todo o Parque do Abaeté. Luiz e Carla se acomodam no último degrau da escadaria. Ela vai explicando como o Parque foi preservado e o sucesso dos seus quiosques.

Carla – Aquela parte das árvores serve para a preservação do ecossistema do Parque. Aqui é proibido retirar areia para não degradar a área nem a Lagoa. Esses quiosques são responsáveis pelos serviços de diversão, pela venda de comidas típicas de Salvador e pela venda do artesanato local. Por isso, faz tanto sucesso.
Luiz – Vocês tinham razão. Eu precisava mesmo vir aqui, além do lugar ser bonito, tem uma cultura diversificada. Isso sem falar na sua presença.
Carla – Obrigada pelo elogio à minha presença.
Luiz – Carla, por que você não quis que eu fosse embora?
Carla – Porque você é o único homem que conheço que não tem vícios pesados, é educado, tem carisma, pensa em ajudar quem precisa e ainda por cima gosta de cultura.
Luiz – Isso você já falou. Eu acho que o motivo é outro.
Carla – Se for outro, eu não estou sabendo dizer, mas o que eu disse conta muito.
Luiz – E qual é o outro motivo?
Carla – Se eu soubesse dizer já teria lhe dito.
Luiz – Mas esse outro motivo existe?
Carla – Não adianta existir, nem quero que exista. Não quero prejudicar a sua

boa relação com meus pais e meus irmãos.

Luiz – Como assim Carla?

Carla – Meus familiares gostam muito de você. Eu tenho problemas de relacionamento com eles. Ninguém vai nos apoiar se acontecer algo entre eu e você. Como essas coisas ninguém consegue proibir, é melhor não começar, se começar quem vai sair perdendo é você.

Luiz – Não te entendi completamente, seja mais clara.

Carla – Eu tive um namorado, ficamos sério por seis meses, depois que transamos umas poucas vezes ele terminou. Todos lá em casa acham que a culpa foi minha.

Luiz – Então, é por isso que você não tem namorado?

Carla – Isso é o mínimo, meu pai acha que o fato de eu ter abandonado os estudos afugentou o rapaz.

Luiz – Seu pai tem um pouco de razão. Por que você não volta a estudar?

Carla – Eu não tenho mais paciência com sala de aula. Quero mesmo é arrumar um emprego.

Luiz – Mas o trabalho não vai resolver o problema dos estudos e da sua família.

Carla – Eu quero ser independente, assim faço o que quero.

Luiz – Você abandonou a escola em que série?

Carla – No terceiro ano do Segundo Grau.

Luiz – Sua família tem mesmo que cobrar isso de você. Já estava para concluir o Segundo Grau.

Carla – Eu sei, Luiz, mas não precisam me atormentar o resto da vida por causa disso.

Luiz – Você acha que isso é o suficiente para impedir que a gente se relacione?

Carla – Existem outros fatores que contribuem. A vizinhança tem uma língua que é pior que navalha afiada, vão dizer que meus pais lhe colocaram dentro de casa para arranjar casamento para a filha que deixou de ser virgem com outro cara. Entende?

Luiz – Mas... E a vizinhança sabe você não é mais virgem?

Carla – Não sabe, mas deduz. O povo não perdoa ninguém.

Luiz – Eu acho que não teremos esse tipo de problemas com os vizinhos. Você se comporta muito bem no Calabar e seus pais têm o respeito da maioria.

Carla – Você já está falando como se eu tivesse lhe dado sim. É meio apressadinho!

Luiz – Essas coisas a gente não consegue segurar e se você nasceu para ser minha, será.

Carla – Eu não concordo nem discordo. Mas e você? Fale da sua namorada de Cruz das Almas.

Luiz – Foi bom, mas brigamos antes de eu vir para cá. Ela me mandou escolher: ou minha mãe ou ela! Você já sabe quem escolhi.
Carla – Que egoísta. Você escolheu certo.
Luiz – É verdade, não salvei minha mãe, mas ajudei o quanto pude.
Carla – Me diz, então, por que você de repente se interessou por mim?
Luiz – Foi mais de repente do que você imagina, um dia eu te conto tudo, agora seria meio precipitado.
Carla – Nem começou e você já tem segredinhos? Então, não lhe aceito.
Luiz – Sem segredinhos não tem charme, sem charme não tem sedução, sem sedução não vira amor. Dá-me um beijo!
Carla – Só um beijinho, temos que ir para perto do Pedro. Esqueceu?
Luiz – Está bom, vamos manter segredo até eu criar coragem de falar com seu pai.
Carla – Me avisa antes, se eu estiver em casa ele vai querer me repreender.
Luiz – Deixe comigo, vou arrumar um plano para que ele não fique muito bravo.
Carla – Meu pai é raposa velha, Luiz, se você e eu começarmos esse namoro ele vai descobrir antes que você imagina.
Luiz – Preciso de um aliado que possa despistar seu Paulo, o Pedro me parece ideal, é o único que lhe chama para sair.
Carla – Caramba! Você capta as coisas rápido demais! Mas é arriscado.
Luiz – Eu sei, mas preciso ganhar tempo.
Carla – Vê lá o que vai arrumar, não estrague minha relação com meu irmão.
Luiz – Deixe comigo, Pedro já me contou uns segredinhos dele, são minhas cartas.
Carla – Posso saber quais são os segredos?
Luiz – Conversa de homem para homem é assunto proibido para mulher.
Carla – Mesmo quando essa mulher é pretendente de um e irmã do outro?
Luiz – Pretendente ainda não é namorada e irmão não é concorrente, mas mesmo assim não faz sentido você ficar sabendo dos nossos segredos.
Carla – É tudo igual, essa raça de homem não vale o que fala.
Luiz – É a lei dos relacionamentos, minha preta, se a gente não saca o sogro, perde o que ainda vai ganhar.
Carla – Nem começou, já está contando vantagem.
Luiz – Tenho quase certeza de que você será minha.
Carla – Fala baixo, seu maluco, estamos perto da mesa do Pedro.
Luiz – Pedro, foi uma maravilha o passeio.
Pedro – Você precisa conhecer o Pelourinho. Lá, a coisa é mais quente que aqui.
Lúcia – É melhor ir se acostumando, Luiz, Salvador não é um lugar só para trabalhar e morar, é uma cidade para se divertir e muito.

Luiz – Eu posso pedir uma música para esses cantores tocarem?
Carla – Pode, mas sempre tem uma fila de pedidos.
Luiz – Então, "Queixa" do Caetano Veloso.
Pedro – Está apaixonado, meu irmão? Pede "Chiclete Com Banana".
Luiz – Gosto do "Chiclete", mas quero ouvir Caetano.
Lúcia – Deixa que eu vou, Luiz; se o Pedro for, ele só pede música agitada.
Carla – Eu vou com você, Lúcia.
Pedro – Mulheres são um perigo, você ainda vai pedir música romântica.
Luiz – Esqueceu que eu ainda não quero fazer festas?
Pedro – Respeito seus sentimentos, mas dona Marlene gostava de farras, ela trazia a gente para cá, caía na festa com toda essa garotada que você está vendo, dançava que era uma beleza, sem cerimônias.
Luiz – Eu sei, ela disse que um dia me ensinaria até arranjar namoradas.
Pedro – Por falar nisso, e você? Quando vai arrumar uma gata?
Luiz – Pois é, Pedro, tô de olho numa menina e vou precisar de sua ajuda.
Pedro – Cara, isso não dá certo, mulher é um bicho complicado. Vai pensar que sou eu quem está ligado na dela.
Luiz – Só que essa não pode pensar isso de você.
Pedro – O que? A Carlinha? Tô fora! Sou muito amigo da minha irmã. Isso na nossa família será transformado em briga.
Luiz – Ela já me falou isso.
Pedro – Cara, você não perde tempo, agora eu vou ter que colaborar.
Luiz – Não é muita coisa, é só você sair com ela e me convidar.
Pedro – Eu vou tentar, mas te advirto: meu pai não dorme no ponto, logo ele vai perceber. Se liga, meu velho é muito gente fina, chama ele e abre o jogo.
Luiz – Na verdade, ainda não estamos namorando, ela não me disse se me quer definitivamente.
Pedro – Você vai para o Pelourinho com ele no próximo domingo, aproveita e fala tudo.
Luiz – Eu preciso falar com ele da minha casa antes, assim ele não pensa que sou moleque.
Pedro – Esse lance de casa ajuda, mas se não tiver casa e ter o apoio da matriarca Catarina, vocês se casam com imóvel ou não e ficam morando lá em casa mesmo. Ela quer a felicidade da Carla e gosta muito de você. Isso vale muito.
Luiz – Pare de falar que as meninas estão voltando.
Pedro – Pode contar com o segredo da Lúcia, ela não se mete na vida alheia.
Carla – Já pedimos a música, agora vocês dois peçam um arrumadinho.

Luiz – Arrumadinho!? O que é isso?
Pedro – É um prato criado pelos barraqueiros de praia, vem um pouco de carne, feijão, muita cebola, tomate... É uma delícia.
Carla – Enquanto o arrumadinho não vem. Vou comprar acarajé.

Os quatros jovens passam o fim de tarde se divertindo, desfrutando da música e das pequenas lojas de artesanato da Lagoa do Abaeté, onde fazem compras. Ficam no parque ecológico e turístico até as 8 horas da noite. Vão embora felizes da vida. Quando chegam ao Calabar por volta das 9 horas da noite, a comunidade está com uma movimentação de entrada e saída de pessoas que voltam dos seus passeios dominicais ou saem do Calabar. No meio da entrada do Calabar fica o bar de seu Armando, um senhor figuraça que é politizado. Têm nas paredes do seu estabelecimento fotos de Bob Marley, Che Guevara, Antonio Conselheiro, Ulisses Guimarães e Lamarca. Na frente tem umas mesas e cadeiras, uma dessas ocupada por Chico Capoeira, Fátima Pires e Joana Dark.

Fátima – Olha quem vem lá. Luiz, Carla, Pedro e sua namorada.
Joana Dark – Pela cara do Luiz, ele está se dando muito bem com a Carla.
Chico – Deixa de ser maldosa, Joana, eles são como irmãos.
Joana Dark – Se ainda não está rolando nada, a qualquer hora vai rolar uns amassos.
Fátima – É, Luiz está diferente, parece mais satisfeito com a vida.
Chico – Faltava essa, ele fica com a negrinha mais cobiçada do pedaço.
Fátima – Ainda dá tempo de você sair com ela. Está esperando o que?
Chico – É só você me largar em paz.

Fátima se levanta e vai para o meio da rua falar com os quatro jovens.

Fátima – Olá, gente, vão nos fazer companhia por uns instantes?
Pedro – Tem que ser pouco tempo, nós estamos cansados.
Carla – A gente foi para o Abaeté, lá está muito bom, pena que tivemos que vir embora.
Chico – Pedro, vai ter batismo de alunos no sábado à tarde na escola de capoeira, compareça e leve Luiz para ele conhecer.
Pedro – Deixa comigo, Luiz também joga umas pernas, além de gostar de baba. Quando tiver futebol, também me avisa.
Fátima – Esses homens só se juntam para falar de mulher, capoeira, carnaval e futebol.

Lúcia – Minha amiga, sem isso eles não conseguem sobreviver.
Carla – O pior é que, quando ficam mais velhos, passam a ser narradores de tudo o que queriam fazer e não fizeram quando eram novos e querem que a gente acredite que tudo é verdade.
Chico – Muita mulher junta é humilhação. Vamos para outra mesa e deixar elas fazerem fofocas sozinhas.

O grupo se separa, as mulheres ficam na mesa já ocupada e os homens vão para outra mesa vazia ao lado.

Fátima – Agora, sim, nós estamos livres para falarmos o que quisermos.
Lúcia – Eu gostei muito de você. É rápida nas palavras e põe eles contra a parede.
Joana Dark – Eu gosto muito de ficar perto dela. É espontânea, inteligente e amiga fiel.
Fátima – Obrigada, Jô! Carla, e você meu bem? Quando vai desencalhar? Você é uma preta muito bonita para ficar sozinha.
Carla – Eu pretendo descolar um gato, mas só falo quando estiver tudo certo.
Joana Dark – Me fala, linda, assim eu não dou em cima do seu pretendente.
Fátima – Sossega, bicha! Carla quer manter tudo em segredo até o último minuto.
Lúcia – Gente, nem eu que sou noiva do irmão da Carla sei quem é esse misterioso rapaz.
Carla – Não se preocupem, na hora exata vocês vão me ver agarradinha na cintura dele.
Fátima – Faz muito tempo que a gente não te vê com esse sorriso de felicidade, Carla.
Lúcia – Ela passou por uns problemas sérios ultimamente. Agora, a tormenta já foi embora.
Carla – Sabe, Fátima, é muito difícil se sentir feliz no Calabar. Tem horas que eu quero ir morar em outro lugar.
Joana Dark – Não se iluda. Estamos perto de tudo; do centro da cidade, das melhores praias e das maiores riquezas de Salvador. Tem comunidade que é pior que aqui. Eu gosto do Calabar e quero continuar aqui.
Carla – De que adianta morar perto da riqueza e não usufruir dela? Estamos no meio das áreas mais ricas, mas é como fisgar o peixe e vê-lo fugir de volta para o mar. A riqueza existe perto dos nossos olhos, mas nunca chega em nossas mãos.
Joana Dark – Então, *baby*, esse seu pretendente tem que ter muita grana para tirar a sua Cinderela do Calabar.

Carla – Não, necessariamente. Quero uma pessoa que procure uma vida melhor, isso é um direito de todos.
Fátima – Ôpa! Vamos parar com essa conversa. Está virando papo de perua.

Depois de obter as possíveis informações que precisava, Fátima Pires se cala, pois na sua experiência de mulher vivida, ela já percebeu que entre Carla Almeida e Luiz Silva está rolando um clima de pré-relacionamento. Quando chega a casa, ela comenta com Chico Capoeira.

Fátima – Chico, se você nunca saiu com a negrinha mais cobiçada do Calabar, pode tirar o seu cavalinho da chuva. Pelo que eu ouvi da própria Carla, não vai demorar muito para ela e Luiz assumirem um relacionamento.
Chico – Eu não me incomodo se Carla arranjar um namorado, isso é problema ou felicidade dela. Agora, o fato de esse namorado ser o Luiz, isso é um ponto muito alto para ele. Aí, ninguém vai poder conter o avanço dele no Calabar.
Fátima – Já que é assim, pode ir se preparando para vê-lo subir mais um degrau na comunidade.
Chico – Você acha que o namoro vai rolar mesmo?
Fátima – Se já não estiver rolando por baixo dos panos, meu caro. A Carla está serena, mais empolgada como mulher. Ela não afirmou que pode ser Luiz, mas ela não trabalha e não estuda, portanto não sai de casa. Tem uma semana que ele está morando na mesma casa que ela e agora a menina está toda assanhada.
Chico – Você fala do contato direto.
Fátima – Isso mesmo, eles sabem que não são irmãos, apesar de dona Marlene ter criado os filhos de seu Paulo e de dona Catarina sair por aí dizendo que Luiz é como um filho para ela. Nada disso impede dos dois se relacionarem.
Chico – Só que Luiz corre o risco de perder o apoio dos pais dela.
Fátima – Não conte com isso. Carla é metida demais para querer um namorado que se criou no Calabar. Luiz veio parar aqui por causa da doença de dona Marlene, foi ficando, sua mãe morreu e ele foi morar na casa da família que sua mãe ajudou sempre. Ele é trabalhador, educado e presta serviços voluntários à comunidade. É um bom partido para qualquer jovem que esteja sozinha e a Carla não vai deixar que outra garota segure o bom partido que mora embaixo do mesmo teto que ela.
Chico – Mas tenho certeza que seu Paulo não aprova o namoro.
Fátima – Pode haver resistência, mas depois ele vai acabar aceitando. Carla já me falou que seu pai anda reclamando porque é ele quem paga as suas

contas. Como Luiz é trabalhador...

Chico – Se isso acontecer, o Luiz vai ficar mais forte.

Fátima – Exatamente, gato. Se ele tem defensores no Calabar, depois que se casar com a jovem mais querida do bairro, vai aumentar sua moral e consequentemente o número de defensores.

Chico – Eu tenho que impedir isso.

Fátima – Será suicídio da sua parte, não se esqueça que o erro do Reginaldo está mais ou menos caindo no esquecimento. Se você for impedir a progressão do Luiz, o problema do seu irmão volta à tona e com muita força. Você não vai suportar tudo.

Chico – Sabe, Fátima, dez anos atrás eu montei uma escola de capoeira aqui no Calabar. Dei aula de graça para essas crianças e ninguém me deu apoio. Agora, vejo Luiz chegar aqui, fazer mais ou menos o que já fiz e todo mundo paparicando um cara forasteiro.

Fátima – Santo de casa não faz milagres! O que aconteceu para você não ter apoio?

Chico – No início todo mundo matriculava as crianças e adolescentes até que um dia uma aluna fraturou um braço. A escola foi se esvaziando, sem as mensalidades para pagar as despesas fui forçado a fechar a escola de capoeira e interromper meu projeto de vida.

Fátima – Chico, você tinha um preparador físico para orientar os alunos nos exercícios mais pesados durante as aulas?

Chico – Não, isso custa caro, eu não ia ter lucro.

Fátima – Então, não era um projeto de vida, era um plano de derrota.

Chico – O que você entende de negócios?

Fátima – Pouca coisa, mas todo investimento tem que ser calculado. Vai ver que você tinha mais alunos que podia controlar, por isso aconteceu o acidente.

Chico – Mas... E você? Já tentou fazer alguma coisa assim?

Fátima – Eu não montei um negócio, mas tentei a carreira de modelo.

Chico – Por que o sonho ficou pelo caminho?

Fátima – Eu tinha 19 anos quando estava fazendo uns trabalhos legais e lucrativos. Só que namorei o fotógrafo que era bancado pelo dono da agência, que era gay. Aí, minhas fotos nunca chegavam aonde precisavam chegar.

Chico – Por que não trocou de agência?

Fátima – Tinha um contrato e a multa era muito alta.

Chico – E, depois do contrato, o que aconteceu?

Fátima – Já havia me queimado no mercado, fui tentar ser rainha ou princesa do carnaval, caí nas mãos de um cafajeste que me envolveu com uns gringos, aos poucos fui virando prostituta.

Chico – Você tem saudades dessa época?

Fátima – Só da badalação, o resto era só sexo e perigo.

Chico – Por que não volta à ativa?

Fátima – Eu não, prefiro continuar com você e estou esperando um filho seu, quero lhe dar o prazer de ser pai e ser só sua.

Chico – E quem falou que tô querendo dividir você com alguém? Está ficando louca?

Fátima – Desculpa, Chico, eu não entendi!

Chico – É que eu não me expliquei direito. Seja para alguém o que esse cafajeste foi para você. Vire agenciadora, você conhece bem esse negócio e seus lucros.

Fátima – Chico, você é um gênio, se você me ajudar estou nessa.

Chico – Desde que um cliente não queira ficar com você e que a grana seja direcionada para nossa casa, conte com meus contatos frente aos gringos, nós vamos faturar muito, minha gata!

Fátima – Faturar muito eu não garanto, mas conto com um pouco mais de dinheiro para melhorar nossas vidas.

Chico – Fechado. Juntos como pais, na cama, na casa e nos negócios. Somos demais!

Fátima – Você se esqueceu de uma coisa, gostoso. Na cama serei só sua e você será só meu. Agora venha que vou lhe dar um banho de fogo, minha cintura está fervendo.

Chico – É hoje que vou tomar banho e saio lambuzado de você! Eu sou um cara de sorte, muita sorte...

Fátima – Então, vem logo saborear o seu prêmio.

Chico – Esse prêmio não quero dividir com ninguém, é só meu.

Fátima – Sem querer me meter em suas ideias; mas é meio curioso porque você implica tanto com o fato de Luiz crescer no Calabar...

Chico – Eu não tive a menor chance de refazer a minha academia, porque aqui tem um quarteto formado por seu Paulo, Sérgio, Canário e Armando, se eles quiserem ajudar qualquer jovem pode transformá-lo em um vereador bem votado para a câmara de Salvador, eu não quero que isso aconteça com Luiz.

Fátima – Eles têm esse poder todo?

Chico – É claro que têm, eles me procuraram na época da academia e disseram que podiam me eleger vereador, bastava eu trabalhar direito, mas quando aconteceu o acidente com a aluna eles desapareceram para não se comprometerem.

Fátima – Eu achava que o seu jeito de falar do Luiz era pessoal entre você e ele.

Chico – Eu não tenho nada contra Luiz, até acho que ele faz um trabalho bom e que o bairro precisa, só que ele é um forasteiro e ainda por cima está sendo usado pelos espertinhos do Calabar para fazer a comunidade sair do anonimato.
Fátima – Mesmo assim não acho que ele tem pretensões políticas.
Chico – Ninguém tem pretensões políticas até a proposta aparecer,. Agora quero aquele banho de amor que você me prometeu.

A semana passa sem muita novidade, chega domingo mais uma vez. Carla Almeida está na maior ansiedade, Luiz um pouco apreensivo, mas com a consciência de que tudo será mais uma prova para a sua persistência diante do que ele quer. Ele percebe que quando seu Paulo se prepara para levá-lo para o Pelourinho é a hora apropriada para ele ir preparando o terreno da sua investida sobre o seu namoro com Carla. Os dois se encontram na sala para esperar Mestre Canário e Sérgio das Flores que os acompanharão na ida ao Pelô. Dona Catarina e Carla estão conversando com Maria, mãe de Andrezinho nas escadas do beco.

Luiz – Seu Paulo, eu quero construir a minha casa o mais rápido possível para não incomodar o senhor e dona Catarina, não quero ficar muito tempo morando em sua residência.
Seu Paulo – Que é isso, menino, sua mãe cuidava dos meus cinco filhos, agora é hora de a gente cuidar de você. Vá estudar, depois construa a sua casa.
Luiz – Estão falando que serei chefe dos porteiros lá do condomínio no próximo mês, vou ganhar um salário melhor e poder construir minha casa. Conto com sua ajuda, na semana que vem começarei as escavações da fundação do meu barraco.

Nesse momento, Carla Almeida passa pela sala. Luiz Silva interrompe a conversa e olha para ela. Seu Paulo saca logo o que se passa em sua cabeça. Sérgio das Flores e Mestre Canário entram na sala, eles já estão prontos para sair com seu Paulo e Luiz.

Sérgio – Boa-tarde, Paulo! Boa-tarde, Luiz! Vamos logo que a nossa tarde de domingo promete e muito.
Dona Catarina – Eu espero que não voltem bêbados, como o Reginaldo...
Seu Paulo – Pelo visto, hoje eu não vou beber muito.
Canário – Por que isso agora, Paulo?
Seu Paulo – É que o Luiz está com a ideia maluca de construir uma casa e quer começar na semana quem.

Sérgio – Eu não vejo nada de errado nisso, todo homem deve construir sua casa própria.
Dona Catarina – Por mim, ele constrói. Só não pode é deixar de vir aqui me visitar, me sinto responsável por ele, para mim é como se fosse meu filho.
Canário – Gente, o terreno de Luiz fica logo ali no próximo beco, é só vocês subirem ou ele descer as escadas que vocês se encontram.
Seu Paulo – Tá bom, depois a gente resolve isso. Vamos embora.
Luiz – Isso mesmo, seu Paulo, estou louco para conhecer o Pelourinho. Tchau, dona Catarina!
Dona Catarina – Tchau, Luiz, fique de olho nesses três velhos assanhados.
Luiz – Deixa comigo, se aprontarem alguma coisa coloco os três de volta num ônibus.
Sérgio – Esse Luiz está ficando cada vez mais descarado, a gente é responsável por ele, mas é ele quem quer nos corrigir.
Seu Paulo – Vamos logo, o tempo está passando.

Dona Catarina sobe para falar com Carla que está sozinha no andar superior.

Dona Catarina – Carla, minha filha, Sérgio, Paulo e Canário foram levar Luiz para o Pelourinho, você não foi se despedir.
Carla – Mãinha, eu estou com o coração tão apertado.
Dona Catarina – Como é que é? Que história é essa menina?
Carla – Eu posso contar com a sua amizade, mãe?
Dona Catarina – É claro que pode, minha filha.
Carla – É que o Luiz está querendo me namorar.
Dona Catarina – Tem razão, Carla, tenho que ser sua mãe e sua amiga.
Carla – Calma, mãe, eu ainda não disse que sim, mas ele pretende falar hoje com o meu pai.
Dona Catarina – O máximo que ele deve ouvir é um não que eu farei de tudo para convertê-lo em sim.
Carla – Então, a senhora concorda com a gente se namorando.
Dona Catarina – De nada vai adiantar eu dizer não. Estou certa?
Carla – Mãe, eu estou cansada de ficar sozinha, todas as minhas amigas têm namorados, menos eu.
Dona Catarina – Eu sei, minha filha, você precisa se reorganizar emocionalmente, dessa vez não pode errar de novo.
Carla – Mãe, eu gostei do Luiz desde a primeira vez que o vi quando fui com Pedro pegar ele no ponto de ônibus no dia que ele veio de Cruz das Almas.

Dona Catarina – Ele sabe desse sentimento espontâneo Carlinha?

Carla – Não, mãe, foi a senhora quem me ensinou que segredos do coração a gente não deve contar para os homens.

Dona Catarina – Carla, você precisa ser mais comportada do que já é, sem contar que o seu pai não vai querer você e Luiz se agarrando pela casa e pelos becos do Calabar.

Carla – Mãe, eu estou segurando esse sentimento há muito tempo, esperar até a gente ficar junto será o mínimo.

Dona Catarina – Só tem um detalhe: seu pai vai exigir casamento.

Carla – Mãe, eu nem comecei a namorar e a senhora já fala em casamento.

Dona Catarina – É o que tanto eu quanto o seu pai vamos cobrar de você, se não você erra de novo.

Nesse momento, Luiz Silva, Sérgio das Flores, Paulo Almeida e Mestre Canário chegam à rua Sabino Silva. De todos eles, Luiz é o mais empolgado. A linha que faz o caminho Praça da Sé-Sabino Silva faz dois trajetos, esses trajetos são os mais chiques da cidade: uma linha vai pela Barra Avenida, passando antes pela rua Marquês de Caravelas, subindo a Barra Avenida, passa pelo Clube Baiano de Tênis, pelo Bairro da Graça e Campo Grande; a outra linha vai pela Barra passando pelo Farol da Barra, pelo Porto da Barra, no começo da avenida Sete de Setembro, segue pela ladeira da Barra com vista panorâmica para a Baía de Todos os Santos, entra no Corredor da Vitória, uma das áreas mais caras da cidade. Ao chegar ao Largo do Campo Grande, dá de frente com uma das praças mais festivas de Salvador, é ali o Quartel General do carnaval baiano, onde as duas linhas se encontram em frente ao Teatro Castro Alves, uma das mais belas obras da Bahia. Os ônibus entram na Avenida Sete de Setembro, que começa no Porto da Barra e vai até a Praça Castro Alves passando antes pelo Largo dos Aflitos, Mercês, Praça da Piedade, Relógio de São Pedro e Travessa de São Bento. Da Praça Castro Alves a linha segue pela rua Chile, o ponto mais rico de São Salvador no começo do Século XX. Passa pela Praça Municipal onde está o Palácio Thomé de Souza, à esquerda fica o famoso Elevador Lacerda, que liga a Cidade Alta e a Cidade Baixa onde fica o Mercado Modelo. Depois, entra enfim na Praça da Sé, ao lado esquerdo está o Plano Inclinado que tem a mesma função do Elevador Lacerda. À sua frente, está o Terreiro de Jesus com a imponência de sua catedral, logo após, ao lado esquerdo está à antiga Escola de Medicina da Bahia.

O quarteto do Calabar vai descendo as ladeiras de pedras escuras com destino ao Largo do Pelourinho. Eles param no meio da ladeira para entrar no Bar do

Reggae, descem para ver o ensaio da Banda do Olodum na Praça Tereza Batista. Várias bandas de Fanfarras ensaiam para o carnaval que começa na quinta-feira à noite, quando o Rei Momo recebe as chaves da cidade para seus dias de folia. Luiz fica sem palavras, ao ver uma comunidade antiga inteiramente preservada com bandas de percussão a fazer seus ensaios de rua da maneira mais democrática possível. Grupos de idosos fazem peregrinação pelas velhas igrejas do Pelourinho. Adeptos do Candomblé fazem seus rituais no meio da rua, alguns componentes do Afoxé, os Filhos de Ghandi, usam suas fantasias de outros carnavais em meio à multidão. Turistas e soteropolitanos se misturam nas ruas. O frenesi místico do Pelô deixa a cabeça de Luiz Silva eufórica. Ali, nascem as novas ideias para ele aplicar na Escola de Música da Associação de Moradores do Calabar, Mestre Canário percebe a concentração de Luiz e tenta fazer com ele se divirta um pouco.

Canário – Luiz, parece que você não está gostando do passeio, aqui é lugar de alegria, meu amigo, vamos nos divertir.

Luiz – Não é isso, Mestre Canário, eu estou estudando essa diversidade de música, gente e dança que o Pelourinho tem.

Canário – Está vendo aí, Sérgio, ele está mais concentrado na musicalidade que na diversão.

Luiz – Se vocês querem diversão, podem ir aonde quiserem, quero levar essa experiência para a escola de música.

Sérgio – A gente já está na diversão, faça sua pesquisa e nós três vamos lhe acompanhando pelo Pelourinho.

Luiz – Mas, seu Paulo, está muito sério para quem se encontra no meio da diversão.

Seu Paulo – Eu, sério demais? Engano, seu Luiz!

Canário – Se Luiz, que te conhece há pouco tempo, já percebeu isso, imagine eu e Sérgio que somos seus amigos há mais de 20 anos.

Seu Paulo – É que Luiz me surpreendeu com essa ideia de construir uma casa de uma hora para outra.

Sérgio – Vai ver que ele já tem uma namorada para colocar em sua nova residência.

Canário – Fala aí, Luiz. Quem é a sortuda?

Luiz – É a Carla, eu quero me casar com ela.

Seu Paulo – Mas vocês são como irmãos.

Sérgio – Deixa de ser bobo, Paulo, adolescentes não pensam como nós, mais velhos.

Luiz – É verdade. Eu e a Carla estamos esperando o consentimento de seu Paulo para começarmos o relacionamento.

Seu Paulo – É claro que não concordo. Isso vai virar escândalo na minha família.

Canário – Escândalo por quê?? É só vocês deixarem para falar que eles estão namorando após Luiz ir morar na casa dele.

Seu Paulo – Se a coisa vazar, vira confusão. Vocês sabem como o povo do Calabar gosta de fazer fofocas com as mulheres mais novas.

Sérgio – Nós guardaremos segredo, só que não é da nossa competência decidir pelo sim. Só você, Paulo, pode resolver isso.

Luiz – Por que tanta cautela numa coisa que é tão comum hoje em dia?

Canário – É comum hoje em dia, mas às vezes o preconceito das comunidades nasce dentro delas e não fora. É isso que traz desespero ao Paulo, que luta pela boa reputação da família que ele batalha há mais de 30 anos para estruturar.

Luiz – Tá bom, sogrão, vamos juntos fazer com que essa reputação cresça. Casarei com sua filha e completo, enfim, a sua tão esperada estruturação familiar.

Seu Paulo – Ainda não lhe permiti namorar com minha filha, não me chame de sogro...

Sérgio – Eu não acho que precisa da permissão. Nós estamos às suas ordens para começar a construir a casa da Carlinha e do Luiz.

Seu Paulo – Eu sei que posso contar com a colaboração de vocês. Luiz, eu aceito o seu namoro com Carla.

Canário – Pode continuar a sua pesquisa musical que os velhinhos aqui têm o que comemorar.

Luiz – É melhor você me acompanhar na pesquisa, quero aplicar alguns itens do Pelourinho no seu Bloco Calamaço.

Sérgio – Bem feito, Luiz, ele tem o bloco, mas não faz pesquisas para melhorar a musicalidade da entidade carnavalesca.

Seu Paulo Almeida e Sérgio das Flores vão para um bar no Largo do Pelourinho, enquanto Mestre Canário e Luiz Silva caminham para a Praça Tereza Batista, onde uma banda de salsa bota o povo para dançar antes de começar o ensaio de domingo do Olodum. Luiz, pega caneta e papel e vai anotando tudo o que ver nos pequenos shows do Pelourinho.

A noite vai chegando e seu Paulo liga para dona Catarina, ela e Carla estão esperando Lúcia Veiga e Pedro para jantar, o telefone toca.

Dona Catarina – Alô, com quem deseja falar?

Seu Paulo – Catarina, sou eu, o Paulo, tenho uma bomba para você desativar antes que ela venha a explodir.

Dona Catarina – Deixa de drama, homem. O que aconteceu afinal?

Seu Paulo – O Luiz e a Carlinha estão se gostando, ele quer que a gente aprove o namoro.

Dona Catarina – Vixe Maria, Paulo! Pensei que tivesse acontecido alguma coisa séria. Você me deu um baita susto.

Seu Paulo – É claro que é uma coisa séria, mulher, o Luiz está morando em nossa casa.

Dona Catarina – Eu não vejo nada demais, é só pedir que os dois tenham um bom comportamento.

Seu Paulo – E a língua do povo, Catarina?

Dona Catarina – Manda o povo lamber sabão para limpar a língua suja. Deixa a sua filha ser feliz.

Seu Paulo – Ah é? Então, controle a Carla que eu cuido da casa de Luiz.

Dona Catarina – Cuide da sua diversão hoje que da próxima vez eu vou com vocês. Esqueça essa ideia de ver problemas no namoro da nossa Carlinha, dê uma chance a ela. Vou desligar que a Lúcia e o Pedro estão chegando.

Sérgio – O que ela falou?

Seu Paulo – Me deu bronca e ainda por cima disse que quer vir comigo da próxima vez que a gente vier para o Pelourinho.

Sérgio – Bem feito, você ficou muito rabugento depois que Luiz disse que pretende namorar a Carlinha.

Seu Paulo – É assim que você diz que é meu amigo?

Sérgio – Só os amigos falam na cara quando a gente está ficando antiquado, rabugento e chato.

Seu Paulo – Você fala assim porque a filha não é sua.

Sérgio – Se fosse minha filha, eu estaria ouvindo tudo isso de você. Concorda comigo?

Seu Paulo – Sabe de uma coisa, você tem um pouco de razão.

Sergio – Então, deixe de ser rabugento e vamos comemorar a felicidade dos dois jovens.

Seu Paulo – Tomara que tudo dê certo. Negro e pobre na Bahia não pode ter escândalo na família.

Sérgio – Deixa de sofrer com antecipação, Paulo. Vamos brindar, o destino pertence ao futuro.

Os dois amigos vão procurar por Luiz e Canário para que, enfim, eles possam se divertir um pouco. Enquanto isso, Pedro adentra sua casa ao lado de sua bela Lúcia Veiga, Carla Almeida a recebe com um abraço demorado e a leva para seu quarto no andar superior.

Dona Catarina – Carla, deixe-me dar um beijo nessa coisa linda que será minha nora um dia.
Lúcia – É claro que sim, dona Catarina. Nesse carnaval, quero sair com a senhora, vamos combinar para eu ficar aqui em sua casa nos dias de folia.
Dona Catarina – Mas é claro que sim, menina, pode ficar aqui até depois da quarta-feira de cinzas.
Pedro – Eu estou em desvantagem, aqui tem mulher demais. Cadê Luiz e meu pai?
Dona Catarina – Eles ainda não voltaram do Pelourinho.
Pedro – Nós vamos esperá-los para o jantar?
Dona Catarina – Vamos sim, mas só que vai demorar um pouco, tem trio elétrico no Farol da Barra e o trânsito deve estar engarrafado.

Carla Almeida e Lúcia Veiga sobem para conversar no quarto.

Lúcia – Por que você está com tanta euforia?
Carla – Lúcia, o Luiz está louquinho para namorar comigo, mas a situação é meio complicada porque ele mora aqui na nossa casa.
Lúcia – É melhor assim, Carla, você já o conhece e os seus costumes de homem. Seu pai já sabe?
Carla – Acabou de saber, Luiz falou com ele agora há pouco tempo, ele ainda não falou comigo.
Lucia – Pedro me falou que o Luiz tem muita vontade de desenvolver uma boa relação com você e sua família.
Carla – Então, você já sabia?
Lúcia – Sabia pouca coisa, Pedro me pediu segredo até seus pais aceitarem a relação.
Carla – Minha mãe disse que vai fazer de tudo para meu pai não brigar comigo.
Lúcia – Sua mãe tem razão. Se ele for contra, vai forçar vocês a procurarem refúgio fora de casa.
Carla – É a minha chance de dar a volta por cima depois do conturbado namoro com o Gustavo.
Lúcia – Por falar nisso, onde ele está?

Carla – Sumiu. A mãe dele disse que ficou meio desorientado depois que nós terminamos.
Lúcia – Como assim desorientado?
Carla – Virou usuário de cocaína só porque eu não aceitei que ele me humilhasse.
Lúcia – Que humilhação seria essa, Carla?
Carla – Eu queria me casar para poder sair do Calabar e ele só queria saber de sexo.
Lúcia – Ele pulou fora porque não queria responsabilidade.
Carla – Agora, a minha vida vai mudar muito. Luiz é um cara simples, mas é educado e responsável.
Lúcia – Tomara que você seja feliz. Quanto ao Gustavo, não pense no sofrimento dele com ironia. Ele é um sujeito inconsequente, mas é um ser humano igual a todos nós.
Carla – Do Gustavo, eu só quero distância. Ele é um passado que se reaparecer pode estragar minha vida nova.
Lúcia – É assim que se fala, bola para frente e conte com o meu apoio.
Carla – Obrigada, Lúcia! Você é a cunhada mais próxima de mim.
Lúcia – Vamos descer que dona Catarina pode estar precisando de ajuda na cozinha.

As jovens descem para a sala, quando Fátima Pires bate na porta querendo falar com Carla.

Dona Catarina – Fátima, põe uma toalha que estou com visita.
Fátima – Eu ando sem toalha, dona Catarina, porque se levar para a praia acabo esquecendo no primeiro barzinho que eu entrar.
Carla – Pedro, pega uma toalha, por favor!
Fátima – Eu vim para saber se você vai sair no carnaval. Eu e o Chico só iremos de bloco nos últimos três dias, vamos combinar para a gente ir para o Farol todas as noites até no sábado.
Carla – Eu ainda não sei o que vou fazer durante o carnaval, depois a gente combina alguma coisa.
Fátima – Tá bom, linda, eu tenho que me divertir nesse carnaval, ano que vem vou estar meio ocupada com uma criança de uns cinco meses para cuidar.
Carla – Que criança, Fátima? Pelo que eu sei, você não tem filho.
Fátima – Pois é, minha amiga, estou esperando um filho do Chico, que por sinal só vive comemorando. Ele vai ser pai pela primeira vez.

Carla – Agora, você vai ter que colocar roupas mais decentes, sua maluca!
Fátima – Depende do Chico, se ele reclamar, eu me visto, caso contrário eu vou andar pelo Calabar com o maior barrigão de fora.
Carla – Você tem que respeitar o bebê, sua louca.
Fátima – Isso é outra história, Carla. Estou indo, se você quiser sair comigo no carnaval é só me ligar. Tchau. Turma, desculpe qualquer inconveniência minha.
Carla – Tchau, vai descansar, sua maluca.
Lúcia – Ela sempre fica com essa roupa por aí, Carla?
Dona Catarina – Todo sábado e domingo ela desce só de biquíni. Desde que desceu do Alto das Pombas e veio morar aqui no Calabar, já provocou várias brigas entre as mulheres casadas e seus maridos.
Carla – Eu evito sair com ela, porque tem esse tipo de comportamento.
Dona Catarina – Agora que o Luiz quer namorar você, é melhor se afastar um pouco dela.
Pedro – O que? Luiz já partiu para a ofensiva sentimental?
Dona Catarina – Deixa de ser fingido, Pedro. Vocês dormem no mesmo quarto, um sabe até a cor da cueca que o outro está usando.
Pedro – Que percebi certa intenção, não nego, só que ele agiu rápido demais.
Dona Catarina – Você é mais sem-vergonha que o Junior, saiu igualzinho ao seu pai.
Pedro – Ele vai ficar sabendo disso, mãe? Meu pai é um senhor de família muito sério.
Dona Catarina – Meu Senhor do Bonfim, eu estou morrendo de medo. Seu pai é sério dentro de casa, fora dela ele deve aprontar e muito.
Carla – Não liga para essa briguinha, Lúcia, esses dois sempre acabam se entendendo.
Pedro – Carla, você quer mesmo se relacionar com o Luiz?
Carla – Pedro, você me conhece muito bem, sabe que Luiz mexeu comigo desde que a gente foi pegar ele no ponto de ônibus.
Pedro – Isso eu sei, só que Luiz é um cara sem experiência em Salvador, ele ainda precisa conhecer mais a cidade e você não pode ajudá-lo nisso. Você sequer trabalha, mana.
Carla – Eu vou arrumar um trabalho, Luiz já está vendo isso com um morador do condomínio onde ele trabalha.
Pedro – Esse Luiz não perde tempo, hein?
Lúcia – Que é isso, Pedro, o cara é seu amigo.
Pedro – É claro que ele é meu amigo, só estou brincando com a atitude dele.

Dona Catarina – O Pedro sempre foi brincalhão, mas no fundo tem um bom coração, sempre está cooperando com os amigos.

Seu Paulo chega do Pelourinho com Sérgio das Flores, Mestre Canário e Luiz Silva.

Dona Catarina – Olá, Paulo, como foi o passeio?
Seu Paulo – Foi bom. Agora vamos fazer uma reunião com o Luiz.
Sérgio – Então, boa-noite, Paulo! Boa-noite, meus amados jovens! Boa-noite, Catarina!
Seu Paulo – Só agora vou me livrar desse enxerido.
Canário – Vamos embora, Sérgio, deixa o Paulo em paz.
Sérgio – Vamos, seu desmancha prazeres.
Dona Catarina – Cuidado para não errar o caminho, não vai se perder no Calabar.
Lúcia – Eu já vi que aqui todo mundo gosta de zoar um ao outro, todos têm um bom senso de humor.
Seu Paulo – É, minha nora, mas agora você vai ver o lado sério da família Almeida. Sente-se que você já faz parte dela também.
Pedro – Oh, pai, não vamos ter uma cervejinha para comemorar?
Seu Paulo – Nem água, Pedro, por enquanto nós temos coisas sérias para acertar, depois comemoraremos se tudo sair bem.
Luiz – Minha Nossa, seu Paulo! Precisa de tudo isso?
Seu Paulo – Onde já se viu alguém namorar com uma pessoa que mora embaixo do mesmo teto?
Dona Catarina – Relaxa, Luiz, isso não é o fim do mundo.
Seu Paulo – Carla e Luiz estão querendo iniciar um namoro que eu sinto um cheiro de fofoca e intriga entre os vizinhos, o que eu quero evitar a qualquer custo. Portanto, se querem que isso dê certo vão ter que andar nas ruas como os amigos que sempre foram até o Luiz poder ir morar sozinho na casa dele.
Carla – Isso é o mesmo que ficar na frente da água e morrer de sede.
Seu Paulo – Carla, eu nunca me vi ao menos em uma situação parecida com suas irmãs mais velhas. A minha paciência tem limite.
Luiz – Se eu soubesse que isso iria causar tanto problema, não teria tentado namorar a Carla.
Dona Catarina – Agora é tarde, nós vamos dar um jeito nisso para que vocês não façam besteiras.
Lúcia – Seu Paulo, em quanto tempo a casa do Luiz deve estar pronta para ele se mudar?

Seu Paulo – Acredito que eu, emprestando o dinheiro para a compra do material de construção e com a ajuda dos vizinhos para fazer a obra, na Semana Santa ele já pode se mudar.
Pedro – Então é fácil, pai, é só a gente controlar "Romeu e Julieta" do Calabar até Sábado de Aleluia.
Dona Catarina – Mas... E quando eles começarem a fazer amor? Isso não pode acontecer pelos quatro cantos da casa. Gente, isso está ficando cada vez mais complicado.
Lúcia – Eu posso dar a minha opinião, seu Paulo?
Seu Paulo – Se for para me livrar dessa problemática, é claro que pode. Você já é da família.
Lúcia – Desmonte a beliche do quarto da Carla, eu compro uma cama de casal para presentear o novo par da sua família e o Luiz passa a dormir no quarto dela.
Seu Paulo – O que você acha, Catarina?
Dona Catarina – Por mim, tudo bem. É só chamar os outros irmãos e pedir segredo até a gente poder assumir que esses dois se gostam.
Seu Paulo – Está certo! Pedro, vá pegar umas cervejas, o único jeito é comemorar.
Pedro – Lúcia, ponha o CD do Olodum para tocar, hoje é noite de festa. "Casal 20", por favor, o primeiro beijo em público.
Dona Catarina – Esse Pedro gosta de uma bagunça, já vai querer fazer carnaval por causa do namoro da irmã.
Lúcia – Sabe, dona Catarina, o Pedro e a Carla são os irmãos mais unidos que conheço, é por isso que ele pensa que tem direito de fazer essa festa.
Seu Paulo – Mas não precisa fazer bagunça, um dia ele vai ter que tomar jeito.

Pedro volta com uma bandeja cheia de copos com cerveja, vai servindo seus parentes e cantando.

Pedro – "O amor de Julieta e Romeu/ o amor de Julieta e Romeu/ é igualzinho o meu e seu/ é igualzinho o meu e o seu..."
Carla – Luiz, se não fosse a sua persistência, eu nunca me sentiria feliz.
Luiz – Agora nós vamos tratar de andar na linha, não quero decepcionar seu pai, ele ama a família que tem. Pretendo fazer parte dessa família com honra e muito respeito.
Carla – Eu nunca ouvi isso de um homem, você é mesmo um cavalheiro.
Dona Catarina – Carla, quero falar com você lá na cozinha.
Pedro – Lá vem minha mamãe Catarina interromper o clima do casal 20!

Luiz – Antes do namorado veio a mãe, Pedro.

Mãe e filha dão um empurrão de brincadeira no Pedro e se dirigem para a cozinha.

Dona Catarina – Escuta, Carla, procure a Fátima e diga que o seu pai não aceitou que você saia com ela durante o carnaval. O Luiz pode não gostar disso, ele ainda não entende nada de folia. Certo?
Carla – Eu também estava pensando nisso mãe, obrigada pelo apoio.
Dona Catarina – Isso não é apoio, filha, é passagem de experiência.

A noite fica quente na casa da família Almeida. Carla e Luiz ainda dormem duas noites separados, só na terça-feira, dia 17 de fevereiro, chega a cama presenteada por Lúcia. Paulo Junior e Carla se encarregam de montá-la.

Luiz Silva, Sérgio das Flores, seu Paulo e Mestre Canário fazem os últimos ensaios para o carnaval. À noite, seu Paulo e dona Catarina saem para fazer uma visita aos amigos Quitéria e Sérgio das Flores, deixando assim a casa completamente livre para os dois jovens apaixonados.

Luiz chega e encontra Carla com um vestido branco, tecido fino, com decote frontal deixando aparecer a parte alta dos seus seios médios, com cabelo preso, mostrando ainda mais a beleza da sua face, bem maquiada, perfumada, unhas levemente pintadas, sandálias leves nos pés e aquele sorriso de felicidade estampado no rosto. Carla recebe Luiz Silva com um beijo tão demorado que ele fica sem respiração e reage.

Luiz – Minha Nossa! O que é que deu em você? Que beijo gostoso é esse?
Carla – Minha mãe saiu com meu pai e disse que a gente tem até onze e meia da noite para nossa primeira transa, me arrumei assim para você.
Luiz – Você está linda! Eu também estou louco para fazer amor com você, mas deixe-me tomar um banho.
Carla – Se você demorar muito, vou te agarrar no banheiro.
Luiz – Faça uma caipirinha para mim, preciso relaxar.
Carla – Quero ver se é tão gostoso quanto é metido.
Luiz – Não vai se frustrar, tenha certeza disso.

Os dois se agarram no meio da escada, beijam-se novamente. Carla se solta de

Luiz, vai descendo degrau por degrau até só restar apenas as pontas dos seus dedos nas mãos de Luiz. Ela ri abertamente quando ele leva suas mãos à boca e beija o que resta do corpo dela ao seu alcance, só as pontas dos dedos, unhas lisas, mãos cheirosas tocam carinhosamente os lábios dele, o que a deixa sensível e ofegante. Luiz sobe as escadas devagar, ainda de costas para o andar de cima, depois do fim dos degraus, vira-se e vai para o banheiro.

Da rua, ouve-se o burburinho das pessoas andando pelos becos e vielas do Calabar. Dentro da casa da família Almeida, ouve-se uma suave música estilo MPB. Carla vive intensamente esse momento de alegria e paixão, Luiz, por sua vez, fica o tempo todo cantalorando músicas de Djavan durante o período do banho. Em sua mente, a certeza de que enfim encontrou motivos para ficar definitivamente na cidade de Salvador. A única dúvida é se tudo vai sair como ele e família Almeida combinaram. Em seu peito só bate um coração jovem, um coração ardendo de paixão. Paixão pela única amiga que já teve na vida, amiga que vai se transformar nessa noite de verão em sua mulher. Mulher porque, até o momento, eles se desejaram sem poder fazer amor, sem um sentir o verdadeiro calor do outro. Ao terminar o banho, Luiz não se preocupa com que roupa vai começar essa tão esperada noite, coloca uma bermuda jeans, uma camiseta tipo regata e um tênis simples. Sai do quarto e desce as escadas com os músculos das pernas e dos braços expostos, com aquele jeito que todo homem negro tem de ser, sensual e robusto. Quando ele acaba de descer as escadas, Carla fala:

Carla – Parado aí, Luiz! Esse monumento negro vai ser meu nesta noite?
Luiz – Todo seu, esse Hércules Baiano é todo seu.
Carla – É hoje que serei realmente transformada em mulher.
Luiz – E eu realizo o que venho esperando acontecer a noventa dias.

Carla e Luiz se agarram e transforma os dois corpos num só. Ela quase desaparece nos braços fortes dele: que a carrega até o sofá da sala. Ela ainda tem tempo para pegar o copo de caipirinha, serve seu amado antes de ser colocada suavemente no sofá. Os dois começam um jogo de pernas, braços, cabeças e cintura que aos poucos vai se evoluindo em movimentos frenéticos. Carla não esconde seus gemidos, mesmo sem ter retirado uma única peça de roupa do corpo. Luiz percebe que o desejo já dominou Carla, para de beijá-la e retira do bolso uma aliança de prata para simbolizar o noivado. Ela, por sua vez, se agarra mais forte ao corpo dele como agradecimento. Seus olhos vão às lágrimas e ele a carrega outra vez nos braços levando-a escada acima. Entram no quarto que antes era só dela. Carla passa a chave na porta, trancando-a. Carla e Luiz ficam por duas horas sem sair do quarto, quando vão se dar conta do passar do tempo são dez horas da noite.

A confusão rotineira do Calabar nas noites que antecedem o carnaval vai virando trilha sonora para o primeiro ato de uma paixão quente e envolvente que começa em uma calorosa noite do mês de fevereiro do ano de 1998. A partir desse momento, um passa a viver em razão do outro e do amor que queima suas almas. O fogo da paixão vai eliminando suas dores, deixando os sofrimentos caírem no esquecimento e suas ilusões vão aos poucos virando sonhos. Ali, tem o início de uma nova vida, uma nova esperança de felicidade, principalmente para Luiz, que até então só teve tormenta numa cidade grande que respira e faz seus habitantes respirarem amor com pimenta, água com calor, fogo com brisa; que alimentam loucuras picantes recheadas de amor e sexo. Para Carla, jovem, negra, bonita e infeliz, seja por suas tentativas fracassadas em viver um grande amor, seja na família que vive numa comunidade que é carente de melhorias. Para ela, Luiz é o seu único e último refúgio, único jovem masculino que pode mudar sua vida, ela aposta todas as suas fichas nesse homem que lhe faz mulher e deixa que ela o ame sem pudor, sem medo e sem angústias. Tudo o que seu recente passado lhe negou e a marcou.

Luiz Silva e Carla Almeida formam o mais novo casal jovem do Calabar, passando por cima do destino frio e sombrio que até o dia que visitaram o Parque Ecológico do Abaeté deixou de persegui-los. Agora quem os persegue é um sonho de ser feliz na Terra da Felicidade que se organiza para celebrar mais um carnaval que começa na Lavagem do Porto, na próxima tarde de quarta-feira, e vai até a outra quarta, a de cinzas. No Reinado de Momo da Bahia, os trios elétricos são os Príncipes, no Reinado da Família Almeida, Carla e Luiz são as Altezas do amor.

Na sexta-feira de carnaval, Luiz e Carla vão para o Farol da Barra juntos com Pedro e Lúcia; Paulo Junior e Marília; Carmem e Fernando; Patrícia e Flávio. São os cinco filhos de dona Catarina e seu Paulo Almeida indo ver o desfile dos trios elétricos na avenida Oceânica. Chico Capoeira e Fátima Pires também estão no Ponto Turístico da Barra. Quando Fátima os vê, vai falar com Carla. Luiz e Chico ficam observando uma atração carnavalesca que desfila, enquanto Carla e Fátima conversam.

Fátima – Oh, Carla, você não disse que seu pai não a deixou sair no carnaval?
Carla – Conversei com a minha mãe, ela só deixou eu vir com meus irmãos.

Fátima – Eu tinha um jeito para você ganhar uma grana legal, mas agora já arrumei outra mulher para fazer o serviço.
Carla – Ah, Fátima, mas você não me falou o que era. Ainda tem vaga?
Fátima – Você vai sair com seus irmãos nos outros dias de carnaval?
Carla – Sim, o Luiz também virá só no domingo, ele não vem por causa do desfile do Bloco Calamaço.
Fátima – Então não dá, Carla, é coisa que a sua família deve ficar distante de você.
Carla – Eu, hein, por que tanto segredo?
Fátima – Sem resposta, Carla, você está fora do esquema, não tem direito a explicação.
Carla – É assim que você é minha amiga?
Fátima – Para continuar sua amiga, é melhor eu não te explicar nada.
Carla – Eu agora fiquei muito curiosa.
Fátima – Mantenha a sua curiosidade acesa, quem sabe um dia você vai precisar dela?
Joana Dark – Fátima, você é maravilhosa! Esse é o meu melhor carnaval, estou me divertindo e tendo muito lucro.

Pedro se aproxima e fala:

Pedro – Oh, Fátima, a gente está formando uma galera para acompanhar o desfile do Bloco Calamaço domingo no Pelourinho, contamos com sua presença.
Fátima – O Chico me convidou, eu disse não, mas já que vocês vão, contem comigo.
Luiz – Será a primeira vez que o bloco terá instrumentos de corda.
Fátima – Instrumentos introduzidos por você, Luiz. Só assim aquele bloco evolui.
Luiz – Esse ano ainda não deu, mas em 1999 vou pedir um carro de som maior para o bloco. Será a despedida desse século.
Fátima – Até isso você marca na sua cabeça?
Luiz – Até esse mar que você se banha tem a sua marca no tempo. Um bloco de carnaval não será nada se não marcar a sua existência no tempo. O Calamaço vai marcar o Calabar com o que evoluir no carnaval do ano que vem.
Fátima – Você é meio pragmático para as cabeças da comunidade, não acha?
Luiz – Boa a sua observação. O uso da inteligência faz a diferença, todos nós a temos, só precisamos usá-la melhor.
Joana Dark – Eu posso saber qual é o enigma da discussão?

Fátima – O Calamaço vai virar um bloco mais politizado e muito mais cultural ano que vem.

Joana Dark – Beleza, Luiz, vou fazer uma fantasia especial para simbolizar o toque de liberdade que você está dando ao Calamaço. Sei que falo muita bobagem, mas agora é sério.

Os dias de carnaval vão passando. No domingo, o Bloco Calamaço se concentra no Pelourinho para fazer o seu desfile do ano de 1998 com uma novidade, ainda meio precária, mas que chamou a atenção com os pequenos alunos de Luiz Silva em cima de uma caminhonete tocando sambas antigos, frevo, reggae, afoxé, entre outros ritmos. A garotada foi elogiada pela imprensa que cobria a folia momesca.

Luiz, orgulhoso com a apresentação de seus pródigos no carnaval, começa a exigir mais de seus alunos. Após o carnaval, ele começa a desenhar o que virá a ser desfile do ano que se segue. As aulas vão ficando mais sérias, o que virou dor de cabeça para Mestre Canário, pois as mães dos alunos vivem perambulando pelos becos do Calabar, de bar em bar, elas não aceitam o fato de Luiz Silva ocupar muito tempo dos seus filhos, uma dessas é dona Maria, alcoólatra assumida, mãe de Andrezinho, o mais talentoso aluno da pequena Escola de Música. No dia 2 de março, no início das aulas, dona Maria vai até lá arrumar confusão.

Nessa mesma segunda-feira, Carla Almeida começa a trabalhar como operadora de caixa de supermercado, o emprego foi arrumado por Luiz através de um morador do condomínio onde ele trabalha.

Dona Maria – Luiz, eu vim falar com o Andrezinho.

Luiz – É urgente? Ele não pode sair da aula.

Dona Maria – Andrezinho é meu filho! Quero falar com ele agora, com urgência ou não!

Luiz – Bem, dona Maria. Depois de ele ser seu filho, é meu aluno. Só o deixarei sair da sala de aula em caso de extrema urgência.

Dona Maria – Como é? Armo o maior barraco aqui se não falar com o meu filho.

Luiz – Vá reclamar na Diretoria da Associação. Seu filho só abandonará a aula com justificativa, eu sou o instrutor e dou as ordens em minhas aulas. Ele não vai sair!

Canário – Vamos parar com essa discussão. Maria, volte depois da aula para esclarecer suas dúvidas e você, Luiz, pode continuar sua aula.

Luiz – Eu quero falar com ela às 07h30min, vou liberar os alunos mais cedo.

Dona Maria – Se você quer falar comigo, estou no bar do Armando tomando cerveja. Só falarei com você num bar.
Canário – A senhora vem aqui e fala com Luiz, esse assunto não pode ser resolvido na porta de um bar.
Dona Maria – Eu vou pensar, se a *beer* estiver boa, prefiro continuar no bar.

Luiz Silva volta para dar aula, enquanto dona Maria e Mestre Canário ficam discutindo do lado de fora. Sérgio das Flores aparece para acalmar a dupla e ainda consegue convencer dona Maria a voltar para falar com Luiz que libera os alunos meia hora mais cedo, exceto Andrezinho. dona Maria é avisada por um dos colegas de que seu filho está a sua espera na escola de música. Ela chega à sala cheia de ironia com Luiz.

Dona Maria – Instrutor Luiz, estou aqui. Vai me ensinar a tocar violão?
Canário – Pare com esse deboche, seu filho tem muito talento e Luiz quer que a senhora o veja tocando.
Dona Maria – Ver o que, Canário? Esse moleque só sabe arrumar confusão, o mandei comprar pão e ele veio para a aula. Por isso que vim parar aqui. E tem mais, ele não gosta de cuidar do irmão menor, só me dá desgosto.
Luiz – Pois é, dona Maria, seu filho hoje vai lhe dar o maior orgulho de sua vida.
Dona Maria – Seu Luiz, esse garoto é ingrato, ele não faz nada que eu mando. Até lhe peço desculpas pelo escândalo, eu só queria dar uns cascudos nesse danado para ele me respeitar.
Luiz – Está desculpada, dona Maria. Andrezinho, toca "Vida boa" para a gente ouvir.

Com as mãos meio trêmulas, Andrezinho faz a introdução da música, vai até o fim e espera as ordens de Luiz:

Luiz – Muito bem, Andrezinho, agora toca "O mistério das estrelas".

Dona Maria que estava em pé encosta-se na parede. Andrezinho introduz a música do Chiclete Com Banana com mais firmeza que a primeira e deixa todos em silêncio na pequena sala e é aplaudido por Luiz, Sérgio e Canário.

Canário – Agora, eu quero ouvir a minha preferida meu menino, toca "Brasileirinho".

Andrezinho desce da cadeira que estava sentado, bate com o pé três vezes no chão e faz o bandolim praticamente chorar em suas pequenas e talentosas mãos. Emenda em "Pombo correio" e "Festa do interior". A sua plateia bate mais palmas e ele agradece.

Andrezinho – Muito obrigado!
Dona Maria – Minha Nossa Senhora! Onde você aprendeu isso, menino atrevido?
Luiz – Ele sabia pouca coisa. Eu só dei uns toques e o danado ficou assim. É o meu melhor aluno, um gênio!
Dona Maria – Meu filho, me perdoa por eu nunca te entender, sei que sou grosseira com você, me dá um abraço. Abençoa esse menino, meu Senhor do Bonfim!
Luiz – Não lhe falei que ele tem muito talento?
Dona Maria – Luiz, desculpa mais uma vez. Cuida do Andrezinho para mim, faça o que for melhor para ele.
Luiz – Eu só posso melhorar o que ele já sabe fazer. Seu Paulo e Canário vão arrumar uma escola melhor para ele aprender e se aperfeiçoar fora do Calabar.
Canário – Eu e Paulo vamos inscrevê-lo em um concurso para crianças instrumentistas. Se ele se sair bem, ganhará uma bolsa integral por dois anos na Biblioteca Central do Estado.
Sérgio – Não precisa chorar, Maria, esse seu filho pode lhe dar a casa que você tanto sonha.
Dona Maria – É por isso mesmo que choro, Sérgio, eu estava com uma estrela em casa sem saber.
Luiz – Agora que a senhora já sabe disso, cuide do nosso menino prodígio.
Dona Maria – A música corre nas veias desse moleque. Eu já fui cantora do Apaxes do Tororó, isso há mais de 15 anos e o pai dele era músico de roda de capoeira.
Luiz – É a sua chance de reparar os erros.
Dona Maria – Obrigada, Luiz, se você não aparecesse na vida do Andrezinho, eu nunca ia descobrir o talento do meu filho.

Na Semana Santa, seu Paulo reuniu seus amigos e vizinhos para bater a laje da nova casa em que morou dona Marlene Silva e passará a ser a nova moradia de Luiz Silva. Finalmente ele e Carla poderão assumir em público o namoro que vêm mantendo em segredo desde a semana do carnaval. Luiz já está morando sozinho. Tudo acontece sem nenhum comentário da vizinhança que deixe a família Almeida apreensiva ou descontente.

No dia 23 de junho, o casal de jovens viaja para passar o São João em Cruz das Almas. Carla Almeida foi apresentada à família de Luiz Silva e todos ficaram felizes com a recuperação da estima dele após a morte de sua mãe. No retorno a Salvador, Carla passa mal dentro do ônibus e, quando chega ao Calabar, no dia 24, quarta-feira, dona Catarina na altura de sua experiência vai logo perguntando.

Dona Catarina – Oh, Carla, o que você andou comendo no interior?
Carla – Não comi muito, mãe, o Luiz ficou o tempo todo me controlando.
Dona Catarina – E quando foi a última vez que você teve menstruação?
Carla – Em maio, mas foi tudo normal.
Dona Catarina – Qual data de maio, Carla?
Carla – Mais ou menos dia oito, mãe.
Dona Catarina – Então pode ser gravidez, é melhor você fazer exames. Já tem duas semanas de atraso.
Carla – Será, mãe? Eu não quero ter filho agora.
Dona Catarina – Eu tenho quase certeza, vá chamar o Luiz. Acho melhor a gente conversar com o seu pai.

Carla Almeida sai, vai para a casa de Luiz Silva e volta logo em seguida com ele, dona Catarina aconselha os dois a subir e comentar a suspeita dela para a família. Os dois concordam e vão para o terraço onde se encontram Pedro, Lúcia e seu Paulo assando milho verde trazido por Carla e Luiz da Cidade de Cruz das almas.

Dona Catarina – Gente, temos novidades...
Seu Paulo – Carlinha, minha filha, me dá um beijo.
Carla – Tá bom, pai.
Seu Paulo – Êta, pedi um beijo, minha filha. Por que o abraço tão forte, saudade?
Carla – Saudade e incertezas, meu pai.
Seu Paulo – Por que incertezas, Carlinha?
Carla – Passei mal na viagem e minha mãe acha que vem um bebê por aí.
Seu Paulo – Isso não é incertezas, minha filha, é a sua consagração e do Luiz como casal.
Carla – O senhor não vai brigar comigo?
Seu Paulo – Não, eu já aguardava por essa boa nova.
Lúcia – Então, eu vou ganhar um novo sobrinho?
Pedro – Calma, Lúcia, é só suspeita.
Luiz – Se for verdade, a gente se casa na semana do Natal.

Dona Catarina – Em dezembro não, Luiz, tem muita festa: Nossa Senhora da Conceição, Santa Luzia, Natal, Ano Novo. É melhor no fim de novembro.

Pedro – Em novembro faz um ano que Luiz chegou a Salvador, é um bom mês.

Seu Paulo – Carla, o que você está sentindo é mesmo enjoo?

Carla – É claro, pai, pedi para o ônibus parar três vezes para diminuir as ânsias de vômito.

Seu Paulo – Gente, é bebê na certa, vamos abrir umas geladinhas para comemorar.

Pedro – Meu velho não perde tempo. Luiz, vamos ao bar do Armando, temos que abastecer a geladeira, seu sogro quer farra.

Dona Catarina – Esse será o último casamento das minhas filhas, quero fazer uma grande festa.

Carla – Ah, mãe, eu estou tão feliz com Luiz e ele comigo. Obrigada pelos seus conselhos de sempre.

Lúcia – Carla, depois de você quem vai se casar sou eu, quero ser feliz como você é nesse momento.

Carla – Eu vou puxar a orelha do meu irmão, ele é legal, mas até agora não se decidiu.

Seu Paulo – É melhor vocês casarem depois que comprar uma casa.

Dona Catarina – Nada disso, Paulo, vamos ficar sozinhos na nossa casa, é melhor que o Pedro e a Lúcia morem com a gente.

Carla – Seria melhor comprar uma casa fora daqui.

Dona Catarina – Para com isso, Carla, que coisa mais feia.

Lúcia – Eu posso morar em qualquer lugar, só quero é ser feliz com meu Pedro...

O CASAMENTO

Os meses vão passando, Carla Almeida vai levando a vida cheia de pequenas surpresas por causa da gravidez. No mês de setembro nasce o pequeno Daniel, filho de Fátima Pires e Chico Capoeira. Carla passa a cuidar do bebê para aprender a lidar com criança recém-nascida. Com essa aproximação entre elas, vão ficando mais unidas e consequentemente amigas ao ponto de Fátima prometer cuidar do filho de Carla e Luiz Silva quando este nascer.

Dona Catarina e seu Paulo ficam encantados com a gravidez da filha mais nova e com a disposição de Luiz, que trabalha sem trégua para terminar as obras de sua casa e, ao mesmo tempo, fazer os preparativos para o casamento que já tem data marcada: 28 de novembro de 1998, um sábado. Todo o Calabar se mobiliza para aquele que é considerado o acontecimento do ano. É o casamento da menina mais querida do bairro com Luiz Silva, um jovem nascido na cidade de Cruz das Almas, no recôncavo Baiano, que a conheceu na sua chegada à capital baiana, por ela se apaixonou e deu início ao relacionamento que está prestes a virar casamento. A família Almeida se une em volta de Carla. Ela é a atração do momento por causa da história que desenvolveu com Luiz. O apoio vem também dos amigos mais próximos, como suas colegas da época da escola, colegas de trabalho e vizinhos que a viram crescer andando pelas ruas apertadas do Calabar. Carla e Luiz ainda contam com a ajuda de Fátima Pires, dona Quitéria, dona Graça, Maria, mãe do Andrezinho, seu Armando e outros amigos. Os irmãos dela Pedro, Paulo Junior, Carmem e Patrícia organizam a lista de convidados que é a mais longa de todos os casamentos da família Almeida.

Dona Marta Fagundes e seu marido dr. Hélio Fagundes são os padrinhos de Luiz Silva; Mestre Canário e dona Graça são padrinhos de Carla Almeida. A Paróquia de Santa Terezinha do Chame-Chame foi a escolhida para a cerimônia religiosa.

No dia 20 de novembro, dia da Consciência Negra, o Bloco Calamaço desfila da rua Sabino Silva até o largo do Calabar. Além dos preparativos do casamento,

Luiz está concentrado em uma composição que acaba de fazer para o Calamaço, ele acha que só deve lançá-la na Caminhada Axé, no segundo fim de semana de dezembro, mas Mestre Canário insiste que a obra está boa e deve ser tocada no desfile da comunidade em homenagem a Zumbi dos Palmares. Sérgio das Flores, Andrezinho, Armando, dona Maria, Paulo Almeida todos pensam da mesma forma que Canário. Com o Calamaço preparado para iniciar o desfile que vai percorrer toda a extensão do Calabar, Luiz coloca pela primeira vez seus pequenos alunos para se apresentar mais próximo do público. É essa a sua preocupação:

Luiz – Hoje é o dia que vocês vão mostrar tudo o que aprenderam durante esses meses de aula. Caprichem porque o Calabar inteiro e até pessoas de outros lugares vão ver e ouvir vocês tocando.

Jaqueline – Mas Mestre Canário não abre mão de que a nova música seja mostrada hoje.

Mariana – Já tem gente que tem a letra pelo Calabar, seu Paulo espalhou umas cópias.

Luiz – Eles são apressados e o Andrezinho não para de tocar essa música.

Wellington – A gente também quer tocar essa música, Luiz, todos gostamos dela.

Flávia – Professor, vai dá tudo certo. Essa música é sucesso garantido, você vai ver.

Luiz – Minhas crianças, eu não estou atrás de sucesso, quero que o Calabar melhore e muito.

Andrezinho – Pode deixar por nossa conta que a apresentação vai ser muito boa. Quanto às melhorias do Calabar, isso depende do Sérgio, seu Paulo e do Mestre Canário.

Seu Paulo – A gente precisa de uma ponte para levar nossas reivindicações aos governantes, "É tudo Calamaço" é essa ponte como música.

Joana Dark – Luiz, esta é a minha fantasia para hoje, para Conceição da Praia, Caminhada Axé e Lavagem do Bonfim. A fantasia do carnaval, Sérgio e eu estamos elaborando. Vai ficar um luxo!

Luiz – Se for melhor que essa, vamos fazer um bom desfile carnavalesco.

Joana Dark – Obrigada por ter colocado meu nome na letra da sua música, vou retribuir nos desfiles e com lindas fantasias para o Calamaço.

Canário – Vamos começar o desfile, amigo Luiz. "É tudo Calamaço" vai ser tocada em frente ao bar do Armando, lá tem muita gente com as cópias da letra para acompanhar os músicos. Essa multidão deve acompanhar o cortejo.

Começa o tão esperado desfile, Chico Capoeira, Fátima Pires, Carla Almeida e outros amigos dos organizadores se juntam a multidão e seguem o Bloco de Manifestações Culturais e Sociais Calamaço do Calabar que é puxado pelos bravos percussionistas do Mestre Canário e seguido pelos pequenos instrumentistas de Luiz Silva. Para o som das cordas ser ouvido, a diretoria do Calamaço inventou um Trio Elétrico movido a ser humano, improvisado em dois carros usados geralmente em galpões onde colocaram caixas de som em um carro e um pequeno gerador de energia em outro, ambos puxados por voluntários, assim todos os moradores podem ouvir os pequenos talentos. Engenhoca de baiano. A força que alimenta os microfones dos cantores do grupo vem de duas caixas amplificadas ligadas em uma bateria de caminhão. Luiz colocou um cinto na cintura de cada uma das doze crianças, amarrou no carrinho para que suas conexões elétricas não se desprendam quando o carrinho andar. As crianças são puxadas antes que o limite do cabo que liga seus instrumentos na mesa de som se esgote, com isso os instrumentistas andam em fila indiana para seguir o bloco.

A novidade e engenhoca de baiano atraíram curiosos logo na saída, mais pessoas foram-se aglomerando até o Bar do Armando. Todos se apertavam para ver o Calamaço passar. Mestre Canário pára o cortejo e começa a fazer uma série de reivindicações para a Comunidade, seu Paulo fala da importância de Zumbi dos Palmares para o Calabar que é ex-quilombo, Sérgio reclama da falta de política de ordem ecológica, Armando desce do balcão e fala da falta de comida que alguns moradores têm, reclamam o que podem e depois falam da importância que a cultura afro-brasileira tem para a comunidade. Finalmente, Canário retorna ao microfone para falar do Calamaço:

Canário – Mais uma vez, boa-noite! Quero felicitar a todos os presentes aqui nesta noite em que reverenciamos o maior lutador contra desigualdade dos menos favorecidos desse país. Os tempos são outros, mas as injustiças sociais são iguais as de três séculos atrás e em alguns casos piores por que além da desvalorização daquilo que o trabalhador faz ou exerce, tem as drogas, a prostituição e até as doenças que não se acha cura para o povão ir morrendo nas filas de hospitais. Ou seja, a crueldade dos governantes atuais é tão perversa quanto a dos donos de escravos dos séculos passados.

Nós do Bloco Calamaço viemos neste ano trabalhando muito para chegar até o ponto de não só usar músicas de outros blocos e artistas para dar o nosso recado no dia de Zumbi de Palmares e protestar contra a infame pobreza que nos rodeia. Entrou para a diretoria do bloco o jovem Luiz Silva, que compôs uma música baseada na história do Calamaço, do Calabar e de seus moradores com uma letra forte e coerente com a nossa dura realidade. Nós vamos apresentar em primeira mão para nossos admiradores a música "É TUDO CALAMAÇO" aqui e no Largo do Calabar, onde finalizamos nossa homenagem a Zumbi dos Palmares. Sigam o bloco até o largo, lá temos som e palco mais adequados para o desempenho dos músicos.

Agora, com vocês a música tema do carnaval 1999 do Bloco Calamaço!

Luiz – Boa Noite! Dona Maria vai entrar com a voz feminina e Alberto Rocha entra com a voz masculina. Se vocês quiserem acompanhar a letra da música peguem cópias com seu Paulo, Carla, Chico Capoeira, Lúcia e Pedro que estão espalhados aí no meio da multidão.
Vamos começar!

É tudo Calamaço/ Você me deu um abraço
Não sou cana pra ficar só o bagaço (Bis)
Você sabe o que faço/ Sabe da fome que passo
Comeu o pão inteiro e não me deu um pedaço

Corri atrás do leão/ Que queria me comer
A fome faz de mim uma fera voraz
Enfrento quem quer me devorar/ Pra não ser devorado
Quero ver você me comer/ Tente se for capaz
Becos do Calabar, labirinto da paz/ Clamada pelo Calamaço

Não seja sem vergonha/ Seja como nossa Joana Dark
Faça amor sem escândalo, fique de bico calado
Não feche os olhos pra pobreza/ Que mora ao seu lado
Limpe logo esse esgoto/ Pro homem não ficar esgotado
Só assim acredito que o governo não é um velho tarado

É tudo Calamaço, você me deu um abraço
Não sou cana pra ficar só o bagaço (Bis)
Você sabe o que faço/ Sabe da fome que passo
Comeu o pão inteiro e não me deu um pedaço

Cadê o dinheiro que trabalhei no feriado?
No dia de Zumbi me sinto chicoteado

Vim defender minha raça/ Que apanha feito matraca
Quando nossa gente de pele escura passa
Olham desconfiados, tem até quem diz/ Tome Cuidado!

É tudo calamaço, você me deu um abraço.
Não sou cana pra ficar só o bagaço (Bis)
Você sabe o que faço/ Sabe da fome que passo
Comeu o pão inteiro e não me deu um pedaço

Moradores e turistas vão a loucura com a beleza da música e o peso que a letra expressa, Mestre Canário percebe o fenômeno e orienta Luiz e os cantores a tocar a música por três vezes seguidas, Armando liga o som do bar e leva mais um microfone para aumentar a propagação das vozes e do som improvisado pelos organizadores do evento. Como são 6h:40min da noite, tem muita gente chegando do trabalho. Onde havia umas 150 pessoas passou a ter mais de 200. Em seguida, o cortejo volta a se dirigir ao centro do Calabar com todo tipo de gente atrás; crianças, velhos, bêbados, mulheres sambando e cantando, capoeiristas fazendo malabarismos pelos becos e muitos curiosos querendo ver a nova criação dos baianos.

Um trio elétrico puxado por seres humanos, invenção de Mestre Canário e Luiz Silva. A batucada rasga o silêncio do Calabar, no meio do trajeto para para descansar e a multidão que já tem a letra da música na cabeça começa a cantar o refrão. Aí, tudo começa de novo com a percussão e as cordas acompanhando a multidão que já está no ritmo da nova música do Calamaço. Seu Paulo e sua turma já espalharam mais cópias na agora crescente multidão para acompanhar o bloco. Carla e Lúcia são as mais animadas distribuidoras de cópias e o povo que desce do Alto das Pombas vai seguindo o cortejo e fazendo coro com os participantes do bloco. Quando chega à praça que fica na extremidade do bairro, próximo a Avenida Centenário, já são 7h:30min da noite. Sérgio das Flores pede para Chico arrumar uma roda de capoeira para que durante uns 20 minutos o público tenha atração, enquanto os músicos se posicionam no palco. Seu Paulo, Canário, Sérgio, Armando, Luiz se reúnem para avaliar o resultado do cortejo.

Seu Paulo – Junior já chegou com as trezentas cópias da letra que tirei na prefeitura. Essa ideia está dando tão certo que em todos os cantos da praça há pequenos grupos querendo aprender a música.

Canário – Pelos meus cálculos, aqui deve ter mil e quatrocentas pessoas. Nosso público hoje é recorde.

Sérgio – Agora o bicho vai pegar, vamos ter mais associados no Calamaço no carnaval de 1999, que promete ser dos melhores.

Seu Paulo – Pode ir se preparando, no carnaval passado tivemos 600 associados, no próximo podemos chegar a mil. Você terá muito trabalho com as fantasias.

Luiz – Eu quero fazer uma retrospectiva das músicas do bloco desde a sua criação até os dias de hoje.

Canário – Já está tudo combinado com Alberto Rocha e dona Maria. Depois dessa apresentação vamos dar espaço para seus alunos mostrarem o que sabem fazer com os instrumentos.

Luiz – Eles merecem isso, são uns guerreiros do bem.

A roda de capoeira vai ficando pequena, porque a cada momento que passa vai chegando mais gente. Mestre Canário vai ao microfone e saúda os capoeiristas e as Mães de Santo que fazem lavagem do Largo do Calabar em nome de Zumbi dos Palmares.

Canário – Boa-noite, Calabar! Saúdo aos mestres de capoeira que matêm as nossas tradições e Mães de Santo presentes nesta manifestação do Calamaço. Eles vieram transmitir o axé de Zumbi. Que toquem os tambores!

Luiz – Boa-noite, gente, a partir de agora vamos fazer uma viagem ao passado do Calamaço tocando as três músicas dos últimos anos antes de apresentarmos mais uma vez o lançamento de hoje: "É tudo Calamaço", que tem a letra distribuída entre vocês. Esperamos que gostem da novidade. Após a música ser tocada, os senhores conhecerão o talento dos meus pequenos alunos da Escola de Música da Associação de Moradores do Calabar. Eles farão um número instrumental só de cordas, bateria e percussão enquanto nossos vocalistas descansam. Divirtam-se!

Ouve-se da multidão aplausos e gritos de:
Viva a Bahia! Viva Zumbi! Viva o Calamaço! Viva o Calabar!...

Pingo, um assaltante e viciado em drogas, esbarra propositalmente em Fátima Pires e começa a soltar piadinhas para ela. Carla Almeida se afasta e vai chamar Chico Capoeira, quando este se aproxima encontra Pingo e Fátima discutindo:

Fátima – Você parece um cego. Pisou no meu pé.
Pingo – E você uma piranha arrogante e louca.
Chico – Quem é piranha, Pingo? A minha mulher?
Pingo – Você merece uma mulher mais séria, Chico.
Chico – Você tem uma dívida comigo, portanto não me obrigue cobrá-la agora.
Pingo – Pode cobrar. Eu só ando duro mesmo. Mas a tua mulher é galinha e piranha. Não vai demorar muito e você vai usar boné com pontas.
Pedro – Vamos parar com essa discussão. Chico, é melhor você resolver esse problema em outra hora.
Chico – Tem razão Pedro, esse aí não vale meia palavra, imagine uma confusão com esse cara.
Carla – Lúcia, eu já vi o Chico dar pancada em muita gente por palavras mais simples. O Pingo difamou a Fátima na frente de todos e ele não reagiu.
Lúcia – Eu sempre achei o Chico estranho e que a Fátima não se sente bem como dona de casa.
Carla – É verdade, às vezes esse casal me dá arrepios.
Lúcia – Ela está chegando, cala essa boca.
Fátima – Gente, eu vou embora. Esse Pingo estragou minha noite.
Carla – Vai perder o melhor da festa, a música "É tudo Calamaço" será tocada em pouco tempo.
Fátima – Depois você me conta o que vai acontecer, vou dar de mamar para o meu Daniel.
Sérgio – É isso dona Fátima, quando o clima esquenta é melhor a gente ir embora.
Dona Quitéria – Vá descansar, minha filha, você precisa relaxar um pouco.

A confusão se desfez, mas os comentários das ofensas do Pingo viram conversas maldosas entre os moradores presentes. Chico Capoeira, que havia convidado alguns turistas estrangeiros para ver o desfile, passa a ocupar seu tempo com seus visitantes. Sendo que ele não tira os olhos de Pingo, eles dois se conhecem muito bem, ambos andam pelas festas da cidade, cada um fazendo seus contatos noturnos. A diferença entre Chico e Pingo está na maneira que atuam nessas festividades. Enquanto Chico atua ganhando dinheiro com suas piruetas nas rodas de capoeira, Pingo pratica pequenos furtos. O primeiro já tirou o segundo das mãos da polícia algumas vezes.

A festa feita pelo Calamaço para Zumbi dos Palmares no Calabar é a única que acontece durante a noite em toda a orla marítima de Salvador. Isso faz com que vários moradores de outras localidades compareçam a essa festa, vindo jovens do nordeste, de Amaralina, Santa Cruz, Chapada do Rio Vermelho e Vale das Pedrinhas, comunidades um pouco afastadas do bairro de Ondina. Porém, as comunidades que mais marcam presença são Rocinha da Sabino, São Lázaro, Engenho Velho da Federação e da bem coladinha ao Calabar, Alto das Pombas. Com gente de tantas comunidades na festa de Zumbi, o comércio local fatura o suficiente para ajudar a pagar o equipamento de som alugado para instalar o palco e animar a galera.

Depois que as três músicas mais velhas do Calamaço são tocadas, Luiz Silva chama Mestre Canário para anunciar a música que vai animar o Bloco Calamaço no carnaval de 1999.

Canário – Meus amigos do Calabar e de outras comunidades que se encontram aqui nesta noite, em dez anos de fundação do Calamaço, nós já fizemos umas oito boas músicas. Neste ano, contamos com a ajuda do violonista Luiz Silva para fazer a letra e a nova música. Pela primeira vez, nós temos uma música que eleva e exalta o nome do bloco, fala de nossa realidade como bairro pobre, dos personagens que brilham nos desfiles e faz uma crítica muito clara a esse sistema vampiro que nos suga as forças. A gente já tocou duas vezes, no Bar do Armando e no meio do caminho quando a multidão puxou o refrão e foi cantando até a gente resolver tocá-la. A música chama-se "É tudo Calamaço", vamos botá-la na cabeça e depois cantá-la na Festa de Conceição da Praia.
E viva o dia da Consciência Negra!

Alberto Rocha e dona Maria começam a interpretar a música, o público presente fica eufórico, todos que têm a cópia da letra começam a cantar. Luiz Silva toca baixo e Andrezinho toca guitarra baiana, a empolgação do público é tanta que a percussão do Mestre Canário se sente na obrigação de fazer o povo sair do chão. A música é repetida duas vezes, mas quando a banda para, o público pede bis.

Luiz – Gente, nós vamos repetir essa música mais tarde, agora gostaria que vocês prestassem atenção e ouvissem os alunos da Escola de Música da Associação de Moradores do Calabar.

O palco fica pequeno porque todos os alunos apareceram e querem tocar um pouco nessa festa, o público para e fica observando a molecada tocar muita Música

Popular Brasileira e até forró instrumental entra no repertório dos meninos e meninas do Calabar. No fim da apresentação, Luiz para para falar de Andrezinho:

Luiz – A música e a cultura podem nos salvar dessa estupidez que nos ronda no dia a dia. A prova clara disso são essas crianças que viviam descalças pelos becos do Calabar e agora sabem tocar um instrumento de corda ou de percussão. Vocês vão conhecer hoje o mais talentoso desses alunos.
Com vocês, Andrezinho!

Andrezinho dá um passo à frente, fica no centro do palco e começa a tocar sua guitarra baiana e introduzindo frevo, colando uma música na outra sem parar. O público fica parado, ninguém ousa dançar apesar de o ritmo ser alegre e agitado. Luiz, Andrezinho e Alberto Rocha, que toca a segunda guitarra, pulam o tempo todo no palco, deixando até quem já os viu tocando de queixo caído. Quem os acompanha no palco são os pequenos músicos do Calabar e os adultos percussionistas do Mestre Canário. No meio do público há um cantor profissional que convida Andrezinho para acompanhá-lo, quando eles param de tocar são aplaudidos pelo povo que se faz presente.

Canário – Amigos do Calabar, eu confesso que nunca trabalhei tanto para realizar a festa de Zumbi. Espero que todos vocês levem para suas casas a boa impressão de um esforço que não teve limites. Que essa noite fique para sempre na cabeça de vocês.
Vamos encerrar a noite com a nossa nova música "É tudo Calamaço".
Agita, galera!

A banda de percussão começa a tocar a música devagar até chegar ao refrão e acelera o ritmo, a festa se encerra com todos os pequenos músicos abraçados no palco para comemorar a primeira apresentação na Festa de Zumbi dos Palmares. Luiz Silva e Carla Almeida vão para casa abraçados, eles estão se preparando para o casamento que se realizará na semana que se aproxima.

Carla – Eu estou orgulhosa de você. Falou bonito e ainda deu um voto de esperança para essas crianças. Nunca vi acontecer esse tipo de coisa aqui no Calabar.
Luiz – É como Canário falou, foi um trabalho muito duro para deixar tudo como nós apresentamos.
Carla – Luiz, pense na letra que você criou. Ela tem tudo que o bairro precisa

em uma música: protesto, poesia, suingue e baianidade.
Luiz – Ah é? Vai ser difícil eu ter inspiração para fazer outra música igual para o verão do ano 2000.
Carla – Isso você dará um jeito, tem muito talento. Agora vamos cuidar do nosso casamento.
Luiz – Você está preparada para ser a minha mulher?
Carla – Desde quando você me deu aquele beijo na Lagoa do Abaeté. Lembra?
Luiz – É claro que lembro você estava tão bonita que não resisti e pedi para a gente namorar.
Carla – Naquela época você prometeu que me diria o que em mim lhe atraiu. Posso saber o que foi?
Luiz – Depois do casamento eu conto.
Carla – Eu já vi que vai levar a vida me enrolando e não vai me falar...

Era noite de sexta-feira, 20 de novembro.

A semana passa e o dia do casamento chega. Carla Almeida e Luiz Silva ainda dormem em casas separadas. Se ele já era bem visto na comunidade, depois do evento do Dia da Consciência Negra sua presença tornou-se da mais extremada importância para os moradores, até mesmo para Chico Capoeira e Fátima Pires. No sábado, dia 28 de novembro, o casal está se arrumando para o casamento como quase todos os vizinhos de Carla Almeida. As senhoras mais velhas só a chamam de "Queridinha do Calabar", "filha ilustre do Almeida", entre outros adjetivos. Em sua casa está tudo pronto para a festa. Luiz Silva não foi trabalhar, acorda cedo com Pedro batendo em sua porta. Os dois vão à praia dar um mergulho, uma prova da boa amizade deles.

Os alunos da Escola de Música do Calabar recebem a orientação de Mestre Canário para tocar na cerimônia do casamento do seu monitor sem que Luiz fique sabendo. Sérgio das Flores se encarregou de ornamentar a Igreja de Santa Terezinha, no Chame-Chame. Joana Dark prometeu vestir uma roupa bem comportada para o casamento. Fátima e Chico conversam em casa.

Fátima – Chico, eu já vi umas pessoas darem sorte na vida, mas Luiz ganha de todas.
Chico – Pois é, morena, há um ano ele chegou aqui sem nada, tomou o biscate do meu irmão, namorou a garota mais cobiçada do pedaço, montou aquela Escola de Música, se deu muito bem e agora vai se casar com a moral lá em cima.

Fátima – A música da Bahia é uma fonte de bons resultados. Quem entra, só sai ganhando.
Chico – Não se esqueça da evolução, tem artistas gravando CDs ao vivo nos trios elétricos.
Fátima – O Luiz já sacou que lidar com a música é melhor que trabalhar duro, eu acho que ele vai transformar o Calamaço numa espécie de Timbalada.
Chico – Canário quer colocar berimbau na sonoridade do bloco já nesse verão. Quer que eu organize uma espécie de orquestra feita só com o instrumento, achei loucura.
Fátima – Loucura que pode render a curiosidade da imprensa e dos pesquisadores de música. Por aí vai... Invista na proposta antes que ele arrume alguém que queira cooperar.
Chico – Mas você sabe que terei que trabalhar diretamente com Luiz.
Fátima – E daí, Chico? É por isso que as pessoas fracassam, ficam escolhendo com quem vai trabalhar.
Chico – Você sabe que eu não concordo com todo esse apoio que ele recebe de todos no Calabar.
Fátima – O nosso negócio com as garotas sempre está fraco por causa da polícia e ainda tem o Pingo na minha cola, ele vai estragar tudo.
Chico – Preciso ter uma conversa com Pingo, aquele miserável não pode repetir aquelas palavras na frente de várias pessoas.
Fátima – Vá com calma, ele me propôs fazer um programa comigo e eu disse que não. É daí que vem a raiva dele.
Chico – Está explicado. Vamos conversar com ele e dizer que você não faz programas, apenas orienta as outras garotas.
Fátima – Eu já falei isso, ele disse que só quer ficar comigo uma vez e que depois me deixa em paz.
Chico – Ele ficou maluco? Você é a minha mulher.
Fátima – Se lembra quando te falei que viver ao lado do bem e do mal ao mesmo tempo é arriscado?
Chico – Me lembro sim. Mas o que é que está pegando?
Fátima – Pingo sabe o que eu fazia antes de vir morar com você. Só que o alvo dele não é o meu corpo, é você e sua reputação.
Chico – Mas por quê? Nunca fiz nada contra ele. Pelo contrário, sempre ajudei.
Fátima – Ele é um fora da lei, e você vive entre o Pedro e ele, por exemplo. Pingo quer lhe desmascarar, provar que você não é nenhum santo.
Chico – Como você sabe disso?
Fátima – Quando Pingo me abordou, arrumei a Dayse para sair com ele, aí ele

me falou que só queria sair comigo. Como a Dayse é muito mais nova e mais bonita que eu, cheguei à conclusão que o alvo do Pingo é você.

Chico – O cara é um pirado, só eu dando uns sopapos nele.

Fátima – Faça isso e ele põe a boca no trombone.

Chico – É difícil para eu ter que suportar uma situação dessas.

Fátima – Gato, esse é o preço que temos a pagar pela vida que escolhemos. Temos que agradecer por ter o Daniel, a presença dele me faz repensar a minha vida.

Chico – Você tem razão, morena, quando lhe chamei para conviver comigo já sabia quem você era. Não tenho que reclamar, nosso filho é lindo.

Fátima – Um ano atrás eu não compraria aquele vestido comportado para ir a um casamento. Acharia cafona e fora de moda.

Chico – É loucura essa sua mudança, morena. É muita loucura.

Enquanto isso, na casa de dona Catarina, as mulheres da família estão na cozinha preparando comida e a decoração da casa. Seu Paulo, o filho Junior e alguns vizinhos estão no terraço arrumando as bebidas e o som que vai fazer a alegria dos convidados. No início da tarde, dona Catarina e Lúcia da Veiga vão auxiliar na arrumação da noiva que está transbordando de felicidade. O noivo será arrumado por dona Graça e dona Quitéria. Foi combinado que Luiz deve sair às 4h:30min da tarde e Carla Almeida às 5 horas, o casamento acontece às 18:00h. O pai de Luiz, seu José Silva, sua mulher, seus irmãos mais novos e alguns amigos de Cruz das Almas vieram exclusivamente para o casamento. A lua de mel com estadia paga por Marta Fagundes, será numa pousada na Linha Verde, um paraíso turístico que liga Salvador à Aracaju.

Nesta noite o Calabar vai estar em festa e das grandes. A razão para isso não é apenas o casamento, é que depois da esperança de vida injetada por Luiz Silva no bairro, toda a comunidade se sente mais sonhadora. Quando Luiz sai com seus parentes e amigos vindos de Cruz das Almas, os moradores param para vê-lo passar, são vários os votos de felicidade a ele declarados. As crianças, as moças e até os mais velhos seguem o noivo pela rua Baixa do Calabar cantando "É Tudo Calamaço", seu José fica espantado com tanta gente saudando o seu filho:

José – Luiz, como esse povo foi ficar louco por você tão rápido assim?

Luiz – Foi por causa da música, pai, o senhor vai sentir calor humano à noite no terraço de dona Catarina.

Sérgio – Vamos andando para ele não ver a noiva antes de entrar na igreja.

Dona Marta – Seu José, a primeira vez que dei um trabalho para o Luiz fazer, ele mostrou que tinha competência, mas agora eu confesso que ele não tem limites, é muito inteligente.

José – Criei esse menino com muito cuidado. Eu tive pouco estudo, mas quando vi que ele ainda pequeno era inteligente, decidi comprar vários tipos de livros. Um dia, meu pai deixou em nossa casa um velho violão para eu levar para o conserto, Luiz se agarrou ao instrumento e não largou mais. Fui atrás de revistas especializadas em música e entreguei para ele. O danado com apenas 10 anos já sabia tocar bossa nova, um estilo difícil até para profissionais. Aí, o restante a senhora já sabe.

Dona Marta – É o que sempre falo: basta ter os instrumentos e elementos corretos que os talentos se revelam...

Enquanto o grupo de Luiz Silva se divide entre uma van e o automóvel de Marta Fagundes, a numerosa turma de Carla Silva começa a sair da casa de dona Catarina e seu Paulo Almeida. As palmas dos moradores ecoam pelos becos e vielas do Calabar. Janelas, varandas e lajes são tomadas por curiosos. Nos bares o volume da música é levado à mínima altura, fogos de artifícios são lançados aos céus quando ela começa a andar pela rua Baixa do Calabar. Humilde e feliz, Carla fala com todos que encontra em seu caminho, ela segue ao lado de seus pais, seguidos por seus irmãos, cunhados, primos e amigos. Nessa hora ela se sente viva, gente e, acima de tudo, respeitada na comunidade do Calabar; o ex-quilombo onde nasceu, cresceu, virou mulher e vai ser mãe. Carla não carrega apenas o bonito vestido de noiva, mas também um bebê, que está no sexto mês de gestação. Vai ao altar casar-se com José Luiz da Silva Filho, 23 anos de idade, que chegou há exato um ano no Calabar, começou a trabalhar como ajudante de jardineiro, passou a ser porteiro de condomínio residencial, já é chefe dos seus doze colegas de trabalho. Luiz perdeu a sua amada mãe, mas encontrou no amor por Carla forças para continuar em Salvador e a acreditar na vida. Tanto que retirou diversas crianças dos becos e as transformou em pequenos músicos.

Músicos mirins nessa cidade que precisa olhar mais para suas crianças e seus talentos. Luiz Silva, um jovem negro e pobre, viu o que a sociedade não quer enxergar, viu e provou para aqueles que o cercam, que essas crianças têm talento e jeito.

Provou para a sua amada que o Calabar a ama, provou também que um lugar maltratado por causa do abandono político pode virar um lugar grandioso, apesar da má fama de ser sujo como na época dos escravos que fugiam dos maus tratos dos seus senhores. É essa sujeira tão repudiada por Carla Almeida, que a partir daí vai ter que acreditar na vida dela, dos seus familiares, dos amigos e dos seus vizinhos.

Carla – Mãe, eu nunca pensei que essa gente ia me adorar tanto assim.

Dona Catarina – O Calabar se rendeu a você, a partir de agora você terá que retribuir esse carinho ao povo.

Carla – Não quero mais ir embora. Desde o show que lançou "É Tudo Calamaço", mudei de ideia. Quero ficar.

Seu Paulo – Se você for embora daqui tudo vai acabar. Luiz é hoje para o Calabar o que Vovô do Ilê é para a Liberdade.

Carla – Pai, eu vivia muito por baixo com medo de não poder proporcionar esse momento de o senhor me levar para a igreja e me entregar para me casar com um homem. Pai, desculpa minha rebeldia. Tudo o que eu tenho para lhe dizer é pedir desculpas.

Seu Paulo – Eu sei que muitas vezes fui duro demais com você, mas graças a Deus me corrigi e hoje estou me realizando também.

Dona Catarina – Paulo, espere um pouco, depois que a gente se distanciar mande o táxi ir para a igreja, quero ver minha boneca passar por aquele corredor decorado. Minha filha, que nosso Senhor do Bonfim e Luiz te façam feliz.

Carla – Não chora, mãe, como Pedro fala "hoje é dia de festa", então vamos fazer uma grande festa. Para de chorar e obrigada por tudo, quero ver a senhora sorrindo.

Pedro – Mana, deixa eu te dar um abraço com você ainda solteira. Isso, menina, você é a melhor irmã da terra, te amo muito, Carlinha.

Carla – Deixa de ser bobo. Olha aí, ele tá chorando, esse cachorro bobão, você me fez chorar também. Eu também te amo, você é dez; obrigada por me proteger.

Seu Paulo – Vai embora, Pedro, hoje vamos fazer uma festa.

Pedro segura firme as duas mãos de Carla, dá um beijo e vai embora.

Carla – Ele foi sempre maluco até na hora de chorar.

Seu Paulo – Sabe Carlinha, eu nunca pude cuidar direito de você e Pedro fez isso por mim. Eu, como pai, devia chorar e não chorei, foi por isso que ele chorou.

Carla – Que isso, pai? Pedro é assim mesmo, quando voltar para casa ele vai ligar o som e esquecer que chorou.

Seu Paulo – Vai esquecer nada, o choro dele foi muito sincero.

Carla – Pedro é um bom rapaz, chorou porque somos irmãos e amigos. Eu o conheço muito bem, na hora da festa vai dançar, brincar...

Seu Paulo – Filha, você me deu uma ideia!

Carla – Xii, vai sobrar pra mim.

Seu Paulo – Vamos entrar nós três juntos na igreja. Eu, você e o Pedro.

Carla – Pai, não arruma encrenca hoje. E se o padre não permitir?

Seu Paulo – Toma aqui esse papel e escreva assim: Monsenhor, eu posso entrar na igreja ao lado do meu pai e meu irmão mais novo? É para ele gostar da cerimônia e resolver se casar, já tem até noiva.

Carla – Pai, o senhor andou bebendo muito? O padre não vai aceitar e eu vou pagar o maior micão na igreja.

Seu Paulo – Escreva, tenho certeza que o padre aceita.

Carla – Me ajuda, Senhor do Bonfim, meu pai ficou biruta no dia do meu casamento.

Seu Paulo – Não bota Senhor do Bonfim no meio, pode ser que ele não goste e me castigue.

Carla – Se eu pagar mico vou pedir para ele lhe castigar, ah se vou!

Seu Paulo – Senhor do Bonfim, não ouça as preces da Carla e ajude esse pai que tanto ama seus filhos.

Carla – Pai, levanta para não sujar a calça, já tá todo mundo olhando. Já comecei a pagar todos os meus pecados de menina sapeca. Tomara que não aconteça mais nada.

Seu Paulo – As alianças, Luiz me deu e eu esqueci no bolso da bermuda que estava vestido quando arrumei o terraço.

Carla – Valha-me Nossa Senhora, hoje eu pago até gorila, zebra, girafa, king-kong... Estava tudo certinho, mas meu paizão resolveu pirar.

Seu Paulo – Oh, Carla, se a noiva não atrasar o casamento não tem graça nenhuma, fica fria que vou resolver o problema.

Seu Paulo arruma um moleque e manda pegar as alianças em casa, ele e Carla só chegam à igreja vinte minutos depois do combinado. Carla fica impaciente e insegura, o braço de seu Paulo está cheio de pequenos hematomas de tanto levar beliscões. De vez em quando, ele passa a mão para aliviar a dor. Ao chegar à porta da igreja ele entrega o bilhete para Lúcia que está para recepcioná-los do lado de fora.

Lúcia – O que houve, gente? Vocês só precisavam esperar uns cinco minutos até a gente se arrumar na igreja. Por que o atraso?

Seu Paulo – Faz parte do casamento, a noiva tem que atrasar e a próxima será você. Vá lá e entregue isso ao padre.

Lúcia – O que é isso?
Carla – Meu pai quer que o Pedro nos acompanhe na entrada, pirou de vez.
Seu Paulo – Lúcia, minha nora. Você está com o passaporte.
Lúcia – Um bilhete?
Carla – Eu não falei que meu pai tá pirado? Leia.
Lúcia – Se não colar vai virar vexame.
Seu Paulo – Vira nada, padre adora saber que alguém poderá se casar ainda mais dentro da cerimônia de outro casamento.
Lúcia – Eu não estou lhe reconhecendo, seu Paulo. Com todo respeito.
Seu Paulo – Vai me reconhecer quando se casar nessa mesma igreja: seu Paulo, obrigada pela ideia do bilhete, obrigada mesmo. Agora vá e entregue ao padre que o povo está esperando a noiva.
Carla – Coitada da Lúcia, ela não merece uma coisa dessas.
Seu Paulo – Como você é ingrata, gasto meus poucos neurônios para colocar o seu irmão ao seu lado e você só fica me criticando.
Carla – Me dá seu braço para eu beliscar de novo.
Pedro – Gente por que vocês me chamaram?
Carla – Não fala nada Pedro, pega na minha mão esquerda e vamos entrar os três na igreja, depois eu te explico. O senhor para de sorrir, chega de brincadeiras por hoje, a coisa é séria e muito séria.

Pedro não entendeu nada, fica sério e obedece a sua querida irmã, quando ele olha para seu Paulo, ele dá uma piscada de olho. Carla para um passo após a porta e os três começam a entrar na igreja. A plateia que faz presença na igreja se levanta, um caloroso aplauso toma conta da catedral. Seu Paulo, Carla e Pedro andam lentamente para que todos possam vê-los. Carla sempre com meio passo a frente dos dois. Essa receptividade tira o nervosismo de Carla, quando ela chega ao meio do corredor, olha fixo para o altar, vê Luiz ao lado de seu José, dona Lourdes, sua madrasta, os padrinhos dele, dona Marta Fagundes e dr. Hélio, os padrinhos dela, Sérgio das Flores e dona Quitéria. Mais abaixo, o padre que receberá a noiva, seu pai e seu irmão mais novo. Carla está brilhante com vestido confeccionado para seu corpo de gestante aos seis meses. Chega aos pés do altar com sua elegância de mulher negra com um metro e setenta de altura, brilho nos olhos e delicadeza feminina. Depois de ser entregue por seu pai e seu irmão mais novo, ela cumprimenta o padre e fica próxima daquele que a partir desse dia será seu marido. O casal vira-se para agradecer com gestos a presença de todos. Quando tenta, a cumprimentam; mais uma vez ouve-se as palmas da plateia.

Carla Almeida levou vinte e um anos da sua vida esperando para ter um momento de atenção, essa é a hora e a atenção é calorosa, no meio de todos. Carla consegue ver suas amigas da escola, seus vizinhos novos e antigos, de crianças a idosos. Vê na primeira fila seus familiares e amigos mais próximos. No meio destes está Gustavo, seu ex-namorado, que era para estar no altar nesse início de noite, fim de primavera, calor soteropolitano e do Calabar. Ele está visivelmente abatido. Sua mãe sentada ao seu lado com ar de felicidade confusa. Na outra extremidade está a família de Luiz Silva, um pouco mais atrás Mestre Canário, todos os alunos da Escola de Música montada por Luiz e os músicos do Bloco Calamaço. Toda a comunidade está ali representada, até Armando que não costuma sair do Calabar está na igreja. Muito bem vestido de paletó e gravata, traje raro para ele, o que virou chacota do gozador e padrinho de casamento da Carla, Sérgio das Flores. Fátima Pires e Chico Capoeira estão próximos a Canário, tem uns jovens da Academia de Capoeira por perto e outros admiradores do casal.

Ao lado de Luiz está dona Marta Fagundes e seu marido dr. Hélio Fagundes, dona Marta está sempre conversando com uma jovem mulata alta e bem vestida. Ela é Sandra Rocha, filha do motorista da família Fagundes. Jornalista formada, trabalha no jornal O Diário de Salvador, seu curso na faculdade foi financiado por dona Marta Fagundes que a convidou para cobrir o casamento.

Após os noivos terem dado o sim um para o outro, na presença do padre e de seus muitos convidados, são mais uma vez aplaudidos. Sandra Rocha orienta o fotógrafo do jornal nos momentos de tirar as fotos, só na saída da igreja ela vai falar com o casal.

Sandra – Boa-noite, Luiz! Boa-noite, Carla! Eu sou Sandra, Rocha jornalista do Diário de Salvador e vim para fazer uma reportagem a pedido de dona Marta Fagundes. Já fizemos algumas fotos aqui e queremos fazer outras no Calabar e uma pequena entrevista.
Luiz – Dona Marta, como sempre, ajudando, Carla. Que surpresa boa!
Carla – É hoje que eu vou explodir de alegria.
Sandra – Podem ficar à vontade, não precisa fazer muita pose porque vocês já estão bonitos com a roupa do casamento.
Luiz – Obrigado, dona Sandra.
Sandra – Por nada. Na entrevista do Calabar, vou querer ficar num lugar fechado com vocês dois.

Carla – Depois que a gente cumprimentar e acomodar nossos convidados no terraço, a gente vai para o meu quarto e faremos a entrevista.
Sandra – Eu tenho até às onze horas da noite para ficar com vocês. Preciso liberar o fotógrafo, a reportagem só vai sair na segunda-feira.
Luiz – Não se preocupe, a gente vai estar às suas ordens em tempo hábil à reportagem.
Sandra – Obrigada pela simpatia!
Carla – Ela nos faz um favor e ainda diz obrigada!
Luiz – Gente, vamos logo para o Calabar, é lá que vamos poder falar com vocês que vieram nos prestigiar.
Pedro – Isso mesmo galera, vamos fazer uma festança!

Dona Marta e doutor Hélio Fagundes conduzem o casal de noivos até seu carro. O casal de padrinhos vai à frente, José Luiz da Silva Filho e Carla de Almeida da Silva (já casada) vão sentados no banco de trás acenando para os presentes. Os pais dos noivos vão em um outro carro e puxam o cortejo. Ao chegar no Calabar já são oito horas da noite, o Bar do Armando está cheio de moradores que não foram à igreja. Quando o casal passa, começa uma pequena queima de fogos de artifícios organizada pelos componentes do Bloco Calamaço. A queima de fogos é um sinal de aviso à comunidade que o casal já está de volta. Como a casa de dona Catarina fica no meio da rua Baixa do Calabar, os moradores organizaram uma chuva de arroz comunitária. Ao passar em frente a determinadas casas, ouve-se pessoas gritando o nome do casal. Para Luiz e Carla isso foi mais que surpresa, de mãos dadas, eles vão avançando rua adentro, agradecendo a atenção ao carinho dos vizinhos. Ao chegarem em casa, mais fogos de artifícios são lançados ao ar, dessa vez com pirotécnica e luz colorida. Na sala, muitas mães de família, crianças, mulheres jovens, algumas com seus filhos e maridos aguardam o casal. Na cozinha, muita comida para ser servida aos convidados, tem garçons para servir durante toda a noite. A casa da família Almeida é uma das maiores do Calabar, mas dessa vez ficou apertada para tanta gente que queria ver Carla e Luiz Silva. Depois das muitas fotos e de pararem na cozinha para enganar um pouco a fome, o casal sobe para o terraço onde estão sendo servidas mais bebidas e comida. Luiz e Carla Silva posam mais vez para mais fotos e todos querem aparecer ao lado do casal da noite. Às 9h:40min o casal desce para o quarto onde até a noite passada era de Carla e vai finalmente dar entrevista para Sandra Rocha do jornal O Diário de Salvador. Detalhe, o vocalista do Bloco Calamaço é primo de primeiro grau de Sandra, Alberto Rocha chegou ao Bloco através de Sérgio das Flores.

Sandra – Antes de começar a entrevista, eu quero parabenizar vocês pela cerimônia da igreja, a recepção calorosa dos vizinhos, o jantar que acabou de acontecer, essa festa muito bonita e animada que está rolando no terraço e pela simpatia do casal, que parece ser o xodó do bairro.

Luiz – Obrigado pelo elogio, eu agradeço em nome das nossas famílias que se uniram para fazer tudo isso que você viu e ainda verá, a noite está apenas começando.

Sandra – Vamos começar a entrevista... Como começou o namoro que resultou nesse bonito e animado casamento?

Carla – Luiz veio de Cruz das Almas para cuidar da mãe dele que estava muito doente, ela foi a minha guardiã e dos meus irmãos para nossos pais poderem trabalhar. Quando ela faleceu, Luiz queria ir embora. Meus pais o convidaram para morar aqui. Num domingo, meu irmão Pedro, a namorada dele, a Lúcia, e eu levamos ele para conhecer a Lagoa do Abaeté e ele me pediu em namoro num lugar irresistível como o Parque do Abaeté. Não tive forças para dizer não.

Luiz – A Carla era assediada por outros rapazes e eu nunca a vi com um namorado. Então pensei em tentar, deu certo. Fui construir a nossa casa onde era a casa da minha mãe e casamos.

Sandra – Me expliquem por que essa gente toda fazendo tanta homenagem, dando elogios. De onde vem toda essa solidariedade espontânea?

Carla – Primeiro isso é comum no Calabar, somos pessoas pobres, mas somos todos unidos. Meus pais sempre foram respeitados no bairro, criaram nós cinco com muita rigidez, nos ensinaram a respeitar nossos vizinhos e até a ajudá-los quando fosse necessário. Isso trouxe muito respeito à nossa família. Depois, esse maluco aí criou uma escola para ensinar as crianças abandonadas pelos becos a tocar instrumentos de corda. Além disso ele compôs a nova música do Bloco Calamaço e espalhou a letra por toda a comunidade, isso na semana passada. Foi a maior manifestação feita para Zumbi dos Palmares que o Calabar já viu. Isso explica toda essa gente aqui.

Luiz – Eu decidi ficar por causa das minhas crianças, da família Almeida e principalmente por causa da Carla. Ela é a minha vida, vai me dar um filho, quero ser feliz e lutar para fazer ela e o nosso filho feliz.

Sandra – Existe alguma coisa íntima que atraiu um ao outro?

Luiz – Primeiro, esse jeito carinhoso que ela deixa no ar, depois a unidade que a família tem. Os pais, os filhos e os cunhados estão sempre unidos. No dia que falei com seu Paulo que queria namorar com a Carla, eles fizeram até reunião para discutir uma maneira de a gente não sofrer comentários maldosos pelo fato de eu morar aqui na casa dessa família tão agradável.

Carla – Ele me prometeu contar o segredo do que em mim mais atraiu a ele hoje, depois que a gente se casasse.
Luiz – É verdade, eu prometi, mas isso é segredo de casal, só eu e ela vamos ficar sabendo.

Sandra fica parada sem fazer mais perguntas. Carla percebe que a jornalista está chorando.

Carla – Luiz, vai pegar água para Sandra, ela está chorando.
Sandra – Traz uísque com pouco gelo, Luiz, preciso de algo muito forte.

Luiz sai e da porta pede a bebida para o garçom, depois volta para o quarto.

Carla – O que houve, por que você está chorando?

Sandra – A história de vocês é a mais bonita que já fiz para uma reportagem. Ainda por cima desfiz meu noivado recentemente, ainda não me recuperei.
Luiz – Um garçom vai trazer o seu uísque. Por que o seu noivado acabou?
Sandra – Ele achou que eu fiquei um degrau acima dele, porque me formei em jornalismo. Tentei convencê-lo que não era bem isso e as brigas só aumentavam. Ficou uma situação insustentável, aí ele pôs um fim na relação.
Carla – Não tem volta?
Sandra – Quando o homem toma a decisão é difícil ter volta. Ano que vem o jornal vai me transferir para a cidade de Santo Antonio de Jesus. Longe dele vou conseguir esquecê-lo.
Luiz – Seu uísque, dona Sandra. Pode deixar a garrafa aqui, Seu Marcelo. A partir de agora vou tomar todas e avisa lá em cima que o casal vai subir para dançar.
Seu Marcelo – Pode deixar que nós estamos aqui para satisfazer as vontades deste lindo casal.
Sandra – Eu confesso que quando morei na Boca do Rio, não vi um casamento assim tão bem organizado como o de vocês dois.
Carla – Nem eu que estou no núcleo das atenções consigo entender como as coisas chegaram onde estão, só sei que estou muito feliz.
Luiz – Eu acho que entendo: é à força da fé em nós mesmos, isso é muito simples; se você acreditar que uma criança pobre pode virar um músico talentoso, a sua vida muda para melhor, é por isso que eu acredito em cada criança do Calabar.
Sandra – Luiz, em meio a essa onda de violação dos valores, é muito raro a gente

que trabalha na imprensa ouvir isso de um jovem. Continuem falando que estou anotando.

Luiz – Eu tenho a consciência de muita coisa ruim que acontece nas comunidades carentes, mas vejo que no Calabar as coisas estão ganhando outro rumo. A inclusão cultural deu espaço para os moradores conhecerem uma música mais panfletária, conscientizadora e menos apelativa.

Sandra – Isso é muito difícil acontecer. Como esse fenômeno está transformando o Calabar?

Luiz – É por causa da escola de música, eu ensino muita MPB e trabalho com letra e músicas do rock nacional, aí as crianças levam essas músicas para casa e vão contaminando as famílias. Tudo está acontecendo naturalmente, sem ninguém se esforçar. É o poder do conhecimento; as crianças conhecem e vão espalhando pelo Calabar, é um exército de formiguinhas musicais cantando pelos becos do bairro.

Sandra – Você falou inclusão cultural?

Luiz – Isso mesmo, a inclusão cultural mudou a cabeça dos moradores. Hoje sabemos diferenciar, sem discriminar, o que é música cabeça do que é música comercial ou de amor. Ouvimos de tudo, mas sabemos o que é nocivo à nossa consciência.

Carla – Junte tudo isso ao Calamaço que sempre fez suas manifestações culturais e sociais, denunciando segregação racial e a falta de recursos para os mais pobres. As pessoas mais velhas resgataram o costume de ouvir reggae nos fins de semana, o estilo musical tem uma força política muito boa aqui.

Sandra – Então, o Calabar está virando um reduto de pessoas politizadas?

Luiz – Não necessariamente, nós somos baianos e gostamos de festa e carnaval. Só a alienação foi eliminada, a alegria de viver permaneceu, somos conscientes e ao mesmo tempo gostamos de uma boa festa.

Carla – Também tem a influência dos grandes blocos afro de Salvador, o Calamaço é uma mistura de tudo isso e agora o Mestre Canário está introduzindo o som do berimbau nos ensaios para divulgar mais a musicalidade da capoeira.

Sandra – Agora eu entendi esse frenesi todo em torno de vocês dois, é o casal símbolo para os moradores do bairro.

Luiz – Isso também foi acontecendo naturalmente, o povo gosta de símbolos, mas a gente quer mesmo é que nosso casamento dê certo.

Sandra – Eu acredito que se vocês levarem a sério o dia de hoje, essa felicidade será eterna. Obrigada pela atenção, não preciso tomar mais o tempo de vocês, podem ir se divertir com seus convidados.

Carla – A gente que agradece a sua presença, Sandra, convidamos você para ficar até o fim da festa, tire esse casaco porque o clima lá em cima está muito quente.

Sandra – Está bem, agora estou mais alegre e posso entrar na festa com vocês.

Carla – Você precisa conhecer o meu irmão Pedro, tudo o que ele fala termina em "vamos fazer uma festa".

Luiz – O Calabar das festas vai tirar um pouco dessa tristeza que você sente nesse momento.

Sandra – Eu sentia, Luiz, entrevistando vocês dois descobri que o tempo todo eu estava certa, a vida precisa de simplicidade para a felicidade fazer parte dela.

Os três jovens sobem para o terraço onde se ouve um som ambiente, a maioria dos convidados está esperando o casal para fazer a festa com eles. seus pais os cercam para demorados abraços, seguidos pelos irmãos, cunhados e amigos, as senhoras ficam o tempo todo acariciando o casal. Todos os alunos da Escola de Música da Associação de Moradores do Calabar estão presentes, falam com seu instrutor e vão saindo de fininho. Até Reginaldo Campos que evitava aparecer em festas deu o ar da graça e abraçou os noivos. Joana Dark, Chico Capoeira e Fátima Pires estão todos comportados, o pequeno Daniel é a sensação do casal. Carla abraça os três de uma só vez e Luiz a acompanha. Pedro fica correndo de um lado para outro o tempo todo, isso chama a atenção de Luiz.

Luiz – Escuta aqui, Pedro, tá querendo botar ovo? Fica parecendo galinha velha, corre pra lá, volta pra cá. O que está acontecendo, hein?

Pedro – Nada, meu cunhado, só dê atenção para os seus convidados.

Carla – Qual é o problema, Luiz?

Luiz – Eu não sei, mas o cretino do seu irmão está escondendo alguma coisa. Sumiram as crianças da Escola de Música, os músicos mais velhos e também não vi o Canário desde que subimos para o terraço.

Carla – O que é aquela lona preta na laje de seu Marcelo?

Luiz – Eu também não sei, ele estava carregando umas madeiras resistentes quando eu vim da praia com Pedro.

Chico – Eu quero tirar umas fotos com seus pais, eles estão no quarto lá embaixo.

Carla – Oh, Pedro, você já estar de volta? Por que não fala o que está aprontando?

Luiz – Deve estar arrumando um ninho para chocar os pintinhos, essa galinha velha.

Pedro – Você já se casou, até uísque já bebeu, agora deu para falar palavrões. Isso não é ser chique.

Lúcia – Depois do que aprontaram comigo hoje, nada mais me surpreenderá.

Luiz – Como assim, Lúcia, eles armaram uma pra você também?

Lúcia – Aqui só tem artistas, quem não é tem que ficar quieto. Vá tirar as suas fotos.

Quando o casal desce para tirar as fotos, percebe que seu Paulo também desapareceu.

Carla – Meu pai sumiu, só tem você, Chico. Com certeza está envolvido nesse misterioso esconde, esconde.
Chico – Eu não estou envolvido em nada, só quero tirar umas fotos. Então, tiro só com a sua mãe.
Luiz – Nós vamos tirar as tais fotos, Carla, mas eu não engoli a resposta dele. O Sérgio, o Canário e até o Armando também desapareceram. Tenho certeza que estão aprontando alguma coisa.
Chico – Para de reclamar que vou bater as fotos...
Sandra – Dona Marta está solicitando a presença dos noivos na mesa dela.
Carla – Contaminaram você também, Sandra? Eles são iguais as formigas, adoram um voluntário.

Sandra Rocha sobe com o casal que não para de reclamar. Quando chegam ao terraço dão de frente com um palco montado na laje do vizinho, o garçom Marcelo, era isso que a lona preta escondia. Como a laje de seu Marcelo fica um pouco mais alta que o terraço de seu Paulo, ficou na medida certa para mais uma engenhoca dos senhores Paulo, Sérgio, Armando e Canário.

Dona Marta e doutor Hélio Fagundes conduzem os noivos pela escada improvisada que liga o terraço à laje vizinha por uma pequena ponte de madeira que foi construída, enquanto Carla e Luiz estavam sendo arrumados na última tarde. Uma equipe de som foi contratada com direito a iluminação. No palco, os músicos do Calamaço, as crianças da Escola de Música e os percussionistas do Mestre Canário estão em posição esperando a hora de começar a tocar. Seu Paulo, que faz presença no palco, pega o microfone e começa a fazer um honroso discurso:

Seu Paulo – Boa-noite, amigos, convidados e parentes das duas famílias aqui reunidas. Boa-noite, Calabar! É muito bom quando a gente consegue criar nossos filhos e vê-los felizes, mas é melhor ainda quando esses nossos filhos fazem seus pais se sentirem felizes. Ainda mais em um lugar como o Calabar, um dos bairros mais sofridos de Salvador. Hoje não é noite de tristeza nem de reclamações, mas uma noite para passar mensagens positivas aos pais e filhos aqui presentes.

Lutem para formar uma família forte e unida, que um dia a felicidade baterá em sua porta como bateu na minha. Foi lutando que formei a minha família. Agradeço a Deus e ao Senhor do Bonfim pelos filhos que tenho. Agradeço aos meus amigos que seguem o mesmo caminho que eu, fazendo assim com que outras famílias encontrem a honra através de nossos exemplos. Agradeço em especial a esse jovem Luiz por há poucas horas se tornar marido da minha filha mais nova, a amada Carlinha. Agradeço também a todos os amigos que se empenharam e prepararam essa bela surpresa para os noivos.

Agora é hora de muita música. Com vocês, a Banda Calamaço!

A percussão e as cordas da Banda Calamaço fazem um show que leva os convidados ao delírio, o casal de noivos fica no palco tirando fotos com cada etapa da banda, os meninos das cordas, os músicos adultos e a percussão. Carla desce do palco com o paletó de Luiz, ele pega um baixo e começa a tocar com a banda.

Alguns convidados de outras localidades ficam parados observando o show, já os que são moradores do Calabar caem na dança e reverenciam Carla que também vai dançar apesar de estar no sexto mês de gestação. De vez em quando Luiz para o show e convidar os que estão quietos para dançar, Mestre Canário aproveita para anunciar a parceria entre o Bloco Calamaço e os Capoeiristas, Chico Capoeira faz a sua primeira apresentação com a banda, o show dura duas horas, mas Luiz sai do palco meia hora antes para apresentar seus alunos aos convidados. Dona Marta e doutor Hélio Fagundes que antes queriam ir embora ficam empolgados e continuam no Calabar.

Enquanto a festa vai rolando, Carla e Luiz trocam de roupa e dançam com seus convidados até às 4H30 min. Quando eles começam a se despedirem dos seus familiares e convidados:

Luiz – Pai, eu vou passar o Natal com o senhor, a gente volta sexta-feira da lua-de mel, me liga no fim de semana.

José – Está combinado, meu filho. Qual será o nome do bebê?

Luiz – Como é menino, vai se chamar Luiz Carlos. É o meu nome e o nome da Carla juntos.

Dona Catarina – O motorista de dona Marta está esperando, está na hora de vocês partirem.

Seu Paulo – Meus filhos, vocês fizeram um belo casamento, Deus abençoe e que sejam felizes.

Sérgio – O Paulo está numa metidez só, nem dá mais atenção aos amigos.

Seu Paulo – E você está cheio de cana, tomara que a Quitéria lhe dê uma surra e um banho bem gelado.

Lúcia – Quando esses dois começam com suas brincadeiras só acaba com uma cerveja na mesa.

Sandra – Já estou indo para a entrada do Calabar, quero me despedir de vocês. O carro está todo enfeitado esperando pelo casal.

Carla – Tchau, gente! Vamos, Lúcia, você é a madrinha do meu namoro com Luiz, tem que nos acompanhar na lua-de-mel.

A lua de mel de Carla e Luiz Silva durou até quinta-feira. Pedro e Lúcia foram com o casal à viagem até a Linha Verde, no litoral baiano. Quando retornam já é dezembro. Mestre Canário e seu Paulo arrumaram um carro de som para o Calamaço sair na Festa da Conceição da Praia. No Natal, Luiz e Carla viajam para Cruz das Almas. No primeiro dia do ano de 1999, o Bloco Calamaço organiza um novo trajeto, desta vez sai do Alto das Pombas e vai até o Largo do Calabar, os organizadores do evento programaram para às 5 horas da tarde. Assim as pessoas que foram à praia já estão de volta. No Largo, eles vão vendendo os carnês para novos componentes. Joana Dark e Fátima Pires viram musas do bloco. Na lavagem do Bonfim, que acontece na segunda quinta-feira do mês de janeiro, o Calamaço faz o cortejo até a Colina Sagrada. Cai no gosto dos turistas e muita gente começa a comparecer aos ensaios que antecedem o carnaval. O Calabar entra, enfim, no roteiro das festas pré-carnavalescas da zona nobre de Salvador.

A música "É tudo Calamaço" entra na programação de uma rádio FM e segue entre as mais tocadas até depois do carnaval. Na saída do Calamaço, no centro da Cidade, não teve a presença de Carla Silva que está nas últimas semanas de gestação, com isso Luiz saiu pouco na folia baiana, mas criou novas músicas para trabalhar até 20 de novembro e tentar repetir o sucesso de novembro de 1998. Orientado por Mestre Canário, Luiz continua divulgando a mesma música até setembro. No sábado, 21 de fevereiro após o carnaval Luiz e Carla vão fazer as compras para o bebê que vem aí. Eles passam a entender para valer a vida de casados.

Carla – Luiz, o dinheiro não vai dar para levar tudo o que precisamos, coisas de bebê são muito caras.

Luiz – Semana que vem vamos ganhar nosso filho, Carla, é isso que mais interessa.

Carla – Quero um enxoval completo, é o meu primeiro filho, tem que ter tudo bom e bonito.

Luiz – Eu não sei pra que tudo isso, compra um monte de roupa e o bebê cresce sem ter tempo de usar todas.

Carla – Eu não quero que a vizinhança diga que meu filho não tem o que vestir.

Luiz – Deixa isso pra lá, Carlinha, o que vai ser caro mesmo é quando ele começar a sair para jogar bola, aí vamos ter muito gasto.

Carla – Eu pensei que você ia ensinar ele a tocar violão.

Luiz – Isso ele vai aprender no dia a dia. O futebol é para formar meu filho em um brasileiro completo.

Carla – Que papo é esse de um brasileiro completo?

Luiz – Nós temos um país cheio de coisas boas. Só que para entender melhor essas coisas temos que incentivar as crianças a conhecer nossa música, nosso futebol e outros esportes e entender até os malfeitores que passaram pela história do Brasil.

Carla – Escuta aqui, Luiz, você não vai encher a cabeça do nosso filho com essas bobagens.

Luiz – Eu não, mas os livros que meu pai vai trazer de Cruz das Almas. Toda a minha coleção de Castro Alves, o Poeta dos Escravos.

Carla – Desde que ele não se transforme em um político imundo, pode aplicar seus ensinamentos.

Luiz – Eu quero que ele seja um menino estudioso, que faça faculdade e depois viaje pelo Brasil para conhecer melhor nosso país.

Carla – Você é meio louco, o bebê ainda não nasceu e você quer que já faça faculdade. Ainda mais um neguinho. Negro não tem vez nesse Brasil que você quer que ele conheça.

Luiz – É isso que precisa acabar! Essa maldita frase que se arrasta geração após geração. "Negro não tem vez no Brasil". Precisamos saber usar a Abolição dos Escravos que até hoje não saiu do papel.

Carla – Sabe, Luiz, me casei com você por um amor que nunca pude controlar, é mais forte que eu. Só que preciso saber o que você quer da vida e com essas suas ideias revolucionárias?

Luiz – É a mesma velha história de sempre. Basta alguém ter ideias de cidadania e direitos humanos para receber nome de agitador e revolucionário. Só Jesus Cristo foi revolucionário, o resto é pura continuação de ideias e muito fracasso.

Carla – Retira o nome de Jesus dessa história, não me enrole e responda o que você quer da vida.

Luiz – Tá bom, Carlinha, da vida eu só quero você, meu filho e ser feliz.

Carla – Tá certo, prepare o bolso para satisfazer as vontades do seu filho, vai precisar e muito.

Luiz – Pode deixar, eu trabalho muito para isso.
Carla – A médica me disse ontem que na próxima semana nosso filho virá ao mundo.
Luiz – Eu estou tão ansioso que não consigo dormir direito em pensar que vou ser pai. Ainda mais no mês de fevereiro, que é do carnaval.
Carla – Eu conversei com minha mãe e ela me falou que meu pai está orgulhoso por nós dois.
Luiz – Vamos manter esse orgulho dele, afinal ele é um pai de família que merece se sentir bem com as novas famílias dos filhos.

O dois vão para o Calabar, a cidade de Salvador ainda respira o restante da Folia de Momo que acabou oficialmente na Quarta-feira de Cinzas com seus arrastões e ressacas de carnaval, mas as músicas que tocam nas rádios são as mesmas que começaram a ser executadas em janeiro. É como se a cidade ficasse viajando de volta para um verão que naturalmente vai se arrastando para o fim. Salvador é assim, meio fora de série, é mágica, mística e resistente ao que nas outras cidades é comum: parar a festa. Neste sábado após o carnaval tem vários bailes pós-carnaval. Tem a festa dos premiados da última folia e dos não premiados também. Os Blocos de Trio, os Afoxés, os Blocos Afros e os pequenos blocos como o Calamaço se despedem do verão com suas festas locais.

O Calabar está cheio de gente pelos becos atrás de diversão. No início da noite, os músicos fazem os últimos ensaios para o show que farão no Largo do Calabar. Muitos turistas chegam com seus guias de turismo. A festa começa, esquenta e só acaba às 4 horas da madrugada. Luiz sai do palco e passa em casa para tomar banho e ir trabalhar na manhã de domingo. Dona Catarina dormiu com Carla. Quando Luiz chega, ela está se preparando para ir embora.

Dona Catarina – Luiz, meu filho, chega de festas carnavalescas, chegou hora de ficar mais em sua casa. Sua mulher precisa muito de você.
Luiz – Eu sei, dona Catarina, já falei com Canário que só volto a trabalhar no Calamaço depois que meu filho tiver uns três meses.
Carla – Eu sempre acreditei na força que o Calamaço pode trazer para o nosso bairro. Só não achava que podia me trazer um marido belo e um filho. Pode fazer suas coisas, Luiz, já pedi para Fátima me ajudar.
Luiz – Ela pode ajudar, mas eu vou parar com os trabalhos do bloco até a gente ver mãe e filho juntos, com saúde e o sorriso estampado no rosto.
Carla – Vai se arrumar, Luiz, sua roupa de trabalho está na mochila. Vou passar

o domingo na casa da minha mãe, qualquer novidade ligo para você.

Dona Catarina – Eu vou pra casa, Paulo passou dando bronca no Reginaldo parece que ele voltou a beber, precisa de uns bons conselhos.

Luiz – Quando eu voltar do trabalho quero levar a senhora no Largo das Baianas para a gente comer acarajé.

Dona Catarina – Não precisa ser hoje, venha para casa descansar, você está sem dormir, outro dia a gente sai.

Luiz – Descanso terça-feira que estarei de folga. Carla quer comer abará antes de ir para a maternidade. Como hoje é domingo, posso tirar uma boa soneca no trabalho, vamos sair.

Carla – Mãe, ele só vai sossegar depois que a senhora sair com a gente.

Dona Catarina – Tá bom, eu vou com vocês.

Luiz vai se preparar para ir trabalhar e dona Catarina desce as escadas. Quando chega ao portão da sua casa, encontra seu Paulo, Sérgio das Flores e Reginaldo Campos discutindo:

Seu Paulo – Só quero ver quando vai tomar jeito de homem e parar com essa bebedeira descontrolada.

Reginaldo – Todo mundo no Calabar pode se divertir, menos eu. Parece que eu ingeri todas as bebidas alcoólicas de todos os bares.

Sérgio – O teu problema não é só cachaça, você bebe muito e queima um baseado. Aí arruma confusão.

Seu Paulo – Se não fosse a Joana Dark aquele negão ia quebrar a sua cara.

Dona Catarina – Está arrumando encrencas de novo, Reginaldo? É por isso que o seu irmão quer ficar distante de você.

Sérgio – Essa múmia ganhou muito dinheiro vendendo cerveja no carnaval, só que já deve ter gasto mais da metade em maconha.

Reginaldo – Você não tem nada a ver com isso, o dinheiro é meu, faço dele o que quiser.

Dona Catarina – O dinheiro é seu, mas quem vai ficar com a cabeça oca é você, meu filho. Para com essa droga que está destruindo a sua vida.

Reginaldo – Eu vou parar, tia Catarina, eu só fumei uma bituca pequena. Esses dois aí ficam pegando no meu pé e isso me deixa nervoso.

Seu Paulo – A gente não quer que apronte outra encrenca igual ao incêndio que provocou a morte da Marlene.

Reginaldo – Lá vêm vocês com essa história de novo. Eu nem moro mais no Calabar, vivo no Alto das Pombas para evitar esses comentários.

Sérgio – Só que se você aprontar alguma confusão por lá não vai ter o mesmo tratamento que teve aqui. Vão te levar para a polícia e você dança bonito, basta alguém dizer que você é alcoólatra e maconheiro.

Nesse momento, Luiz Silva desce as escadas, Reginaldo Campos olha para ele e fala:

Reginaldo – Às vezes a gente tem nossas coisas roubadas por quem chega ao Calabar, aí só a cachaça serve de consolo.
Seu Paulo – Eu já vi que você está mesmo a fim de confusão, vá para casa e não erre o caminho, nós não estaremos por perto para lhe guiar.

Reginaldo sobe as escadas meio desequilibrado enquanto os outros ficam calados. O silêncio é quebrado por Luiz Silva:

Luiz – Parece que vocês desistiram de ajudar o Reginaldo. Por quê?
Sérgio – É ele quem tem que se ajudar.
Dona Catarina – Seria melhor vocês conversarem com Chico Capoeira.
Seu Paulo – É melhor nem tocar no assunto com o Chico. Ele já disse que não tem mais o que fazer para Reginaldo largar as drogas.
Luiz – Estou indo para o trabalho, depois a gente conversa.

Luiz segue para a saída do Calabar e os três ficam parados em frente à casa de dona Catarina.

Seu Paulo – Reginaldo não esqueceu que você passou o trabalho que era dele para o Luiz.
Sérgio – Se não fosse Luiz, seria outra pessoa. Eu não aguentava mais cobrar pontualidade do Reginaldo.
Dona Catarina – Só que na cabeça dele foi a presença do Luiz que provocou a demissão.
Sérgio – Se é assim vou tirar isso a limpo quando o Reginaldo estiver lúcido, não quero que ele fique com isso na cabeça.
Seu Paulo – Você tem duas missões impossíveis: encontrar o Reginaldo sem estar cheio da cana e colocar alguma coisa boa naquela cabeça dura. Boa sorte!

A bela manhã de domingo 22 de fevereiro vai revelando uma Salvador menos frenética, pois contra vontade dos eternos foliões, aos poucos a cidade vai vol-

tando à sua normalidade, o número de pessoas nas praias vai crescendo com o passar das horas, às 11 horas da manhã Luiz Silva está tentando arrumar um tempinho para tirar uma soneca, seu telefone celular toca. É a dona Catarina avisando que Carla estava sentindo fortes dores e seu Paulo já está a caminho da maternidade na companhia de Lúcia Veiga. Luiz sai do trabalho às pressas depois de combinar para dona Catarina ir com ele até a maternidade.

Meia hora, depois Luiz já está no hospital, ele é chamado pelos médicos para acompanhar o nascimento de Luiz Carlos. Às 13h20min nasce o bebê. Luiz e amigos ficam no hospital até às 5h30min, na saída Luiz fala para seus sogros:

Luiz – Agora que já sou pai e vocês avós mais uma vez. Posso fazer um convite para vocês?
Seu Paulo – Parece que essa criança aumentou a sua alegria de viver. Pode falar.
Luiz – Vamos para Amaralina comer acarajé, eu estou com muita fome.
Dona Catarina – Vai cumprir a sua promessa sem a Carlinha?
Luiz – Depois eu a levo com o bebê e os avós.
Seu Paulo – Você está ficando mais soteropolitano do que meus filhos que nasceram em Salvador.
Pedro – O novo papai só fala em berimbau, meia lua, abará, coisas tipo Pelô, Mercado Modelo...
Luiz – É essa cidade que faz a gente se perder de amor por ela, seus costumes, sua beleza... Pena que não se faz mais baianos como antigamente.

Os cinco familiares vão à procura de condução que os leve até Amaralina, nesse momento no Calabar, Chico Capoeira e Fátima Pires estão na casa de Reginaldo Campos, ele está embriagado desde sexta-feira à noite, já é domingo e começava a escurecer.

Chico – Eu quero ver até aonde você vai com essa bebedeira, Reginaldo. Vai ter overdose de tanto usar drogas.
Reginaldo – Você bebe a sua cerveja e eu nunca reclamei de nada.
Fátima – Tem muita diferença de cerveja para a mistura que você anda fazendo.
Reginaldo – Só misturei umas cervejas e umas doses de cachaça.
Chico – E os cinco cigarros de maconha que você comprou com a rapaziada ontem à noite?
Reginaldo – Vocês agora vivem investigando o que faço?
Fátima – Não lhe investigamos, simplesmente o Calabar todo sabe que você esta-

va às cinco horas da manhã levando bronca de seu Paulo e de dona Catarina.

Reginaldo – Então eles me chamam para dar conselhos e depois saem falando de mim pelas costas?

Chico – Foi a rapaziada que chamou a gente para tentar controlar você, eles nos contaram da sua reação sobre o Luiz.

Reginaldo – Eu vou deixar de comprar alecrim com esses caras, parecem um monte de fofoqueiras. E quanto a Luiz, ele é metido a bacana, mas tirou o meu emprego de jardineiro. De bacana ele não tem nada.

Fátima – Pelo que sei, quando Luiz apareceu, o Sérgio já havia decidido demitir você. Então, o Luiz não tem culpa de nada.

Reginaldo – Você tem um passado meio diferente do de dona Quitéria, dona Graça, dona Catarina e suas filhas. Eu nunca me meti na sua vida, se continuar defendendo esse Luiz, abro o bico.

Chico – Não se esqueça de que ela lhe ajudou no momento mais difícil que você já teve no Calabar. Quando fez o incêndio que acabou com a vida de dona Marlene.

Reginaldo – Vocês estão jogando na minha cara o que fizeram sem eu pedir para fazer.

Fátima – Eu não vim mexer no seu passado, só quero que você não faça mais besteiras, porque o seu irmão agora faz parte do Bloco Calamaço.

Reginaldo – O que está acontecendo? Uma prostituta agora vai me ensinar a viver?

Chico – Eu vou quebrar a sua cara, Reginaldo!

Fátima – Sai, Chico, que eu falo sozinha com ele.

Chico – Eu não vou deixar você sozinha com esse louco!

Fátima – Eu sei me virar, você sabe disso. Vá para a rua, qualquer coisa eu grito.

Reginaldo – Se me deixar só com essa piranha, pode rolar um clima, você é meu irmão, não quero a sua mulher.

Chico Capoeira sai sem dar resposta para Reginaldo quando acaba de sair, Fátima pega Reginaldo pela camisa e o joga contra a parede:

Fátima – Agora você vai me ouvir por bem ou por mal.

Reginaldo – Você está me machucando.

Fátima – É para machucar mesmo, seu imbecil. Joana Dark lhe deixou na rua da amargura por causa dessa maconha sem controle. Eu tenho um passado negro que seu irmão mudou. Se você aprontar qualquer coisa que o prejudique, eu vou fazer você engolir um cigarro aceso.

Reginaldo – Calma, dona Fátima, calma...

Fátima – Agora eu não sou mais piranha, sou dona Fátima, seu fracote? Quero que você me respeite pelo que sou para o seu irmão. Ele me deu uma casa e eu dei um filho para ele, somos hoje uma família e você não faz parte dela porque a sua mulher é a maconha e a sua amante é a cachaça. Seu calhorda imundo!

Reginaldo – Meu pescoço está doendo. Eu vou gritar, dona Fátima.

Fátima – Pode gritar, seu covarde, seus vizinhos vão ficar sabendo que você está apanhando de uma ex-protituta. Diga-me, onde está o restante da maldita maconha. Fala logo, senão aperto seu pescoço muito mais.

Reginaldo – A senhora pirou? Eu não tenho fumo nenhum.

Fátima Pires joga Reginaldo num sofá velho que fica na sala e começa a dar socos no rosto do embriagado.

Reginaldo – Socorro, Chico! Ela está parecendo nossa mãe, tá me enchendo de sopapos.

Fátima – Grita, seu sem-vergonha. Chico não vem lhe socorrer, porque sabe que vai apanhar também. Cadê o tal alecrim, safado?

Reginaldo – A minha boca está sangrado. Chico me ajuda...

Chico Capoeira bota a cara na janela e fala:

Chico – Não me chame, Reginaldo. Já estou velho demais para apanhar de mulher.

Fátima – Viu, seu covarde? Hoje, as pancadas são só para você.

Reginaldo – Ai, minhas costelas! Chama a polícia, que estou sendo agredido.

Fátima – Se chamar a polícia você vai ser preso por porte de maconha. Chico, chame a polícia!

Reginaldo – Tá bom, chega! O bagulho está dentro daquele jarro, para de me arrebentar.

Fátima – Levanta, cachorro! Pega o fumo, joga no vaso sanitário e dá descarga.

Reginaldo – Eu pensei que você queria fumar um.

Fátima Pires pega uma vassoura e volta a bater em Reginaldo.

Fátima – Você é mesmo um cínico. Pega essa porcaria e joga no vaso agora.

Reginaldo – Que vergonha, cara, olha quanta gente botou o rosto na janela...

Fátima – Para de resmungar e faz o que lhe mandei.

Reginaldo – Eu tenho 37 anos e nunca passei por uma situação dessas.
Fátima – Se eu pegar você com cheiro desse alecrim, eu vou dobrar a surra.
Reginaldo – Chico, você não tá vendo isso? Sua mulher quebrou meu nariz e minha boca na frente dos meus vizinhos. Faz alguma coisa, meu irmão.
Chico – Eu sou seu irmão, mas não estou a fim de apanhar. Deixei tudo para você.
Reginaldo – Cara, eu estou no maior prejuízo, apanhei pra caramba e ainda tive que jogar meu fumo no esgoto.
Fátima – Vamos embora, Chico, se eu continuar ouvindo essas reclamações dele vou acabar recomeçando a surra.
Chico – Você já sabe, Reginaldo, se estiver com cheiro de alecrim, ganha outro "sapeca cachorro doido".
Reginaldo – Tomara que um dia você pise na bola com ela e leve a metade das pancadas que eu levei. Não vou lhe socorrer.
Fátima – Vamos embora, Chico, caso contrário eu volto a bater nele. Reginaldo é muito cara de pau.

A molecada da vizinhança e até mesmo outros bêbados começam a chamar Reginaldo de saco de pancadas da cunhada. Chico e Fátima vão embora deixando para trás um Reginaldo cheio de hematomas. Joana Dark fica sabendo do sapeca, e vai para a casa dele.

Joana Dark – Pena que eu perdi essa surra que a Fátima lhe deu, Reginaldo.
Reginaldo – Foi a maior onda braba! Ela invadiu a minha casa e me encheu de porrada.
Joana Dark – Se eu estivesse presente ajudava ela, você estava merecendo isso desde que tentou me bater.
Reginaldo – Eu vou me vingar no Luiz, foi por causa dele que eu apanhei.
Joana Dark – Você apanhou por causa dessa sua mania de não se controlar quando toma uns tragos. Tire o Luiz dessa história, caso contrário eu chamo a Fátima e a gente lhe dá mais uma surra.
Reginaldo – Você é a única pessoa que acho que ainda é minha amiga.
Joana Dark – Se quiser a minha amizade, esqueça o Luiz...

Nesse momento Chico Capoeira e Fátima Pires chegam à sua casa.

Chico – Morena, o que deu em você? Pensei que você havia perdido o controle da situação, mas agiu muito bem e forçou o Reginaldo a jogar o bagulho no vaso sanitário.

Fátima – Eu fiz tudo por sua causa. Se aquele infeliz atingir o Luiz, vai recair sobre você.

Chico – Não chora, Morena. Sei que a atitude era para ser minha, mas de repente você já estava apertando o pescoço do Reginaldo.

Fátima – Foi para envergonhar o Reginaldo e deixá-lo sabendo que eu vou lhe defender das asneiras dele. No fundo, eu não sou de violência.

Chico – Fica tranquila, o Reginaldo vai lhe respeitar a partir de agora. O máximo que ele pode fazer é não querer mais conversa com você.

Fátima – Tá bom. Amanhã eu vou sair cedo do trabalho, mas não venho para casa, vou visitar a Carla na maternidade, ela me deu muita força quando o Daniel nasceu.

Chico – Tudo bem. Eu só não vou porque toda vez que vejo um médico, me lembro da noite que passei no hospital quando dona Marlene faleceu.

Nesse momento, Joana Dark chega e bate à porta.

Chico – Entra, Joana, sua amiga está arrasada.

Joana Dark – Arrasada por quê? Reginaldo merecia levar outra surra, está reclamando e dizendo que a culpa é do Luiz.

Fátima – Ele ainda está com raiva e meio embriagado. Quando passar esses efeitos ele vai cair na real e será capaz de até entrar numa igreja.

Chico – Tomara que aconteça isso, eu não aguento mais desfazer as confusões que meu irmão arruma.

Joana Dark – Fátima, passei aqui para a gente combinar para amanhã ir ver nossa amiga Carla.

Fátima – Tá bem, eu estava acertando isso com o Chico quando você chegou. Joana, alguém além de você sabe o que a gente faz para ganhar uma grana extra?

Joana Dark – Mas é claro que não. Foi bom você falar nisso, um policial da Civil me perguntou se eu fazia programa.

Chico – O que você falou para o "meganha"?

Joana Dark – Eu disse que não. Ele ficou no meu pé por causa do gringo que estava comigo.

Fátima – A gente tem que evitar sair por alguns meses, os tiras estão de olho.

Chico – Eu acho que foi aquela garota nova que deu alguma pista do nosso esquema.

Fátima – Eu acredito que a coisa não vem dela, ela é nova, mas está na parada há muito tempo, conhece o esquema. É certo que invadimos a área de alguém e essa pessoa nos delatou.

Chico – Se a polícia chegar até você, a gente vai ter que mudar o esquema ano que vem. Temos que ser cautelosos.

Joana Dark – Eu sei de um cara que aluga casas no Litoral Norte, aí fica mais difícil alguém perceber, é só fazer uma festa e pronto.

Fátima – E o Pingo, Chico? Será que ele não comentou nada?

Chico – Ele está sujo na área. Foi pego numa blitz na semana do Natal com uma arma de fogo dentro de um ônibus. Estar respondendo por porte ilegal de arma, tá sem moral para denunciar alguém.

Fátima – Por falar em arma, você já pegou aquele três oitão que deu para pagar a dívida com o Luiz?

Chico – Eu não. Falei para ele ficar com a arma pela dívida.

Fátima – É melhor dar um jeito de tirar essa arma dele, não dê sopa para o azar.

Chico – Não tem nada demais, a dívida vale menos que a arma, é só ele vender e ficar com a grana.

Luiz Silva, Paulo Almeida, Pedro, dona Catarina e Lúcia Veiga se divertem no Largo das Baianas, em Amaralina, comemorando o nascimento de Luiz Carlos. Já Chico, Fátima e Joana Dark vão para a Benção do Pelô. Na terça-feira, dia 24, Luiz chega ao Calabar às 18 horas com sua mulher e o filho recém-nascido. Toda a comunidade faz festa para o seu mais novo morador, a família de dona Catarina se reúne em volta do bebê que nasceu numa hora boa. O Calabar passou a não ter problemas com a polícia, um fato constante nos bairros pobres de Salvador, onde sempre acontecem prisões sem explicações claras aos parentes dos supostos marginais.

O Calabar passou a ter o mesmo respeito de comunidades como Candeal Pequeno, por causa da Timbalada, e de Nova Brasília por causa da presença social constante do Bloco Malê Debalê. O Bloco Calamaço é o fenômeno responsável por essa paz e da consagração da comunidade que sempre teve problemas de socialização por ser um ex-quilombo e poucos moradores entendem a importância de ser um quilombola. O fato de estar perto do centro de uma cidade que não para de crescer, os costumes dos primeiros moradores foram desaparecendo com o tempo. O Bloco Calamaço é a novidade no bairro que tem suas músicas baseadas em problemas ligados ao preconceito social e racial. O ritmo jamaicano reggae é usado para denunciar o isolamento que a comunidade sofre há mais de duas décadas.

A chegada de Luiz Silva deu outra visão aos moradores, eles se organizaram espantando os malfeitores do bairro e consequentemente a polícia deixou de perseguir os moradores em suas operações desastrosas que antes deixava a população assustada e os moradores de bairros vizinhos que são de classe média com medo dos moradores do Calabar.

Para tudo isso há uma única razão: a Associação de Moradores que promove eventos culturais onde prega a consciência do povo ser negro e trabalhador; isso basta para afastar as mazelas e a segregação do pequeno bairro.

O Alto das Pombas pegou carona por está ligado ao Calabar, os direitos das duas comunidades são discutidos nos estabelecimentos comerciais, nas praças e é claro nas reuniões das Associações de Moradores. Nada ou ninguém entra ou sai do Calabar sem a mira dos olhos e ouvidos dos seus moradores, isso faz a diferença para quem vai ao bairro cometer qualquer delito ou infração. Se a polícia prender um morador, tem que justificar a prisão. Se o morador for um delinquente, irá responder por seus atos; se for inocente, quem terá que responder é a polícia. Isso irrita os criadores de marginais. Essa consciência foi passada através de músicas de protesto. "É Tudo Calamaço" foi gravada em fitas cassetes e repassada aos bares, pequenos pontos comerciais e residências do bairro. Luiz Silva é venerado em festas e encontros sociais do bairro como um dos principais responsáveis pelo resgate da dignidade dos moradores do Calabar, ele é a prova viva de que a vida mudou e tem muito a melhorar com as visitas de turistas que gastam dinheiro no bairro como gastariam em outros pontos turísticos da cidade, as casas começaram a ser pintadas tirando aquele ar de abandono que a maioria das comunidades aparentam, caindo no vazio àquela aparência de bairro violento.

A música baiana lavou a alma do Calabar com a organização de três moradores ilustres: Paulo Almeida, Mestre Canário e Sérgio das Flores. Com o apoio inovador e incondicional de Luiz Silva, eles promoveram e realizaram mudanças profundas no Calabar. É o resultado de mais de ano de muito trabalho, união e fé em tudo que fazem e acreditam. Luiz é a chave que os três líderes comunitários precisavam para abrir as portas e levar o Calabar, um ex-quilombo, à sua própria Liberdade.

A TRAIÇÃO

O ano de 1999 passa sem muitas novidades. O dia 20 de novembro foi mais uma vez usado pelo Bloco Calamaço para lançar novas músicas e consolidar o Calabar como ponto de festas do verão que se aproxima. No carnaval de 2000 foi comemorado os 15 anos do movimento musical denominado de Axé Music e isso apagou um pouco o brilho dos trabalhos dos pequenos blocos afros. Assim, Mestre Canário organizou mais festas para arrecadar fundos e pagar as contas do Calamaço, o que fez com que mais pessoas conhecessem o bloco e a comunidade. No dia 20 de novembro de 2000, mais uma vez o Calabar se prepara para homenagear Zumbi dos Palmares, a concentração para o desfile ficou cheia de curiosos, turistas e participantes do cortejo.

Canário – Nesse ano a gente conseguiu juntar mais gente que no ano passado.
Luiz – Eu acho melhor ano que vem a gente fazer um Festival de Música para a gente lançar um CD com as nossas melhores dez músicas.
Canário – Aí você perde sua hegemonia como compositor e eu não quero isso.
Luiz – Eu entro como organizador do Festival e coloco duas músicas minhas para completar a gravação do CD.
Carla – Será a melhor coisa que o senhor vai fazer, essa fórmula de ter um só compositor para o Bloco não vai dar certo por muito tempo.
Seu Paulo – A cada ano o bloco cresce mais, precisamos colocar outras pessoas para ajudar na evolução do Calamaço.
Sérgio – Já contei 300 fantasias para o desfile de hoje, se no carnaval chegar com 800 foliões vamos poder pedir patrocínio para a Prefeitura.
Chico – Eu já tenho uns alunos da escola de capoeira que vão comprar fantasias.
Luiz – Se a gente fizer um Festival de música e lançar um CD independente com dez faixas podemos vender durante o ano de 2001 e no verão teremos folga nas finanças.
Sérgio – É um projeto meio ousado para uma comunidade pequena como a nossa.
Luiz – O projeto pode ser ousado, mas pode melhorar ainda mais a vida dos

moradores, atraindo turistas dos hotéis para os ensaios e eliminatórias do Festival.

Carla – É isso que ninguém quer perceber: o resultado positivo do Festival de Música.

SeuPaulo – Eu sonhei com esse Calabar há mais de 20 anos, quando comecei a trabalhar na Prefeitura. De repente aparece Luiz e em pouco tempo ele muda tudo e faz com que as coisas realmente aconteçam.

Luiz – Nossa comunidade é negra, nosso suingue colorido e a consciência é clara como a atitude de lutar por nossas melhorias. Se as manifestações culturais permanecerem, nada vai tirar o brilho do Calabar.

Sérgio – Eu vou incorporar uma professora de dança no desfile de 2001. Quero que as coreografias dos desfiles sejam baseadas nas danças das tribos africanas.

Canário – Haverá um dia que Zumbi dos Palmares vai ter estátua no meio da Praça do Calabar, como nosso maior representante afro-brasileiro.

Chico – Essa coreografia pode ter capoeirista ao redor?

Sergio – Chico, você me deu uma ideia: arranje quatro duplas, duas formadas por homens e duas por mulheres. Como a coreografia é em forma do planeta, cada dupla vai representar os Pontos Cardeais.

Chico – Certo, Sérgio, eu já lhe adianto que Mestre Vendaval vai compor uma dessas duplas, ele se amarra nos estudos dos Pontos Cardeais.

Luiz – Está tudo como você quer, Canário; Zumbi dos Palmares representado pela dança, pela música, tambor, muito tambor e pela sensualidade da capoeira trazida por Chico.

Canário – Quando você pretende fazer o Festival de Música do Calamaço?

Luiz – No mês de julho de 2001. Em setembro a gente escolhe as melhores músicas numa final e lançaremos o CD. Assim, ganharemos tempo para vender e arrecadar dinheiro para a festa de 20 de novembro e do final de ano.

Canário – O Calamaço ganha espaço nas rádios e o Calabar será o novo exquilombo a refazer os caminhos dos negros no Brasil.

Sérgio – Agora me lembro quando o bloco saiu pela primeira vez, no fim do cortejo na Praça do Calabar teve gente que me perguntou se eu tinha ficado maluco para fazer fantasia com calhamaços velhos. Hoje essas fantasias viraram relíquias nas mãos dos turistas.

Seu Paulo – O Calabar é hoje, ao lado do Pelourinho, da Liberdade e do Candeal Pequeno, um dos principais pontos da cultura negra de Salvador.

Canário – O interessante é que quando eu criei o Calamaço foi para reclamar da fome que os moradores da comunidade passavam. A ideia de sair hoje, 20 de novembro, foi apenas para marcar a data. Luiz deu um toque na música que é a principal responsável pela evolução do bloco.

Sérgio – Vamos começar o desfile, já tem muitos turistas para acompanhar o Calamaço até a praça.

Luiz – Eu ainda não entendi por que os moradores não se organizam para melhorar o visual do Calabar.

Seu Paulo – A comunidade precisa de um controle demográfico. Se isso não acontecer, vamos ter sempre o visual de um bairro que apenas está começando a crescer.

Canário – Por mim cresce, só não quero que perca as características de bairro consciente e quero que a música do gueto jamaicano continue sendo ouvida aqui. E não entre a música vulgar que predomina as festas de fim de semana das outras comunidades.

Carla – Vai ser impossível controlar isso, vocês não podem escolher o que as pessoas vão ouvir no Calabar.

Luiz – Nós somos as lideranças da comunidade, se a gente deixar isso rolar livremente, o bairro vira alvo de críticas e difamação e os turistas só virão em busca de sexo e diversão, deixando de lado nossa música e o nosso artesanato.

Chico – Será que essa atitude não vai ser confundida como imposição dos líderes?

Canário – Sofremos imposição de muita coisa que não presta no rádio e na televisão. Se a gente deixar essa imposição nos dominar perderemos a identidade da capoeira, da música e da nossa própria consciência.

Chico – Agora eu entendo porque a minha academia de capoeira não foi em frente.

Seu Paulo – Foi falta de uma consciência coletiva dentro do Calabar, agora a situação é outra.

Canário – Chega de papo, gente, está na hora de começar o desfile.

Começa mais uma vez o cortejo do Bloco Calamaço e dessa vez é acompanhado por muito mais gente que nos anos anteriores, centenas de pessoas avançam pela rua Baixa do Calabar e a comunidade fica pequena para a multidão. A festa se arrasta madrugada a dentro, e como o fim de ano se aproxima, está perto do verão, o calor já domina a temperatura na capital baiana, os turistas fazem presença marcante no evento e os carnês do Calamaço estão acabando. Joana Dark vira o segundo desenhista das fantasias do bloco e principal cabeleireiro. Mestre Canário e Paulo Almeida descobrem que a ideia de Luiz de fazer o Festival de Música pode aumentar ainda mais a divulgação do bairro e do Calamaço na imprensa, o que consequentemente aumentaria o número de foliões no carnaval de 2002.

A diretoria do bloco aproveita as Festas Populares de Salvador que acontecem no verão para divulgar a ideia do Festival, onde serão escolhidas as dez músicas que farão parte do primeiro CD do Calamaço e que as inscrições estarão abertas a partir do mês de maio. Quando chega o carnaval, Luiz já tem 30 músicas para analisar o que lhe consome semanas de muito trabalho duro e com isso as suas atividades na Escola de Música da Associação de Moradores do Calabar passam para o pequeno Andrezinho.

Sob o comando do Mestre Canário, Luiz procura Mestre Vendaval para fazer parte da comissão que vai julgar os novos talentos do bloco. O motivo da escolha é o fato de Vendaval ser o diretor cultural de uma rádio comunitária no bairro da Liberdade, a maior comunidade negra da América do Sul. Essa escolha irrita Chico Capoeira, que sequer foi incluso na comissão de julgadores mesmo fazendo parte da comissão da Ala dos Capoeiristas. Chico não reage nas reuniões da Diretoria do Calamaço, mas passa a reclamar em casa com Fátima Pires.

Chico – É horrível você fazer parte de um grupo e ser passado para trás.
Fátima – Passado para trás como, Chico?
Chico – Luiz não me escolheu para fazer parte da comissão que vai votar nas músicas do Festival.
Fátima – Quem ele escolheu?
Chico – Preferiu o Mestre Vendaval.
Fátima – Qual foi a justificativa dele?
Chico – Que o MestreVendaval pode divulgar melhor as eliminatórias do Festival como diretor cultural de uma rádio na Liberdade.
Fátima – O que eles pretendem com essa divulgação na Liberdade?
Chico – Luiz e Canário têm mania de Movimento Negro, querem trazer para o Calabar as ideias de libertação de Zumbi que rolam nas ruas do Curuzu.
Fátima – Luiz não é só um músico, é um estrategista. Seria melhor você ficar na sua e esperar a hora certa de montar a sua academia de capoeira. Não reaja a nada e planeje suas coisas com calma. Essa é sua chance, aproveite que o Calabar está em alta.
Chico – Eu estou sem dinheiro. Como vou montar academia duro?
Fátima – Já que você não tem como financiar a academia, se aproxime do Canário e comece a desenvolver qualquer coisa ligada à música. É a única forma de fazer dinheiro no Calamaço.
Chico – Fátima, por que essa roupa da Joana Dark está em nosso quarto?
Fátima – Eu e a Joana estamos criando uns modelos para sair no próximo carnaval.

Chico – Mas tem que usar nosso quarto para fazer essas fantasias?
Fátima – Fui eu quem as deixou aí, Chico. Só estava medindo o tamanho das peças aí no quarto.
Chico – Está bom, mas não deixa essa indumentária aqui. Roupinha esquisita essa da Joana Dark...
Fátima – Pega e veste, Chico, você vai ficar uma coisa fofa com essa roupa.
Chico – É ruim, hein? Está duvidando que eu seja homem, morena?

É sábado, 10 de março. Enquanto isso na casa de Carla e Luiz Silva:

Carla – Eu não aguento mais essa falta de grana, temos que fazer o andar de cima e nem a laje ainda foi batida.
Luiz – Nossa casa tem dois quartos, para que você quer fazer outra obra na laje?
Carla – Eu quero fazer os quartos na parte de cima como é a casa da minha mãe.
Luiz – Depois do Festival de Música vai entrar um bom dinheiro para mim.
Carla – Você tem mais de três anos no Calamaço e eu nunca vi você com um centavo que ganhou no bloco.
Luiz – Você vai começar com essa discussão de novo?
Carla – Eu estou cheia dessa falta de grana, meu pai ajudou a fundar esse bloco e minha mãe tem as mesmas reclamações que eu.
Luiz – Com o Festival de Música as coisas vão mudar, Carla.
Carla – Eu não acredito mais em nada que vem do Calamaço, o carnaval acabou e você só teve dívidas para pagar e nada para receber.
Luiz – A renda do bloco é para comprar equipamentos de som, nem eu nem os outros diretores temos direito às receitas do bloco.
Carla – O aniversário de dois anos do nosso filho não passou sem festinha porque eu paguei todas as contas, como sempre você estava sem dinheiro para comprar até um filme fotográfico.
Luiz – Eu vou pagar o que você gastou assim que sair minha quinzena.
Carla – Você está muito atrasado Luiz, o aniversário do Carlinhos foi mês passado.
Luiz – O que você quer que eu faça?
Carla – Não deixe de cumprir suas obrigações de pai de família tarde demais. Tem coisas que me irritam e uma delas é a falta de dinheiro.
Luiz – Não se preocupe com isso, as coisas vão mudar depois do Festival.
Carla – Eu espero que sim, senão faço uma besteira.

Na segunda-feira, dia 12 de março, Mestre Vendaval procura Chico Capoeira no Calabar para acompanhar um novo aluno da Escola de Capoeira de São Lázaro.

Vendaval – Chico, tem um espanhol que precisa fazer capoeira por recomendação médica, ele trabalha na companhia de energia elétrica. Preciso que você o pegue no bairro da Graça às 6 da tarde, três vezes por semana, leve ele até a academia e volte até a residência dele.
Chico – Por que tem que ser eu?
Vendaval – Porque você é professor, tem mais tempo na escola e saberá melhor do que ninguém a livrar o espanhol dos malandros.
Chico – O que eu ganho com isso?
Vendaval – Como o gringo está pagando caro para fazer capoeira em nossa academia, 30% da mensalidade dele será sua.
Chico – Eu posso levar ele aonde eu quiser?
Vendaval – Pode, mas vai com calma. Ele é cheio da grana, precisamos mantê-lo na escola. É por isso que você está convocado para acompanhá-lo. Arrume uma mulata para o gringo.
Chico – Como você sabe que ele gosta de mulatas? E esse gringo tem nome?
Vendaval – Ele chama-se Julio Martinez. Eu fui ao escritório dele, falamos sobre a Bahia. Ele morava na cidade de São Paulo desde 1991, já fala português sem problemas.
Chico – Mas quanto eu vou levar para ser babá desse espanhol.
Vendaval – Da academia você deve receber cento e cinquenta reais, quanto aos extras, só vai depender de você.
Chico – Está certo, me dá o endereço dele que eu vou pegá-lo às seis horas da tarde.
Vendaval – Eu sabia que podia contar com você, vai devagar para não espantar o gringo, nós precisamos mantê-lo na escola por muito tempo.
Chico – Pode deixar comigo, no dia que ele não quiser ir até São Lázaro darei aula exclusiva para ele na Graça.
Vendaval – Perfeito, Chico, agora eu vou para a academia. Toma aqui o dinheiro do transporte.

Chico Capoeira vai andando para casa e encontra Joana Dark.

Joana Dark – Chico preciso falar com a Fátima.
Chico – Ela ainda não chegou, liga para o celular dela.
Joana Dark – Deixa pra lá, Chico, depois eu falo com ela.
Chico – Você quer pegar a fantasia que vocês estão criando?
Joana Dark – Que fan... fantasia? Ah, sim, Chico, a fantasia. Pega lá para mim.
Chico – Você andou bebendo chá de gagueira? Fala direito.

Joana Dark – Eu? Imagina? Pega lá a minha fantasia, por favor.

Chico Capoeira vai pegar a fantasia de Joana Dark e depois vai para o bairro da Graça pegar o espanhol Julio Martinez e levá-lo para a academia de capoeira que fica na entrada da comunidade de São Lázaro. Julio Martinez tem três aulas durante a semana na segunda, na quarta e na sexta. Após o último dia de aula, Julio Martinez pede para Chico Capoeira acompanhá-lo até o supermercado para fazer umas compras de fim de semana. Depois de escolher o que vão levar para o apartamento de Julio, eles vão para a fila do caixa e entram exatamente na fila correspondente ao caixa que Carla Silva trabalha.

Chico – Boa-noite, Carla! Eu pensei que você já estivesse em sua casa.
Carla – Eu estou fazendo hora extra, Chico, tem uma funcionária doente e eu aproveitei para ganhar uma grana a mais.
Chico – Eu também estou fazendo hora extra. Tenho que acompanhar esse senhor até a casa dele. É o nosso novo aluno da Escola de Capoeira. senhor Julio, essa é Carla, minha vizinha.
Julio – É um prazer conhecer uma baiana legítima.
Carla – O prazer é meu. Seja bem-vindo a nossa Bahia.
Julio – Escuta, baiana, eu estou adorando vocês aqui de Salvador, gente muito rara nesse mundo tão globalizado. É um povo muito alegre e hospitaleiro e sem estresse.
Carla – Obrigada! O senhor também é muito simpático.

A conversa para e o silêncio toma conta do ambiente. Julio Martinez não tira os olhos de Carla Silva, Chico Capoeira percebe e fica calado. Carla também percebe que os olhares do espanhol não são apenas elogios ao povo baiano e continua a registrar os itens do cliente e não fala mais nada a não ser no momento do pagamento das compras. Chico e Julio se despedem de Carla e vão para o estacionamento pegar um táxi. Chico quer ir embora depois que arruma as compras no táxi, mas o espanhol fala:

Julio – Professor Chico, vamos até o meu apartamento. Preciso combinar para a gente sair um pouco pela cidade.
Chico – Tenho que avisar minha mulher, já são quase dez horas da noite.
Julio – Você liga do meu celular, pode entrar no táxi.

Chico Capoeira entra no táxi já desconfiado do que será essa conversa. Quando ele e Julio chegam ao apartamento, o espanhol puxa conversa:

Julio – Quem é aquela moça bonita que nos atendeu no supermercado?
Chico – A Carla? Ela é casada com um rapaz que dá aulas de música para as crianças do Calabar.
Julio – Eu vi a aliança na mão esquerda dela. Quero saber se ela gosta de sair à noite com os amigos, mesmo sendo casada.
Chico – Isso é impossível, ela é muito bem casada, é filha de uma família que serve de exemplo para todo mundo na comunidade. Vai ser difícil o senhor quebrar essa barreira.
Julio – Qual é a intimidade dela com a sua mulher?
Chico – A amizade é boa. Quanto à intimidade, não sei muita coisa.
Julio – Você deve conhecer muito bem a sua mulher. Acha que ela pode convencer a Carla a sair só elas duas para a praia, por exemplo?
Chico – Isso é um pouco provável que sim, mas acho muito arriscado.
Julio – Então converse com a sua esposa, só uma mulher pode convencer outra a sair com outro homem.
Chico – Mas o marido da Carla é meu companheiro de bloco de carnaval.
Julio – Quanto vale esse companheirismo ou amizade?
Chico – O senhor está mesmo determinado a ter algum relacionamento com a Carla?
Julio – Se ela até quiser, pode deixar o marido dela que eu a mantenho financeiramente. Ela é uma mulher muito bonita, professor Chico. Quanto você vai querer para me ajudar?
Chico – Me dê um tempo, preciso refletir um pouco. Na próxima semana eu falo com o senhor.

O espanhol dá duzentos reais para Chico Capoeira que vai para casa com a cabeça cheia de dúvidas e uma certeza: a de que Carla Silva vai sair com o espanhol se Fátima Pires conversar com ela sobre a possibilidade de melhorar de vida através de uma relação extraconjugal com um executivo cheio de dinheiro e oportunidade de até ir morar naquele apartamento de quatro quartos no bairro de classe alta, a Graça. Chico chega a sua casa e encontra Joana Dark, ele entra toma um banho e fala:

Chico – Joana, dá licença que preciso ter uma conversa séria com a minha mulher.
Joana Dark – Ai, Chico, não vai pensar bobagem porque minha roupa estava no quarto de vocês dois.

Chico – Essa bicha é uma grande fofoqueira, quer saber o que vou falar com minha mulher e vem com essa história de fantasia. Se manca, veado!

Fátima – Não o trate assim, Chico. Joana, desculpa, ele está muito cansado fazendo aulas extras para esse espanhol.

Joana Dark – Está bem, Fátima, só vou desculpar por causa de você.

Chico – Vai embora, bicha!

Fátima – Tchau, Joana! Chico, o que deu em você?

Chico – Eu só fiz isso para a Joana ir embora. Tenho uma surpresa para lhe falar.

Fátima – Qual é a surpresa?

Chico – Morena, o espanhol lá da Graça se ligou na Carlinha. A gente foi fazer umas compras no supermercado e eu o apresentei para ela.

Fátima – Você falou que ela é casada?

Chico – Falei sim, mas ele quer que a gente chame ela para sair.

Fátima – Mas você disse para ele com quem ela é casada e o que a família dela representa para o Calabar?

Chico – Disse até que sou companheiro de bloco do Luiz, mas o gringo não está se importando com nada, insiste em sair com ela.

Fátima – Esse gringo tem dinheiro ou é mais duro que vem para Salvador atrás de uma negra gostosa?

Chico – Tem muita grana, morena. Perguntou-me até qual é o valor da minha amizade com Luiz. Está disposto a pagar.

Fátima – Você deu o preço da amizade?

Chico – É claro que não. Eu disse para ele que pensaria e daria a resposta depois.

Fátima – Agiu muito bem, essas coisas não se decidem assim tão rápido, exigem uma boa conversa.

Chico – Mas... E Carla? Você acha que ela vai ter alguma coisa com o gringo?

Fátima – Não tenho certeza, mas tenho uma carta na minha manga.

Chico – Qual é a carta, morena?

Fátima – Você lembra que a gente ia chamar a Carla para fazer umas aventuras no carnaval de 1998?

Chico – Só que você nem falou nada, porque ela saiu com a família toda.

Fátima – Verdade, gato. Ela ficou com a maior curiosidade para saber como poderia faturar uma grana extra.

Chico – Entendi. Você vai reacender a curiosidade da Carla combinando com a ambição meio exagerada que ela tem.

Fátima – Exatamente, agora ela não tem tantos irmãos por perto e está insatisfeita com a atual situação financeira familiar.

Chico – Mas você vai ter que ir com muito jeito; caso não consiga convencê-la, nossa atividade extra será exposta para uma mãe de família.

Fátima – Chico, quando a Carla cuidava do nosso filho, ela me contou alguns segredos de mulher para mulher que comprovam a sua insatisfação de morar no Calabar. Se esse espanhol gostou dela como você está falando, tenho muita chance de transformar os dois em casal.

Chico – E o Luiz? E a família de seu Paulo? Tem muita gente que será contra a nossa investida.

Fátima – Eu não vou conversar com a família da Carla. Não se preocupe, eu sei muito bem o que uma mulher ambiciosa quer.

Chico – O que ela quer?

Fátima – Viagens, carros de luxo, casas confortáveis, festas chiques, segurança financeira, cartões de crédito, conta bancária com saldo alto e por aí vai.

Chico – O Luiz não tem nada disso para oferecer para a Carla, que sempre quis ir embora do Calabar para fugir da miséria.

Fátima – Ele não tem culpa de ser pobre, mas ela quebrou a cara ao se casar com um homem que nunca vai poder lhe oferecer as riquezas que quer.

Chico – Foi por falta de experiência que ela casou, ela era muito novinha.

Fátima – Bobagem, Chico, foi sorte ela ter se casado. Luiz é um pai de família comportado, o defeito está apenas nas finanças.

Chico – Agora é a hora de Carla virar o jogo, tem um gringo cheio de dinheiro louco para sair com ela.

Chico Capoeira e Fátima Pires passam a noite planejando um meio seguro de abordar Carla Silva. No sábado, dia 17 de março, no início da tarde Fátima vai ao supermercado onde Carla trabalha, entra na fila do caixa com pretensão de falar com a amiga.

Fátima – Oi, Carla, tudo bem?

Carla – Tudo bem, Fátima.

Fátima – Que horas você vai sair do trabalho?

Carla – Hoje eu vou sair mais cedo, estou muito cansada porque fiz dobra de um turno ontem.

Fátima – Passa lá em casa que tenho uma conversa muito séria e muito boa para ter com você.

Carla – Eu espero que seja muito boa mesmo, ando meio desanimada ultimamente.

Fátima – Você vai melhorar muito depois que a gente bater esse papo de hoje.

Às 4 horas da tarde, Carla Silva chega ao Calabar, passa na casa de dona Catarina, pega o pequeno Luiz Carlos onde vai direto para a casa de Fátima Pires, e encontra Reginaldo Campos discutindo com Chico Capoeira.

Reginaldo – É muita falta de compreensão sua, Chico, eu preciso de dinheiro para pagar o aluguel que está atrasado em mais de 15 dias.
Chico – Agora eu estou de saída, Reginaldo, depois resolvo o seu problema de aluguel.
Carla – Boa-tarde, Chico! Boa-tarde, Reginaldo, a Fátima está?
Chico – Está sim, Carlinha, pode entrar.
Reginaldo – Eu vou ter que entregar a casa por causa do atraso, Chico.
Chico – Eu não posso fazer nada por você nesse momento. Tenha paciência.
Reginaldo – Não me deixe falando sozinho, Francisco, eu sou seu irmão.

Chico Capoeira vai embora sem dar a menor atenção às palavras de Reginaldo. Carla Silva é recebida por Fátima Pires, as duas amigas ficam conversando na sala e Reginaldo Campos senta-se em uma cadeira que fica na pequena varanda. A intenção de Reginaldo é esperar Chico voltar para continuar a conversa sobre o pagamento do seu aluguel.

Fátima – Você vai ficar muito tempo aqui na minha casa? A conversa é meio longa e delicada, é por isso que o Chico saiu.
Carla – Eu posso ficar meia hora com você. O que você tem de tão sério para me falar?
Fátima – Você se lembra que no carnaval de 1998 eu tinha uma grana para você faturar e nunca lhe disse o que era?
Carla – É claro que me lembro. Até hoje tenho a curiosidade de saber o que você queria.
Fátima – Você é capaz de guardar segredo?
Carla – Desde o tempo de escola que aprendi a guardar segredos...
Fátima – Eu e o Chico organizamos programas com gringos.
Carla – Que tipo de programas, Fátima?
Fátima – Nós arranjamos mulheres para sair com turistas.
Carla – Prostituição?
Fátima – Mais ou menos. Isso dá uma boa grana.
Carla – Então naquele dia eu ia entrar nesse labirinto?
Fátima – Só se você aceitasse, a gente não obriga ninguém a fazer programas sexuais.

Carla – Eu nunca aceitaria uma coisa dessas.

Fátima – Eu sei que você é uma menina de família exemplar, mas é muito atraente, bonita e toda gostosa.

Carla – Ser gostosa não significa ser prostituta.

Fátima – Você está decepcionada comigo?

Carla – Não, cada um faz o que quer.

Fátima – Então vai continuar sendo minha amiga mesmo sabendo o que faço além de ser cozinheira?

Carla – Eu sempre tive minhas desconfianças, e mesmo assim mantive nossa amizade, portanto, saber disso agora não muda nada.

Fátima – Obrigada pela consideração.

Carla – Não precisa agradecer, até gostei muito da sua atitude de me contar tudo.

Fátima – Eu vou te contar uma história: quando eu e o Chico começamos a namorar, eu era uma garota de programa. Aí no mesmo dia que começamos ele disse que queria mudar a minha vida desde que eu não fosse pra cama com outros homens. Depois, tivemos a ideia de preparar programas para outras pessoas.

Carla – O Chico confia em você?

Fátima – Eu não sei se confia abertamente, nós nunca tivemos problemas porque eu sempre jogo limpo com ele. Se pintar algum homem que se interessa por mim, falo logo para ele.

Carla – Vocês devem ter uma relação fervorosa. Primeiro, ele te tira dessa vida, depois vocês começam a organizar programas para outras pessoas. A adrenalina deve ser muito alta, tem que ter um bom jogo de cintura para manter a relação equilibrada.

Fátima – O equilíbrio é o dinheiro. Só fazemos isso por grana.

Carla – Rola muito dinheiro nisso?

Fátima – Se negociar com pessoas dispostas a pagar dá uma grana legal.

Carla – O que ou quanto é essa grana legal?

Fátima – Tem meninas que dão sorte com gringos e viajam para o país deles, algumas até se casam e vivem muito bem. Mudam de vida.

Carla – Você nunca teve essa sorte?

Fátima – Até que eu tive. Fui para Buenos Aires, Nova Iorque, Paris e Milão. Só que essa mania que nós baianos temos de não ficar longe da família me fez voltar atrás.

Carla – O que acontecia nessas viagens?

Fátima – Muita coisa boa. Festas em hotéis luxuosos, clubes de ricos, roupas bonitas, motoristas para levar a gente aos shoppings... Ter vida de madame.

Carla – Só que você agora mora num bairro pobre e perdeu o luxo.

Fátima – Eu perdi porque fui insegura comigo mesma, larguei tudo para ficar perto da minha mãe. Tudo o que resta desse tempo são duas casas alugadas que tenho no Jardim Cruzeiro.

Carla – Você tem contato com outras garotas que estão bem de vida?

Fátima – Só tenho notícias da Mônica. Hoje ela é dona de uma loja de roupas na cidade de Milão. Nós duas fomos juntas para a Itália, ela ficou e eu retornei.

Carla – Você se arrepende de ter retornado?

Fátima – Só pela qualidade de vida.

Carla – Você falou da coisa boa, qual é a séria?

Fátima – Tem um espanhol que está louco para sair com você. Ele me pediu ajuda, mas a decisão é sua.

Carla – É claro que a resposta é não, Fátima!

Fátima – Você não precisa sair com ele logo da primeira vez, vá só para conhecer, depois você decide.

Carla – Fátima, eu amo o Luiz demais para pensar em estar no mesmo lugar que outro homem que quer transar comigo.

Fátima – Só que esse homem pode lhe dar tudo o que Luiz nunca poderá sequer lhe oferecer.

Carla – Eu me casei por amor e não por dinheiro.

Fátima – Cadê aquela menina sonhadora que queria ir embora do Calabar por causa dessa pobreza miserável que assola o bairro?

Carla – O Calabar melhorou muito daquele tempo para cá, Fátima.

Fátima – Eu até reconheço que mudou, mas o dinheiro não entrou aqui definitivamente. Você tem a chance de fazer com a sua vida o que eu não consegui fazer com a minha.

Carla – E a minha família? Onde fica a minha família?

Fátima – Quando você começar a ajudar a sua família financeiramente todo mundo vai ficar ao seu lado.

Carla – Eu sou casada e vivo muito bem com o meu marido, ele me trata como uma verdadeira mulher.

Fátima – O Chico foi ao apartamento do espanhol, ele me falou que tem quatro quartos, na Graça. É disso que você precisa para ser tratada como mulher e não essa moradia precária do Calabar.

Carla – Então, é o cara que foi ontem ao supermercado com o Chico?

Fátima – É ele, sim. O que você achou dele?

Carla – Ele é bonito, mas é muito branquelo.

Fátima – Pelo menos você o acha bonito. Faz como eu te falei, sai com ele,

conversa, pega o telefone e dá a resposta depois.
Carla – Eu nunca traí o Luiz.
Fátima – Você também nunca morou bem, nunca teve apartamento de luxo, nunca saiu no Camaleão, nunca foi ao Rio de Janeiro, não conhece Madrid, Barcelona, Tókio, Los Angeles... Mas já deitou com mais de um homem, é capaz de deitar com mais um; pegue o espanhol e vá conhecer o mundo.
Carla – Isso é muito fácil para você, para mim é o fim da vida. Tenho certeza de que não vou conseguir transar com aquele gringo branquelo.
Fátima – Deixe que eu te dou umas dicas.
Carla – Mas eu não tive tempo direito para pensar.
Fátima – Pense e me dê a resposta sem muita demora, tenho outra pessoa para pôr em seu lugar.
Carla – Se você tem outra pessoa, por que me escolheu?
Fátima – Não fui eu, foi o Julio quem escolheu você. Decida se quer ou não, a Bahia é cheia de mulheres bonitas como você, nesses casos uma parecida com você pode te substituir.
Carla – Daqui para segunda-feira eu te procuro.
Fátima – Fechado, se você não aceitar, vou continuar sendo sua amiga.
Carla – Tá certo, vou cuidar da minha casa e do meu filho.

Reginaldo Campos que ainda estava sentado na varanda, vai embora sem ser visto por Carla Silva e Fátima Pires. As duas ainda ficam conversando nas escadas que dão acesso ao andar de cima que Chico e Fátima estão construindo. Ficam batendo papo por uns quinze minutos. Carla vai para casa, não encontra Luiz e liga para o celular dele.

Carla – Luiz, faz umas compras para o fim de semana que eu estou sem dinheiro...
      O quê? Então passa na casa da minha mãe e pega dinheiro com o Pedro. Faz alguma coisa, Luiz, não pode ficar como está. Vem logo para casa, aqui tá uma bagunça, a gente tem que arrumar as coisas. Tchau!

Meia hora depois, Luiz Silva chega em casa com as compras.

Carla – Você trouxe tudo o que precisamos para o fim de semana?
Luiz – Quase tudo, eu vou até a Associação falar com o Canário e já volto.
Carla – O que você vai fazer na Associação hoje, dia de sábado?
Luiz – Eu vou acertar um estúdio para fazer a gravação das músicas do Festival

de Música e do carnaval de 2002.

Carla – Quem vai pagar o custo das gravações desse estúdio?

Luiz – Cada compositor paga as horas de aluguel que precisar para gravar suas músicas.

Carla – Para isso você tem solução financeira, para colocar comida em nossa casa, só vem apenas metade do necessário, mesmo assim porque meu irmão arranjou um empréstimo de última hora.

Luiz – Você não vai querer brigar comigo por causa das minhas músicas, não é?

Carla – Pode ir cuidar das suas músicas que da minha alimentação e do meu filho eu cuido com a minha família.

Luiz – Que é isso, Carla? Eu nem sei se realmente vou pagar o estúdio.

Carla – E quanto a casa? Dá para você me ajudar a arrumá-la antes de ir para a Associação?

Luiz – Não, porque o Canário está me esperando. Você me tirou do meio de uma reunião.

Carla – Você só tem tempo para reunião, Calamaço, futebol, música e descansar. Casa, mulher e filho sempre ficam para o décimo plano.

Luiz – Deixa de exagero, Carlinha, quando voltar eu lhe ajudo.

Carla – Pode ir para a sua reunião, a Carmem está na casa de minha mãe, vou pedir para ela me ajudar.

Luiz – Não precisa pedir para ela lhe ajudar, eu...

Carla – Vá para a sua reunião e não tenha pressa de voltar para casa.

Luiz Silva desce as escadas e vai direto para a Associação, chega meio desorientado e fica inquieto durante toda a reunião. Carla chama Carmem para ajudá-la na arrumação da casa.

Fátima Pires e Chico Capoeira vão para o apartamento de Julio Martinez, onde será combinado o valor para a intermediação do encontro entre o espanhol e Carla Silva.

Julio – Boa-noite, meus amigos! Sejam bem vindos ao meu apartamento.

Chico – Boa-noite, seu Julio.

Julio – Sentem-se, por favor, a sua esposa é muito bonita, seu Francisco. Parabéns pelo bom gosto! Vou aprontar uma bebida para vocês.

Chico – Obrigado!

Fátima – Nós vamos direto ao assunto da Carla, porque nós vamos vai para o Pelourinho nos divertir.

Julio – Eu posso acompanhá-los? Só fui ao Pelourinho durante o dia, quero ver como é à noite.

Chico – Ótima ideia, seu Julio, caso a Carla não aceite sair com o senhor a gente arruma outra mulher.

Julio – Pode me chamar de você, Chico, tenho só um pouco mais de idade que você. Eu não estou sozinho por falta de mulher.

Fátima – Então, por que você quer sair com a Carla, uma mulher casada?

Julio – Eu nunca fui atraído por uma pessoa só por você. Aquela mulher com aquele rosto meigo, olhos brilhantes e negros me estremeceu por dentro.

Fátima – Você está disposto a levar uma relação mesmo sabendo que ela tem marido?

Julio – A princípio quero conhecê-la melhor. Se caso a Carla estiver preparada para desfazer o casamento, convido-a para morar comigo nesse apartamento.

Chico – Julio, para isso você vai precisar ter muita coragem, o Luiz não vai querer que ela venha morar com você.

Julio – Quem vai decidir isso é a Carla. É a mulher quem sempre decide se a relação chegou ao fim.

Fátima – Quanto você vai nos pagar para a gente colocar a Carla ao seu lado.

Julio – Pelo que eu percebi, vocês têm certa experiência para formar casais. Qual é o preço de vocês?

Fátima – Como ela é casada e a gente corre o risco de perder a amizade da família dela e de Luiz, vamos cobrar 15 mil.

Julio – É muito caro, eu posso passar no supermercado e convidá-la para sair.

Fátima – Ela é diferente das outras mulheres, gosta da família, do marido e da vida que leva. Se você chamá-la para sair, ela pode lhe processar por assédio sexual.

Julio – Você já falou alguma coisa para ela?

Fátima – Ainda não. Só vou fazer isso depois que acertar quanto você vai nos pagar.

Julio – E se não acontecer nada?

Fátima – Caso não aconteça nada, o senhor não paga nada e a amizade continua.

Julio – Eu pago cinco mil se só for programas. Caso ela venha morar comigo, pago 10 mil.

Fátima – O que você acha, Chico?

Chico – Por dez mil, Julio dá três mil de adiantamento, independentemente de ela vir morar aqui ou não. Por quinze mil, ele adianta cinco mil após o primeiro encontro no motel.

Julio – É meio arriscado, mas fico com a primeira proposta do Chico.

Fátima – Para mim está boa a sua proposta.

Julio – Para mim também está bom. Esperem-me trocar de roupa para sair com vocês. Podem beber o que vocês quiserem, fiquem à vontade.

Julio Martinez vai para um dos quartos do espaçoso apartamento, Chico Capoeira e Fátima Pires ficam sozinhos na sala.

Chico – Por que você escondeu dele que já conversou com a Carla?
Fátima – Para evitar que ele fosse procurar ela no supermercado e tirar a gente da jogada.
Chico – Mas você acha que ela vai aceitar sair com Julio?
Fátima – Não se engane com a aparente ingenuidade da Carla, além de ter ficado mais ambiciosa, ela achou o gringo bonito.
Chico – Então, vou lhe dar razão por esconder o que está rolando.
Fátima – Essa Carlinha pode nos valer dez mil. Vamos brindar! Você controla o espanhol e eu preparo a Carla.

Nesse momento Carla chega à casa de dona Catarina depois de fazer uma faxina na sua casa, mãe e filhas ficam no terraço conversando e quando Carla está para ir embora, ela toca no assunto da crise que começou entre Luiz e ela.

Carla – Mãe, eu ando meio desiludida com Luiz, ele só pensa nesse Bloco Calamaço, não sai comigo para lugar nenhum e ainda por cima não tem dinheiro para as despesas da casa.
Dona Catarina – Vocês ainda são muito jovens, Carla, é só vocês terem paciência.
Carmem – Mãe, a Carla nunca teve paciência para esperar as coisas acontecerem.
Carla – Nesse ponto você acertou, não aguento esperar nada mudar, minhas mudanças quem faz sou eu e não o tempo. Agora, vou para casa. Obrigada, Carmem. Tchau, mãe, dá um beijo no meu pai.

Após se despedir, Carla sai e deixa dona Catarina e Carmem sozinhas:

Carmem – Mãe, eu tenho uma coisa séria para lhe falar.
Dona Catarina – É o quê, minha filha?
Carmem – Em janeiro eu fui ao terreiro de candomblé e a Mãe de Santo disse que teríamos um racha na nossa família.
Dona Catarina – Você acha que esse racha é entre o Luiz e a Carla?
Carmem – Carla anda meio estranha, reclama o tempo todo de falta de dinheiro e que Luiz não para em casa.

Dona Catarina – O que você acha que está acontecendo?
Carmem – Eu não sei mãe, só temo muito pelo que pode acontecer.
Dona Catarina – O Nosso Senhor do Bonfim vai proteger a minha família.

Quando Carla Silva chega em sua casa, Luiz está sentado na sala, Carla entra sem dar uma única palavra e vai colocar Luiz Carlos para dormir. Ao sair do quarto da criança Luiz fala:

Luiz – Não se usa mais "boa-noite" nessa casa?
Carla – É melhor não usar, cansei de viver de aparências.
Luiz – Eu não sei se você é engraçada ou atrapalhada, sabia que a dispensa estava vazia e só me ligou quase sete horas da noite.
Carla – Falar cedo pra quê? Você nunca tem dinheiro.
Luiz – Você sabe que eu tenho dinheiro no banco para terminar a casa do andar de cima, podia passar no caixa eletrônico e efetuar um saque. Não precisava pedir dinheiro emprestado ao Pedro.
Carla – Quanto você tem na Caderneta de Poupança?
Luiz – Quase cinco mil.
Carla – Eu não acredito que você me deixou sem compras em casa tendo muita grana no banco.
Luiz – Foi você quem não programou o dia de fazer as compras.
Carla – Pode ir dormir sozinho no quarto, que eu vou dormir no quarto do Carlinhos.
Luiz – Só por causa das compras?
Carla – Só por causa de tudo isso, Luiz. Da vergonha que passei pedindo dinheiro emprestado ao Pedro, das suas intermináveis reuniões, do desprezo que você me dá...
Luiz – Mas nós nunca dormimos separados.
Carla – Já sim, dormi vinte anos sem você e vou dormir essa noite sem previsão de retorno.

Luiz Silva dormiu no sofá e o quarto do casal passa a noite de sábado vazio. No domingo, dia 18 de março quando Carla se levanta pela manhã encontra o marido deitado na sala com a televisão ligada. Ela sai para a casa de dona Catarina e encontra Chico Capoeira e Fátima Pires que estão voltando do Pelourinho.

Chico – Bom-dia, Carla!
Carla – Bom-dia, Chico! Fátima, eu preciso falar com você.

Fátima – Vamos conversar na minha casa. Chico vai pescar na Boca do Rio, eu vou ficar sozinha.
Carla – Tá certo, só vou deixar o Carlinhos com minha mãe e volto.

Chico e Fátima sobem as escadas e Carla vai até a casa dos seus pais. Ela não demora e vai para a residência do casal.

Chico – Pode entrar, Carla, Fátima está na cozinha.
Carla – Entra você, Chico, eu preciso esclarecer umas dúvidas com você também.
Fátima – Chico, deixa eu e a Carla conversarmos sozinhas.
Carla – Não, Fátima, quero conversar com vocês dois e tem que ser agora.
Chico – Eu também acho melhor assim.
Fátima – Então, o que você quer falar?
Carla – Esse espanhol só vai me querer para fazer sexo ou ele tem a intenção de viver comigo?
Fátima – Ele passou a noite com a gente no Pelô. Não pretendo esconder nada de você, o Julio disse que se você quiser ele pode assumir você com o passar do tempo.
Carla – Quanto é esse tempo, Chico?
Chico – Mais ou menos, sessenta dias. Mas ele disse que só faz isso se você deixar o seu casamento para trás definitivamente.
Carla – Quem além de nós três sabe dessa proposta?
Fátima – Ninguém, Carla, a gente faz tudo no maior sigilo,
Carla – E a Joana Dark?
Chico – Está fora desse esquema, porque é a primeira vez que a gente agencia com uma mulher casada.
Carla – Mas vocês confiam que eu faça tudo certo?
Chico – Se você seguir nossas orientações e mantiver segredo até para sua mãe, quem vai acabar confiando em você é você mesma. Nós já confiamos.
Carla – Falou bonito, Chico, pode ir para a sua pescaria. Eu e a Fátima terminamos a conversa.
Chico – Eu posso saber se você aceitou a nossa proposta?
Carla – Ainda não, mas as chances são muitas, só preciso de alguns detalhes.
Chico – Decida e você terá a chance de ir morar no bairro da Graça. Tchau!
Fátima – Carla, você me surpreendeu, parece que está mesmo a fim de entrar em outra relação.
Carla – Eu sei que o meu casamento foi muito bonito, mas a felicidade acabou faz uns seis meses.

Fátima – É verdade, Carla? Vocês vivem tão bem...

Carla – Aparentemente, nós dois formamos um casal perfeito. Dentro de casa a coisa é bem diferente, ele ficou frio comigo depois que comecei a cobrar resultados financeiros dessas músicas que ele compõe.

Fátima – Você já pensava em trair ele?

Carla – Francamente não, mas no fundo sinto falta de um homem como Luiz era no começo do casamento.

Fátima – E se o Julio Martinez não for quente na cama? Homens negros sempre são mais fogosos que os brancos.

Carla – Esse Julio é diferente, tem conforto para me dar. Isso compensa a falta de sexo.

Fátima – Faz sentido, Carla. Eu pensei que você fosse mais boba...

Carla – Eu era inexperiente, depois que me casei vi que Luiz sabe muita coisa porque ele lê muitos livros em um prazo curto de tempo. Segui o caminho dele e minha mente se abriu.

Fátima – Ainda vai querer aquelas dicas sobre homens?

Carla – Só como complemento, nisso você é mais experiente que eu.

Fátima – Quando vai querer sair com Julio?

Carla – Eu quero sair num sábado, digo para Luiz que vou ao shopping.

Fátima – Eu acho melhor no domingo, você está de folga e o Luiz está trabalhando, deixa que a gente arruma um motel discreto, não faça contatos com ele para não deixar pistas.

Carla – Isso é tarefa sua e do Chico. Mas quando vou me encontrar com o Julio?

Fátima – O encontro para vocês conversarem vai ser na quarta-feira e para ir ao motel no domingo.

Carla – Como vocês programaram isso?

Fátima – Quarta-feira à tarde no Solar da Unhão. No domingo, a gente marcou para se despedir da Joana Dark no aeroporto em sua ida para a Itália.

Carla – Que horas é a viagem?

Fátima – O voo será às duas horas da tarde, você se despede da Joana no estacionamento e vai para o motel com Julio; eu e Chico vamos aguardar vocês voltarem. Depois a gente volta juntos para o Calabar.

Carla – Está combinado, eu topo.

Fátima – Agora, só me falta te dar umas dicas de como ter dois homens ao mesmo tempo.

Carla – Essas dicas você me dá mais tarde. Quero saber com quem a Joana vai para a Itália.

Fátima – Com um empresário do ramo de salões de beleza, ela vai passar quase seis meses fazendo cursos e trabalhando em salão.

Carla – E a relação dela com Reginaldo? Acabou?

Fátima – Eles nunca tiveram relação nenhuma. Joana Dark morou na casa de Reginaldo a mando do Chico, para evitar que ele aprontasse encrencas no Calabar, como aquele incêndio que resultou na morte de dona Marlene.

Carla – Agora eu entendi, vocês trabalham em equipe.

Fátima – Isso mesmo, fui eu quem arrumou esse italiano para Joana Dark.

Carla – Agora eu vou para casa. Quando você acordar me procure para a gente conversar sobre suas dicas.

Feitas as combinações, Carla Silva sai da casa de Fátima Pires com uma certeza na cabeça: não tem mais como voltar atrás da decisão que acabara de tomar. A dúvida é se será feliz acabando com o seu tão sonhado casamento e iniciando-uma nova relação que pode lhe dar a oportunidade de mudar a sua condição social. A semana vai passando, aconselhada por Fátima Pires, Carla Silva volta a dormir com Luiz.

No domingo, dia 25 de março, Luiz sai para trabalhar deixando a mulher e o filho em casa. Carla havia combinado com o marido que iria ao aeroporto se despedir de Joana Dark, o que não lhe é negado. Chico Capoeira, Fátima Pires, Joana Dark e Carla Silva saem às onze horas da manhã e pegam um táxi rumo ao Bairro de São Cristóvão do Aeroporto. Reginaldo Campos também vai para o aeroporto momentos antes para se despedir de Joana Dark. Ele fica sentado na entrada, vê o táxi estacionar do outro lado e fica observando de longe. O táxi para, descem os ocupantes e vão falar com Julio Martinez. Reginaldo Campos desiste de ir falar com Joana Dark e fica meio escondido querendo entender o movimento do pequeno grupo. Reginaldo vê Carla entrar em um carro preto, de luxo e esse se distanciar para fora do imenso estacionamento. Ele fica oculto, vê Joana embarcar para a Itália, vê Chico e Fátima dando voltas pelo saguão para gastar o tempo e, por fim, percebe que o casal sai do aeroporto, após Fátima atender ao telefone celular, e se encontra com Carla Silva. Os quatro conversam por alguns minutos. Vê também Julio Martinez dar um beijo na boca de Carla, entrar em seu carro e partir rumo à Orla Marítima. Carla, Chico e Fátima entram em um táxi e seguem para o Calabar. Reginaldo vai para o ponto de ônibus e também segue para a sua comunidade. Enquanto isso, Luiz Silva recebe a jornalista Sandra Rocha em seu trabalho, ela está procurando apartamento para comprar após passar dois anos na sucursal do jornal O Diário de Salvador na cidade de Santo Antonio de Jesus. Sandra passou no condomínio para fazer uma visita a dona Marta Fagundes.

Sandra – Boa-tarde! Quero falar com Marta Fagundes da cobertura, fala que sou Sandra Rocha.
Luiz – Sandra Rocha, a jornalista?
Sandra – Sim, senhor.
Luiz – Por favor, pode entrar. Eu sou o Luiz, a senhora fez a reportagem do meu casamento.
Sandra – Ah, Luiz, como vai você? Eu nunca esqueci da sua reportagem.
Luiz – Eu estou bem. E a senhora, está de volta a Salvador?
Sandra – Eu tenho que voltar no mês de junho e estou procurando apartamento para comprar.
Luiz – Eu conheço um corretor que negocia com imóveis nessa região. Posso falar com ele?
Sandra – Claro, Luiz, passa o telefone da minha mãe para seu amigo, minha preferência é a avenida Cardeal da Silva, por ficar próxima das universidades.
Luiz – Será um prazer ajudar a senhora arrumar apartamento, eu vou avisar para dona Marta que a senhora vai subir.
Sandra – Obrigada, e não precisa me chamar de senhora, sou tão jovem quanto você.
Luiz – Está bem dona Marta, a Sandra Rocha está aqui na portaria. Pode subir?
Sandra – Como vai a Carla e o seu filho?
Luiz – Vão bem, meu pequeno Luiz já tem dois anos.
Sandra – E o casamento está bem?
Luiz – Agora está bem, recentemente tivemos uma crise, mas agora as coisas melhoraram.
Sandra – Tome cuidado com essas crises de relacionamento, estamos em início de milênio e de século, nesse período sempre ocorre inversão de valores.
Luiz – Obrigado pelo alerta, dona Marta está lhe esperando.
Sandra – Tchau, Luiz, lembranças para Carla.

Chico Capoeira e Fátima Pires deixam Carla Silva na entrada do Calabar e seguem para o apartamento de Julio Martinez no bairro da Graça. Poucos minutos depois, Reginaldo Campos desce do ônibus e entra no Calabar. Quando ele passa pela casa de dona Catarina encontra Carla que acabara de pegar Luiz Carlos.

Reginaldo – Carla, você sabe dizer se Joana Dark já foi para a Itália?
Carla – Ela já viajou, foi muito emocionante a nossa despedida no aeroporto.

Reginaldo – Joana estava satisfeita com a viagem?
Carla – Sim, mas chorou muito na hora do voo.
Reginaldo – Me conta mais. Vocês ficaram muito tempo no aeroporto?
Carla – Bastante tempo, Reginaldo. A Joana falou um pouco de você, disse que queria muito que sua vida mudasse.
Reginaldo – Pena que não tive tempo de ir me despedir da Joana.
Carla – Ela falou umas coisas de você para o Chico.
Reginaldo – Chico não me reconhece como irmão, me desprezou, nem conversa mais comigo. Mas deixa isso pra lá. Tchau, Carla! Tchau, Luizinho!
Carla – Tchau, Reginaldo!

Fátima Pires e Chico Capoeira chegam ao apartamento de Julio Martinez.

Julio – Boa-tarde, pode entrar e ficar à vontade.
Chico – Obrigado! Viemos saber como foi o primeiro encontro amoroso com a Carla? Gostou do que teve nas mãos?
Julio – Foi maravilhoso! Se ela fosse livre ainda estaria com ela, é uma baiana muito quente. Pena ser casada.
Fátima – Se o senhor quiser, a gente desfaz o casamento dela.
Julio – Isso só deve acontecer se ela estiver realmente a fim de viver comigo, caso contrário é melhor não mexer no casamento dela.
Chico – É o senhor quem manda, doutor, mas com o passar do tempo vai acabar querendo que a Carla se separe do Luiz.
Julio – Você disse tudo, Chico: com o passar do tempo, por enquanto deixe as coisas como estão. Trouxe a minha encomenda?
Chico – Não passei no Calabar. Amanhã lhe entrego na aula de capoeira.
Julio – Está bem, aqui estão os três mil que combinamos. Querem beber alguma coisa?
Fátima – Eu quero uma cerveja.
Julio – Muito bem, senhora Fátima. Chico, você me acompanha com um uísque?
Chico – É claro que acompanho o senhor, temos o que comemorar.

Os três amigos passam o restante da tarde conversando e bebendo, no bairro da Graça, assistem filmes, ouvem música, Fátima Pires vai aos poucos convencendo Julio Martinez de que Carla Silva está querendo ficar em definitivo com ele. À noite, Fátima e Chico chegam ao Calabar.

Chico – Morena, nós estamos bem na fita, a gente nunca ganhou tanto dinheiro de uma só vez.

Fátima – Guarde mil reais, que vou precisar.

Chico – Agora que o caso da Carla se concretizou, a gente vai ter muito dinheiro na mão.

Fátima – É engano seu, o que ela conseguir de grana não vai dividir com a gente.

Chico – Por que você tem tanta certeza?

Fátima – Carla só foi pra cama com Julio por causa de dinheiro, portanto o que faturar não vai querer dividir. A ambição vai estar à frente da nossa amizade.

Chico – Qual é o seu plano para a gente conseguir mais dinheiro?

Fátima – Colocar uma mulher no caminho do Luiz, armar um flagrante, o que provocaria a separação, depois convencer a Carla de que o futuro dela é ir morar com Julio, aí a gente pega os sete mil restantes.

Chico – Falar é fácil, o Luiz tem muito respeito pela Carla e não vai topar sair com outra mulher.

Fátima – Você lembra que dei umas dicas para Carla sair com Julio e levar uma vida normal de mulher casada?

Chico – O que isso tem haver com Luiz pular a cerca?

Fátima – Descobri que Luiz não consegue ficar uma semana sem transar, peço para Carla não fazer amor com ele e coloco Karina no caminho dele. Como já sei que Luiz não resiste a uma negrinha, ela é a mais indicada para ficar no lugar da Carla.

Chico – E o tal flagrante?

Fátima – O Luiz folga na terça-feira, combino com Karina o dia, ela confirma saída e o motel, mando outra pessoa ligar para Carla dizendo onde Luiz está. Aí, ela decide abandonar ele com um motivo concreto, vai viver com o Julio e a gente arremata os sete mil.

Chico – E se a Carla não tiver como ir pegar o Luiz pulando a cerca?

Fátima – Eu vou mandar a Karina marcar a partir de duas horas da tarde, como a Carla sai do trabalho às quatro horas, o gerente libera ela mais cedo.

Chico – Agora, deixa eu te dar um beijo que essa conversa me deu excitação.

O tempo passa e Carla Silva se sente cada vez mais envolvida com Julio Martinez. Na sexta-feira, dia 20 de abril, Luiz Silva conversa com sua mulher antes de ir para o trabalho.

Luiz – Mais uma noite que você nem toca em meu corpo, Carla. Posso saber por quê?

Carla – Quando eu tentei lhe fazer carinho, você já estava roncando, se virou e eu te deixei dormir.

Luiz – Deixa de mentir, passei quase a noite inteira acordado.
Carla – Vai trabalhar Luiz, você vai acabar se atrasando.
Luiz – Quando eu chegar à noite, nós vamos ter uma conversa.

Luiz Silva vai trabalhar. Quando ele chega próximo ao condomínio é abordado por Karina Mendes, a garota de programa.

Karina – Bom-dia, moço! Estou procurando emprego, o senhor conhece alguém que esteja precisando de empregada?
Luiz – Às vezes aparece trabalho aqui no condomínio.
Karina – Eu posso passar aqui no fim do dia para saber se surgiu alguma vaga?
Luiz – Pode sim, se alguma madame estiver precisando de empregada eu lhe falo.
Karina – Que horas o senhor sai do condomínio?
Luiz – Às três horas da tarde.
Karina – Eu passarei aqui um pouco antes das três horas.

O dia vai passando, Fátima Pires se comunica com Carla por telefone, colhe detalhes de Luiz Silva e repassa para Karina Mendes. Próximo às três horas da tarde, Karina volta ao condomínio para falar com Luiz.

Karina – Oi, moço, quase me atrasei. Apareceu algum emprego?
Luiz – Meu nome é Luiz Silva, tem uma proposta para o dia 15 do próximo mês. Você vai descer para o Largo do Rio Vermelho?
Karina – Eu vou fazer um lanche, fiquei sem tempo para almoçar.
Luiz – Se você quiser lhe pago o lanche.
Karina – Obrigada! Meu lanche não é caro, a gente passa no Largo de Santana e eu como um acarajé com refrigerante.

Os jovens andam pelas ruas do Rio Vermelho num agradável bate-papo, chegam ao ponto de venda de acarajé, Luiz é saudado pelos frequentadores, Karina percebe que a popularidade dele é calorosa.

Luiz – Você mora onde, Karina?
Karina – Eu moro no Cabula. E você?
Luiz – Eu moro no Calabar. Boa-tarde, baiana. Por favor, quero um acarajé e um abará.
Karina – Você é muito educado. Parabéns!

Luiz – Assim, você me deixa sem jeito.

Karina – É tímido, bonito e modesto. Homem raro no meio dessa sociedade tão hostil e grotesca.

Baiana – Aqui está o seu pedido, Luiz. Cadê o violão?

Luiz – Hoje saí sem o violão, mas vou dar aulas às sete horas.

Karina – Você é músico?

Luiz – Eu sou músico e dou aulas para as crianças do Calabar.

Karina – Que bonito! Você é casado ou é mais um baiano namorador?

Luiz – Casado e tenho um filho.

Karina – Trabalhador, bonito, educado, músico solidário... É claro que alguma mulher já devia ter sido recebida por você no altar.

Luiz – Mas e você é casada?

Karina – Quem me dera, Luiz, estou livre, sozinha e cheirosa.

Luiz – Você também é muito bonita. Mas a vida é assim, minha amiga, uns livres e outros complicados e impedidos.

Karina – A gente só é impedido quando a gente quer.

Luiz – Não passa por minha cabeça ter uma amante.

Karina – E não passa por minha cabeça ser uma amante, eu só preciso de um pouco de carinho e você parece ser muito carinhoso.

Luiz – Você quer sair comigo?

Karina – Não tem como negar, mas acho que você deve gostar muito da sua mulher.

Luiz – Você acertou, mas estou na frente de outra mulher muito atraente.

Karina – Que dia você vai estar livre?

Luiz – Eu estou de folga na terça-feira.

Karina – Então me liga na segunda, quem sabe a gente dá uma saída na sua folga.

Luiz – Mas essa saída vai ser para onde?

Karina – Eu sou livre, Luiz, é você quem manda.

Luiz – Vamos para o Iguatemi, do outro lado tem um motel. Que tal?

Karina – Por mim, tudo bem!

Luiz – Não tem nada certo, ainda. Só vou sair com você se algo acontecer.

Karina – Posso saber que algo é esse que precisa acontecer?

Luiz – Infelizmente não, me desculpa, é segredo masculino.

Karina – Eu gostei muito do seu jeito de ser, um baiano diferente, como diria minha mãe: um baiano à moda antiga.

Luiz – Você quer dizer que hoje não se faz mais baianos como antigamente?

Karina – Isso mesmo, a gente se distanciou do romantismo e da elegância, mas está você aqui para resgatar esses valores.

Luiz – Não coloque essa responsabilidade inteira para mim, é preciso muito amor para mudar uma sociedade e não posso distribuir esse amor para todo mundo.

Karina – O seu charme está aí nessas palavras tão difíceis de serem ouvidas, mas a irradiação desse seu amor já contagiou também seus amigos e as pessoas com quem faz contato.

Luiz – Boa observadora, mas como você viu isso em tão pouco tempo?

Karina – A baiana do acarajé recebeu você com um brilho nos olhos que me impressionou. Eu também quero um pouco dessa luz que você espalha por essa cidade. Me liga na segunda, beijos...

Agora o dilema atingiu o todo certinho Luiz Silva. Ele foi para casa com uma ideia na cabeça: se Carla Silva não fizer amor com ele até a noite da outra segunda-feira, ele sairá com Karina Mendes em busca de sexo e prazer para alimentar seu desejo masculino e preencher um possível vazio que a sua mulher deixou invadir seu interior.

No domingo, dia 22 de abril, Luiz volta do trabalho e encontra com Reginaldo Campos que está meio bêbado, mas decidido a contar tudo o que sabe. A decisão de Reginaldo denunciar o que sabe não é para informar a verdade que está por trás do casamento dos jovens, mas uma forma de se vingar até mesmo do próprio Luiz, e até mesmo de humilhar aquele que tirou o seu biscate quando chegou ao Calabar e foi trabalhar com Sérgio das Flores, deixando-o sem emprego. Na cabeça do Reginaldo Campos tem o plano de uma só vez ir à forra com Chico Capoeira, seu irmão que desde que foi viver ao lado de Fátima Pires o abandonou, e da própria cunhada que, além de ocupar o seu espaço de irmão, lhe espancou aproveitando da sua posição de cunhada e do sexo feminino para ele deixar de arrumar encrencas no Calabar.

Reginaldo Campos será fisgado por um outro sentimento, pois a intenção de apenas informar para Luiz o que sabe sobre Carla Silva e Julio Martinez faz também que ele mude de postura, passando a partir daí de mero personagem flutuante a coadjuvante deste capítulo, com uma atuação atraente e dando vida a sua participação nessa trama que começa a ficar cada vez mais confusa. Se o caro leitor desprezou qualquer atitude do personagem Reginaldo Campos, volte atrás e veja por que esse mero flutuante compareceu ao casamento de Carla e Luiz.

Reginaldo – Boa-tarde, patrão! Como vai?

Luiz – Eu vou bem, e você já arrumou a sua vida?

Reginaldo – Não arrumei nem vou arrumar. Prefiro não ter certos compromissos para não complicar a minha vida depois.

Luiz – Complicar como, Reginaldo?

Reginaldo – O patrão aí chegou, dominou o Calabar e se casou com a preta mais bonita do bairro. Eu não faria isso.

Luiz – Eu fiz a coisa mais comum entre as pessoas da comunidade.

Reginaldo – Eu concordo que o patrão fez tudo certo, mas não prestou atenção ao que eu falei: casou-se com a preta mais bonita do Calabar.

Luiz – O que há de errado nisso?

Reginaldo – É que o patrão precisa abrir mais os olhos.

Luiz – É melhor você ser mais claro ou parar com essa conversa agora mesmo.

Reginaldo – Que é isso, patrão? Você vai ser o único na sua posição a saber primeiro, o que geralmente o homem é o último a ficar sabendo. A coisa ainda está no começo, bem novinha.

Luiz – O que você está me dizendo?

Reginaldo – Agora que o patrão quer saber o que se passa vai ter que pagar pelas minhas preciosas informações.

Luiz – Então é chantagem? Você criou essa história sem sentido para extorquir dinheiro de mim.

Reginaldo – Deixe de ser arrogante, o que eu quero é barato. Eu não sou chantagista e tudo na vida tem um preço.

Luiz – Você está insinuando que a minha mulher me trai. Sabe o que isso significa?

Reginaldo – Agora, a gente está quase se entendendo, compre dois alecrins que eu lhe conto o que sei. Quanto ao que isso significa, é problema seu e não meu.

Luiz – O que diabo é alecrim?

Reginaldo – É maconha, bicho. Me dá dez paus que mando um moleque ir comprar o bagulho.

Luiz – Não me mete nessa sujeira Reginaldo.

Reginaldo – Fica frio, patrão. Agora me escuta: sua boneca, com todo respeito, está dando para um espanhol que mora na Graça.

Luiz – Você tem certeza?

Reginaldo – Eu tive hoje, ela pegou um táxi e foi para um motel na Praia do Corsário. O senhor me deve vinte e cinco paus que paguei de táxi para segui-la e ter certeza absoluta do caso.

Luiz – Além de tirar dinheiro de mim, qual é o seu interesse? Afinal, você nunca foi com a minha cara.

Reginaldo – Até o momento eu ainda não fui com a sua cara. Contar-lhe o que sei é uma vingança contra alguém que está por trás dessa pouca vergonha.

Luiz – Eu posso pelo menos saber quem é essa pessoa?

Reginaldo – É melhor o patrão só tratar de armar um flagrante para se separar de quem lhe trai. O restante da sujeira o tempo lhe mostrará.

Luiz – Como você descobriu que eu estou sendo traído?

Reginaldo – Descobri por acaso. Fui parar em um lugar que ela apareceu de táxi e foi para o carro do "Ricardão". Quando foi hoje, ela saiu mais ou menos na mesma hora e eu a segui por conta própria. Os encontros são aos domingos.

Luiz – Você é mais esperto que eu pensava. O que pretende fazer a partir de agora?

Reginaldo – Eu vou segui-la semana que vem e lhe chamar para dar o flagrante.

Luiz – Interessante a sua imaginação.

Reginaldo – Eu sei que deve ser horrível a gente dormir com quem está nos traindo, mas você tem que segurar essa barra pesada até domingo.

Luiz – Sabe, Reginaldo, eu estava para fazer uma bobagem na terça-feira, mas vou desistir. Tenho que ser mais cauteloso.

Reginaldo – Então, passa na minha casa na terça para a gente combinar a parada de domingo. Estarei lhe esperando.

Reginaldo Campos sobe as escadas rumo ao Alto das Pombas e Luiz Silva fica parado no meio do beco sem saber direito para onde ir. Começa a chover e ele vai para casa, não entra, sobe para a laje que já tem cobertura e fica sentado com as mãos no rosto, sente as lágrimas caírem. Luiz percebe que o seu casamento acabou. Ele luta para achar onde errou, a dor da traição invade a sua alma, o filme do seu casamento volta à sua mente e tudo o leva para outros momentos do recente passado. A sua decisão de não voltar para Cruz das Almas, o primeiro beijo que ele deu na ainda Carla Almeida, na Lagoa do Abaeté, o filho Luiz Carlos, fruto dessa relação, o crescimento do Bloco Calamaço, a primeira música e a sua pequena escola para melhorar a vida e o futuro das crianças pobres do Calabar e a família Almeida que tanto lhe deu apoio.

Para Luiz só resta uma coisa: tirar a limpo a história narrada por Reginaldo Campos, um inconsequente, um homem sem crédito no bairro que nasceu e se criou, visto como um cara sem moral para delatar uma traição, por isso Luiz prefere primeiro descobrir a verdade e conversar depois.

Na segunda-feira, Luiz Silva liga para Karina Mendes e desmarca o encontro da terça alegando falta de tempo. A semana segue sem diálogo algum entre Carla e a Luiz, o tédio entre os dois é dominante e a deixa determinada a ir para os braços de Julio Martinez. No domingo, dia 29 de abril, por volta do meio-dia, o celular de Luiz Silva toca:

Luiz – Alô, Reginaldo? O que você me traz de notícia? Está bom, vou sair agora mesmo. Me espera na praia, sai da frente do motel, se a Carla aparecer na janela, ela vai ver você e nosso plano fracassará.

Nesse momento, Fátima Pires e Chico Capoeira estão conversando com Karina Mendes.

Fátima – Karina, por que você falhou com o cara que pedi para você levar para o motel?
Karina – Eu não fracassei, ele me ligou e disse que quer sair no Dia do Trabalhador.
Chico – Será melhor assim, morena, a Carla não trabalha no feriado.
Fátima – Eu sei, não quero que demore, a Carla me falou que Luiz está muito esquisito. Que desde domingo quando ele chegou do trabalho não olha para ela, é melhor a gente não perder tempo.
Chico – Deve ser por causa do aparecimento da Karina, pelo jeito ele nunca traiu a Carla.
Fátima – Tomara que seja isso, me dá calafrios quando penso que ele pode descobrir tudo.
Karina – Amanhã, eu vou passar no trabalho dele e remarcar a saída de terça-feira.
Chico – Não se esqueça que estamos prontos para lhe ajudar em qualquer dificuldade.
Karina – Eu sei disso, Fátima, esse Luiz é meio diferente dos outros homens, parece um cara mais culto, plantado numa estrutura pessoal, mas tem uma fraqueza: não aguenta ver um rabo de saia.
Fátima – É um homem fino e fingido, ele pode não trair a Carla por querer mostrar ser uma pessoa séria, mas no fundo é igual aos outros homens, a diferença é que ele é muito discreto, coisa que Chico não sabe ser.
Chico – O que é que tenho a ver com isso?
Fátima – Você é mais direto e não tem medo de ser assim, o Luiz olha para as outras mulheres e fica na dele, sem fazer alarmes.
Chico – É por isso que não gosto de conversar com duas mulheres, elas sempre botam em jogo a nossa personalidade.

Karina – Está inseguro, Chico?
Fátima – Não, Karina, esse capoeirista é pé no chão, só dá umas saídas meio ninja de vez em quando.

Luiz Silva está chegando à praia do Corsário e vai procurar Reginaldo Campos.

Reginaldo – Veio rápido, patrão.
Luiz – Para de me chamar de patrão. Você tem certeza de que a Carla ainda está dentro do motel?
Reginaldo – Eu tenho, Luiz. Como você vai fazer para dar o flagrante?
Luiz – Eu vou tentar comprar o recepcionista.
Reginaldo – E se o seu plano falhar?
Luiz – Você vira uma bicha e a gente entra de táxi pela garagem.
Reginaldo – Eu prefiro ir à praia e tentar arrumar uma garota de programa. Tente falar com o recepcionista que eu vou tentar fazer um contato na praia.
Luiz – Mais uma vez você me surpreende.
Reginaldo – Eu quero ver o resultado desse jogo sujo que te envolveram. Depois eu vou pra a Ilha de Itaparica, quero voltar a viver como pescador.

Luiz Silva se dirige para a entrada do motel e fala com um segurança que se encontra numa guarita.

Luiz – Boa-tarde, amigo! Como se chama o recepcionista que está de serviço nesse turno?
Segurança – Chama-se Fernando. O que o senhor deseja?
Luiz – Eu sou Luiz Silva, sou músico e tenho uma escolinha de música para ajudar as crianças do Calabar a se desenvolver como seres humanos. Posso falar com o Fernando um instante, quero saber se essa empresa faz doação para obras sociais.
Segurança – Muito bem, meu rapaz. Entre, que lhe levo até a recepção.

Luiz e o segurança entram no motel, eles conversam sobre o projeto da escolinha de música até chegar à recepção.

Segurança – Fernando, esse rapaz, Luiz Silva precisa falar com você, é responsável pela escolinha de música do Calabar.
Luiz – Muito obrigado, irmão!
Fernando – Boa-tarde, Luiz! Em que posso lhe ajudar?

Luiz Silva espera o segurança se retirar e fala:

Luiz – Eu vou direto ao assunto, porque não tenho muito tempo. Tem um cliente seu que entrou em um carro Audi preto, ele está com a minha mulher. Preciso dar um flagrante nela.

Fernando – Eu não posso fazer nada, ele é um cliente e a gente não olha os documentos das mulheres para saber se elas são casadas com outro homem ou não.

Luiz – Eu recebi a informação de que ela entrou aqui em um táxi, preciso saber se é verdade.

Fernando – Realmente, esse veículo entrou nas dependências desse prédio, mas como eu vou saber se ela é a sua esposa? E, se for sua esposa, o senhor vai querer fazer escândalo, o que eu não vou permitir.

Luiz – Eu prometo não fazer escândalo. Só quero me livrar dessa dúvida que sequer me deixa trabalhar direito. O senhor é casado?

Fernando – Eu sou casado, tenho três filhos.

Luiz – Quanto o senhor ganha por mês?

Fernando – Dá uns setecentos reais de salário.

Luiz – Essa é a foto da minha mulher. É ela quem está em um dos seus apartamentos?

Fernando – A empresa mantém a privacidade dos nossos clientes.

Luiz – Pense em seus filhos da mesma forma que eu penso no meu, pense na pureza do seu casamento como eu estou querendo que o meu seja puro. É ela que está aí?

Fernando – Se a sua esposa estiver dentro desse motel, o que você pretende fazer aqui?

Luiz – Aqui dentro eu não vou fazer nada e lá fora também. Ela deve sair em um táxi chamado por você, lhe dou o seu salário para você combinar para o taxista parar na saída da garagem com a porta dianteira destravada para eu entrar no carro de surpresa. É só isso que eu preciso. Tome duzentos reais para pagar o taxista pela parada na porta da garagem.

Fernando – Calma, meu amigo! Eu ainda não confirmei se é a sua mulher que está aqui.

Luiz – A sua pergunta sobre o que eu faria aqui no fundo foi a maneira de dizer que é a Carla quem está lá em cima. Certo?

Fernando – Se você não pegar a sua mulher pulando a cerca hoje, pegará outro dia. Mas... E meu dinheiro? Quando vai me pagar?

Luiz – Depois que eu falar com aquela traidora. Já gastei muito para chegar até

aqui. E se você não conseguir um taxista que queira colaborar?
Fernando – Nós temos um prestador de serviço que topa qualquer parada, já é acostumado a lidar com perigo. É a sua mulher quem estar lá em cima.
Luiz – Eu vou esperar lá fora.
Fernando – Me dá o número do seu celular, quando o táxi estiver entrando te ligo para você anotar a placa, não pode errar. Presta a atenção: nossos seguranças são treinados para abafar qualquer espécie de baixaria na frente do motel. Faça o seu flagrante e desapareça. Se você for pego, vou dizer que você veio pedir ajuda para a sua Escola de Música. Entendeu?
Luiz – Não se preocupe, só me interessa acabar com essa farsa. Depois que ela for embora, vou lhe ligar para você ir até a rua pegar o seu dinheiro, eu não quero voltar mais a esse lugar.

Luiz Silva deixa a recepção do motel, vai para a rua e encontra com Reginaldo Campos que já voltou da praia. Os dois vizinhos ficam embaixo de uma árvore, meia hora depois o celular de Luiz toca:

Luiz – Alô! Sim, sou eu. É esse Monza que está entrando? Estou anotando. Está bem, vai dar certo. Obrigado!
Reginaldo – Agora, a gente pega ela, patrão.
Luiz – Você não vai para a entrada da garagem comigo, para Carla não saber quem entregou ela. Fica naquele ponto de ônibus me esperando.
Reginaldo – É você quem manda. Boa sorte!

Luiz Silva vai para a entrada da garagem do motel e fica posicionado numa mureta do jardim frontal. Primeiro sai o Audi preto de Julio Martinez, que segue sentido Jardim de Alah. Logo em seguida, sai o táxi que para como se outros carros atrapalhassem a sua passagem. Luiz se aproxima, entra no carro e bate a porta:

Taxista – O que você quer, rapaz? O táxi está ocupado.
Luiz – Com o senhor não quero nada. Quero com ela, é a minha mulher.
Carla – Vai embora, moço, pelo amor de Deus.
Luiz – Tira Deus dessa sujeira, Carla. Com quem você estava no motel?
Taxista – Vocês são casados mesmo?
Luiz – Nós somos sim, temos um filho.
Taxista – Tudo bem, eu sou policial e posso intermediar uma conversa entre vocês se o jovem aí não for violento.
Luiz – O senhor está certo, é melhor a gente ter uma conversa na sua presença.

Carla – Vai embora moço, vai embora...
Taxista – Moça, é melhor vocês conversarem com uma testemunha presente, essas situações são muito complicadas.
Luiz – Siga até depois daquele ponto de ônibus e pare para a gente conversar.

O táxi segue devagar, os três ficam em silêncio, quando para o motorista puxa a conversa:

Taxista – Vocês são muito jovens e têm uma vida longa pela frente, é melhor se entenderem.
Carla – O senhor obedeceu a ele e não a mim, os homens são todos iguais.
Luiz – Não precisa responder, moço. Carla, eu nunca imaginei que você fosse aprontar uma loucura dessas com nosso casamento.
Carla – Eu já lhe pedi para ir embora, Luiz, depois a gente conversa...
Luiz – Você sabe muito bem que depois desse flagrante tudo acabou entre nós dois.
Carla – O mundo acabou para mim, a minha vida acabou, Luiz.
Luiz – Vá para casa e decida quem vai dormir na casa de sua mãe, se eu ou você.
Carla – Sai do táxi, Luiz, estou morrendo de vergonha.
Luiz – Obrigado pela sua colaboração, o senhor ajudou muito.
Taxista – Eu tenho filhos na idade de vocês, eles me ensinam a entender a nova mania dos adolescentes: "ficar".
Luiz – Adolescente para viver com essa mania tem que não se casar, essa aí se casou comigo e acha que pode se relacionar com quem quiser.

Enquanto Carla Silva abaixa a cabeça e chora sem parar, Luiz Silva desce do táxi e vai ao encontro de Reginaldo Campos que está no ponto de ônibus.

Reginaldo – Deixou ela ir embora?
Luiz – Eu falei umas verdades para ela e saí do táxi para não perder a minha cabeça. Quanto eu lhe devo?
Reginaldo – Você não me deve nada, basta me dar uma grana para eu mudar semana que vem para a ilha de Itaparica. Agora, eu já posso sair do Calabar, me vinguei dos meus inimigos.
Luiz – Eu já posso saber quem são meus inimigos?
Reginaldo – Com a confusão que esse flagrante vai gerar no Calabar, você vai acabar descobrindo quem são seus inimigos sem causa, abra bem os olhos com seus falsos amigos.

Luiz – Está bem, Reginaldo. Esse dinheiro é para você fazer a sua mudança, mas não vá gastar tudo em alecrim.
Reginaldo – Depois da experiência que tive hoje, eu vou deixar de fumar maconha.
Luiz – Pelo menos isso fez você pensar em abandonar as drogas. Terça-feira eu lhe procuro no Alto das Pombas.
Reginaldo – Você não vai voltar comigo para o Calabar?
Luiz – Não, Reginaldo, preciso de ar puro e um lugar místico para relaxar.

Enquanto Reginaldo Campos pega um ônibus para voltar ao Calabar, Luiz Silva atravessa a rua com o celular nas mãos, liga para Fernando, recepcionista do motel, e segue para o ponto de ônibus na Orla Marítima, Luiz acredita que fez a coisa mais bem pensada. Espera Fernando ir pegar o dinheiro e em seguida pega um ônibus que segue sentido Lagoa do Abaeté. Foi lá que ele deu o primeiro beijo na jovem Carla Almeida, foi lá que começou o romance que gerou um filho, virou casamento e formou uma família que acaba de ser desfeita na porta de um motel. Vinte minutos depois, Carla entra chorando na casa dos seus pais.

Dona Catarina – Carlinha, o que você tem, minha filha? Por que está chorando?
Carla – Mãe, sobe para o quarto, eu preciso falar com a senhora.
Lúcia – Quer que eu leve água para ela, dona Catarina?
Dona Catarina – Faz isso, Lúcia, olha o estado que minha filha está.
Seu Paulo – O que você aprontou dessa vez menina?
Carla – Depois a mãe conversa com o senhor, tenha calma.
Seu Paulo – Eu já vi que não vem coisa boa por aí, quando ela pede calma é porque vem chumbo grosso pela frente. Eu vou até abrir uma cerveja para bebemorar a tragédia antecipadamente.
Dona Catarina – O que é isso, Paulo?
Lúcia – Sobe com ela, dona Catarina, e o senhor trata de ficar quieto.
Seu Paulo – Faz é tempo que eu estou de olho nela. Todo domingo Carla sai pela manhã e volta mais ou menos nessa hora, já comentei com Catarina: pode se preparar que por aí vem encrenca e das grandes.
Lúcia – Vira essa boca pra lá, seu Paulo, a Carla é uma mãe de família exemplar.
Seu Paulo – Só o pai percebe quando as filhas erram. É melhor você também se prevenir.

Lúcia e seu Paulo vão para a cozinha, enquanto isso dona Catarina e Carla sobem para o andar superior e entram no quarto.

Carla – Mãe, a senhora me perdoa por um erro que eu cometi?
Dona Catarina – Se não for uma tragédia como o seu pai insinuou, eu perdôo.
Carla – Então eu vou embora mãe, a senhora vai acabar sabendo.
Lúcia – Aqui está a sua água. O que aconteceu?
Dona Catarina – Ela está muito nervosa e não sabe se vai me contar o que aconteceu.
Seu Paulo – Lúcia, o Luiz está ao telefone, quer falar com você. Carla desembuchou a encrenca?
Lúcia – Ainda não falou nada. Me dê o telefone e deixe a gente sozinha no quarto... Oi, Luiz, o que houve? Pode contar comigo. Sim, claro. O quê? Você tem certeza? Está bem, eu ligo para o Pedro. Espera aí que a gente vai ficar com você. Tá bom, eu vou sozinha. Certo, não vou falar com ela. Desligou.
Dona Catarina – Onde Luiz está, Lúcia?
Lúcia – Ele me pediu segredo, senti pelas palavras dele que o ocorrido foi muito grave.
Carla – Você acertou, Lúcia, a coisa foi muito grave. Ele me pegou saindo de um motel.
Dona Catarina – O quê, sua louca? Você traiu um homem como o Luiz? Só pode ter tido outra queda pelo maconheiro do Gustavo.
Carla – Tira o Gustavo desse problema. É outra pessoa.
Dona Catarina – Toma, sua vagabunda, filha minha não trepa com três homens. Eu só dei para o seu pai e você com vinte e três anos já deu para o terceiro.
Lúcia – Calma, dona Catarina, não bate nela!
Dona Catarina – Sua safada, deu para o terceiro sem se separar do segundo homem, essa piranha!
Seu Paulo – Como é que é? Quem deu o quê para quem?
Lúcia – É melhor o senhor subir comigo para o terraço. Deixa as duas conversando.
Dona Catarina – Deixa essa sem-vergonha aí sozinha, vamos dar atenção para o Luiz que deve estar sofrendo muito.
Seu Paulo – Ela traiu o Luiz com quem?
Lúcia – Ele me falou que foi com um gringo, mas me pediu para não dizer onde ele está, não quer ver a Carla de jeito nenhum.
Seu Paulo – Catarina, tira aquela sujeita da minha casa, se eu pegar ela não vai sair coisa boa. Lúcia traz o Luiz para cá, depois a gente vê o que pode ser feito.
Lúcia – Eu estou indo, pede para o Pedro me ligar urgente!
Dona Catarina – Deixa que eu vou ligar para o Pedro. Vou trancar a porta do terraço até a Carla ir embora, Paulo, fica aí com o Carlinhos.

Lúcia Almeida sai às pressas e pega um táxi na entrada do Calabar. Ela passou tão depressa que não viu Chico Capoeira e Fátima Pires bebendo água de coco numa barraca da rua Sabino Silva, o casal percebe que alguma coisa séria está acontecendo. Quando vai para casa, passa em frente a casa de dona Catarina e estranha o silêncio, pois aos domingos sempre tem uma música tocando no terraço com os filhos, genros, netos e amigos de seu Paulo se divertindo. Chico comenta.

Chico – Está o maior silêncio na casa de dona Catarina.
Fátima – Tem uma coisa que me intriga: por que Luiz desistiu de sair com a Karina?
Chico – Você acha que ele desconfia de alguma coisa?
Fátima – Não consigo descobrir um sinal sequer de desconfiança, você é homem igual a ele. O que você acha?
Chico – Durante a semana que passou, ele estava cabisbaixo nas reuniões do Calamaço, mas não comentou nada.
Fátima – Se Karina não conseguir sair com Luiz na terça-feira, vou mandar a Carla sair da retranca, homens não aguentam ser rejeitados.

Meia hora depois, Lúcia Almeida chega ao Parque Ecológico do Abaeté, o lugar onde ela e Pedro levaram Luiz pela primeira vez e voltaram muitas outras vezes para curtir suas vidas de jovens. Lúcia desce do táxi e vai procurar o amigo que ela ajudou no difícil começo da relação e veio ajudá-lo a se reerguer após o fim da mesma. Lúcia o vê desolado, sentado na mesma escadaria em que ele conquistou a então Carla Almeida.

Lúcia – Luiz, meu amigo, como você está?
Luiz – Não chora, Lúcia, deixe as lágrimas para mim, eu já estou me acostumando com elas.
Lúcia – Por que você veio para cá e por que você me escolheu?
Luiz – Eu escolhi este lugar porque tudo começou aqui, é um lugar muito poderoso e escolhi você e o Pedro porque vocês me deram muita força. Você se lembra que a nossa cama foi presente seu? Você faz parte dessa história.
Lúcia – Obrigada pela confiança, te devo muita coisa também. Me casei com o Pedro por causa do seu casamento.
Luiz – Como está o clima no Calabar?
Lúcia – Está tranquilo, por enquanto ninguém sabe de nada. Seu Paulo quer que Carla fique sozinha na casa de vocês, ele e dona Catarina querem cuidar de você até quando se recuperar.

Luiz – E quem vai cuidar da Carla?

Lúcia – Por enquanto, ninguém. Dona Catarina deu uns tapas na cara dela e seu Paulo saiu de perto para não fazer besteira.

Luiz – Eu também quero distância dela, me apunhalou pelas costas e eu sei que não é por amor a esse espanhol, é tudo pela grana que ele tem.

Lúcia – Como você tem tanta certeza disso?

Luiz – Minha mãe me alertou momentos antes de morrer.

Lúcia – E se fosse por amor, o que você faria?

Luiz – Eu lutaria por ela até não ter mais forças.

Lúcia – Você não vai mais voltar para ela?

Luiz – Nem em um pesadelo. Ela me traiu.

Lúcia – Você não a ama a ponto de perdoá-la?

Luiz – É o contrário: eu amo tanto a Carla que nunca vou poder perdoar a traição.

Lúcia – Mas e esse amor, vai ficar plantado em seu coração?

Luiz – A dor está tomando o lugar do amor. Ela vai me curar por dentro.

Lúcia – Mas essa dor poderá te matar aos poucos.

Luiz – Eu prefiro morrer com essa dor a me deitar de novo com a mulher que não deu valor ao amor tão verdadeiro que ainda sinto por ela.

Lúcia – Isso é porque aconteceu hoje, o tempo vai fazer você mudar de ideia.

Luiz – Engano seu, minha amiga, desde que soube da traição não mais fiz sexo com Carla até saber se era verdade ou não.

Lúcia – Como e quando você ficou sabendo?

Luiz – Fiquei sabendo no outro domingo, foi uma pessoa que eu achava que era mentirosa, além de me contar, ajudou a armar flagrante.

Lúcia – Quem é essa pessoa, Luiz?

Luiz – Não vou falar quem foi, por favor não insista. A partir de hoje sou outro homem, essa pessoa mudou a minha vida para sempre.

Lúcia – Mas vai ficar parecendo que foi informação vinda de uma mulher.

Luiz – Para você não ficar pensando isso, saiba que foi um homem é não tem nada a ver com meu meio de convivência. Chegou até a me dizer que o problema é meu e não dele.

Lúcia – Está bom, Luiz, o Pedro está chegando.

Pedro – Gente, o que houve com a minha irmã?

Luiz – Ela traiu a nossa confiança, Pedro.

Pedro – E você, como está?

Luiz – Eu estou mais aliviado, o pior já passou.

Lúcia – Não pede para ele voltar para Carla, o homem se convenceu que o casamento acabou.

Pedro – Depois de um flagrante desses, fica difícil qualquer retorno.
Luiz – Vamos beber alguma coisa, eu preciso voltar a viver.

No Calabar, após ser aconselhada por dona Catarina, Carla Silva pega o pequeno Carlinhos e sai. Ao chegar em sua casa, ela se sente no meio do nada, sem parentes, sem o marido e sem poder conversar com os amigos Chico Capoeira e Fátima Pires para evitar suspeitas de que o casal está por trás da traição, restando-lhe uma única alternativa: ligar para Julio Martinez.

Carla – Julio, eu preciso de apoio, meu marido descobriu tudo. Eu não sei como. Apareceu do nada e entrou no táxi quando eu estava saindo do motel. Foi horrível. Ele não falou nada, mas deve ter-lhe visto, você saiu antes de mim. Não, eu não fui falar com eles para a minha família não suspeitar. Se você ligar para eles, pede para não virem na minha casa. Minha família insiste em saber como tudo começou. Está bem, eu vou tomar cuidado, beijos. Obrigada!

Em seguida, Julio Martinez liga para o celular de Chico Capoeira:

Julio – Boa-tarde, Chico. A Carla acabou de ligar. Quero que você e a Fátima venham agora para o meu apartamento. Não passem na casa dela. Não, eu não preciso falar com Fátima pelo telefone. Venham urgente para cá e não passem na casa da Carla, para o bem de vocês.

Enquanto isso, na casa de Chico Capoeira:

Chico – Morena, deve ter acontecido algo muito sério para o Julio ligar, dizer para a gente ir para Graça e recomendar para a gente não passar na casa da Carla.
Fátima – É só a gente ligar para ela e descobrir o que aconteceu antes de chegar ao apartamento dele.
Chico – Não. Isso pode botar tudo a perder, é melhor a gente ir direto para o apartamento dele.

Meia hora depois, Chico Capoeira e Fátima Pires já estão no apartamento de Julio Martinez.

Fátima – Oi, Julio, porque nos chamou com tanta pressa?

Julio – Sentem-se, por favor. Vocês me disseram que esse Luiz é um matuto, mas ele nunca foi tão bobo quanto vocês imaginavam. Ele já descobriu o meu caso com a mulher dele.

Chico– O quê? Ele nem sabe andar direito pela cidade.

Julio – Parece que ele sabe melhor que vocês dois. Estava na porta do motel esperando pela mulher hoje à tarde.

Fátima – Mas como? Ele ainda estava trabalhando no horário que vocês ficaram no motel.

Chico – É verdade, hoje é domingo e ele só sai do trabalho depois das quatro horas da tarde.

Julio – Eu só sei que ele estava na porta do motel às três horas e quinze minutos. Não me matou, porque só queria flagrar a Carla saindo do motel.

Fátima – Eu estou abismada com a atitude do Luiz, ele é um cara que não sai para ver as coisas que rolam na cidade. Como ele descobriu o horário, o dia e até o motel que você estava com a Carla?

Julio – Como ele me descobriu não sei. Estou fora desse relacionamento. Não vim para Salvador morrer por causa de uma mulher casada.

Chico – Calma Julio, o que mais a Carla falou?

Julio – Falou que a família dela quer saber como eu e ela nos conhecemos e como nosso caso começou. O que era para ser bom ficou perigoso.

Fátima – Se o Luiz não quis fazer nenhum contato com você é porque ele armou o flagrante com intenção de acabar com o casamento.

Julio – Mesmo assim, prefiro pôr um fim nessa relação louca, nunca queria afetar esse rapaz.

Chico – Não tem como transar com a mulher do cara sem afetar ele, Julio.

Julio – Mesmo assim quero pôr um fim em tudo, para mim chega!

Fátima – Primeiro vamos dar um tempo. A Carla sonha em vir morar com você. Depois que essa tempestade passar, a gente senta os quatro e reorganizaremos a relação, você gosta dela e a partir de agora ela vai estar livre.

Julio – Eu só vou aceitar porque gosto muito da Carla e não quero que ela venha sofrer com a separação. Mas se esse Luiz ficar pegando no pé dela, eu ponho definitivamente um fim em tudo.

Chico – É melhor você não ir para a escola de capoeira amanhã, deixa que te darei aula aqui mesmo no seu prédio.

Por volta de sete e meia da noite, Lúcia e Pedro Almeida chegam ao Calabar com Luiz Silva.

Seu Paulo – Boa-noite meus filhos. Como está o Luiz?
Lúcia – Quando eu cheguei perto dele estava muito nervoso, agora está mais descontraído.
Seu Paulo – Eu estou morrendo de vergonha, Luiz, o que a Carla fez é muito imoral para um velho pai de família.
Luiz – Eu não quero que essa família tão acolhedora e unida fique sofrendo pelo que a Carla fez.
Dona Catarina – É o peso do desgosto, Luiz, isso que aconteceu não é esperado de uma filha que se casou com um jovem como você.
Seu Paulo – Tem duas coisas que intrigam muito, Luiz: como você ficou sabendo desta maldita traição e como sabia o lugar exato que a Carla estava?
Luiz – Eu desconfiei porque ela ficou estranha e me desprezou na cama. Aí, surgiu uma pessoa que a viu no motel e me contou o que sabia, resolvi investigar e o resto vocês já sabem.
Dona Catarina – Quem foi que lhe informou?
Luiz – Quando fui informado, a pessoa me pediu dinheiro, coisa pouca. Combinamos para armar o flagrante que foi consumado, a pessoa desistiu de receber qualquer valor e me pediu segredo. Dei minha palavra e eu vou cumprir.
Dona Catarina – A gente vai respeitar a sua palavra, Luiz, o quarto que era do Pedro está pronto para você dormir. Fui à sua casa e peguei algumas roupas suas. Carla vai ficar na sua casa uns dias, depois ela vem para cá e você volta a viver no que é seu...
Luiz – Não chora, dona Catarina, agora eu quero ser o seu filho, vamos subir para gente conversar no quarto.
Seu Paulo – Eu não vou subir, prefiro ficar aqui embaixo com a Lúcia e o Pedro.
Pedro – Se o senhor subir vai chorar, o drama é muito pesado.

Por volta de 9h30min da noite, Chico Capoeira e Fátima Pires voltam para casa e encontram Reginaldo Campos sentado na varanda à espera do casal.

Chico – Veio me assombrar, Reginaldo? Já tenho muitos problemas e você aparece em minha casa como alma mal resolvida que veio para atazanar.
Reginaldo – Eu não vim para lhe atazanar, nem para aumentar os seus problemas, vim para me despedir de você.
Chico – Vai para o inferno ou pra Marte?
Fátima – Calma, Chico, parece que dessa vez ele não veio trazer problemas.
Chico – Fala você com ele Fátima, eu tive um dia cheio, vou dormir.
Fátima – Que história é essa de despedida, Reginaldo?

Reginaldo – Diz para o Francisco que eu vou embora para a ilha de Itaparica, mas já que ele foi dormir nem vou dizer o dia da viagem. Boa-noite!

Fátima Pires entra na sua casa sem ao menos responder a boa-noite de Reginaldo.
Chico – O que aquele maluco queria?

Fátima – Ele disse que vai embora para Itaparica, mas como você não deu atenção para ele, se recusou a dizer o dia da viagem.
Chico – Na terça-feira é Dia do Trabalho, à noite passarei na casa dele. Só quero lhe pedir uma coisa: dê um jeito de Carla ficar vindo aqui pra gente conversar.
Fátima – A família dela está pegando no pé da garota, ela não vai querer vir para cá.
Chico – Você e ela podem ir conversar no nosso quarto e eu fico vigiando se aparece algum curioso. Ter contato com ela na rua é muito arriscado.
Fátima – Eu entendi, amanhã vou ligar para ela e combinar.
Chico – Perfeito, morena, temos que convencer a Carla a ir morar com o Julio, se não a gente não recebe os sete mil que falta ele nos pagar.

O CRIME

A semana segue com o maior silêncio entre Luiz e Carla Silva. Na terça-feira, quando Chico Capoeira vai procurar pelo irmão Reginaldo Campos, ele já havia partido sem deixar endereço. Luiz passou na casa dele antes da viagem e Reginaldo disse que ficaria na Barra do Gil e que trabalhará no barco de pesca chamado Bela Coroa. Na sexta-feira, dia 4 de maio à tarde, Luiz Silva volta para as reuniões da Escola de Música e da Associação de Moradores do Calabar. Ao vê-lo entrando na Associação, Chico Capoeira vai para casa na tentativa de colocar Carla Silva para conversar com Fátima Pires, e ele consegue.

Fátima – Eu sinto muito, Carla, não pude lhe ajudar, me desculpa qualquer coisa. Vem para o quarto que Chico vai ficar da sala observando se aparece alguém, a porta do quarto vai ficar encostada para ele poder participar da conversa.

Carla – Eu sabia dos riscos que corria, só não esperava o abandono que Luiz está me dando. Quando o encontro, ele passa para o outro lado da rua e não fala comigo. Isso está me deixando muito triste.

Chico – O que a sua família fala da atitude dele?

Carla – Ninguém se mete, minha mãe disse que Luiz se tranca no quarto e não abre a porta para conversar, ela está preocupada porque ele só faz ler livros.

Fátima – Eu já ouvi comentários na rua que seu pai anda falando na separação de vocês.

Carla – Eu sei disso, a estratégia é do Luiz, ele pediu para meus pais falarem que nosso amor acabou para não ter escândalos na família.

Chico – Por que ele resolveu aceitar esse acordo?

Carla – Luiz e meus pais sempre concordam juntos na hora de proteger a família. No domingo, eu fui expulsa de casa e ele foi acolhido.

Fátima – Então, o caminho está livre para você ir morar com o Julio.

Carla – Nem por brincadeira, só eu sair perdendo nessa história e Julio não vai me querer depois desse flagrante.

Chico – Você está enganada Carla. Na quarta-feira eu fui dar aula para Julio no prédio que ele mora. Ele me disse que não vê a hora de voltar a sair com você. O gringo te ama, Carla.

Fátima – Não fique saindo para motel com Julio, vá morar com ele.

Carla – Isso não passa por minha cabeça.

Fátima – O Luiz não fala mais com você, sua família sabe que vocês não vão voltar, mas vai querer que você se reorganize e o Julio lhe quer. Só depende de você para tudo dar certo de novo.

Carla – E meu filho, gente? Eu sou mãe de um belo menino.

Chico – Quem mais fica com o Carlinhos é a sua mãe. Se você levar o garoto para morar na Graça, o Luiz não vai poder vê-lo e entra na justiça, o que não é bom para ninguém. Se você deixar ele com seus pais, os dois podem ver o moleque sem problemas.

Carla – Tá bom, Chico, amanhã está certo para eu ter uma conversa com Luiz na hora que ele voltar para nossa casa e eu for para a casa da minha mãe. Se realmente Luiz não me der esperança de retorno, eu volto para o Julio, mas basta ele me pedir um tempo para eu não querer sequer falar com o espanhol. Vocês sabem qual é o homem que eu amo.

Chico – Que horas você e Luiz vão conversar?

Carla – Minha mãe marcou para ele ir às oito horas da noite.

Chico – Passa aqui quando você vier do trabalho e fica conversando com a Fátima.

Carla – Certo, a gente precisa mesmo conversar, coisa de mulher. Entende?

Fátima – Vai descansar, amiga, amanhã a gente bate outro papo.

Chico – Você não entrou nessa sozinha e não está só, vamos lhe ajudar na solução desse problema. Pode contar com a gente.

Carla – É claro que eu conto com vocês. Tchau!

No sábado, dia 5 de maio, Carla Silva sai do trabalho e vai direto para a casa de Fátima Pires e Chico Capoeira, quando chega Chico a conduz para o quarto. Ela não leva a sua bolsa que fica em cima do sofá, Chico fica na sala e chama um moleque que passa pelo beco. Carla e Fátima conversam por mais de uma hora, o moleque volta antes do término da conversa. Depois, Carla vai pegar o pequeno Luiz Carlos. À noite, Luiz Silva arruma suas roupas e se prepara para voltar à sua casa. Dona Catarina se despede dele:

Dona Catarina – Luiz, meu filho, não se preocupe que eu vou cuidar da sua casa, lavar a sua roupa e fazer a sua comida.

Luiz – Eu sei disso, só não deixa a Carla fazer nada para mim. Isso não vai me fazer bem.

Seu Paulo – Quem vai dizer isso para ela sou eu, Catarina tem o coração mole demais para essa missão.

Luiz – Obrigado mais uma vez por tudo. Fala para o Pedro que amanhã eu quero dar uma saída com ele e a Lúcia.

Dona Catarina – Não precisa agradecer, menino, vá na santa paz do Senhor do Bonfim.

Luiz Silva sai da casa de dona Catarina, onde dormiu sozinho por seis noites e vai para a casa dele, onde Carla Silva o espera com roupa limpa e cheirosa e, com a esperança de uma reconciliação entre ele e ela. Quando ele abre a porta, Carla se levanta do sofá e tenta abraçá-lo. Luiz se esquiva e senta-se numa cadeira que está no canto da sala.

Carla – Você está com muita raiva de mim, não é Luiz?

Luiz – Raiva não, eu estou envergonhado do que você fez. Tenho muita vergonha de falar com você.

Carla – Foi você quem aos poucos me empurrou para cima de outro homem.

Luiz – Não senhora, foi a sua ganância que empurrou nosso casamento para o abismo.

Carla – Como você tem a coragem de colocar toda a culpa em mim? Eu nunca tive a sua atenção.

Luiz – Onde você encontrou tanta covardia para trair os seus pais, seus irmãos, seus amigos, nosso filho e todo o Calabar que aplaudiu você no dia em que se casou?

Carla – E você, não se sente traído?

Luiz – Eu estou tentando fazer é que você entenda que, se eu lhe traísse, estaria traindo também toda essa gente que cerca nossas vidas.

Carla – Que se dane todo mundo, Luiz! Eu só devo satisfações a você e ao nosso filho.

Luiz – O que você vai fazer da sua vida a partir de agora?

Carla – Eu vou dar um tempo para você pensar direito se realmente quer se separar.

Luiz – Não perca o seu tempo, eu não quero mais voltar para você.

Carla – Você sabe que eu te amo apesar do que aconteceu.

Luiz – Eu não acredito e mesmo você dizendo mil vezes que ainda me ama, não quero voltar.

Carla – Eu estou surpresa! Você nunca me amou.

Luiz – É o contrário. Não volto, porque te amo demais para aceitar a sua traição.

Carla – Você está dizendo que me ama agora, para esconder que sempre me desprezou.

Luiz – Sabe, mãe do meu filho, o amor não se revela nas palavras que soam, ecoam e depois desaparecem no ar. O amor se revela no respeito, nos gestos, na dedicação de um ao outro. Você pode até gostar de mim, mas deixou a sua ambição falar mais alto que o seu sentimento. Pode parar de chorar.

Carla – Luiz, o mundo é cheio de armadilhas e eu caí em uma delas, me dá uma segunda chance.

Luiz – Eu não serei o mesmo se voltar para você, o amor poderá até ficar, isso não consigo mudar. Já a relação ficou presa na porta daquele motel.

Carla – Eu ainda vou ficar esperando que você volte atrás e a gente recomece nossas vidas.

Luiz – Por falar em vida: eu vou fazer teste de HIV, se eu estiver infectado vou abrir um processo contra você por ter me transmitido AIDS.

Carla – Como você ficou frio e duro de uma hora para outra!

Luiz – Eu quero que você dê entrada na separação, não faz mais sentido ficarmos casados.

Carla – Não, meu amor, divórcio, não. Por favor, me dá só uma chance de eu reparar meu erro.

Luiz – Deixa de ser ridícula, mulher. Acabou o seu sonho de ser casada, agora arranja outro otário e aplica seu golpe sujo.

Carla – Machista, é isso o que você é. Se a traição partisse de você eu seria obrigada a lhe perdoar.

Luiz – Desde que eu me casei com você, várias mulheres tentaram me seduzir e ir para cama comigo, só que você nunca foi traída. É exatamente essa consciência que me dá forças para eu não querer voltar.

Carla – Chega, Luiz! Não precisa dizer mais nada! Consciência é a chave que você usa para fechar suas portas para qualquer pessoa.

Luiz – Nosso filho vai ficar com a sua mãe, se você for viver com outro homem.

Carla – Até isso você já está calculando?

Luiz – Você ainda é muito nova e não vai ficar sozinha.

Carla – Onde foram parar aquelas promessas, as juras de amor e união até o fim de nossas vidas? Afinal, onde foi parar aquelas frases bonitas que me fizeram acreditar tanto em você?

Luiz – Nas trepadas que você deu com outro homem aos domingos naquele motel.

Carla– Eu já te falei que foi apenas um deslize meu.

Luiz – Imoralidade e infidelidade agora têm outro nome?
Carla – Até para expor o seu machismo você usa a sua inteligência aguçada.
Luiz – E você usou toda a sua burrice para destruir a mim, nosso filho e a você mesma.
Carla – Você está querendo me chamar de espírito de escorpião?
Luiz – Não só isso, abutre, hiena, víbora, insana e infame. É por tudo isso que me transformei em um intolerante. Lembre-se de que só serei assim com você.
Carla – Afinal de contas, como você descobriu que eu tinha um caso?
Luiz – Existem dois fatores que me ajudaram: um é que quando alguém comete erros tem sempre alguma pessoa que vê e o outro é o velho ditado que mentira e ingratidão não vão muito longe.
Carla – Quando você vai aprender a perdoar, seu intelectual da favela.
Luiz – O perdão não está no pensamento e sim na doutrina, como eu não sou padre, reverendo, pastor ou sacerdote, você está procurando agulha no palheiro.
Carla – É melhor colocar a sua escrava no tronco e chicoteá-la até a morte.
Luiz – É por isso que o adultério nunca vai acabar, nem dos homens nem das mulheres, porque dão pancada nos adúlteros em vez de desprezo que dói muito mais.
Carla – Adulterei para fugir da pobreza.
Luiz – Dinheiro sujo não serve para construir castelos.
Carla – Eu vou embora, chega de tortura, mas mesmo assim vou esperar você mudar de ideia.
Luiz – É melhor você esperar um abraço amigo entre George W. Bush e Saddam Hussein.
Carla – Já vi que o que era amor e sonho se transformou em ferro e fogo.
Luiz – Esse é o preço da sua traição e da sua ingratidão.

Carla sai sem dizer mais nada e vai para a casa de seus pais, encontra seus irmãos conversando com seu Paulo, ela passa pelo andar do térreo e sobe direto para o terraço, onde dona Catarina e Lúcia está contemplando a noite.

Dona Catarina – Como foi a conversa com Luiz?
Carla – Horrível, se é que aquilo pode ser chamado de conversa.
Lucia – Vocês não chegaram a um acordo?
Carla – Não, Lúcia, ele está irredutível, só me deu broncas e disse para eu não esperar por uma volta entre eu e ele.
Dona Catarina – Ele estava pior, até a casa queria vender e dividir o dinheiro com você, fui eu quem o impediu.

Carla – Mãe, o Luiz perdeu aquele jeito refinado que só ele tinha, perdeu até o bom-senso.

Dona Catarina – Ele não perdeu nada, minha filha, foi você que jogou fora o grande ser humano que o Luiz foi para você. Quem perdeu foi você mesma.

Carla – A senhora fala isso porque não ouviu o que acabei de ouvir dele.

Lúcia – No domingo, quando eu o encontrei no Abaeté, já estava transformado.

Dona Catarina – Quando um homem sério encontra a ingratidão, fica frio e calculista. Os homens que não são sérios acham que tudo é normal, então fica saindo com a adúltera, tenha certeza que ele não vai querer você por nada.

Carla – Quando eu estava saindo a última palavra dele foi ingratidão.

Dona Catarina – Agora de um homem puro, romântico e sensato, ele se sente um anjo ferido que não entende a razão do mal pelo qual está passando.

Carla – O que a senhora quer dizer com isso?

Dona Catarina – Que ele é incapaz de fazer mal a você. Como você o traiu, ele vai fugir da sua presença até perder o amor que tem por dentro, vai sofrer muito, mas não te dará confiança outra vez.

Carla – Ele tem medo de mim?

Dona Catarina – Medo, vergonha, dúvidas, dor e insegurança. Um dia tudo isso expulsará o amor que ele sente.

Carla – Ele fala em outra mulher?

Dona Catarina – Não, mas está intrigado com uma moça bonita que apareceu no trabalho dele antes de descobrir a sua traição.

Lúcia – Já me falou dela também, disse que ainda vai procurar por ela, quem sabe assim esquece você.

Carla – Então, ele já tinha uma vagabunda.

Dona Catarina – Não, Carla, como ele já estava desconfiado de você, pensou que fosse uma amiga sua, mandada por você para tirar a atenção dele.

Carla – Mãe, eu estou muito confusa, Luiz é muito mais esperto do que parece, só não se importa com o meu sofrimento.

Dona Catarina – Pelo visto, você se arrependeu da asneira que fez.

Carla – Mas é claro que eu me arrependi, dói muito, mãe! Eu não pensei que isso iria doer mais que a surra que a senhora me deu, prefiro apanhar que passar pela dor que estou sentindo.

Dona Catarina – Eu espero que a partir de agora você fique mais quieta e espere as coisas mudarem.

Lúcia – Esse Julio tem dinheiro, mas só lhe trouxe confusão. É melhor você se afastar dele.

Carla – O Luiz não me quer mais. Se o Julio me procurar, eu vou voltar para ele, sou livre para fazer o que quero.
Dona Catarina – Eu não vou mais dar opinião em sua vida, só espero que não apareça com mais problemas.
Carla – Vai ser melhor para mim, mãe. Perdi o Luiz, não posso perder o Julio.
Dona Catarina – Quando a sua cabeça estiver mais leve, tenha uma conversa com o seu pai, ele está arrasado.
Carla – Amanhã à tarde eu conversarei com ele.
Dona Catarina – A vizinhança já sabe que vocês se separaram, se prepare para as perguntas maldosas.
Carla – O que o Luiz está respondendo?
Lúcia – Disse que fala a verdade, não tem nada para esconder.
Carla – Ele está colocando o Calabar contra mim.
Dona Catarina – Eu acho que não, ele está meio perdido, anda até chorando, sem noção da vida.
Lúcia – O golpe foi duro, Carla, ele ainda está assustado. Um dia ele se reencontrará.
Dona Catarina – Não procure esse Julio agora, dê um tempo. Quem sabe o Luiz muda de ideia...

O casal, enfim, definiu a separação. Luiz Silva passa a viver sozinho e evita estar no mesmo lugar que Carla Almeida. Na Escola de Música, quem dá aulas é Andrezinho e Mestre Canário, Luiz fica em casa elaborando o Primeiro Festival de Música do Bloco Afro Calamaço, denominado de Femuca. Ele trabalha o restante do mês de maio montando o calendário das datas das eliminatórias. Algumas pessoas acham que ele está recluso por causa da separação. Quarta-feira, dia 6 de junho, Luiz chega à reunião do Calamaço e coloca em pauta o projeto do festival. Os integrantes da diretoria ficam surpresos com a perfeição da elaboração dos eventos e de todo o festival que vai escolher as oito músicas que completarão o primeiro CD do Bloco Calamaço. Tudo recomeça, Luiz voltou a compor e aparecer com novas ideias e o Calabar ainda sonha com a força da sua musicalidade.

Chico Capoeira e Fátima Pires se reúnem com Carla Almeida que, por sua vez, demonstra pouco entusiasmo em voltar para Julio Martinez.

Fátima – Carla, já passou da hora de a gente ir ao apartamento do Julio para acertar de vez a relação de vocês dois.
Carla – Eu ainda tenho um pouco de esperança que Luiz venha me procurar.

Chico – Enquanto você estava esperando que Luiz fosse lhe procurar, ele estava montando o Festival de Música do Calamaço. Toda a diretoria do bloco ficou de boca aberta com o projeto e com a aparência dele, nem parecia que se separou recentemente.

Fátima – Vamos marcar para sábado com o Julio, ele está sentindo a sua falta, apesar de reclamar do risco que correu com Luiz na porta do motel.

Carla – Pode marcar com Julio sábado à noite. Quando eu sair do trabalho, vou direto para o apartamento dele, preciso dar um rumo novo à minha vida.

Chico – Agora você está livre e pronta para viver outra realidade longe do Calabar, longe dessa miséria que nos cerca.

Carla – Isso eu sei, mas há um vazio dentro de mim. Agora eu tenho outra noção do que é o amor. Ir viver com Julio não vai arrancar o Luiz de dentro de mim. Eu o traía, mas nunca deixei de amá-lo.

Fátima – Com o tempo você esquece ele.

Carla – Eu vou me esforçar, já sabendo que será difícil esquecer o pai do meu filho. Luiz colocou dentro de mim uma coisa que eu nunca consegui controlar: uma forte e ardente paixão.

Chico – Eu não acredito nisso.

Fátima – Você é quem devia acreditar. Chico me conheceu cercada de vários homens e me tirou de perto deles. Tem alguns machos que conseguem essa proeza aprisionando a mulher para sempre. Coisas que os homens evitam entender.

Chico – Estou fora da conversa. Vou para a segunda etapa da reunião do Calamaço, tem umas novidades que eu não quero perder.

Na sala de Reuniões da Associação de Moradores, toda a Diretoria do Bloco Calamaço está reunida para a votação do Festival de Música. Luiz coordena a assembleia passando informações aos presentes.

Luiz – As apresentações das músicas serão no mês de julho, às sextas-feiras, e as eliminatórias ocorrerão nos sábados de agosto. Gostaria muito que o Calabar e o Alto das Pombas tivessem o maior número de músicas e de compositores concorrendo e, principalmente, sendo representados com as músicas vitoriosas no CD.

Seu Paulo – Por que só teremos oito músicas novas?

Luiz – Porque já temos quatro composições definidas, as oito do Festival são para completar a gravação do CD.

Dona Maria – Vocês podiam colocar mais músicas, 12 composições é muito pouco.

Canário – Parece pouco, mas não é. O custo da gravação do CD aumenta de acordo com o número de músicas a serem gravadas.

Alberto – As músicas que ficarem de fora desse festival poderão concorrer no próximo?

Luiz – Se o perfil das músicas desse festival combinar com a proposta do projeto a seguir, podem sem problema nenhum.

Andrezinho – O CD vai sair por uma gravadora ou será com material caseiro?

Canário – Boa pergunta, Andrezinho. Vai sair por um selo que cuidará dos direitos autorais, mas a distribuição direta com o consumidor será nossa, nós vamos vender o CD para as lojas, nos eventos e nos ensaios. Caso a gente consiga fazer sucesso, o selo vai fazer a distribuição para as grandes redes de vendas.

Luiz – O Calamaço vai promover alguns eventos beneficentes após o festival. Servirá para divulgar o CD e mostrar que temos preocupação com os que precisam de ajuda.

Chico – Tem compositores reclamando, porque tem que pagar a inscrição para o festival e depois a gravação final que vai para o CD.

Seu Paulo – A inscrição é para pagar a papelada de divulgação do festival e, quanto a taxa de gravação das músicas, é para pagar um estúdio de qualidade. O selo só trabalha com músicas gravadas de forma profissional.

Luiz – O selo vai distribuir cinquenta CDs entre escolas, creches, estabelecimentos comerciais e bares do Calabar e Alto das Pombas. Tem uma empresa do Polo Petroquímico que vai patrocinar o custo deste suplemento.

Canário – As músicas vencedoras do festival vão tocar nas rádios. A banda vai ganhar novos instrumentos, dois novos cantores; uma voz feminina e outra masculina para apoiar Alberto e dona Maria, os equipamentos serão trocados. Em setembro, vamos gravar o CD, em outubro vamos fazer uma excursão pelo interior da Bahia, temos uma proposta de ir tocar em Sergipe e, em 20 de novembro, vamos fazer o mais belo desfile de Zumbi de Palmares que a cidade de Salvador já teve.

Luiz – Vai ser a tão sonhada consagração do Calabar.

No sábado, dia 9 de junho, Chico Capoeira e Fátima Pires vão ao apartamento de Julio Martinez. O interesse do casal é a volta do relacionamento entre Julio e Carla e, consequentemente, receber os sete mil restantes prometidos pelo espanhol. Carla Almeida não vai para o Calabar ao sair do trabalho, está combinado de ir direto para Graça e se encontrar com Chico, Fátima e Julio, sendo que o casal chega primeiro que Carla.

Julio – Entrem, eu quero acertar umas coisas com vocês antes de a Carla chegar.

Chico – A gente também quer conversar.

Julio – Ótimo. O que eu quero falar é que não pretendo pagar aqueles sete mil que faltam para vocês.

Fátima – Por que, seu Julio?

Julio – Porque vocês falharam no requisito principal. O marido da Carla ficou sabendo de tudo e, o que é pior, ele foi até o motel onde eu estava com ela.

Chico – Mas agora está tudo bem. A Carla já conversou com a gente e disse que, além de voltar para você, ela quer viver aqui no seu apartamento.

Julio – Isso eu sei, liguei hoje para o celular dela e conversamos sobre essa possibilidade, então não precisava de vocês dois estarem aqui.

Fátima – Só que antes nós fizemos um acordo e se a Carla está decidida a vir morar com o senhor é porque nós a convencemos de que o senhor a ama.

Julio – Desde quando eu preciso de intérpretes para dizer que gosto de minha amada?

Chico – Não se esqueça que sem mim e a Fátima você não chegaria perto dela.

Julio – Paguei pelo seu serviço e agora não preciso mais de seu apoio.

Fátima – Se a gente falar com a Carla ela desiste de ficar com você.

Julio – Eu já perguntei para ela e ela disse que vai ficar comigo independentemente da "amizade" de vocês.

Chico – Tudo bem, não precisa se alterar, a gente só quer que você pague o que nós três combinamos.

Julio – Vocês vacilaram feio comigo, por isso não vou pagar mais nada.

Chico – Você acha que não precisa mais da nossa ajuda, deixa a Carla descobrir que é usuário de maconha.

Julio – Vai ficar por isso mesmo. Ela vai acabar me entendendo. Façam o favor de se retirarem do meu apartamento.

Chico – Você não tem o direito de passar a perna na gente. Eu vou fazer de tudo para Carla desistir de você.

Fátima – Chico, vamos embora, depois a gente fala com ele, está muito nervoso. Vem, Chico, deixa ele. No dia em que ele precisar de ajuda, a gente cobra dobrado.

Chico – Gringo pilantra, usou a nossa influência para pegar a Carla e agora não quer pagar.

Julio – Passar bem. Adeus, senhor Chico.

Fátima – Vamos embora, Chico.

Chico – Certo, morena, esse caso está perdido.

Vinte minutos após a saída de Chico Capoeira e Fátima Pires, Carla Almeida chega ao apartamento de Julio Martinez.

Carla – Oi, meu amor, quanta saudade de você. Agora está tudo mais calmo. Está tudo bem com você?
Julio – Agora está, enfim você reapareceu na minha vida.
Carla – Cadê o Chico e a Fátima, ainda não chegaram?
Julio – Eles já foram embora, tivemos uma pequena discussão.
Carla – Discussão sobre o quê?
Julio – Acham que eu tenho que dar dinheiro para eles porque você aceitou voltar a se encontrar comigo. Percebi que é extorsão e não dei nada.
Carla – Julio, as coisas vão ter que mudar, eu não quero ficar só saindo com você, quero vir morar aqui e depois me casar.
Julio – Eu não sei o que você está esperando, minha amada. Esse apartamento é todo seu, aliás quero que você passe essa noite aqui.
Carla – Não vai dar, eu avisei para minha mãe que apenas ia chegar atrasada, ela não sabe que vou dormir fora de casa.
Julio – Pega o telefone, liga para a sua mãe e diz que só vai voltar amanhã bem cedo. No meu quarto tem umas roupas que eu comprei para você tomar banho, nós vamos sair para jantar. Você vai adorar.
Carla – Julio, é melhor você voltar atrás e pagar a grana do Chico e da Fátima.
Julio – Eu não vou pagar, porque eles me garantiram que seu marido nunca descobriria nada e, de repente, ele apareceu na porta do motel.
Carla – Eu sei que houve falha, mas não houve nada grave e agora nós podemos ficar juntos.
Julio – Eu não gostei pelo fato de nossas vidas terem ficado em risco. Já pensou se o Luiz estivesse armado e matasse a mim ou você?
Carla – Nesse ponto você tem razão, mas continuo achando melhor você cumprir o acordo que fez com eles. Afinal, estamos juntos por causa deles.
Julio – Prefiro encher a minha amada de presentes do que dar dinheiro para aqueles dois trambiqueiros.
Carla – Outra coisa: se eu vier morar aqui, não quero deixar o meu emprego. Tenho um filho e não vou deixar que ele fique sem escola, médico e comida.
Julio – Eu posso ajudar você a criar o seu filho, você não precisa trabalhar, traz ele para morar aqui.
Carla – Não, Julio, o pai dele conhece os seus direitos de pai legítimo, não quero ter que disputar com ele nos tribunais. Quanto ao dinheiro que você quer me dar, junte tudo e me dê ano que vem, quero abrir uma loja de roupas.

Julio – Gostei da sua atitude, Carla, depois do banho liga para a sua mãe e avisa que só vai voltar amanhã.

Carla – Não se preocupe, minha mãe vai colaborar.

Luiz Silva ainda está no trabalho e recebe uma ligação de Paulo Junior:

Luiz – Fala, Junior, tudo bem? Não, eu não sei de nada. Dona Catarina vem para o Rio Vermelho com o Carlinhos para se encontrar comigo. Não, Junior, eu e a Carla evitamos estar no mesmo lugar. Tá bom, eu falo para a sua mãe. Obrigado!

Luiz vai para o Largo de Santana, se encontrar com dona Catarina.

Dona Catarina – Que cara de preocupação é essa, Luiz?

Luiz – Junior ligou e disse que a Carla já ligou três vezes querendo falar com a senhora. Ele não falou o que era, mas disse que é urgente.

Dona Catarina – Eu nunca escondi nada de você e não é agora que vou esconder, foi por isso que lhe chamei para sair.

Luiz – É alguma coisa séria?

Dona Catarina – A Carla voltou a sair com o espanhol.

Luiz – Não tenho mais nada a ver com a vida da sua filha, liga e vê o que ela quer. Só lhe passei o recado por causa do Junior.

Dona Catarina – Eu me preocupo com você.

Luiz – Pode ir ligar, dona Catarina, eu já estou acertando para sair com outra pessoa. Coisas de homem, mas sem compromisso.

Dona Catarina – Desculpa, Luiz, eu ainda não me acostumei com a separação de vocês. Acabou o casal que me fez até dar broncas no Paulo para ver os dois ficarem juntos e felizes, enfrentei as más línguas da vizinhança pensando que finalmente a Carla havia parado de fazer bobagens. Ela me decepcionou.

Luiz – Eu já estou me acostumando com a separação, é melhor a senhora fazer o mesmo. Já falei para ela que a traição atingiu muita gente, principalmente a família Almeida. Tome o cartão e vá ligar para sua filha.

Dona Catarina vai até o orelhão, liga para o celular da filha Carla e volta sem dizer nada. Mesmo na altura de sua idade e das experiências da vida, a senhora que já é avó não consegue esconder a sua preocupação. Luiz Silva, por sua vez, não pergunta qual foi o assunto da ligação.

A noite passa e Carla realmente não volta para casa. No domingo, dia 10 de junho, quando Luiz volta do trabalho passa na casa de dona Catarina para ficar um pouco com Luiz Carlos. Antes de sair para o seu primeiro encontro com Karina Mendes, ele encontra Carla e Paulo Junior discutindo.

Junior – Eu dormi com a minha mãe por causa da sua falta de responsabilidade, Carla.

Carla – Dormiu aqui porque quis, eu não lhe pedi nenhum favor.

Júnior – Eu fiquei com a mamãe porque ela ficou preocupada com você, chorou muito e não dormiu a noite inteira, você desligou o celular.

Carla – Minha mãe já sabe o que quero fazer da minha vida, só falta eu conversar como o meu pai.

Junior – Vai falar o que com ele? Que você saiu ontem pela manhã e chegou agora, três e meia da tarde, bêbada e com cara de mulher de zona?

Carla – É melhor você me respeitar, eu sou livre para fazer da minha vida o que quiser. Até entrada no divórcio eu já dei.

Lúcia – Gente, para com essa briga.

Junior – Você não fala nada, Luiz?

Luiz – Não, Junior, minha relação com a sua irmã acabou, não tenho mais nada a ver com ela.

Carla – Tá vendo aí, meu irmãozinho mais velho? O Luiz já me liberou pra outro homem.

Paulo – Eu vou te quebrar na porrada, Carla, está fazendo a minha mãe passar por vexames e ainda fica cheia de ironia.

Luiz – Não, Junior, não bate nela na minha frente, além de ser uma mulher, ela é a mãe do meu filho.

Junior – Onde você achou tanta paciência, Luiz? Segura ela que eu bato.

Luiz – Só espanque sua irmã na minha ausência. Já te falei, ela é a mãe do meu filho.

Lúcia – Pelo amor de Deus, Junior, deixa ela subir pro quarto.

Junior – Pelo amor de Deus, Luiz, vá embora que eu quero vingar as lágrimas da minha mãe.

Luiz – Lúcia, vá pegar meu filho que vou embora antes da baixaria começar.

Lúcia – Não vai embora, Luiz, por favor, fica aí e conversa com o Junior.

Luiz – Isso é problema de família. O Junior sentiu que a honra dos pais dele foi agredida e quer tirar satisfações com a irmã.

Carla – Eu vou subir para falar com o meu pai.

Junior – Você não vai falar com meu pai antes de falar comigo. Quero lhe quebrar na porrada, depois você sobe.

Luiz – Carlinhos, vem com o papai, vamos para a nossa casa.
Carla – Luiz, deixa o meu filho aí, quero sair com ele!
Junior – Cala a boca, piranha, vai para a cozinha.
Lúcia – Luiz, não deixa ele bater nela, por favor, não vá embora.
Luiz – Vamos para a minha casa, essa briga não é minha e nem é sua.
Lúcia – Você vai embora para a Carla apanhar...
Luiz – Eu sinto muito, se ela fosse minha irmã eu dava porrada nela, todo irmão é assim. Pensa que a galinhagem das irmãs não pode atingir os pais.
Lucia – Eu também tenho irmãos que agem assim, mas faz alguma coisa. Pense na coitada da dona Catarina, ela já sofreu demais com a separação de vocês dois.
Luiz – Tá bom, leva o meu filho para minha casa que eu vou ao terraço chamar o seu Paulo e dona Catarina.

Luiz Silva sobe as escadas e chama os pais de Carla. Quando eles chegam à cozinha, ela está usando um balde de lixo para se defender e Junior com uma vassoura tentando atingi-la.

Dona Catarina – Para com isso, Junior, pelo amor do Senhor do Bonfim. Deixa a sua irmã em paz.
Seu Paulo – Vem, meu filho, não vale a pena. Sua irmã agora é isso que você está vendo, roupas caras, maquiagem bonita e podridão na cama. A pouca vergonha tomou conta da vida dela. Vamos subir, meu filho.
Junior – Ela merece uma surra, pai!
Dona Catarina – Deixa pra lá, ela ainda é sua irmã. Vamos subir para a gente conversar.
Seu Paulo – Não chora, meu filho, ela não merece as suas lágrimas. O Luiz já não se importa com o que ela faz. Ele está certíssimo, agora eu o entendo.
Junior – Ela está destruindo a nossa família, eu nunca pensei em bater nas minhas irmãs.
Dona Catarina – Vamos subir para o terraço, você está cansado, precisa relaxar.

Carla Almeida se encosta no armário da cozinha, senta-se no chão com o balde de lixo entre as pernas e começa a chorar. Por cima do balde ela vê Luiz Silva em pé na porta que separa a cozinha da sala. Ele a olha e vai embora sem nada dizer. Carla permanece imóvel aos prantos por uns segundos, depois se levanta, vai até a geladeira e abre uma cerveja. Senta-se desta vez na pequena mesa que fica no centro da cozinha e começa a beber. Fica ali até encher o último copo da cerveja. Quando o último copo está ao meio, Carla seca as lágrimas com um guardanapo de papel e olha para o balde de lixo que lhe serviu de escudo quando o seu irmão mais velho estava tentando espancá-la. Em seu pensamento o balde de lixo não foi somente a sua defesa, mas o símbolo do que a sua vida está virando: uma lixeira sem fim.

Na noite passada, Julio Martinez fumou maconha na sua frente antes de sair com ela para a noitada. Ele disse que não quer que ela faça uso de entorpecentes, mas admitiu que ela ingerisse altas doses de álcool durante toda a noite de sábado e domingo até o meio dia. Segundo Julio, foi para comemorar a lua de mel deles dois.

O silêncio da casa e o barulho do beco se confundem com os pensamentos de Carla, sozinha, sem amigos, sem irmãos e sem o único filho. Ela está no meio de uma tempestade que ela mesma deixou se fortalecer e dominar a sua rotina. Como para Carla enquanto há vida, há esperança, ela volta seus pensamentos para a primeira noitada que teve, o luxo no apartamento de quatro quartos no nobilíssimo bairro da Graça, onde só mora quem tem muito dinheiro. Com isso, o barulho do beco agora lhe incomoda, o cheiro de comunidade pobre lhe traz náuseas e a baixaria que acabara de acontecer traz repúdio. Poucas coisas lhe dão prazer no Calabar; seus pais, seu amado filho que ela só chama de Carlinhos, o único homem que ela já amou em toda sua vida, Luiz Silva, que ainda está dentro dela e o inseparável irmão mais novo, Pedro, que atende e entende muito bem sua elétrica irmã.

O resto ela quer que vá para o balde que a protegeu das vassouradas que seu irmão mais velho tentou lhe dar. Carla Almeida quer o luxo, mesmo que seja regado de luxúria; não quer a pobreza mesmo que seja regada de amor, fineza e calor humano do ex-marido e da sua família de origem, ela se levanta e vai para a casa de Luiz Silva tentar ver o filho Luiz Carlos.

Carla – Abre a porta, Luiz, eu quero ver o meu filho!
Luiz – Agora não, o poupe de te ver nessas condições, vá tomar um banho e volta, vai ser melhor tanto para você, quanto para o nosso filho. Só que eu não quero que você fique na minha casa.
Carla – Como o Carlinhos está?
Luiz – Está no quarto brincando com a Lúcia.
Carla – Por que você não quer que eu entre na sua casa?

Luiz – Não fica bem para mim, receber você aqui.
Carla – Quando a gente vai poder conversar?
Luiz – Eu não tenho nada para conversar com você.
Carla – Sai de traz dessa grade e vamos bater um papo.
Luiz – O meu coração perdeu a liberdade de prosar com você.
Carla – Mentira sua, o seu coração só está um pouco ferido, mas o corpo tá aí inteirinho, intacto e bonito como sempre esteve.
Luiz – Você tem a maior cara de pau, dormiu com outro homem e vem tentar me seduzir.
Carla – Eu posso ter mil homens a partir de hoje, mas você será sempre o primeiro. Vou fazer amor com qualquer pessoa pensando que é com você. Sai daí e vamos conversar.
Luiz – Não, Carla, você tem compromisso com outra pessoa, eu não gosto de mulher dividida.
Carla – Você vai fugir de mim até o dia em que eu te pegar com jeito, uma hora eu vou ter você de novo na cama. Gostei de te ouvir pronunciar o meu nome.
Luiz – Por que você não vai viver com esse gringo e me esquece de vez?
Carla – Se eu for será por falta de opção. O clima lá em casa não tá nada bom. Eu não quero ir, porque estou com um mau pressentimento.
Luiz – Faça o que você achar melhor. Acho bom você ir tomar um banho na casa da Fátima e a Lúcia vai à casa da sua mãe pegar uma roupa para você se trocar. Depois, você dá uma volta com nosso filho.
Carla – É impressionante essa sua cabeça, arruma solução para tudo. Só falta me perdoar.
Luiz – Te perdoar só o tempo vai dizer, mas te desejo boa sorte. Tente ser feliz.
Carla – Você é maravilhoso, Luiz! Só ouvindo esta frase de você, me deu forças para dar a volta por cima: "Boa sorte e tente ser feliz".
Luiz – Mas isso não significa que vou ficar por aí de conversinha com você.
Carla – Eu sei, meu eterno amor, por hoje eu não vou lhe pedir mais nada. Tchau, gostosão, vou para a casa da Fátima. Beijos...

Luiz Silva fecha a janela e quando se vira dá de cara com Lúcia, que estava de braços cruzados ouvindo a conversa entre ele e Carla.

Luiz – Caramba, Lúcia! Enfim, me livrei dela.
Lúcia – Vocês nasceram um para o outro, não tem jeito.
Luiz – Eu só falei aquilo para ela ir embora. Vá à casa de dona Catarina, pegue uma roupa decente da Carla e leve para a casa de Fátima. Ela foi tomar

banho e depois vai querer sair com o Luiz Carlos.

Lúcia – Eu lamento esse momento que vocês estão passando, a gente não vai poder comemorar uma coisa.

Luiz – Se é coisa boa, fala logo, estou cheio de coisas tristes.

Lúcia – O meu exame de gravidez deu positivo, mas com essa confusão toda, eu e o Pedro estamos esperando a poeira baixar para falar com todo mundo. A gente queria tanto comemorar, fazer uma festa, mas as brigas não dão trégua.

Luiz – Nada disso, você combina com o Pedro para falar no meio da semana, domingo que vem a gente faz a festa. Só assim a família volta a sorrir.

Lúcia – Eu posso lhe fazer uma pergunta?

Luiz – Já fez uma e pode fazer outra. Tomara que não seja espinhosa.

Lúcia – Meio espinhosa, sim. Você já tem outra mulher?

Luiz – Ainda não, mas tem aquela pessoa que lhe falei, eu quero sair com ela ainda hoje. Não é nada muito sério, porque a gente nem começou. Se eu não fizer isso vou acabar nos braços da sua cunhada. Sou homem e não aguento ficar muito tempo sozinho.

Lúcia – A negona é irresistível?

Luiz – É melhor parar com essa conversa para eu não ter uma recaída.

Lúcia – Tá bom, um dia você esquece ela. Vou pegar a roupa.

Menos tensa e mais arisca, Carla chega à casa de Fátima Pires e Chico Capoeira.

Fátima – Você aqui? O que aconteceu com o seu celular? Eu te liguei o dia inteiro, sua doida. Fiquei preocupada, me dá um abraço.

Carla – O meu celular está descarregado, ontem eu fiz uma noitada com o Julio que se prolongou até o meio-dia de hoje. Quando cheguei à casa, bati de frente com o Junior. Luiz chamou meus pais para separar a briga, o pau quase quebrou na cozinha e o clima lá em casa não tá nada bom, só um milagre pode mudar os ventos ruins.

Fátima – Dá um tempo que tudo vai mudar. Como está você e o Julio, dá para ir em frente?

Carla – Não é igual ao meu negão, mas pelo menos paga as contas sem reclamar.

Fátima – O Chico está uma fera com o Julio.

Carla – Eu não gostei de ter virado mercadoria sexual na mão de vocês dois, mas vou aos poucos tirar do Julio o dinheiro que ele deve para vocês, mas não fala nada para o Chico, ele pode pôr tudo a perder.

Fátima – Ele nos deve sete mil. Você não é e nunca foi mercadoria, são as regras do jogo que é arriscado e custa caro. Sem mim e o Chico, o Julio não tinha a menor chance de ter você.

Carla – Não fala mais nada, que a Lúcia está chegando.

Lúcia – Oi, Fátima, tudo bem? Carla, aquele quebra-pau entre você e Junior paralisou a família. Está todo mundo reunido no terraço.

Carla – Parece que eu e minha família chegamos ao fim da linha.

Lúcia – Você está enganada. Pedro já chegou e está tentando convencer seus parentes a não se meterem mais na sua vida e, pelo que eu vi, a maioria vai aderir, desde que você dê notícias dizendo onde está.

Fátima – Vai tomar banho, sua tonta, tira essa cara de ressaca que amanhã é dia de branco.

Carla – Eu vou sair com meu filho. Só vou dormir na casa da minha mãe até hoje, amanhã me mudarei para a Graça. Vou dar adeus ao Calabar.

Lúcia – Eu quero você aqui no próximo domingo, eu estou grávida e quero comemorar, mas guarda segredo que a gente quer fazer uma surpresa para a sua mãe.

Carla – Pode contar com a minha presença, agora eu quero ficar um pouco com o meu filho.

Lúcia – Mesmo tendo brigado com o Junior, você está descontraída.

Carla – Não foi a noitada, nem a notícia da reunião da minha família para achar uma solução para mim. É a notícia da sua gravidez e principalmente o fato de Luiz ter falado comigo, pronunciado meu nome, coisa que ele não fazia há muito tempo e de ele proteger a mim e ao meu filho. Luiz é mais fantástico do que eu imaginava, precisei perdê-lo para ver isso, o negão é mágico.

Luiz Silva entrega o pequeno Carlinhos para Carla Almeida e vai para o ponto de ônibus pegar condução para a Estação da Lapa. Para o delírio dos curiosos, os três descem o Calabar juntos. É coincidência, porque mãe e filho vão para o Jardim Zoológico que fica na avenida Adhemar de Barros, em Ondina, para propor um pouco de diversão ao garoto. Luiz Silva vai caçar uma fêmea para satisfazer seu desejo de homem, vinte minutos depois ele se encontra com Karina Mendes, no Centro de Salvador. Depois, vão direto para o motel mais próximo.

Karina – Você é pontual, chegou bem na hora.

Luiz – Quase me atrasei, tive uns problemas para resolver.

Karina – O importante é que você já chegou. Lembra de que eu que não queria atrapalhar a sua vida?

Luiz – Você não atrapalha, ajuda.

Karina – Eu vou ser curta e sincera com você, porque penso que você é um rapaz legal e honesto.

Luiz – Calma, Karina, é apenas uma saída, a gente ainda não está namorando sério.

Karina – Eu não seria capaz de namorar com você, porque não sirvo para relacionamentos sérios.

Luiz – Agora eu fiquei curioso.

Karina – É simples, Luiz, eu não sou a menina que você pensa, faço programas para ganhar dinheiro.

Luiz – Eu entendi, só transa com quem paga antes, tem que usar camisinha. Amanhã não vai poder me ver, porque já tem programa certo e por aí vai.

Karina – É mais ou menos isso, mas pela primeira vez não vou cobrar por fazer amor com um homem. Você foi tão legal quando lhe conheci que estou aqui por amizade, não vou lhe cobrar se não puder me pagar e, se eu gostar do seu desempenho na cama, vai ficar pelo prazer.

Luiz – Foi por isso que você não ficou com aquele emprego que eu arranjei para você?

Karina – Isso é outra história, agora vem que eu quero te dar muito carinho, amor, saliência, muita saliência. Faz um bom tempo que não fico com um negão bonito como você.

Luiz – Vai devagar, tem uns dois meses que eu não faço amor, devagar... Eu sou negão, mas sou feito de carne e osso.

Karina – Hoje vai ser só um ensaio, amanhã eu vou pegar você no seu trabalho e te levar para minha casa. Adorei o tamanho dessa beleza que você tem na cintura.

Luiz – Esse tempero é todo seu/ Esse nego é para te enlouquecer/ Quero que você seja minha/ Agora e no amanhecer/ Fica comigo que te alimento/ De desejo, amor e alento/ Me deixa louco como faz o vento/ Com a água no arrebento/ Ondas batem nas pedras/ Você bate em minha cabeça/ Quero viver de alegria/ Por ter você neste momento.

Karina – Ai, que lindo, Luiz! Como é que sua mulher deixou você de lado? Você é romântico e gostoso.

Luiz – Esqueça ela, aqui só há eu e você.

Karina – Eu vou te acabar de amor, seu danado, agora você é meu e ninguém vai levar esse homem de mim.

Luiz Silva e Karina Mendes passam a noite no motel. Na segunda-feira, dia 10 de junho, ele vai para o trabalho de manhã cedo. Carla Almeida acorda e chama seu Paulo para conversar e ao seu estilo ela avisa ao seu pai que a partir desse dia está decidida a ir viver no bairro da Graça, com Julio Martinez e ponto final.

Carla – O meu casamento fracassou, pai, não faz mais sentido eu ficar perto do Luiz, ele me rejeita e o meu namorado quer me assumir.

Seu Paulo – O que sua mãe lhe falou disso?

Carla – Ela não quer dar mais palpites em minha vida, espero que o senhor também fique neutro.

Seu Paulo – Não aprovo nem desaprovo a sua atitude, não conte comigo para sequer te aconselhar, Carla. Você não ama esse Julio, vai atrás do dinheiro dele.

Carla – Não, pai, eu vou atrás da minha felicidade.

Seu Paulo – Quem lhe disse que esse dinheiro dele vai te trazer a felicidade?

Carla – Eu tenho meus sonhos, pai, Julio pode realizar muitos dos meus sonhos. Tenho certeza de que serei muito feliz.

Seu Paulo – Pergunte para a sua mãe o que é que um homem tem para fazer uma mulher feliz. Ela já me disse diversas vezes que a faço feliz dando atenção aos nossos filhos. É isso que faz a sua mãe feliz.

Carla – A felicidade da minha mãe não pode ser igual a minha.

Seu Paulo – Nunca será feliz, Carla, abandonou o pai do seu filho porque criou olho grande no dinheiro de outro homem. E seu filho é quem vai pagar o preço da sua ganância.

Carla – Mas o pai dele vai ficar com ele...

Seu Paulo – Você nunca teve só carinho meu ou só da sua mãe. O que você está proporcionando para o Carlinhos é a infelicidade dele.

Carla – Pai, eu só vim lhe pedir a benção para sair de casa.

Seu Paulo – Não terá minha benção, não vou ser cúmplice desse seu romance fruto de uma vergonhosa traição.

Carla – Pelo menos me deixe lhe dar um abraço, quero ir embora.

Seu Paulo – No dia em que eu vir você livre dessa lama que se meteu, deixo você me abraçar. Vá e faça da sua vida o que quiser ou fique aqui para a gente tirar essa loucura de você.

Carla – Eu sei muito bem o que estou fazendo, já sou adulta o suficiente para seguir minha vida sozinha.

Seu Paulo – Suas irmãs seguiram sozinhas e estão muito bem. Elas não deslizaram, estão firmes no primeiro casamento e você está indo quase para o terceiro, se é que isso pode ser chamado de casamento.

Dona Catarina – Me dá licença, Paulo, eu já me desgastei com Carla e não consegui convencê-la a não ir morar com esse Julio. Deixe-a ir, só assim

ela saberá se está certa ou errada. Carla, minha filha, não leva toda a sua roupa e vem sempre aqui visitar seu filho, já que é isso que você quer, tome cuidado, você traiu Luiz com esse homem, ele nunca vai confiar em você.
Carla – Obrigada, mãe, amo vocês dois. Tchau.
Seu Paulo – Você está chorando na saída, cuidado para não voltar chorando.

Carla Almeida não dá resposta e sai com apenas uma mala de roupa.

O mês de junho vai passando e a diretoria do Bloco Calamaço se organiza para o seu Primeiro Festival de Música. Luiz Silva, Sérgio das Flores, Paulo Almeida e Mestre Canário formam a Diretoria Deliberativa para realizar o festival. A expectativa é que os shows das eliminatórias passem a fazer parte das atrações culturais da capital baiana no inverno, esses eventos serão transmitidos por uma rádio comunitária que fica no Alto das Pombas. Acertados os detalhes, seu Paulo e seus amigos procuram resolver seus problemas particulares até a primeira semana do mês de julho. Na segunda-feira, dia 2 de julho, feriado na capital, Julio Martinez pede para Carla Almeida ir ao Calabar comprar maconha para ele.

Julio – Carla, o Chico me deixou na mão, não quer mais comprar fumo para mim. Você pode ir ao Calabar ou em outro lugar que tenha maconha?
Carla – Você está ficando maluco? Eu sou mais conhecida no Calabar que meus pais, eu não vou a lugar nenhum comprar essa porcaria.
Julio – Você dá uma grana para o cara que lhe vender e pede segredo.
Carla – Eu estou fora! Nunca confiei nessa gente.
Julio – O que você acha de eu ir lá comprar?
Carla – Você é desconhecido, ninguém vai dizer nada, mas acho melhor você não ir.
Julio – Eu estou sem fumar há mais de uma semana, não dá para segurar.
Carla – Eu pensava que rico não tinha essa de ser dependente, achava que vocês usavam droga por esporte ou curtição.
Julio – Faço uso da maconha desde meus 17 anos, estou com 42 e só quando você ficou longe de mim passei a usar com mais frequência.
Carla – Para de colocar a culpa em mim. Por que você não faz tratamento?
Julio – Porque a maconha nunca me prejudicou. Essa ideia de terapia é coisa de gente fraca.
Carla – Coisa de gente fraca ou não, trate de se cuidar. No dia em que eu me encher dessa sua droga, bato o pé e mando você escolher: ou a sua maco-

nha fedorenta ou eu.

Julio – Eu sabia que só uma mulher poderia exigir isso de mim, mas você está me pressionando muito cedo.

Carla – Vá se habituando à minha pressão, eu só lhe dou até o mês de dezembro pra você abandonar a maconha, senão volto para a casa da minha mãe e não vou ficar sequer saindo de vez em quando com você. Estou falando sério.

Julio – Me dá um abraço, minha baiana. Gostei muito da sua maneira de falar. A partir de agora vou fazer tratamento. Essa será a última vez que vou comprar maconha.

Carla – Esse é o único defeito que eu quero tirar de você, o restante dá para ir levando.

Julio Martinez dá um beijo em Carla, que fica sozinha no apartamento. Ele pega seu automóvel Audi na garagem do prédio e vai para a avenida Centenário, para no início da rua Ranulfo de Oliveira, desce do carro e vai até a entrada do Calabar tentar falar com alguns moradores que se protegem da chuva fina que cai na noite fria de inverno. Aparece um traficante, conversa com Julio e marca para ele ir pegar a droga no meio da rua Ranulfo de Oliveira, onde tem uma oficina de carros. Essa rua separa o Calabar do Parque São Paulo. Julio entra no carro e sobe bem devagar a rua Ranulfo de Oliveira, a oficina fica ao lado esquerdo. Ele para o veículo, não encontra o traficante e decide descer até a entrada da rua Sabino Silva e retornar. Desta vez, para o veículo em frente a oficina e espera alguns minutos, vê o traficante aparecer em um beco ao lado da oficina, onde há uma escada longa que liga o Calabar à rua.

Nem Julio sai do carro, nem o traficante sai da entrada do beco, sendo que um vê o outro, mas não se aproximam até Julio Martinez sair do carro e abrir os braços como quem pergunta: "E aí? Qual é o problema?" O traficante faz sinal de que não vai para a rua, obrigando Julio ir até ele.

Julio – Qual é, meu irmão? Trouxe o fumo ou não?

O traficante não responde, entrega para Julio um pequeno pacote contendo mais ou menos cinquenta gramas da droga.

Julio – Só isso? É muito pouco para o que lhe pedi. Quanto custa isso?

O traficante abre a mão fazendo sinal de "50". Julio pega a droga, enfia no bolso da calça e, quando paga o valor cobrado, o traficante mostra um pacote bem maior que o primeiro.

Julio – Você engoliu a língua, porra? Quanto custa esse maior?

Mais uma vez, Julio não ouve a voz do traficante, que faz sinal de "400". Julio pergunta:

Julio – Quer trezentos?

O traficante faz sinal de positivo.

Julio – Por que você está usando luvas?

O traficante faz sinal de quem está sentindo frio por causa da chuva que não para de cair. Julio Martinez entrega o dinheiro para o traficante. Quando se vira para a rua, dá de frente com outro indivíduo com um revolver calibre 38 apontado para o rosto dele.

Julio – Calma, irmão, pode até levar o meu carro, se quiser.

O segundo indivíduo dispara dois tiros certeiros na garganta de Julio Martinez à queima-roupa. O impacto é tão forte que Julio, já desequilibrado, encosta seu corpo no muro da oficina e, antes de chegar ao chão, o traficante já retirou das mãos dele o segundo pacote de maconha. O segundo indivíduo desce as escadas correndo para o interior do Calabar, seguido pelo traficante. Julio Martinez não pode gritar, mas logo os moradores próximos ao local do crime aparecem para ver o que está acontecendo e encontra o espanhol agonizando no beco. Os curiosos param um táxi, colocam Julio dentro e o levam para o Hospital Geral do Estado, o mesmo onde dona Marlene Silva faleceu. A vítima deu entrada na emergência às 21h15min da mesma noite em estado gravíssimo e veio a falecer às 22h05min da noite de 2 de julho de 2001, data em que se comemora a Independência da Bahia.

Quando a direção do hospital informa à polícia o local em que Julio Martinez – um executivo de uma empresa de energia – foi atingido e que a vítima estava com aproximadamente 50 gramas de maconha no bolso da calça.

A polícia dá uma batida em todo Calabar e Alto das Pombas na tentativa de prender o criminoso. Ao saber da polícia que o dono de um automóvel Audi, cor preta foi baleado, dona Catarina e Paulo Almeida ligam para o celular de Carla.

Dona Catarina – Carla, minha filha, onde você está? Graças a Deus. É que o Calabar está cheio de polícia à procura de um assaltante que atirou em um cidadão agora há pouco. Não sei quem foi a vítima. Deve ser gente rica, tem até carro importado. Não, filha, fala com o seu pai.

Seu Paulo – Oi, minha filha. O que? Que horas? Como é o carro dele? Qual é a cor. Um Audi preto. Eu vou até a rua e volto para lhe dizer se é o carro dele que está no local do assalto. A polícia está lá vigiando. Quero o número da placa. Sim... Certo... Já anotei. Um beijo, minha filha, quando voltar te ligo.

Dona Catarina – O que ela falou?

Seu Paulo – Senta aí. Meu Deus, o que falta nos acontecer? Carla falou que o namorado dela, esse Julio, veio para a rua Ranulfo de Oliveira tem mais de uma hora e até agora não voltou.

Dona Catarina – Será que foi ele que assaltaram lá em cima?

Seu Paulo – Não sei. Vou levar o Pedro comigo, porque ele conhece o carro do Julio, se foi ele a vítima, mando Pedro ficar com a Carla no apartamento.

Dona Catarina – Vira essa boca pra longe, Paulo!

Seu Paulo – Eu nunca concordei que Carla fosse morar num meio em que ela não entende e não foi criada. Quando homem rico se interessa em se relacionar com mulher pobre, ou é amor incontrolável ou tem defeitos que as próprias pessoas ricas condenam.

Pai e filho saem na noite chuvosa e sobem as escadas que dão acesso à Rua Ranulfo de Oliveira. A polícia técnica já está fazendo perícia no beco e no automóvel. Pedro chama seu Paulo para o outro lado da rua e comenta.

Pedro – O carro é do Julio, pai, não diga para a polícia que conhece ele, me dê uns vinte minutos até eu chegar perto da Carla e prepará-la para a notícia ruim. Vá até aquele telefone público, liga para minha mãe e diga para ela não atender ao telefone antes de trinta minutos e conte o que aconteceu com o Julio.

Seu Paulo – Filho, enquanto você estava verificando a placa do carro, eu ouvi aquele policial dizer que a vítima havia falecido há uns vinte minutos.

Pedro – Eu também ouvi, pai, a situação é cada vez mais complicada.

Enquanto Pedro se dirige para pegar um táxi, seu Paulo vai para o telefone público. Dez minutos depois, Pedro chega ao apartamento de Julio, onde Carla Almeida está tentando falar com dona Catarina.

Carla – Que saco, Pedro! Por que ninguém atende ao telefone na casa da minha mãe?
Pedro – Só daqui a alguns minutos ela vai atender, Carla.
Carla – Achou o carro do Julio... Ou ele pelo menos?
Pedro – Infelizmente, sim, Carla.
Carla – Para de fazer voltas, Pedro. Foi ele a vítima do tal assalto?
Pedro – Foi vítima do assalto e da fatalidade.
Carla – Você quer dizer que ele morreu?
Pedro – Foi o que eu ouvi de um policial.
Carla – Você tem certeza que é o carro dele, Pedro? Você olhou a placa direito?
Pedro – Tenho, Carla, conferi a placa e aquele adesivo do estacionamento aqui do condomínio.
Carla – Para onde levaram ele? Qual é o hospital?
Pedro – Hospital Geral do Estado.
Carla – Aquilo é lugar para levar uma pessoa que tem plano de saúde? Vou ligar para me certificar.
Pedro – Na hora da emergência, todo mundo corre para lá, minha irmã.
Carla – Moço, boa-noite! Por favor, deu entrada aí um senhor aparentando uns quarenta anos, vítima de assalto perto do Calabar? Ele é branco, olhos azuis e poucos cabelos brancos. Isso, moço, estava com camisa amarela, sim. Eu sou a namorada dele. Como? Não é possível. É, Julio Martinez, sim. Não fala isso, moço. Tá bom, obrigada. Boa-noite!
Pedro – Então, o que falaram?
Carla – Ele levou dois tiros na garganta. Morreu vinte minutos depois de entrar no hospital. Eu quero morrer, está tudo dando errado para mim.
Pedro – Bebe água, Carla, se acalma.
Carla – Parece mandinga de terreiro: Luiz me flagra com ele, meu casamento acaba, depois a gente se acerta e menos de um mês que resolvemos morar juntos, Julio é morto em um assalto. Só pode ser coisa de terreiro.
Pedro – Liga para meu pai, ele está com o meu celular.
Carla – Liga você, eu quero morrer.
Pedro – Pai, está confirmado pelo hospital. O Julio Martinez está morto. Sim, pai. Tá, eu fico. Amanhã cedo eu levo as coisas dela.
Carla – O que meu pai lhe falou?

Pedro – Disse que é para eu ficar aqui com você essa noite e que amanhã é para pegar seus pertences e levar para o Calabar. Que é para deixar aqui só o necessário. De manhã, você vai ter que ir ao hospital fazer o reconhecimento do corpo e provavelmente um delegado vai te interrogar, porque você mora aqui no apartamento dele, isso é para as investigações do crime, não tenha medo.

Carla – Eu sempre confiei em você e acho que posso confiar agora. Pelo amor de Deus, guarda segredo.

Pedro – Deixa eu te abraçar, chora aqui no meu ombro.

Carla – Eu estou com a consciência pesada. Tive a oportunidade de evitar a morte do Julio e não tive coragem de fazer uma coisa.

Pedro – Pode confessar, minha querida irmã.

Carla – O Julio fumava maconha, ele me pediu para ir comprar no Calabar e eu não fui.

Pedro – Mas, Carla, mesmo sabendo disso você continuou com ele? Não valeu a pena.

Carla – Eu sei. Ele me prometeu fazer tratamento, depois que eu ameacei ir embora.

Pedro – Agora não fique se culpando, ele sabia os riscos que corria indo comprar drogas em uma boca de fumo onde não é conhecido.

Carla – Eu pedi para ele não comprar mais essa porcaria, mas ele disse que seu organismo estava precisando.

Pedro – Vamos esperar que os jornais passem alguma informação. Não comenta isso em seu depoimento.

Carla – Oh, Pedro, eu te amo, meu irmão. Sempre é você que está ao meu lado nas horas mais difíceis.

Pedro – Não morra, minha irmãzinha, não saberei viver sem você, minha fortaleza é você. As outras pessoas são apenas pedestres na minha vida, passam sem deixar marcas.

Carla – Para de chorar, que eu vou ligar para a secretária do Julio, ela vai me orientar se devo ou não sair desse apartamento.

Pedro e Carla Almeida passam a noite no apartamento, arrumam as malas com os pertences dela.

O dia amanhece com muita polícia no Calabar e no Alto das Pombas, o noticiário da televisão local dá a notícia direta do hospital, um policial deixou escapar em uma entrevista que foi encontrada maconha no bolso da vítima, os jornais e as rádios também noticiam o detalhe.

Luiz Silva e Karina Mendes que, na noite passada, saíram para ir ao cinema e depois foram se divertir, acordam às dez horas da manhã. Ao meio-dia, quando ligam a televisão, veem as imagens da polícia vasculhando o Calabar à procura de pistas que levem ao autor dos dois disparos que vitimou Julio Martinez. Pedro chega ao Calabar após Carla prestar depoimento na 10ª Delegacia de Polícia, que fica em São Raimundo. Ele leva para a casa de seus pais a maioria das roupas da irmã. A empresa onde Julio era executivo determinou que Carla poderá ficar no apartamento até se recuperar. Luiz Silva chega às duas horas da tarde ao Calabar e vai procurar dona Catarina. Chico Capoeira e Fátima Pires que já estavam meio sumidos ficam mais reclusos com tanta polícia circulando pela comunidade. Os moradores mudaram seus hábitos e passaram a ficar de portas fechadas com medo da ação violenta dos policiais. A maioria dos moradores já viveu esse tipo de ação antes, para Luiz Silva é novidade e Pedro o aconselha transitar pelos becos.

O corpo de Julio Martinez é liberado pelos legistas ainda na terça-feira. Na quarta-feira, segue de avião para São Paulo. Na noite desse mesmo dia, a polícia vai procurar Luiz Silva na Escola de Música com um mandado de busca e apreensão de uma arma de fogo. Luiz admite ter uma arma de fogo e acompanha os policiais até a 10ª Delegacia de São Raimundo para prestar depoimento. A arma fica detida para ser analisada pela polícia técnica. Ao saber que Luiz foi prestar depoimento na delegacia, Carla vai para o Calabar tentar falar com ele, quando Luiz retorna ela vai procurá-lo na casa dele.

Carla – Abre a porta, Luiz, eu quero falar com você.
Luiz – Só deixo você entrar aqui se o Pedro e a Lúcia entrarem junto.
Pedro – É claro que a gente aceita entrar, viemos saber como você está depois do depoimento.
Carla – Você está pensando que eu armei para a polícia vir vasculhar a sua casa?
Lúcia – Calma, Carla, primeiro você conversa, depois tira as suas conclusões.
Carla – Eu só quero que ele explique por que a polícia veio atrás dele.
Luiz – Eu achava que tinha sido você quem disse no seu depoimento que eu tinha uma arma de fogo, mas pelo visto suas dúvidas são tão desencontradas quanto as minhas. Estamos caminhando em círculo.
Pedro – A polícia disse como ficou sabendo da existência da arma?
Luiz – Não, eles não informam nada, só perguntam.
Lúcia – O que o Julio veio fazer aqui no Calabar sem você, Carla?
Luiz – Deve ter vindo comprar bagulho, tá no jornal que acharam maconha no bolso da calça dele.

Carla – Você está sabendo demais do Julio. Agora está com mania de seguir as pessoas na calada da noite?

Luiz – Eu estou falando o que deu na TV ontem e saiu nos jornais de hoje.

Carla – E eu vou voltar à delegacia e completar o meu depoimento dizendo que você me flagrou saindo do motel com Julio e até hoje não deu explicações de como sabia onde nós estávamos nem como soube do meu caso com o Julio.

Pedro – Para um pouco vocês dois. Gente, nós estamos no meio de um quebra-cabeça que as peças quebradas são os dois homens que se envolveram com Carla.

Carla – Realmente, eu só arrumei peças quebradas: um só pensava em sexo e drogas; Julio só queria saber de noitadas e maconha. Sobrou esse aí que não se droga, mas me mata de pirraça e desprezo.

Luiz – Acho que você está prestes a perder de vista a única peça que lhe restou, mesmo sendo desprezível.

Lúcia – Você também acha que pode ser morto ou preso?

Luiz – Ninguém sabe por que Julio morreu e a polícia precisa dar uma resposta à alta sociedade e já tem um trabalhador para ser o Cristo.

Pedro – Meu pai, Sérgio e Canário pensam igual a você, já estão até fazendo contato na Penitenciária Lemos Brito para alguém lhe proteger, se caso for preso.

Carla – Então vocês também acham que o Luiz matou o Julio?

Pedro – Não, Carla, achamos que a velha injustiça vai colocar um pobre na prisão para satisfazer o ego de quem é rico e viciado.

Carla – Eu não acuso nem inocento Luiz, só quero que ele esclareça o que está acontecendo.

Luiz – Você sabia que esse Julio fumava bagulho?

Carla – Isso eu não lhe respondo. Quem tem que fazer perguntas sou eu, que perdi meu namorado.

Luiz – Eu estou lhe fazendo perguntas porque nada foi levado da vítima, para a polícia não foi assalto, é por isso que eu estou sendo investigado. Carla, ele sempre vinha comprar fumo no Calabar?

Carla – Isso eu não sei, Luiz.

Luiz – Rico não vai à boca de fumo comprar drogas, sempre usa um otário para não ser pego. Sem dúvida, ele tinha uma mula para fazer a compra suja. Quem era?

Carla – Não sei, Luiz, ele me pediu para vir comprar e eu não aceitei.

Luiz – Então está explicado porque ele se envolveu com você, para servir de mula para comprar bagulho.

Carla – Isso só pode ser inveja sua. Ele era louco por mim. Desde que me viu se apaixonou, você me perdeu para ele e agora quer ridicularizar o coitado.
Luiz – Você sabe quem são os meus inimigos no Calabar?
Lúcia – Gente, isso é muito grave.
Luiz – É grave, sim. Falei para o delegado que tenho medo de ser morto. Quem são meus inimigos, Carla?
Carla – Eu não sei da existência de inimigos seus.
Pedro – Luiz, quem são esses inimigos?
Luiz – Eu quero descobrir. Escuta, Carla, você é tão vítima quanto eu, tem algo muito estranho por trás dessa história da traição, da separação, da morte do Julio e da polícia bater na minha porta já sabendo que eu tinha uma arma dentro de casa. Tome cuidado para não morrer. Peça proteção à polícia.
Carla – Então você não matou o Julio?
Luiz – Não, Carla, dormi na casa da minha namorada na segunda-feira. Só fiquei sabendo da morte dele ao meio-dia pela televisão.
Carla – Você arrumou uma namorada?
Pedro – Agora que você já sabe que Luiz nem dormiu no Calabar, vamos embora.
Carla – Dá para você e Lúcia me esperarem lá fora?
Luiz – Pode ir, Pedro, eu quero ouvir o que ela tem para dizer.

Pedro e Lúcia saem e ficam esperando na entrada da casa.

Carla – Você teve a coragem de se deitar com outra mulher?
Luiz – Dei um tempo para não fazer besteiras e recomecei a minha vida.
Carla – Mas agora não era hora de você me falar isso.
Luiz – Por mim, eu segurava por mais tempo, mas até a polícia já está sabendo.
Carla – É muito ruim saber que quem a gente ama está deitando com outra pessoa.
Luiz – Eu já tive essa experiência, é horrível, perturbador demais.
Carla – Com a morte do Julio, eu pensei que com o tempo a gente podia voltar.
Luiz – Eu não, a nossa jornada amorosa acabou, veio um novo dia e um de nós dois ficou perdido na noite.
Carla – Ficou não, tô vendo meu negão na minha frente. Só que tenho muitos problemas para resolver e não posso te agarrar e dizer que quero te amar para o resto da minha vida.
Luiz – Não me agarre, é muito ruim receber um não com a dor que você está sentindo.
Carla – Se acontecer algo de ruim com você, tente se lembrar de que eu te amo

e que alguma coisa muito ruim veio e me levou de você, mas não levou o amor que sentimos um pelo o outro.

Luiz – Tá bom. Cuide-se, vá embora que o seu irmão está lhe esperando.

Carla – Me deixa te dar um abraço, sinto a falta da segurança que seu corpo me transmite.

Luiz – Para com isso, seque essas lágrimas.

Carla – Eu estou com medo de você morrer, me abraça, preciso do conforto do seu corpo.

Luiz – Tá bem. Abraça, mas não tente me beijar na boca.

Carla – Obrigada por existir, por ser quem você é. Desculpe-me as dores que te causei... Fiquei perdida na vida... Esqueci o quanto você é tão humano... Perdoe-me, por favor.

A PRISÃO

Luiz Silva deixa Carla Almeida abraçar o seu corpo, depois abraça o dela também, o ex-casal fica em silêncio, um massageia o corpo do outro. Luiz vê Pedro aparecer na janela, ele faz sinal com uma das mãos para esperar mais um pouco, Pedro sai. Luiz e Carla acariciam seus rostos bem devagar, os dedos de ambos encontram as lágrimas, mas não se ouve uma só palavra, apenas os soluços. Carla vai se afastando, beija as mãos dele, sai e vai embora com Pedro e Lúcia. Luiz fecha porta e janela e vai dormir.

Pela manhã do dia 5 de julho, quando vai trabalhar, Luiz Silva vê sua foto nas primeiras páginas dos jornais. As reportagens o apontam como o mais evidente suspeito do assassinato de Julio Martinez. Motivo: tinha uma arma de fogo em casa que foi encontrada pela polícia, era casado com a atual namorada da vítima e não estava no Calabar na manhã seguinte ao crime.

Quando chega ao trabalho, dona Marta Fagundes desce para falar com ele.

Luiz – Bom-dia, dona Marta!
Dona Marta – Bom-dia, Luiz! Eu li as reportagens em que diz que você prestou depoimento ontem à noite na delegacia sobre a arma que foi encontrada na sua casa. Quero que seja sincero: você tem algo a ver com o crime?
Luiz – É claro que não, dona Marta, pode confiar em mim. Eu sou inocente.
Dona Marta – É melhor você dar uma entrevista para Sandra Rocha e dizer para a sociedade que é inocente. Você é muito jovem para ter o nome envolvido em assassinato sem ter o direito de dizer que não está envolvido no crime. Eu já liguei para o jornal *O Diário de Salvador*, Sandra está lhe esperando às três horas da tarde.
Luiz – Mas hoje eu trabalho até às cinco horas, é dia de distribuir vale-transporte para os outros funcionários do condomínio.

Dona Marta – Deixa que eu mesma entrego os vales. Se o plantão da Sandra fosse pela manhã, eu te mandava agora mesmo para o jornal. Pode sair mais cedo, não perca seu tempo.
Luiz – Muito obrigado pelo apoio e por confiar nas minhas palavras.
Dona Marta – Eu vi você mudar a vida de várias crianças, não vou deixar que te prendam sem você ter cometido esse assassinato.

A manhã da quinta-feira passa. Ao meio-dia Luiz Silva desce para almoçar e se prepara para ir dar a entrevista ao jornal O Diário de Salvador. Trinta minutos antes de sair, param duas viaturas da polícia civil na entrada do condomínio e um delegado pede para falar com José Luiz da Silva Filho, chefe de portaria daquele condomínio, dizendo ter um mandado de prisão preventivo, expedido às dez horas da manhã. Quando Luiz aparece, o delegado lhe dá voz de prisão. O delegado é o titular da 7ª Delegacia do Rio Vermelho, bairro onde Luiz Silva trabalha. Antes de ser preso, Luiz consegue ligar para o apartamento de dona Marta Fagundes. Ela desce para falar com o delegado, mas fica sabendo que o Tribunal de Justiça da Bahia agiu em caráter de urgência e expediu o mandado de prisão preventiva do seu funcionário. Ela vai confortar Luiz:

Dona Marta – Se acalme, Luiz, eu já liguei para um advogado que é muito meu amigo, ele vai lhe defender. Se você não matou ou não mandou matar aquele maldito espanhol, não assuma isso na frente de policiais, delegado ou jornalista apenas para tentar se entender com essa gente. A sua palavra será a sua derrota. Na dúvida, não responda certas perguntas. Se tiver oportunidade, continue afirmando que é inocente. É isso que vai lhe ajudar.
Luiz – Obrigado, liga para Karina e pede para ela vir conversar com a senhora.
Dona Marta – Quem é Karina?
Luiz – Ela é a minha nova namorada. Na noite do crime eu dormi na casa dela, é a minha única testemunha.

José Luiz da Silva Filho é algemado e preso na frente de sua chefe de trabalho e de seus colegas que são subordinados dele, entra na viatura da polícia civil quando um carro de reportagem de televisão para na frente do condomínio. Chico Capoeira está em casa com a TV ligada e vê um flash *de reportagem na televisão falando que Luiz Silva acabara de ser preso no trabalho como o principal suspeito de ser o autor dos dois tiros que puseram fim à vida de Julio Martinez, empresário do ramo de eletricidade. Chico liga imediatamente para Fátima Pires.*

Chico – Fátima, liga a televisão, o Luiz acaba de ser preso pela polícia. Interromperam o programa esportivo para dar a notícia ao vivo. Depois, liga para Carla que eu vou avisar para dona Catarina.

Chico Capoeira sai correndo de casa. Quando chega ao portão, encontra Pedro que está de saída para o trabalho.

Chico – Pedro, eu vi pela televisão o Luiz sendo preso, a polícia levou ele para a 7ª.
Pedro – Meu Deus! O Luiz estava certo ao dizer que nessa história ele é uma das principais vítimas.
Chico – Eu vou até a delegacia para ver se posso ajudar em alguma coisa.
Pedro – Eu vou com você.
Chico – Você não vai avisar a sua mãe?
Pedro – Agora não, ela vai precisar do apoio do meu pai, vou ligar para ele vir ficar com ela.
Chico – Que coisa, hein? Morte, prisão e essa polícia que não sai do Calabar por nada.
Pedro – Espera, Chico, é Carla que está ligando para o meu celular. Oi, mana! É verdade, vou para delegacia com Chico, vá para lá. Não liga para a minha mãe para não dar susto nela. Meu pai já sabe, ele vem ficar com ela.

Quando Chico Capoeira e Pedro chegam ao Largo da Mariquita, Karina Mendes está para atravessar do Largo da Mariquita e ir para a rua que dá acesso a 7ª Delegacia. Chico deixa Pedro esperando por Carla no ponto de ônibus e atravessa a rua para interromper Karina.

Chico – O que você veio fazer aqui?
Karina – Eu vi a reportagem na televisão e vim dar apoio ao Luiz.
Chico – Você ficou maluca? Se a polícia te pegar para fazer perguntas, eu e a Fátima corremos riscos de ser presos por causa dos programas que armamos para você.
Karina – Só que Luiz é inocente, na noite do crime ele dormiu na minha casa. A gente está "ficando".
Chico – É o quê? Você e Luiz estão "ficando"? Pior ainda, Karina, deixa que a polícia descobre se ele é inocente ou não, já tem muita gente nessa bagunça toda. Se você testemunhar vai envolver eu e minha mulher, aí eles vão descobrir o que não estão procurando.

Karina – E agora, o que é que eu faço?

Chico – Vai para Feira de Santana, fica na casa de seus pais, a gente manda uma grana para você. Fica por lá até a polícia concluir o inquérito.

Karina – O que você acha que vai acontecer com o Luiz?

Chico – Se ele for inocente, vai passar uns três dias preso e depois será liberado.

Karina – Eu tenho certeza que ele é inocente, dormiu comigo na noite do crime.

Chico – Ele pode não ser o autor dos disparos, mas pode ter mandado outra pessoa fazer o trabalho sujo. Não se meta com a polícia, eles descobrem qualquer coisa, vão fuçando até encontrar o que procuram, onde tem um erro eles acham. Portanto, desliga seu celular, quando tudo estiver calmo a Fátima vai a Feira de Santana lhe avisar. Não esqueça, desliga logo seu celular.

Karina – Tá bom, não me deixa sem notícias. Tchau.

Chico Capoeira volta para perto de Pedro, Carla já havia chegado e estava esperando. Os três jovens seguem para a 7ª Delegacia de Rio Vermelho. Na unidade policial, se encontram repórteres de televisão, jornalistas, radialistas, entre eles, Sandra Rocha, e o titular da 10ª Delegacia de Polícia que investiga o caso, dr. Maurício Garcia. Estão presentes, também, os amigos de Luiz Silva, Sérgio das Flores e Mestre Canário. A sala é pequena, mas tem muitos policiais civis e militares, para os titulares das duas delegacias falarem à imprensa e apresentarem José Luiz da Silva Filho como o principal suspeito de assassinato de Julio Martinez. O titular da 7ª Delegacia senta-se ao lado direito do titular da 10ª Delegacia,

Maurício Garcia senta-se no meio da mesa com Luiz Silva sentado ao lado esquerdo, e o advogado que vai defender Luiz, dr. Guilherme de Souza fica em pé ao lado do seu cliente. À frente da mesa está Carla, Marta Fagundes, Pedro, Sérgio, Armando, Canário e Chico, todos sentados. Os policiais ficam em pé e alguns curiosos ficam disputando espaço na porta da sala. O delegado Maurício Garcia, responsável pelo caso, fala.

Maurício – Boa-tarde, gente, nós da polícia não costumamos fazer esse tipo de apresentação a parentes de suspeitos de assassinatos e à imprensa que faz presença aqui nessa delegacia. Mas como esse caso chamou a atenção da sociedade por causa de a vítima ser um empresário e o nosso principal suspeito ser uma pessoa idônea, solidária com as crianças pobres de seu bairro, o Calabar, e haver um estranho triângulo amoroso entre a vítima, a ex-mulher do suspeito e o próprio suspeito, abrimos essa exceção para explicar a todos o motivo da prisão do senhor José Luiz da Silva Filho, 25 anos de idade, morador da comunidade onde o espanhol Julio Martinez foi atingido à queima-roupa, sem chance de defesa, por dois disparos na garganta o que resultou em sua morte no Hospital Geral do Estado na noite da última segunda-feira, dia 2 de julho.

Quero ressaltar que, quando ficamos sabendo que o acusado poderia ter uma arma de fogo em sua residência, fomos até a sua casa como a de outro morador do Calabar. Quando peguei o seu depoimento, o liberei convicto de que, em se tratando de um jovem músico, talentoso e defensor de causas nobres como ensinar crianças carentes a tocar instrumentos, achei que uma pessoa com atos como esses não mataria outro ser humano e ainda acredito nisso. Lembrando que outras três armas foram encontradas com outros dois vizinhos do senhor Luiz da Silva e que estes estão detidos esperando o desdobramento do caso. Já o senhor Luiz foi liberado por não ter antecedentes criminais, ter emprego e moradia fixa e ser um voluntário na luta por melhorias na comunidade onde reside. Está aqui detido provisoriamente, ou seja, prisão preventiva porque das quatro armas de fogo apreendidas no Calabar e analisadas pela polícia técnica, apenas a que recolhemos em seu domicílio teve uso de seus projéteis nas últimas 72 horas, contando a partir da hora do crime. Se for confirmado que os projéteis retirados do muro do local do crime e do osso do pescoço da vítima têm origem nessa arma de fogo, o senhor José Luiz da Silva Filho será indiciado pelo assassinato do senhor Julio Martinez e será encaminhado à casa de detenção Lemos Brito, que fica no bairro da Mata Escura.

Silêncio, por favor!

Lembrem-se de uma coisa: Luiz da Silva só será indiciado se o exame de balística confirmar que os projéteis que vitimaram Julio Martinez saíram realmente da arma apreendida em sua residência, caso contrário será posto em liberdade no mesmo dia do resultado do exame que sairá na terça-feira, dia 10 de julho de 2001, ao meio dia. Não haverá entrevista coletiva para a imprensa e não vamos receber parentes da vítima ou do acusado. Haverá um comunicado na 10ª Delegacia de São Raimundo ao meio-dia, não darei entrevistas durante esse período para não atrapalhar as investigações. Estamos trabalhando com o maior empenho possível para resolver esse caso que virou a cidade de Salvador de cabeça para baixo.

Obrigado a todos pela compreensão.

Sandra – Como a polícia soube que havia uma arma de fogo na casa do acusado?
Maurício – Isso é segredo de investigação, quando a polícia obtém uma infor-

mação só pode dizer como essa informação chegou ao nosso conhecimento depois do caso concluído.

Sandra – O acusado pode responder a alguma pergunta?

Maurício – Só terça-feira, após o resultado do exame de balística. O máximo que ele pode se comunicar é com algum parente ou amigo aqui na presença de todos. A conversa pode ser em voz baixa. Detalhe: o que for falado entre eles não pode ser repassado para a imprensa; se vazar qualquer coisa, mando prender quem falar com o acusado. Porque Luiz da Silva já apresentou um advogado para falar por ele.

Dr. Guilherme – Com quem você gostaria de falar Luiz?

Luiz – Com Pedro, meu ex-cunhado, e Mestre Canário que trabalha comigo no Bloco Calamaço e na Escola de Música.

Maurício – Por favor, deixem aquele lado da sala livre para eles conversarem. Senhores Pedro e Mestre Canário, passem as suas carteiras de identidade para mim e se dirijam até o senhor Luiz.

Por um minuto há um burburinho na pequena sala. Quando Pedro e Mestre Canário se aproximam, Luiz fala:

Luiz – Pedro, pede para Carla não me visitar na prisão se eu for realmente para a Lemos Brito e não levar meu filho, diz para ele que estou viajando. Não quero que meu filho carregue esse trauma para o resto da vida dele. Eu sou inocente, mas não sei onde esse inferno vai parar. Fala para a sua mãe cuidar do meu filho e se Carla quiser ir morar em minha casa está liberado. Só que você, Pedro, deve trocar todas as fechaduras ainda hoje por precaução. Canário, você sabe que eu sou inocente, não deixe os meus projetos morrerem, lute e liberte o Calabar dessa gente suja que está lá dentro. Pedro pode ir. Deixe-me com Canário.

Pedro Almeida se retira, Luiz continua:

Luiz – Canário, eu acho que o meu algoz é o Chico.

Canário – Mas ele trabalha com a gente no Calamaço.

Luiz – De todos que me conhecem ele é o único que não me olha nos olhos. Sempre que eu olhava para Chico, ele abaixava a cabeça ou olhava para o teto, não parava de balançar as pernas e mudou mais de cor que cobra assustada.

Canário – É essa situação que está fazendo você ver isso.

Luiz – Eu acho que não, recebi um aviso de gente ligada a ele que tivesse cuidado com os falsos amigos. Tenho quase a certeza que esse falso amigo é o Chico. Ele sempre me apoiou nas horas difíceis, mas nunca foi à minha casa ou me convidou para ir à casa dele. Isso é, no mínimo, curioso.

Canário – Tá bom, eu, Sérgio e o Paulo vamos ficar de olho nele. Vai ter gente para te ajudar na Lemos Brito. É o Bicudo, não se esqueça desse nome. Tomara que você não seja condenado, vai com Deus.

Luiz – Não deixa a Carla me visitar. Se ela insistir, diga que eu jamais colocarei o nome da mãe do meu filho na lista de pessoas que irão me visitar, que isso é em respeito ao Luiz Carlos e pede para o seu Paulo tirar ela do bairro da Graça, tá ficando muito perigoso.

Maurício – Chega, senhor Luiz. Eu nunca permiti essa regalia para acusado. Portanto, chega!

Luiz – Eu fico muito agradecido pela oportunidade.

Dois policiais presentes conduzem Luiz Silva para o interior da delegacia. Quando chega na porta ele para, olha para Carla Almeida, coloca o dedo indicador no seu ouvido e em seguida aponta para Canário e Pedro. Depois ele olha para Sandra Rocha e dona Marta Fagundes, seu olhar é profundo e com um fio de esperança de que essas duas mulheres são as suas únicas armas que ele tem para livrá-lo da cadeia. Os policiais acompanham o movimento dos olhos de Luiz, depois o levam pelo corredor, fechando a porta e deixando para trás a sala com os desolados amigos do preso.

Enquanto o advogado Guilherme de Souza assina os documentos, os jornalistas querem entrevistá-lo. Dona Marta, Sandra Rocha, Sérgio das Flores e Mestre Canário vão caminhando para o Largo da Mariquita. Chico Capoeira se despede de todos e vai sozinho para o Calabar. Pedro e Carla também vão andando para o ponto de ônibus. Carla é a única pessoa que nada comenta sobre a prisão, o seu olhar que outrora era cheio de vida e luz, revela um lado sombrio e triste. Carla não larga um só instante o braço do seu irmão mais novo, o ar vazio de suas faces são notados por todos, eles saem juntos de mãos dadas e Sandra Rocha vai falar com eles.

Sandra – Pedro, essa é a mochila do Luiz, ficou no condomínio. O delegado remexeu e me entregou porque eu disse que conhecia os parentes dele.

Pedro – Obrigado, Sandra! Por favor, não me faça perguntas.

Sandra – Eu sei que só posso lhe fazer perguntas depois de terça-feira. Vocês

vão precisar de uma boa reportagem para provar a inocência de Luiz. Tomem o meu cartão.
Carla – Você tem certeza da inocência dele?
Sandra – Marta Fagundes tem. Ela o conhece melhor do que eu. Disse que vai fazer de tudo para ele não ser condenado.
Pedro – Mas e você, acredita que ele é inocente?
Sandra – Como jornalista, eu tenho que ser imparcial. Mas, como ser humano, eu acho que ele não cometeu e não encomendou o crime. Só não falem que eu disse isso.
Carla – Você vai ajudar a gente tirar o Luiz da prisão?
Sandra – Eu vou sim, o Luiz não merece uma única grama do peso que está carregando, por isso farei o que posso. Estou indo para o jornal, liguem-me depois.

Quando Sandra Rocha se afasta, Pedro fala:

Pedro – A coisa vai ficar feia se as balas que mataram o Julio Martinez saíram dessa tal arma que foi encontrada com Luiz.
Carla – O que ele falou para você? Eu não sou jornalista.
Pedro – Disse que é para eu e você trocarmos todas as fechaduras da casa dele ainda hoje. Vivo como Luiz é, ele deve achar que alguém armou para ele ser incriminado. Não me falou isso, mas vou fazer o que me pediu e ficar com o bico calado.
Carla – Eu também não vou comentar nada, guardei mais segredos ultimamente que padre no confessionário, acabei aprendendo.
Pedro – Agora que essa jornalista entrou na briga pela defesa e pela prova da inocência do Luiz, vou imitar o meu pai: vem chumbo grosso por aí.
Carla – O que você acha que ela está querendo com isso?
Pedro – Se estabelecer e criar nome no meio jornalístico de Salvador, ela vai atrás das provas para libertar Luiz. Coisa que a polícia não fez e se precipitou fazendo essa prisão de hoje para justificar e mostrar que está trabalhando bem no caso.
Carla – Então você também acha que foi armada uma cilada para o meu negão?
Pedro – Eu tenho é certeza, só que Luiz é uma cascavel e o seu veneno é a inteligência. É por isso que ficou o tempo todo calado e olhando fixo para todos que estavam presentes.
Carla – O que você acha que vai acontecer?
Pedro – É imprevisível, minha irmã. Se você deu concessão a qualquer pessoa

nesse caso que teve com o Julio Martinez, vai ter que ficar longe dessa pessoa. É hora de mudar de hábito e se calar até tudo ser esclarecido.

Carla – Você acha que a Sandra vai fuçar na história do Julio e chegar a me envolver nas reportagens?

Pedro – Eu acho que não. Luiz falou uma coisa muito importante na noite passada: "Você é tão vítima quanto ele", e eu completo: o Julio morreu para libertar vocês dessa agonia, mas a tormenta ainda tem seus episódios finais.

Carla – Ontem eu queria morrer, hoje quero viver até terça-feira para saber quem matou Julio e ver o Luiz fora da delegacia.

Os dois irmãos andam tão agarrados que mais parecem um casal. Carla vai para casa e Pedro passa na Associação de Moradores do Calabar para entregar a mochila a Sérgio das Flores e Mestre Canário. Eles abrem a mochila e entre os objetos pertencentes de Luiz encontram um álbum de fotos. Pedro fala:

Pedro – Espera aí! Eu vi essa moça hoje conversando com o Chico no Largo da Mariquita.

Sérgio – É a nova namorada do Luiz, ela tem ido nas últimas segundas-feiras pegar ele no condomínio.

Canário – Então está explicado, Sérgio, Luiz tem razão... O Chico pode estar por trás dessa sujeira.

Pedro – Gente, que sujeira é essa?

Sérgio – Como foi o encontro de Chico com essa moça?

Pedro – Eu não ouvi a conversa deles. Chico me deixou no ponto de ônibus esperando a Carla e atravessou a rua para falar com ela que estava vindo em nossa direção. Conversou com ela por uns cinco minutos e depois a moça foi embora.

Canário – Para que direção que ela estava indo e para que direção ela foi depois de ter conversado com o Chico?

Pedro – Ela ia em direção à delegacia, depois foi embora em direção à avenida Vasco da Gama.

Canário – Chico evitou que a moça chegasse à delegacia... Mas como ele conheceu a nova namorada do Luiz?

Sérgio – O que sei é que ela apareceu no condomínio procurando emprego. Ela e Luiz fizeram amizade e depois que ele se separou começaram a se relacionar.

Pedro – Ela é a única testemunha que pode provar que Luiz não estava no Calabar na noite do crime. Ele disse que dormiu na casa dela.

Canário – É isso, o Chico está protegendo alguém que esteja envolvido no

assassinato do espanhol. Mas quem será?
Sérgio – Talvez seja ele mesmo.
Canário – Eu acho que não foi o Chico, se fosse, ele evitaria ir até a delegacia. Pedro, o que você ouviu e viu aqui é segredo absoluto porque, quando você se afastou deixando a mim e ao Luiz sozinhos, ele falou que já desconfiava do Chico.
Pedro – Por que será que Luiz não confiou em mim?
Sérgio – Vai ver que ele acha melhor você cuidar da sua irmã e deixar que eu e o Canário, que somos mais experientes, cuidemos de arranjar um meio de provar que Chico é o verdadeiro culpado pela morte do tal espanhol.
Canário – Luiz é jovem como você, Pedro, mas ele vê o que vocês jovens demoram a perceber, tem uma visão mental adiantada. Trabalho com ele há mais de três anos, tem hora que ele me supera. Acredite em mim.
Pedro – Eu acredito em você. Quando ele flagrou a Carla, eu disse para ela que é difícil enganar uma pessoa como Luiz, se ela deixou alguma pista ele guardou e quando encontrou outras pistas montou o quebra-cabeça e o que foi pior para ela é que usou o elemento surpresa sem usar da violência, coisa rara nesse tipo de caso.
Sérgio – Ainda bem que você já sabe que ele é assim. Não fale para Carla sobre essas fotos da moça, pelo que deu para perceber é arriscado para sua irmã se envolver com qualquer tipo de detalhe que venha provar a inocência do Luiz.
Pedro – Ela viu a moça e chegou a dizer que ela é bonita.
Canário – Isso a gente sabe, o Luiz ama o belo, é meio exigente. Eu quero que você venha nos ajudar aqui na Escola de Música e no Calamaço. Não temos clima para começar o Festival amanhã, mas o bloco precisa andar sem o seu diretor musical.
Pedro – O festival vai ser cancelado?
Sérgio – Nenhuma empresa vai liberar financiamento para um projeto elaborado por uma pessoa que foi parar na cadeia acusado de matar um executivo de outra empresa.
Pedro – Eu nem pensei nesse detalhe.
Canário – Você vai ser útil na Escola de Música, sabe tocar violão e gosta de boas músicas. Faz o favor de vir ajudar a gente.
Pedro – Está bem, eu vou trocar o meu horário de trabalho para poder ajudar. Mas o que vocês vão fazer com tanta gente que foi inscrita para o festival?
Sérgio – Nós vamos tirar dinheiro do nosso próprio bolso para devolver a taxa de inscrição, assim não gera confusão.
Pedro – Por que a gente não espera para fazer o festival depois que o Luiz sair da delegacia?

Canário – Nós vamos marcar uma reunião com todos os compositores inscritos na terça-feira, após o resultado do exame de balística, para cancelar ou não o festival.

Sérgio – Eu vou rezar para o nosso Luiz voltar e retomar a vida normal.

Quando Chico Capoeira chega à sua casa, Fátima Pires está limpando o andar de cima onde ela, assim como Luiz, também está construindo.

Fátima – Oi, Chico, onde a gente foi se meter?

Chico – Eu não sei, morena, agora não sei mais de nada. As coisas fugiram do nosso controle a partir do momento que Julio dispensou nossos serviços. Se meter nisso, com essa confusão toda, é o mesmo que colocar a mão no ninho das serpentes. Seremos atingidos sem ver a cara do agressor.

Fátima – Luiz se defendeu, falou alguma coisa?

Chico – Não, porque eu evitei que Karina fosse para a delegacia na hora em que a polícia apresentou Luiz para a imprensa.

Fátima – O que ela ia fazer na delegacia?

Chico – Os pombinhos estavam "ficando".

Fátima – O quê? "Ficando" como, Chico?

Chico – É que Luiz dormiu na casa dela na noite do crime.

Fátima – Chico, você jogou fora a sua única chance de tirar o Luiz do xadrez. Como pôde ser tão burro?

Chico – Pensa um pouco, morena: foi você quem colocou a Karina na vida do Luiz para tentar armar o flagrante deles dois com a Carla. Já pensou as duas se bicando na delegacia? Rapidinho a polícia se metia na briga e descobria nossas transações.

Fátima – Mas e o coitado do Luiz? Eu não acho que ele matou o Julio.

Chico – É melhor ele ficar até terça-feira na delegacia, do que a gente ser mandado para a penitenciária por incentivar prostituição de jovens desempregadas e até de mulher casada.

Fátima – Tá bom, mas estou com muita pena dele, perdeu a família e agora está preso inocentemente. E a Carla, como ela está?

Chico – Está mais esquisita que sacristão em dias de carnaval. Calada, acuada, não falou direito comigo, não perguntou por você, só conversou com o Pedro, está muito abatida.

Fátima – Eu vou procurar por ela para a gente conversar.

Chico – Vá, mas não demore muito tempo conversando, é hora da gente sair de cena. Mandei Karina ir para Feira de Santana e só aparecer em Salvador quando você for procurar por ela.

Fátima – Ela aceitou ir embora?

Chico – Para a nossa sorte, ela aceitou até desligar o celular. Vá até Feira e reforce o que falei para ela, dá para você ir no domingo pela manhã e voltar pela tarde. Se ela quiser vir para cá, diga até que ela corre risco de morte.

Fátima – Risco de morte? Isso não é exagero?

Chico – É melhor você exagerar que ser apanhada pela polícia, leva um pouco de dinheiro e dê para ela.

Fátima – Tem razão, Chico, depois a gente pega ela e traz de volta para Salvador, vai ser melhor assim.

Chico – Eu não gostei de ela estar saindo com Luiz e não falar com a gente.

Fátima – Eu confio nela, pedi que se ela viesse ter alguma coisa séria com Luiz, não dissesse que conhece a gente. Ela é de confiança, Chico.

Chico – Tudo bem, agora eu vou para a reunião do Calamaço, parece que o festival será adiado ou cancelado.

Fátima – Reunião às seis horas da tarde?

Chico – É por causa da polícia que até agora não saiu do Calabar. Canário quer liberar a gente mais cedo.

Na reunião fica decidido que, se Luiz Silva for para a penitenciária Lemos Brito, o festival será cancelado e que, se ele não for indiciado, o festival será transferido para o mês de agosto com as eliminatórias fora do Calabar, caso a polícia ainda esteja patrulhando o bairro. Todos os diretores do bloco concordam com a ideia de devolver o dinheiro da inscrição. Na questão de transferência de local das eliminatórias do festival para outra localidade, Chico Capoeira obriga que seja aberta uma votação e o capoeirista sofre uma derrota esmagadora, ele se sente desprestigiado e ameaça até sair do Calamaço. Em sua casa é acalmado por Fátima.

Chico – Eu vou sair daquele bloco, é uma panelinha onde só a turma do Canário sai vitoriosa nas votações.

Fátima – O que houve, meu gato, por que essa raiva toda?

Chico – Se o Luiz sair da prisão vai ter o festival, só que a turma do Canário votou em tirar as eliminatórias daqui para os bairros do Garcia e São Lázaro.

Fátima – Chico, agora quem vai mandar você pensar sou eu, não fica brigando pelo Calamaço agora, dá um tempo e deixa a poeira abaixar, temos que cuidar para que a Karina não abra a boca, isso é mais importante.

Chico – A partir de agora, eu vou fazer oposição a tudo que Canário colocar em votação.

Fátima – Se fizer isso vai acabar sozinho, não se briga com quem é mais forte que a gente, se alia e um dia quem sabe toma o seu lugar, sem brigas, sem confusões e provando que é capaz de desenvolver bons projetos.

Chico – Eu quero fazer a minha academia de capoeira, esses caras só pensam em carnaval.

Fátima – Nós já estivemos perto de fazer a sua academia, um dia a sorte bate outra vez em nossa porta, tenha paciência.

No domingo, dia 8 de julho, Fátima Pires vai pela manhã para Feira de Santana falar com Karina Mendes.

Fátima – Oi, Karina, tudo bem com você? Menina, o que houve que você não me contou sobre os seus encontros com Luiz?

Karina – Não houve nada demais. Depois que ele se separou me ligou e a gente marcou para sair, mas ele até deu um tempo para resolver a vida dele definitivamente. Como não era um compromisso muito sério, evitei lhe incomodar.

Fátima – Esses encontros viraram relacionamento?

Karina – Para ele não passa de encontros, mas para mim está virando amor, foi por isso que eu queria vê-lo na delegacia.

Fátima – Amor? Desde quando prostituta ama?

Karina – A partir do momento que fui para a cama com o Luiz. O negão me deixa sem pensamento, sem reação e sem saída. Quem prova, não o esquece jamais.

Fátima – Eu fiquei curiosa!

Karina – É melhor deixar na curiosidade, ele me fez lavar roupa, dizer que ele é o meu homem e dizer que o amo. O cara é um devorador de mulheres, acabou com a minha marra de garota de programa.

Fátima – A Carla me falou isso e eu não acreditei, agora que a segunda mulher está me falando a mesma coisa eu acredito.

Karina – Mas o que você veio fazer aqui? Ele já foi solto?

Fátima – Não, Karina, no dia 10 sai o resultado do exame de balística, se o Luiz for solto você pode ir de imediato para Salvador, que não tem problema. Se ele for ficar preso, você só vai poder aparecer em Salvador quando eu ligar para te avisar.

Karina – Mas por que, Fátima? Eu quero ir visitar ele.

Fátima – Eu sei que você está louca para vê-lo, mas agora não pode. Eu e o Chico corremos riscos de ser presos por causa dos programas que arranjamos para você e principalmente por causa do Julio. Onde tem polícia a gente tem que se afastar.

Karina – O Chico me falou algo assim, mas eu quero mandar uma carta para ele.

Fátima – Ele sabe que você faz programas?

Karina – Eu tive que contar, fiquei comovida com a separação dele e evitei que ele se decepcionasse mais uma vez. Só não falei que lhe conheço.

Fátima – Faz uma carta, diga que por enquanto ele não pode responder. Conta que está tudo bem, essas coisas. Eu leio a carta, se não tiver nada demais, mandarei pelo meu cunhado. O irmão dele está na Lemos Brito. Isto é, se o Luiz for ficar preso.

Karina – Eu posso mandar uma foto minha?

Fátima – Agora não, é melhor você não se arriscar. Faça a carta hoje, mas eu só vou mandar uns vinte dias após ele ser transferido, não coloca data.

Karina – Quanto mistério, Fátima...

Fátima – Infelizmente, nós temos que ter cuidado. Fala mais do Luiz, como ele é na cama?

Karina – Bom, muito bom mesmo, aquela bunda dura que ele tem, boa para a gente apertar. Menina, o cara tem umas pernas que é uma maravilha, costa larga, barriga lisa, parece um atleta. E quando faz a gente gozar. você vê estrelas na primeira e constelação a partir da segunda. Na terceira, você se sente numa galáxia. Você está rindo? É por isso que me apaixonei... Pena que ele agora está atrás das grades. Oh, desperdício, meu Deus...

Na terça-feira, dia 10 de julho, a comunidade do Calabar e a imprensa da capital baiana, do interior do estado e até representantes de outros estados do Nordeste vão para o estacionamento de São Raimundo para esperar o resultado do exame de balística que confirmará se as balas que mataram o empresário Julio Martinez saiu do revolver calibre 38 encontrado na casa de José Luiz das Silva Filho, que se encontra detido na 7ª Delegacia de Polícia de Rio Vermelho.

O titular da 10ª Delegacia de São Raimundo, Maurício Garcia mandou os policiais civis distribuírem uma circular para os presentes dizendo que as balas encontradas no muro da oficina e no pescoço da vítima saíram da arma encontrada na residência do acusado. A imprensa é usada pelo delegado para dar a notícia à sociedade. Na casa de dona Catarina, toda a família está reunida para ver o telejornal do meio-dia. No Calabar e no Alto das Pombas todas as residências, bares e pequenos estabelecimentos comerciais estão com os televisores ligados aguardando o resultado do exame de balística que venha provar se Luiz Silva é inocente ou culpado pela morte de Julio Martinez. A espera é angustiante.

Ao meio dia, o subdelegado vai até os repórteres de televisão e rádio, que estão concentrados em frente à delegacia de polícia, e fala em voz alta.

Subdelegado – O doutor Maurício Garcia, titular desta unidade policial, vem informar através desta circular que as balas encontradas no muro do local do crime e no pescoço do senhor Julio Martinez, que o fez vítima fatal, saiu do revólver calibre 38 encontrado na residência do senhor José Luiz das Silva Filho e que o criminoso será encaminhado na próxima quarta-feira para fazer os devidos exames médicos e na sexta-feira, dia 13 do mês de julho de 2001, será transferido da 7ª Delegacia de Polícia onde se encontra detido para a Penitenciária Lemos Brito, que fica no bairro da Mata Escura. Os profissionais da 7ª e da 10ª Delegacia têm o prazer de prestar mais esse esclarecimento de um crime que chocou a nossa sociedade e avisa que estão às ordens dos homens e mulheres de bem para fazer valer a Lei e a Ordem Públicas combatendo a violência e colocando os criminosos atrás das grades para que a cidade de Salvador continue vivendo em paz.

Alguns moradores dos bairros de São Lázaro, Rocinha, da Sabino e principalmente do Alto das Pombas e do Calabar carregam cartazes pedindo que a Justiça investigue o crime e não apenas a polícia. Há cartazes solicitando ajuda do Ministério Público, da Assembleia Estadual e da Câmara Municipal. Tem outros cartazes mais panfletários com dizeres como "O povo não acredita na polícia"; "O Calabar precisa é de melhorias e não de armas e soldados". Os policiais presentes começam a se desentender com os manifestantes e são amparados por Mestre Canário, Sandra Rocha, Sérgio das Flores, Andrezinho, Chico Capoeira, Paulo Junior e Mestre Vendaval. Aos poucos a confusão se desfaz, uma repórter de televisão aparece e faz uma breve entrevista com os amigos do Luiz Silva, ao vê-los vestidos com camisetas do Bloco Calamaço protegendo os manifestantes da polícia:

Repórter – O que o senhor, que trabalha com o Luiz Silva, achou do resultado do exame de balística?
Sergio – Eu ofereci o primeiro trabalho para esse jovem do bem. Nunca tive uma única decepção com a sua honrosa pessoa, acredito que tem armação nesse crime. O nosso amado Luiz jamais tramaria a morte de outro ser humano.

Canário – Desde que Luiz passou a trabalhar comigo no Bloco Calamaço, eu vi a comunidade inteira se transformar, ele para mim é um Rei, muitas vezes quando o Rei é bondoso aparece um traidor e acaba com esse Rei para o povo continuar sofrendo. Tenho certeza de que esse crime tem uma farsa muito bem tramada.

Repórter – Assim, nos despedimos dos telespectadores...

Dona Maria – Espera, moça, eu também quero falar. Luiz tirou meu filho da beira do esgoto e me devolveu um músico talentoso. Devo isso a ele, vou lutar para tirar nosso líder da cadeia e devolvê-lo ao Calabar. Se eu hoje sou feliz com o meu filho é porque nosso amado pode trazer a felicidade de muita gente. Somos pobres, mas não somos bandidos.

Repórter – Fica aí o protesto dos moradores do Calabar, após ser confirmado pela polícia técnica da Bahia que as balas que mataram o espanhol Julio Martinez saíram do revolver calibre 38 encontrado na quarta-feira, dia 4 de julho, na residência do senhor José Luiz da Silva Filho, o qual será encaminhado para a Penitenciária Lemos Brito, e será julgado e condenado por assassinato.

Na 7ª Delegacia de Rio Vermelho tudo ficou parado, os plantonistas, os policiais, os carcereiros e até os presos ficaram em silêncio para esperar o resultado do exame de balística. Quando o resultado foi dado, Luiz não precisou ser avisado nem pelo delegado titular nem mesmo por seu advogado. Um carcereiro, que ajudou muito o músico nesses dias de detenção, vai até a cela levar a conturbada notícia.

Carcereiro – Você ouviu o que acabou de ser noticiado pelo rádio que fica na recepção?

Luiz – Ouvi, mas eu sou inocente.

Carcereiro – O seu destino agora é o presídio, até que prove o contrário ou que a justiça venha absolvê-lo. Terá que ser durão dentro da Lemos Brito, agir como quem é um criminoso, caso contrário será hostilizado por outros presos como homem fraco que perdeu a mulher para outro homem e ainda vai pagar por um crime que não cometeu.

Luiz – Aí, eu próprio me condenarei.

Carcereiro – Você foi traído, se disser ou se comportar como um cara fraco, vai revoltar todo, aquele, que mataria se estivesse em seu lugar.

Preso – Pode levar fé no que ele fala, meu irmão, a vida na Lemos Brito é muito dura, homem frouxo vira mulher de outros detentos, eu já passei um ano lá. Ali dentro é mais fácil uma bicha se dar bem que esses caras cheios de frescuras.

Carcereiro – É melhor você ouvir a voz da experiência.
Luiz – Se alguém tentar me bater, eu bato primeiro.
Preso – Eu estou gostando de ver, cai para cima deles, bota pra quebrar. Essa é a única forma de você impor respeito e conceito, só não pode dormir no ponto, malandro preso não dorme à noite, é mais seguro dormir durante o dia.

No Calabar, após saber o resultado do exame, dona Catarina desmaia e é levada às pressas para o hospital por Armando e Pedro Almeida, enquanto seu Paulo Almeida vai para a delegacia de Rio Vermelho para conversar com Luiz Silva. Carla Almeida também passa mal, tem uma crise de choro, mas não chega a desmaiar, Lúcia fica com ela no Calabar.

Por toda a comunidade policiais fazem incursões durante a tarde para controlar a revolta dos moradores que jogam restos de comida quando a polícia passa pelos becos. O que se ouve são gritos de "farsantes", "mentirosos", "injustos" e "abutres".

Fátima Pires é parada por um investigador da polícia civil, quando voltava do trabalho no início da noite. Irritada com a prisão de Luiz Silva, ela fala mal ao investigador.

Investigador – Boa-noite, senhora! Preciso fazer uma revista, encosta na parede, por favor.
Fátima – Não fica me pegando, sou casada e não quero encrencas com o meu marido.
Investigador – Eu estou fazendo o meu trabalho, a senhora só tem que ficar calada.
Fátima – Calada? Vocês invadiram o Calabar, saem por aí revistando até as mulheres e ainda quer que eu fique calada?
Investigador – Pelo menos eu posso revistar sua bolsa.
Fátima – Aí só tem batom e absorvente íntimo, vai querer fazer maquiagem?
Investigador – Vire-se com as mãos para trás, a senhora está presa por desacato e insulto a um policial. No módulo tem uma policial do grupamento feminino que vai lhe revistar.
Fátima – Atenção, moradores, esse policial está me levando presa, chamem os organizadores do Bloco Calamaço!
Investigador – A senhora está sendo detida, porque está muito nervosa, no posto policial tem uma mulher da polícia feminina que vai revistar a sua bolsa e lhe mandar para a delegacia.

A polícia ocupa também a praça onde o Bloco Calamaço festeja o Dia da Consciência Negra. Isso obriga os moradores a desmontar o palco e, em seu lugar, é instalado um trailer da polícia militar sem data marcada para ser retirado. No Alto das Pombas outro trailer é colocado para inibir manifestações dos moradores. O posto policial para onde Fátima foi levada, o que fica no início da rua Sabino Silva, é transformado em centro de operações policiais para as comunidades do Calabar e Alto das Pombas.

A notícia da prisão de Fátima Pires chega à sede do Bloco Calamaço. O tenente responsável pela unidade manda uma policial revistá-la, as duas se desentendem e fica decidido que Fátima será levada para 10ª Delegacia de São Raimundo.

Sérgio das Flores, Chico Capoeira e Mestre Canário levam todas as crianças com os instrumentos musicais da Escola de Música organizada por Luiz Silva para atormentar os policiais. Os alunos não param de cantar "Não chore mais", de Gilberto Gil, e "Pais e filhos", de Renato Russo, ídolos que essas crianças do Calabar e Alto das Pombas aprenderam a idolatrar com seu jovem professor de música. A televisão, as rádios e os jornais locais foram chamados para registrar a façanha da garotada, que fez uma roda de gente pequena deixando o módulo policial ao centro.

Com a presença da imprensa e o apelo da garotada, os policiais se sentem obrigados a liberar a mãe de Daniel que faz coro com seus amiguinhos do lado de fora do módulo policial. Quando Fátima sai, a molecada faz outra roda, dessa vez deixando a mamãe Fátima ao centro e entoa ali mesmo na frente da imprensa e da polícia: "O sistema é um vampiro", de Edson Gomes. Cantam a música até o fim e depois saem em retirada, emendando "Nos barracos da cidade", outra música de Gil. A algazarra consciente da criançada puxa uma multidão de profissionais da imprensa pelos becos do Calabar e o povo aproveita para clamar por justiça. Tudo isso ao vivo pela televisão indo para os lares de Salvador e cidades próximas. Sandra Rocha ficou até mais tarde no Calabar colhendo mais informações da união e da revolta dos moradores, para assim colocá-las nas primeiras páginas do jornal O Diário de Salvador, *na manhã seguinte sobre a contestável prisão de Luiz Silva.*

Na sexta-feira, dia 13 de julho de 2001, Luiz Silva é transferido da delegacia de Rio Vermelho para a penitenciária Lemos Brito, situada no bairro da Mata Escura. Antes de ser transferido, Luiz entrega uma carta para seu Paulo, fazendo alguns pedidos, entre eles que Carla tire férias do trabalho e vá passar uns dias em Cruz das Almas até a situação se acalmar, que Pedro deve ir visitá-lo no dia 22 de julho, Andrezinho deve assumir aulas da Escola de Música. Pede mais uma vez para mulheres não fazerem visitas a ele na penitenciária, pede o seu violão, um pequeno gravador que é usado para fazer composições, livros ligados a II Guerra Mundial, a Bíblia Sagrada e Tragédia no Mar, de Castro Alves.

A partir desse momento, a vida de Luiz Silva é resumida em apenas lutar por sua liberdade que lhe foi tirada e pela sobrevivência em um mundo limitado, perigoso e hostil. Logo na sua chegada, sente pelos olhares ao seu redor que a vida no presídio não é mole nem bela.

Luiz – Bom-dia, onde devo me acomodar?
Formiga – Acomodar? Você está pensando que está em uma pousada luxuosa na beira da praia?
Luiz – Eu não, só quero colocar os meus pertences onde você ocupa com os pés.
Formiga – Só se botar no chão, sentar-se no chão e dormir no chão.
Luiz – E essa cama vazia?
Formiga – Serve para eu guardar os meus objetos desde quando ficou vaga.
Miguel – Não vá arrumar encrencas com o novato, Formiga, saiu no jornal que ele matou um gringo.
Formiga – Chega pra lá, sujeito, na rua mandava você; aqui dentro quem manda sou eu.

Luiz Silva olha profundamente para Formiga e grita:

Luiz – Eu vou procurar o Bicudo e, quando voltar, espero que você já tenha esvaziado a cama.
Miguel – Eu não te falei para você ficar longe dele? O cara é quente.

Formiga tenta se aproximar de Luiz e é agarrado por suas mãos e, em seguida, é arremessado contra a grade de ferro.

Luiz – Eu não estou lhe pedindo nada, só quero a cama e se você não me entregar agora mesmo, eu esmagarei o seu pescoço.
Bicudo – Formiga, trate esse rapaz mal e terá o meu severo castigo e sem choradeira.
Formiga – O cara já chegou aqui querendo me colocar contra a parede.

Bicudo – Só falta abaixar a sua calça e mandar você rebolar. É que você vai cuidar dos pertences dele e se desaparecer um pé de meia, será o responsável.

Formiga – Eu não vou ser babá de ninguém.

Bicudo – Vai ser babá e se continuar reclamando muito vai servir de mocinha também. Carcereiro, libere o meu Mandela para a gente dar um passeio no pátio.

Carcereiro – O horário de banho de sol já passou há muito tempo.

Bicudo – Deixa de conversa fiada, esse aí não é um homem de negócios, é apenas um rapaz que precisa de ajuda. Formiga, limpa essa cela e arruma as camas.

O carcereiro abre a cela, Luiz Silva sai com Bicudo e vai em direção ao pátio aberto da penitenciária Lemos Brito, os outros presos percebem que Bicudo tem um novo protegido na prisão.

Bicudo – Sérgio e Canário me contaram que você revolucionou o Calabar com suas músicas para o Bloco Calamaço e uma Escola de Música para a garotada da comunidade. Só quero saber como você veio parar aqui.

Luiz – Não foi por ação própria, mataram o namorado da minha ex-mulher. Uma arma que eu tinha em casa foi usada no crime e colocada de volta ao lugar que estava antes, me denunciaram e eu fui preso.

Bicudo – Você não matou o cara e o crime caiu nas suas costas? O que a sua ex-mulher acha de tudo isso?

Luiz – No início ela desconfiou de mim, mas depois que conversamos ela percebeu que é tão vítima quanto eu.

Bicudo – O homem que morreu era muito rico, tenho certeza que tem grana envolvida nessa parada.

Luiz – Eu tenho um informante que preciso fazer contato, ele sabe quem está por trás desse jogo sujo.

Bicudo – Quem é o seu aliado?

Luiz – É Reginaldo, irmão do meu principal suspeito que é o Chico Capoeira.

Bicudo – O Reginaldo queima muito fumo. Mesmo assim você confia nele?

Luiz – Eu passei a confiar quando flagrei minha ex-mulher saindo do motel. As informações para consumar o flagrante vieram dele.

Bicudo – Ele sabe que Chico é o seu principal suspeito?

Luiz – Não, porque não tive contato recentemente com Reginaldo, ele agora é pescador na Barra do Gil, ele me alertou para ficar de olho nos falsos amigos.

Bicudo – Mas agora aconteceu a morte do bacana e você está preso. Não se esqueça que ele é irmão do Chico.

Luiz – Eu sei, mas essa é a minha única pista para tentar desvendar o que aconteceu até o dia da morte do espanhol.
Bicudo – Quando só se tem uma carta, a gente só deve jogá-la na certeza de que vai ganhar. Se os ventos não estiverem bons para o seu lado, espere a hora certa para lançar a sua carta.
Luiz – Eu fiquei sabendo que estou aqui como mandante do crime, porque as minhas digitais não foram encontradas na arma.
Bicudo – Mesmo sem encontrar as suas digitais será julgado e provavelmente condenado pelo artigo 121 do Código Penal.
Luiz – Como eu posso retribuir ao apoio que o senhor está me dando?
Bicudo – Esse senhor fica parecendo nome de dono de engenho de açúcar que chicoteava escravos. Pode me chamar de você. Se quer ajudar, monte uma escola de música aqui dentro, eu entro com a ideia e você será o professor. Isso vai fazer com que as nossas penas sejam reduzidas.
Luiz – Ótimo, assim eu vou ocupar melhor o meu tempo aqui dentro. Preciso de uns vinte instrumentos de cordas para montar três turmas de alunos, uma em cada período do dia.

No sábado, dia 14 de julho, Fátima Pires volta do trabalho e é novamente parada pelo mesmo investigador da polícia civil, mas dessa vez ele pede desculpas por tê-la detido e levado para o posto policial. Quando Fátima chega em sua casa, Chico Capoeira chega também.

Chico – O que você queria com aquele policial?
Fátima – Nada, Chico, ele me parou para pedir desculpas por ter me detido.
Chico – E desde quando a polícia pede desculpas pelos erros que comete?
Fátima – O que é isso Chico? O cara só me pediu desculpas e foi embora. Está com ciúmes?

Chico Capoeira dá um tapa no rosto de Fátima como resposta, ela cai por cima do sofá que vira com ela por causa do impacto. Antes de ela se levantar, Chico a agarra e dá mais duas pancadas em sua mulher, ela começa a gritar.

Fátima – Para de me bater, Chico, vamos conversar...
Chico – A minha conversa com você é porrada.

Ela inicia em vão uma tentativa de atingi-lo e ao mesmo tempo se defender, mas nada funciona porque Chico sabe lutar melhor que ela e ainda por cima leva vantagem surrando-a sem parar.

Fátima – Calma, Chico, você não pode me bater.
Chico – Primeiro, você me fala o que comentou com aquele imbecil, depois eu paro de lhe bater.
Fátima – Socorro! Chico está me batendo...

Sérgio das Flores está nas escadas do beco conversando com Carla Almeida, os dois saem correndo para tentar tirar Fátima Pires das mãos do violento Chico Capoeira.

Sérgio – Calma, Chico, pelo amor de Deus! Chega de a polícia ficar invadindo as nossas casas. Se você não parar, a polícia vai aparecer.
Carla – Chico, não bate mais nela, todo mundo está nervoso e você também.
Chico – Ela estava falando com a polícia, tem que apanhar e muito.
Carla – Tá bom, Chico, bate em mim, se a Fátima tem que apanhar por não ter cometido erro nenhum, eu mereço por ter errado e feio.

Carla Almeida agarra Chico Capoeira e sai levando ele à força sala a fora. Vai empurrando o capoeirista escada abaixo quase que batendo nele, os dois vão descendo até a entrada da casa de dona Catarina, ela o conduz em meio aos olhares curiosos dos vizinhos.

Carla – Pode entrar na casa da minha mãe, você precisa se acalmar.
Chico – Desculpa, Carla, parece que eu fiz uma grande besteira com a minha mulher, ela não merecia.
Carla – Eu não aguento mais tanto problema, nem percebi que saí te empurrando daquele jeito.
Chico – Foi melhor você aparecer, eu não ia parar se o Sérgio estivesse sozinho.
Carla – O que deu na sua cabeça, homem? A Fátima é a mulher da sua vida.
Chico – Ela não vai me perdoar, estava sangrando pelo nariz. Bati na minha mulher e nem mesmo sei por quê.
Carla – Vá para a minha casa com o Sérgio, que eu vou trazer ela para a casa da minha mãe para ver se vai precisar levá-la ao médico. Se a gente for para o hospital, eu ligo para o seu celular.
Chico – Cuida dela para mim.
Carla – Ela precisa do seu apoio, depois de tanta coisa que aconteceu recentemente e não de porrada.

Carla Almeida sobe as escadas até a casa de Fátima Pires.

Sérgio – Cadê o Chico, Carla?
Carla – Mandei ele ir para a minha casa.
Sérgio – Ele arrebentou a própria mulher, não sei como você conseguiu dominá-lo.
Fátima – Eu nunca levei um empurrão de homem, agora o Chico vem e me enche de porrada. Vou largar ele hoje mesmo, se não fosse vocês eu poderia apanhar até desmaiar ou quem sabe até morrer.
Carla – Vamos para a casa da minha mãe, quero ver se você vai precisar ir ao médico.
Fátima – Já dei uma olhada no espelho, parece que não é nada tão grave, quero dormir em outro lugar e tirar umas fotos do meu rosto.
Sérgio – É melhor verificar o seu nariz e depois ver onde você poderá dormir.
Carla – Pra que você vai querer tirar essas fotos?
Fátima – Depois eu converso com você, a essa altura, eu preciso de provas.
Carla – Tá bom, Fátima, passa a noite na minha casa, dê tempo para Chico retirar os objetos dele de dentro da casa de vocês.
Fátima – Eu fico até sem jeito para lhe agradecer.
Carla – Para com isso, vai ser bom porque a gente pode passar a noite conversando.

No domingo, dia 22 de julho, Pedro Almeida e Mestre Canário vão visitar Luiz Silva na prisão.

Pedro – Oi, meu amigo, como está você?

Luiz – Estou bem e acho que ainda tenho vida, porque fui obrigado a sair de cena.
Canário – O que você vai fazer para provar a sua inocência?
Luiz – Eu preciso que Pedro vá até a Barra do Gil e procure o pescador do barco Bela Coroa, é o Reginaldo, ele sabe quem está por trás da traição da Carla e quem pode ser o meu inimigo no Calabar.
Pedro – E, se realmente for o Chico, você acha que ele vai falar a verdade depois que o Julio morreu?
Luiz – Essa é a minha única esperança de provar a minha inocência ou pelo menos provar que eu nunca segui o Julio para flagrar ele com a Carla. Foi o Reginaldo quem me ajudou, posso usá-lo como testemunha que eu não fui violento nem mesmo na hora que vi minha ex-mulher saindo do motel.

Canário – Você está certo, Luiz, tudo que pode provar a sua inocência será necessário.

Pedro – A Sandra Rocha disse que vai te ajudar com reportagens apontando as falhas na ação da polícia durante a sua prisão.

Luiz – Seria bom se ela entrasse aqui e me ouvisse, mas é muito arriscado dar uma entrevista aqui dentro sem a polícia ficar sabendo.

Pedro – A polícia te prendeu antes de você poder falar com a Sandra no jornal, isso complicou tudo.

Luiz – Eu sei. O que a Carla falou para o meu filho?

Pedro – Falou que você está trabalhando em outra cidade. Quando ela viajar para Cruz das Almas o menino estará bem melhor.

Luiz – Quando você pode ir na Ilha para falar com o Reginaldo?

Pedro – No dia 4 de agosto, é um sábado.

Luiz – Ótimo, eu vou receber um dinheiro do meu trabalho, posso pagar a sua passagem de ida e volta.

Canário – O Bloco Calamaço teve que cancelar o Festival de Música, mas os ensaios vão permanecer.

Luiz – Agora eu não estou compondo nada, a minha cabeça está cheia desse lugar horroroso.

Pedro – E aquela escola de música que estão querendo montar aqui dentro? Quando vai começar?

Luiz – Se for inaugurada pela manhã e ao meio-dia eu for liberado para ir embora, saio daqui sem dar uma única aula, isso aqui não é lugar para mim.

Canário – Quando você for liberado, fique vindo aqui para dar aulas para os detentos, esse lugar precisa de luz e a música é uma forte luz para essas cabeças sombrias daqui.

Luiz – Eu concordo que a música é uma luz, mas depois que me livrar desse inferno terei pavor dele. Se você dormir apenas duas noites aqui, vai ter pesadelos para o resto da sua vida.

Pedro – O que você vai fazer depois que sair daqui?

Luiz – Pretendo voltar ao meu trabalho. Dona Marta garantiu o meu retorno, depois vou processar o Estado por ter me exposto a esse calabouço sem ter provas de que eu matei o maldito espanhol.

Canário – Como você pretende provar que é inocente?

Luiz – Depois que o Reginaldo aparecer e dizer quem é que está por trás de tudo isso. Eu pretendo mandar o doutor Guilherme Souza pedir a prisão de quem quer que tenha matado o espanhol.

Pedro – Mas... E se Reginaldo se recusar a falar?

Luiz – Eu abro um processo na justiça e ele vai ter que falar o que sabe, mas acho que ele vai falar, mesmo sabendo que será preso.

Bicudo – Salve o meu amigo Canário! E aí, bicho, você não fica velho?

Canário – Eu vim pessoalmente lhe agradecer pela ajuda que está dando ao meu diretor musical.

Bicudo – Esse rapaz tem muita sorte de me encontrar aqui, mas vai ter que colaborar com a recreação do presídio.

Canário – Eu não garanto que ele queira voltar aqui depois de ser libertado, mas o Calamaço virá fazer a festa de fim de ano para vocês, é só arrumar o som que a gente vem.

Bicudo – Vocês acham que ele não vai demorar na prisão?

Canário – Só falta a gente juntar as provas para poder tirar ele daqui.

Bicudo – Nosso Mandela é um jovem muito inteligente para viver aqui dentro, mesmo já tendo conquistado a simpatia da maioria dos outros presos.

Luiz – Pedro, como está o Chico, agora que o Reginaldo nem aparece mais no Calabar?

Pedro – Muito mal, ele agora mora na casa de cima onde estava fazendo obra. Encheu a Fátima de porrada, porque ela estava conversando com a polícia. Deixa o Bicudo e o Canário aí e vamos andar um pouco.

Bicudo – Não se distanciem muito, no caso de tentativa de fuga, terei como proteger vocês dois.

Luiz Silva e Pedro Almeida saem e sentam-se em um banco quase no meio do pátio.

Pedro – Luiz, a Fátima quer vir lhe visitar no mesmo dia que eu vou para a Ilha de Itaparica, quer a sua autorização. Só que me pediu segredo absoluto.

Luiz – Ela deixou alguma insinuação de sexo, sensualidade no ar ou nas palavras?

Pedro – Eu não sou psicólogo, Luiz, mas ela estava com uma risada meio safada, pensei até que era coisa da minha cabeça.

Luiz – Não é coisa da sua cabeça, ela quer me comer, Pedro, quer ser minha visita íntima.

Pedro – Como você tem tanta certeza disso?

Luiz – Sábado é dia de visita das mulheres e namoradas dos detentos. Diz pra ela que eu aceito numa boa.

Pedro – Você vai transar com a Fátima? Você pirou, meu irmão? O Chico vai ficar uma fera, ele vai querer te matar.

Luiz – Quem dá porrada na mulher não tem o direito de cobrar fidelidade dela. Depois, ela sempre me comeu com os olhos, chegou a hora da verdade.

Pedro – Eu não sabia que você é um galinha. E a sua nova namorada?

Luiz – Eu não vejo ela desde que fui preso. Como a Fátima apareceu e eu ando a perigo, é melhor você dar o recado, se não eu pego você quando vier me visitar.

Pedro – Sai pra lá, coisa ruim, eu gosto é de mulher.

Luiz – A Fátima é a mulata mais gostosona que eu conheço, manda ela vir quente que eu estou com tesão.

Pedro – Em pouco tempo esse lugar já mudou você demais, ficou o maior galinha. Não se esqueça de usar camisinha.

Luiz – É muito bom poder contar com a sua ajuda. Muito obrigado!

Pedro – Você preservou o nome da minha família, por você eu faço qualquer coisa. Até mesmo trazer a mulher do vizinho para a sua cama na prisão.

Luiz – Entra em contato com a Sandra e diz que eu quero que ela faça uma entrevista comigo.

Pedro – Mas você sabe que jornalistas não podem entrar aqui sem autorização.

Luiz – Dia de sábado pode, é só dizer quem é minha visita íntima. Como eu preciso saber o que Reginaldo tem a dizer, manda ela vir depois que a gente conseguir todas as informações.

Pedro – E se ela não aceitar.

Luiz – Faz o seguinte: diz pra ela que entrando como minha namorada a gente vai poder ficar em um lugar reservado e isolado dos curiosos.

Pedro – Ela não vai querer fazer uma coisa dessas e eu tenho vergonha de tocar nesse assunto com uma jornalista.

Luiz – Acorda, Pedro! Um bom jornalista se enfia nos presídios, vai para o fronte da guerra, se infiltra no meio de traficantes de drogas para saber o que quer e depois faz as suas reportagens que vendem como banana na feira. Eu tenho certeza de que ela vai topar.

Pedro – Mas eu tenho vergonha...

Luiz – Pede para a Lúcia falar com ela, mulher sempre concorda com a ideia da outra.

Pedro – E se a Lúcia contar para a Carla e se Sandra quiser você também?

Luiz – A Lúcia tem a medida do perigo que a Carla representa para mim, ela não vai falar e se a Sandra me quiser será melhor, porque a reportagem vai sair com toques de sentimentos, realidade da cadeia e vingança. Vai me ajudar ou não?

Pedro – Prometi, agora não tenho mais saída. Tô ferrado!

No dia 29 de julho, domingo da semana seguinte, Luiz Silva não recebe nenhu-

ma visita, mas uma carta das mãos de outro detento que não revela o nome do emissário.

Marcão – Seu Mandela, tenho uma correspondência para o senhor. Mas só lhe entregarei se prometer que não vai ficar fazendo perguntas, eu estou proibido de falar por quem me entregou essa carta.
Luiz – Uma carta não vai me matar. Prometo não lhe fazer as tais perguntas.
Marcão – Se o senhor voltar atrás e fizer perguntas, eu serei obrigado a falar com o Bicudo e o senhor vai perder a suas mordomias.

Marcão entrega um envelope sem nome, sem endereço e sem carimbo para Luiz, e sai sem dizer mais nada, fazendo sinal para o músico do Calabar permanecer com a boca calada.

A CARTA

Qualquer dia do mês de julho em qualquer lugar da Bahia;

Ao meu grande e inesquecível amor, José Luiz da Silva Filho.

Meu bem, me perdoa por não aparecer para te dar apoio e conforto na hora que você mais precisou de mim. Me sinto insegura com tudo o que aconteceu com você, foi tudo rápido e violento demais para mim. No dia do seu julgamento, caso eu esteja mais firme que agora, irei à audiência para dizer que você dormiu na minha casa na noite do maldito assassinato que me separou de você.

Meu amor, eu sei que não sou a mulher da sua vida, mas o que sinto por você é maior do que essa confusão que você está envolvido. Eu nunca amei ninguém em toda a minha vida e, na primeira vez que passei a amar uma pessoa maravilhosa como você, me vi obrigada a fugir feito um cão covarde, fui obrigada a fazer isso para não complicar ainda mais a sua vida. Você pode até achar que eu não quis lutar por sua liberdade e te livrar do sofrimento que passa nesse momento. É claro que você tem razões para isso, mas eu tenho certeza da sua inocência. Li nos jornais que as suas digitais não estão naquela maldita arma de fogo e eu tenho certeza de que você não passou essa arma adiante para alguém dar cabo da vida de outra pessoa e isso me conforta me dando a esperança de que tudo isso passe e que você, o único homem que me fez lavar suas cuecas, fazer comida gostosa e caseira, me ajoelhar aos seus pés e dizer que o amo e fez despertar todos os meus desejos, quero que esteja o mais rápido possível livre para me fazer ir às nuvens sem sair debaixo de você.

Acredito em duas coisas: que a injustiça que armaram para você não vai durar muito tempo e que todo pesadelo tem um fim.

Te amo, te amo, te amo...

Karina Mendes.

No dia 4 de agosto, Pedro e Lúcia Almeida vão pela manhã para a Ilha de Itaparica procurar por Reginaldo Campos, na Colônia de Pescadores, da Barra do Gil.

Pedro – Moço, eu preciso falar com Reginaldo, o pescador do barco Bela Coroa.

Pescador – Ele está recolhendo os peixes do barco, é aquele de azul e branco. Oh, Reginaldo, tem visita para você.

Reginaldo – Pedro, Lúcia, venham molhar os pés na água do mar.

Lúcia – A gente veio conversar sobre o Luiz.

Reginaldo – Vamos nos sentar na areia. Que jornal é esse?

Pedro – É a reportagem da morte do Julio Martinez.

Reginaldo – Aquele miserável enfim foi para o inferno, ele estava destruindo a vida de Carlinha e do Luiz.

Lúcia – Morreu num beco na rua Ranulfo de Oliveira, perto da oficina. Foi comprar maconha, levou dois tiros na garganta e Luiz está na prisão pagando por um crime que não cometeu.

Reginaldo – Tiro na garganta? Eu tenho um suspeito muito claro para esse crime.

Pedro – Você acha que Luiz é inocente?

Reginaldo – Sem o meu suspeito eu já tinha certeza. O Luiz é contra a violência e esse crime é coisa de gente que sabia o que estava fazendo, fez sem medo de errar. O Pingo é o meu suspeito.

Lúcia – O que lhe garante essa exatidão?

Reginaldo – Quando eu, Chico e o Pingo éramos adolescentes fomos no Cinema Tupi assistir a um filme. Tinha um vilão que só acertava as vítimas na garganta, Pingo dizia que queria copiar o vilão do filme. Uma vez, ele atirou numa vítima e a bala furou a gola da camisa. Ele jurou que um dia acertaria alguém. Com certeza foi ele quem matou o Julio.

Pedro – Quem é o inimigo do Luiz no Calabar?

Reginaldo – Vocês querem o autor dos disparos que cometeu o crime que colocou Luiz inocentemente atrás das grades. Vão até o advogado de Luiz e falem para ele colocar o Pingo como principal suspeito na defesa. Quanto ao inimigo dele, se houver necessidade, eu falo quem é. Acho que o Pingo é muito mais importante que essa pessoa que não tem nada a ver com o crime.

Pedro – Você está protegendo alguém?

Reginaldo – Nem tudo o que a gente sabe deve falar numa situação como essa. Não quero ser o responsável por mais nada nesse caso de Luiz e da Carla, confesso que isso mudou a minha maneira de viver, é por isso que me mudei para cá.

Lúcia – Como você está vivendo sozinho aqui?

Reginaldo – Eu só agradeço ao Senhor do Bonfim por ter me colocado aqui na Ilha, até bagulho deixei de fumar. Eu estou ótimo!

Pedro – Como você se livrou das drogas?

Reginaldo – O mar me curou do vício, vez ou outra ainda sinto vontade de fumar, mas aqui não tem más companhias, aí minha vontade passa.

Lúcia – Quanto a gente te deve pelas informações?

Reginaldo – Nada, Lúcia, vá e ajude Luiz sair da prisão. O Calabar precisa muito que ele esteja solto e tirando aquelas crianças do crime e das drogas. Analisei o Calabar antes e depois da chegada de Luiz, ele é mais útil para a comunidade do que muita gente pensa.

Pedro – Muito obrigado, Reginaldo, a gente já vai. Amanhã vou visitar o Luiz para passar para ele essas informações.

Reginaldo – Esperem até o meio-dia, quero que vocês almocem comigo, a Janaína faz uma moqueca maravilhosa.

Lúcia – Quem é Janaína?

Reginaldo – É a minha namorada, um pescador não pode viver sem uma Janaína e eu já tenho a minha. Ano que vem quero ter um filho.

Pedro – Então, você e a Janaína voltaram? Que bom, dá um abraço nela em nome da minha família. O meu filho já está crescendo no ventre da Lúcia.

Reginaldo – Eu a achei meio gordinha, mas não quis perguntar nada por respeito. Sabe, Pedro, vocês filhos de dona Catarina não merecem o que fizeram com a Carla, foi uma sacanagem.

Pedro – O que fizeram com a minha irmã?

Reginaldo – Envolveram ela em um esquema sujo e a coitada caiu por falta de experiência.

Lucia – Que esquema sujo é esse?

Reginaldo – Esperem o crime ser desvendado para comentar qualquer coisa com outras pessoas, até mesmo para os seus pais, Pedro. A verdade é que tem prostituição na jogada.

Pedro – Você tem certeza?

Reginaldo – A Carla não é prostitua, mas quem armou o relacionamento dela com o espanhol vive nesse meio. Deve ter rolado muita grana nessa traição, Luiz não sabe disso.

Pedro – Posso falar isso para ele?

Reginaldo – Deve falar o mais depressa possível, é melhor ele ficar prevenido.

Pedro – Tudo bem, nós vamos almoçar com você e a sua Janaína.

Na tarde desse mesmo sábado, Luiz Silva é chamado para receber a visita íntima de Fátima Pires, ela chega vestida em uma calça jeans apertada, sapato de salto alto e a blusa é comportada, mas chama a atenção pela sua beleza e sua elegância. Quando chega ao pátio, Marcão vai falar com ela. Na passagem da galeria para o pátio, Luiz vê os dois conversando, ele recua e fica observando do corredor. O carcereiro conduz Fátima para o corredor e ela se encontra com Luiz, que está sentado em um banco de madeira.

Fátima – Luiz, como você está?

Luiz – Estou ótimo agora com a sua chegada, a gente precisa conversar antes de termos qualquer coisa.

Fátima – Você pode me achar assanhada ou sem-vergonha, mas eu sou mulher e sempre tive vontade de ficar com você. Agora posso fazer isso, me separei do Chico.

Luiz – Eu não vou pensar nada de você, só não quero que o que acontecer aqui dentro atravesse os muros da penitenciária.

Fátima – Mas é claro que não vou falar nada lá fora, eu vim aqui matar duas coisas: a vontade de fazer amor com você e a curiosidade do que a sua ex-mulher me contou da sua pessoa.

Luiz – Você precisa me falar o por quê de ter vindo, esse papo de curiosidade não me convence.

Fátima – Você vai me deixar na vontade por causa de explicações?

Luiz – Você é uma mulher bonita e ainda possui outras qualidades que lhe tornam atraente. Sou homem e não vou negar que tinha vontade de fazer amor com você. Só que você podia esperar eu sair da cadeia.

Fátima – Eu prefiro aqui, não posso fazer isso lá fora com tanta gente que cerca você, aqui ninguém atrapalha.

Luiz – Está bom, tem que pagar o carcereiro, aqui eles cobram até pensamento.

Fátima – Eu pago. Quanto é?

Luiz – Cinquenta reais por quatro horas.

Fátima – É caro pra caramba, no motel é mais barato.

O casal dá uma volta pelo pátio à procura do carcereiro, que não se encontrava no corredor. Quando passam no meio de vários presos, Luiz fala:

Luiz – Escutem, amigos! Essa é a minha namorada, quando ela vier aqui ninguém mexe.

Miguel – O Mandela tem bom gosto, a gata dele parece uma modelo. Tem uns

caras aqui que, quando a gente vem com a mulher, pensam que o camarada vai para a guerra com um canhão embaixo do braço.
Luiz – Você já ganhou até elogios dos presos, isso significa que está bem acompanhada.

Luiz e Fátima seguem o carcereiro pelo imenso corredor da penitenciária

Fátima – Deixa eu falar no seu ouvido... Eu quero ouvir você falar bem baixinho piadas de amor na hora da cama, eu adoro.
Luiz – Já vi que você é bem safadinha. Da próxima vez, você só poderá entrar aqui se me avisar antes. Não é muito bom para um preso novato ficar recebendo namorada toda semana.
Fátima – Não mente para mim, Luiz, eu sei que tem uma fila de mulheres querendo lhe fazer visita aos sábados, é por isso que eu vim primeiro.
Luiz – Eu não estou mentindo, mas admito que ser gostoso é ser presa fácil para vocês.
Fátima – Cala a boca e tira essa roupa.
Luiz – Tem uma coisa que não faz sentido...
Fátima – Digamos que eu nunca quis que você se metesse onde está, e agora quero lhe trazer um pouco do carinho que nunca tive a oportunidade de te dar.
Luiz – Continua sem sentido, parece mais um jogo de xadrez dentro do próprio xadrez, não sei quem será a próxima peça que vai cair...
Fátima – Eu já joguei muito na vida, às vezes ganhei, às vezes perdi. Até que um dia resolvi mudar a minha vida e aprendi a não perder e, quando isso acontece, recuo para não me ferir de novo.
Luiz – Mas o que você quer ganhar de mim? Agora estou sem poder te dar nada, só sexo e dores pelo seu corpo.
Fátima – Essa dor no meu corpo faz parte da transa, o sexo é o grande prêmio. Vai valer a pena ter vindo aqui atrás de um momento de amor e prazer, e eu sei que você é capaz de me proporcionar isso, pode até me enlouquecer.
Luiz – Mas estamos em um lugar inusitado, fora do comum, nada disso faz sentido.
Fátima – Eu não me importo com o lugar, o mais importante para mim é que não vou ter outra chance de deitar com você. Lá fora, as pessoas que nos cercam não me entendem, acho que até você não vai me entender.
Luiz – Você parece frustrada com a vida, mas a própria vida vai me deixar dizer o que penso da sua atitude...
Fátima – A vida não vai me dar a chance de ficar com você, portanto não tente

me enganar. Chega de conversa, eu paguei muito caro para ficar com você, agora deixa eu te amar.

Luiz Silva e Fátima Pires agora formam o casal que não estava nos planos deles dois, um querendo algo do outro: Fátima sente que o jogo está virando muito rápido contra ela e Chico Capoeira, por isso, busca o apoio de Luiz que por sua vez tenta arrancar a todo custo informações daquela que acabou com o seu casamento com Carla, mas só que dessa vez é a sua algoz quem se deita com ele. Esperto como é, Luiz sabe que entrou na fase mais perigosa do jogo e que perder qualquer investida com Fátima pode significar até o fim da sua vida, pois ela conhece Marcão, um presidiário que tem muito mais tempo que ele na prisão, além de duvidar da separação entre Fátima e Chico Capoeira.

Os dois passam seis horas trancados no pequeno compartimento em que só tem um colchão no piso frio. Fátima, aconselhada por Pedro Almeida, levou dois lençóis para deixar o fim de tarde do presidiário mais confortável. Entre uma transa e outra, rola um bate-papo para um colher informação do outro, conversas carinhosas, lamentações por não terem se envolvido antes na cama, o choro dele por estar preso, e o choro dela sem dizer que se arrepende do que fez, o quase pedido de perdão e apesar de todo o sofrimento; a declaração de um estar surpreso e satisfeito com o sexo fervoroso do outro, beijos, muitos beijos, abraços demorados, elogios, sexo e muito mais sexo das duas horas da tarde até as oito horas da noite. Eles tiveram que pagar mais dinheiro ao carcereiro para prolongar o período no quarto do amor em meio a tanta desumanidade que Luiz Silva encontrou no presídio. A despedida ocorreu com beijos e abraços muito demorados na presença curiosa dos presos, até que finalmente Fátima Pires sai da Penitenciária Lemos Brito.

Fátima deixa o presídio feliz com tudo o que aconteceu. Quando chega ao Calabar, ela encontra Pedro e Lúcia Almeida que estão voltando da Ilha de Itaparica. Ela passa na casa de dona Catarina e vai para o terraço conversar com ele e diz que está feliz por ter ficado a tarde inteira com Luiz.

Pedro – E aí, Fátima, como foi a sua tarde com Luiz?
Fátima – Pedro, te confesso que não me decepcionei. A gente fez amor até ficarmos cansados, adorei ficar com ele. Que homem carinhoso e inteligente, ao mesmo tempo!
Pedro – Eu ainda não entendi por que de repente você se interessou por ele.

Fátima – E eu não entendo como fui ser burra de não ter terminado com Chico antes de sua irmã começar a namorar com ele.

Pedro – Espera aí! Você não vai dizer que já se apaixonou por ele!

Fátima – Claro que não é paixão ainda, mas se a gente continuar ficando horas e horas fazendo amor, eu vou me perder por aquele negão.

Pedro – Tá bom, Fátima, só não vai espalhar por aí que eu ajudei no começo dessa loucura. Eu só queria saber se foi tudo bem.

Fátima – Pergunta o restante para ele amanhã quando você for visitá-lo, teve tanta coisa que tenho vergonha de falar para você.

Pedro – Eu imagino, com uma semana que minha irmã estava namorando com Luiz eu não conseguia conversar mais com ela. Começa falando nele, no meio só dava ele e no fim da conversa ela dizia que não me falou tudo. Cuidado para não se apaixonar, aquele cara parece feito de mel, se provar se lambuza e se apaixona.

No Domingo, logo cedo, Pedro Almeida acorda e vai para o presídio visitar Luiz Silva para passar a ele as informações dadas por Reginaldo Campos.

Pedro – Olá, amigo! Que cara de sono é essa?

Luiz – A Fátima acabou com todas as minhas energias ontem, pela primeira vez eu consegui dormir como um anjo nesse inferno. Como foi a viagem para Itaparica? O Reginaldo está bem?

Pedro – Foi ótima, ele me deu uma boa notícia. Me disse que quem sempre tentou atirar na garganta de alguém é o Pingo. Reginaldo falou para você tentar pedir a prisão preventiva do Pingo através do seu advogado.

Luiz – Meu Deus, agora me lembro. O Pingo desapareceu assim que o Julio morreu, mas quando a polícia foi à minha casa ele estava sentado nas escadas do beco e, quando eu saí de volta com a polícia e a arma, ele havia desaparecido de novo.

Pedro – E, agora, o que você vai fazer?

Luiz – Preciso da reportagem, uma entrevista comigo dizendo que sou inocente, assim a direção da penitenciária se sentirá obrigada a me proteger aqui dentro para não me matarem. O que mais Reginaldo falou?

Pedro – Uma coisa meio absurda, mas fez questão que eu te contasse: falou que Carla estava envolvida com gente ligada a prostituição, que foi por isso que ela traiu você.

Luiz – É isso. A Fátima é uma mulher muito misteriosa, ela colocou um homem no caminho da Carla. É por isso que Karina sumiu.

Pedro – O que você está falando? Agora, eu não entendo mais nada.

Luiz – Eu recebi uma carta escrita por Karina das mãos de um cara que me pediu para não fazer perguntas nem mandar resposta para a carta. Ontem, quando a Fátima veio me ver, ficou conversando com esse cara até o carcereiro ir avisar onde eu estava. Karina é uma garota de programa, agora faz sentido ela ter desaparecido, deve saber que Carla é amiga da Fátima.

Pedro – Aonde você quer chegar?

Luiz – Fátima e Karina transam quase da mesma forma, muito parecido, coisa de profissional da cama. A sua irmã é bem diferente delas duas. Karina deve ter fugido para proteger Fátima e Chico da polícia, por isso que ela não foi para a delegacia de Rio Vermelho para dizer que sou inocente.

Pedro – É verdade, eu vi quando o Chico atravessou a rua e impediu que a Karina fosse até a delegacia no dia que você foi preso.

Luiz – Isso o Canário me falou. Eu agora tenho como provar o envolvimento do Chico com o triângulo entremim, a Carla e o espanhol.

Pedro – E Pingo, onde ele entra nessa história?

Luiz – Talvez tenha tentado assaltar o gringo.

Pedro – Não, Luiz, nada foi levado do Julio.

Luiz – Agora deu foi um nó na minha cabeça.

Pedro – Por que você não tenta falar com a Carla?

Luiz – Conheço bem a sua irmã, ela vai esconder tudo o que sabe.

Pedro – O que vamos fazer agora?

Luiz – O que a Sandra falou da ideia de me visitar e fazer uma entrevista?

Pedro – Ela topou, disse que é só marcar o dia. É como você me falou: um bom jornalista vai em qualquer lugar em busca da notícia.

Luiz – Perfeito, quero ela aqui no dia vinte e cinco, até lá a gente junta as provas para eu passar para o doutor Guilherme antes da entrevista.

Pedro – Você vai querer papar a jornalista também?

Luiz – A minha intenção é não ficar com ela, só quero sair daqui. Quando precisar de uma mulher, ligo para Fátima.

Pedro – Cuidado para não se apaixonar por ela.

Luiz – Eu estou prevenido, a sua irmã bloqueou a entrada de outra mulher em meu coração.

Pedro – Então vocês vão voltar?

Luiz – Não, Pedro, sem chances de volta, eu nunca escondi isso dela nem de ninguém.

Pedro – Tá bom, Luiz, eu vou procurar o seu advogado e passar as informações do Reginaldo. O meu pai, Sérgio e o seu pai vêm lhe visitar hoje à tarde.

Luiz – Obrigado mais uma vez, dá um beijo em dona Catarina e fala para Fátima que eu estou apaixonado. Quero ela bastante empolgada, quero arrancar as informações possíveis que preciso, depois a descarto.

Pedro – Vá com calma, ela pode roubar a sua alma.

Luiz – Sua irmã já me levou a alma, só tenho o corpo e a cabeça, não se preocupe com isso.

Na sexta-feira, dia 11 de agosto, Carla Almeida retorna da viagem a Cruz das Almas. Pedro e Mestre Canário estão no terraço acertando para Sandra Rocha entrar no presídio no dia 25 de agosto.

Canário – O plano é o seguinte: o doutor Guilherme vai entregar uma foto do Pingo para o titular da 10ª Delegacia dizendo que ele é o nosso suspeito de ter atirado no Julio Martinez. O dia da entrega da foto será na véspera da reportagem sair. O Sérgio vai pedir para o Pingo ir pintar a creche do Alto das Pombas uns dias antes para ele não sair do Calabar. Ele tem que ser preso na manhã de segunda-feira, porque a reportagem vai sair bem cedo com a entrevista que o Luiz vai dar no sábado para Sandra. O Luiz não pode correr risco de morte na penitenciária. Na sexta-feira, o doutor Guilherme vai pedir que o Estado seja responsável por qualquer violência que o Luiz venha sofrer na prisão.

Pedro – Mas onde entra o principal suspeito de Luiz, o Chico Capoeira?

Canário – Se a gente não conseguir provar que o Pingo é o assassino, vamos ter que mirar no Chico Capoeira, ele é a última cartada que temos e o Reginaldo é a nossa testemunha. Pelo amor de Deus, não conta nada para Catarina, ela anda muito curiosa.

Pedro – Deixa comigo, depois que tudo passar eu vou fazer concurso para investigador, andei tão envolvido na solução de um crime que o principal acusado é inocente e estou lutando para esclarecer todos esses mistérios. Aprendi muito.

Canário – Cala a boca, que a Carla está chegando.

Carla – Meu irmão, quanta saudade!

Pedro – Eu também estava com muita saudade. Como foram as suas férias?

Carla – Deu para esfriar um pouco a cabeça. Me dá notícias do Luiz.

Canário – Luiz está bem. A polícia continua no Calabar, isso aqui virou um inferno.

Carla – Tem chances de Luiz ser inocentado?

Pedro – O processo está em andamento, Luiz poderá ser solto no início do mês de outubro por falta de provas.

Seu Paulo – Isso era surpresa para Carla, não era para falar.
Carla – Eu sei, pai, que vocês estão lutando para livrar ele do xadrez, mas por favor não me escondam as novidades.
Dona Catarina – Eu já mandei uma carta pedindo para Luiz ficar aqui na nossa casa. Quando voltar, quero ficar perto dele.
Carla – Luiz tem casa, mãe, com certeza ele vai querer morar nela.
Pedro – Cuidado para não se decepcionar, Carla, Luiz não vai querer voltar a viver com você de novo.
Canário – Ele vai voltar mais duro da cadeia, já percebi umas mudanças no Luiz, com certeza não será mais o mesmo.
Carla – Eu não me importo que a gente não fique junto outra vez, só quero vê-lo longe dessa maldita prisão...
Pedro – Não chora, mana, vamos descer, você precisa descansar.

No sábado, às dez horas da manhã, Luiz Silva liga para o telefone do trabalho da Fátima.

Luiz – Oi, sou eu, Luiz. Vai fazer o que hoje? Quero te ver. Quanto você tem? Não tem problema, você gasta aqui e depois pega com o Pedro, ele tem o meu cartão do banco. Dessa vez eu pago. Liga para dona Catarina e pede para ela ficar com Daniel. Ah, vem pra cá, estou louco para te deixar toda nua. Seu corpo é lindo! Isso, meu amor, sem roupa, sem-vergonha e bem safada, como eu gosto e do jeitinho que você adora ficar. Vem que já acertei com o carcereiro, o nosso canto já está limpinho, fiz até faxina. Isso, menina, gostei da decisão. Estou te esperando. Beijos...

Fátima desliga o telefone e, em seguida, liga para dona Catarina, pede para ela ficar com o pequeno Daniel, diz que vai para Jardim Cruzeiro resolver uns problemas de família. Quando ela chega ao presídio são quase três horas da tarde, só recebe elogios dos presos.

Miguel – Chegou a patroa do Mandela, ninguém mexe se não ele pára de dar aulas de violão para a malandragem. Pode passar, senhora Mandela, o professor está lhe aguardando.
Fátima – Obrigada! Vocês são muito gentis.
Luiz – Eles ficaram fascinados com a sua beleza, não param de falar em você.
Fátima – Você me deixa sem graça, parra de falar essas bobagens. Não sou a sua mulher, sou apenas a sua amiga que vem aqui para lhe dar carinho. Só isso.

Luiz – Os homens sempre mexeram com você. Me lembro que uma vez o Pingo quase apanhou do Chico no desfile do Calamaço.
Fátima – Aquele imbecil queria sair comigo na marra.
Luiz – Mas você já estava com o Chico. Essa história iria ficar complicada, que cara mais louco, o Pingo.
Fátima – Eu odeio ele até hoje, só o Chico fala com ele, eu passo por ele nem bom-dia digo.
Luiz – Não fala com o cara só por causa da cantada?
Fátima – Tem umas coisas chatas na parada, o Chico não brigou comigo porque confiava em mim.
Luiz – Pingo e Chico continuam amigos ou só se falam?
Fátima – Às vezes, tomam cerveja juntos, mas quando eu apareço eles se separam. Por que?
Luiz – Nada demais, foi só para continuar a conversa. Agora eu vou te levar nos braços até o nosso cantinho.
Fátima – Há muito tempo eu não sou levada nos braços, vou adorar.
Luiz – Então vem, minha boneca!

Fátima Pires e Luiz Silva têm mais uma tarde de amor num sábado chuvoso e com pouco movimento na Penitenciária Lemos Brito, ficam juntos até às sete e meia da noite. Quase chegando ao fim do período, Luiz começa a bater papo.

Luiz – Você é uma mulher muito interessante, bonita, inteligente, muito boa na cama e ainda por cima alegre, enfim sabe se articular melhor que outras mulheres. Mas por que o Chico quase estrangulou você?
Fátima – Eu não vou esconder de você, eu era uma prostituta quando comecei a namorar com o Chico. No primeiro dia, ele já logo foi me pedindo para virar uma mulher comum e ir viver com ele. O restante você já sabe.
Luiz – Essa parte eu desconfiava e entendi. Mas por que ele te bateu tanto?
Fátima – Eu estava conversando com o policial que me prendeu no posto da rua Sabino Silva. O cara só veio me pedir desculpas. Cheguei em casa e o Chico começou a me bater sem ao menos dizer o por quê?
Luiz – Por que você ficou detida no posto policial?
Fátima – É aquela polícia dentro do Calabar. Ficam olhando para o moradores como se todo mundo fosse bandido ou criminoso. O policial me revistou e pediu para eu ir até o posto para tirar a roupa na frente de uma mulher, acho que ela é lésbica, porque ficou pegando nas minhas pernas. Eu já estava nervosa com a sua prisão e perguntei se ela queria me levar para a

delegacia ou ir para o motel comigo. Foi uma confusão dos diabos e eles me detiveram.

Luiz – Mas o Chico sabia detalhes dessa policial?

Fátima – É claro que ele sabia, eu odeio violência e aquela mulher quase me bateu.

Luiz – Por que você resolveu se envolver com um homem preso que pode ter mandado matar outro ser humano?

Fátima – Eu acho que você não mandou matar ninguém, meu lindo. Você é vítima dessa violência que tomou conta da cidade.

Luiz – O Chico já teve problemas com a polícia?

Fátima – Depois que passou a conviver comigo não, mas antes ele se envolveu em umas brigas e já foi preso por agressão. Agora, eu que te pergunto: por que?

Luiz – Porque eu não entendo como um sujeito tem uma mulher tão bonita e espanca. Se eu era contra ele por ter batido em você, agora que senti prazer em seus braços, a minha vontade é de dar muita porrada na cara do Chico.

Fátima – Mesmo você sabendo que ele sabe que eu tenho um passado errado?

Luiz – Põe uma coisa na sua cabeça: não há ninguém que consiga ir ao dia de ontem e transforme o hoje em um dia melhor para que o próximo dia venha a ser limpo.

Fátima – Ninguém nunca me falou algo tão bonito, me sinto nas nuvens.

Luiz – Depois eu vou fazer uns poemas para você, só não diga quem foi o autor.

Fátima – São quase sete e meia, me deixa ir embora, meu lindo, depois você me liga.

Luiz – Eu deixo, sim, pega a grana com o Pedro.

Fátima – Não precisa, Luiz, eu darei um jeito. Só quero saber uma coisa.

Luiz – Não prometo nada, se for algo muito complicado.

Fátima – E a Carla, o que você vai fazer com ela depois que sair daqui?

Luiz – Nada, ela vai viver a vida dela e eu vou viver a minha.

Fátima – Ela está ficando com depressão, volta para o seu amor.

Luiz – Não, Fátima, sou capaz de assumir você apesar do seu passado e dos seus problemas com o Chico, mas para Carla eu não volto.

Fátima – Eu não quero ficar com você, eu vim em busca de aventura, de uma louca fantasia, de fazer amor no presídio cercada de homens famintos por sexo, que sabem o que vim fazer. Isso é coisa para mulher que tem muita fantasia na cabeça. Não quero ficar com você, apesar da sua diplomacia e carinho.

Luiz – Mesmo assim, eu não vou voltar para a sua amiga Carla.

Fátima – É você quem decide, por mim está livre. Beijos, Mandela...
Luiz – Beijos, minha cadela...
Fátima – Se você me chamar de cadela de novo, eu volto, durmo aqui mesmo! Beijos, Mandela...
Luiz – Beijos, coisa linda da Bahia!

Quando Fátima Pires se afasta deixando Luiz Silva sozinho, Bicudo aparece e fica conversando com ele no pátio:

Bicudo – Você deve gostar muito dessa mulata, ela é uma moça elegante e bonita. Com todo o respeito.
Luiz – Não se engane, Bicudo, ela é uma víbora.
Bicudo – Não fala assim dela! Uma moça como essa sua namorada, não merece isso.
Luiz – Deixa eu lhe pôr bem informado: tenho quase certeza que foi ela quem colocou o tal espanhol entre mim e a minha ex-mulher.
Bicudo – Se fosse eu, mataria ela, mas você está é se deitando com a mulher que arruinou a sua vida.
Luiz – Me deito com ela, porque preciso gozar e de boas informações.
Bicudo – Ah, sim, depois você vai matá-la?
Luiz – Não, para a minha vida não se acabar aqui dentro. Só quero colocar o assassino do espanhol no lugar em que estou e voltar a ter uma vida normal.
Bicudo – Santa paciência e inteligência. Mandela, eu estou tendo um problema com você. Os tiras não estão gostando da mordomia que você está tendo aqui na Lemos Brito.
Luiz – Qual é o problema, meu amigo Bicudo?
Bicudo – Fica uma semana sem chamar a sua namorada aqui.
Luiz – Tudo bem. Quem virá na próxima semana não será ela.
Bicudo – Ficou louco, porra? Eles estão exigindo mais dinheiro.
Luiz – Quanto é, Bicudo? Qual o valor dessas ratazanas?
Bicudo – Com o cantinho vai para duzentos paus.
Luiz – Eu pago, não importa o preço, é a minha única chance de sair daqui.
Bicudo – Vai com calma, o seu dinheiro acaba um dia.
Luiz – Depois eu recupero. Vou processar o Estado por ter me colocado aqui dentro sem eu ter matado ninguém.
Bicudo – Se todo preso agisse assim, o governo pensaria duas vezes antes de prender muita gente que não cometeu crime algum.
Luiz – Isso precisa mudar e eu vou começar com a mudança.

Na terça-feira, dia 21 de agosto, é feita uma reunião no apartamento de Sandra Rocha, na avenida Cardeal da Silva, para definir como será o arriscado encontro da jornalista com Luiz Silva.

Dr. Guilherme – Eu já falei para o delegado Maurício Garcia que os amigos de Luiz têm um suspeito de ter atirado no espanhol.

Dona Marta – O próprio delegado já disse que não acredita que Luiz tenha mandado matar o Julio.

Sandra – Esse é o nosso principal aliado fora do nosso grupo. Quando falei com ele, me revelou que qualquer prova apresentada que revele a inocência do Luiz será aceita.

Pedro – Então, por que ele não ouve o que Luiz tem a dizer?

Canário – Porque a maldita arma do crime estava na casa e Luiz não teve até agora como explicar como essa arma saiu de dentro da sua casa, matou o Julio e retornou sem deixar vestígios de outra pessoa. Para a polícia, só Luiz pegou na arma.

Dr. Guilherme – Para a surpresa da própria polícia, há uma impressão que já foi confrontada com a desse Pingo. Não é nem dele nem de Luiz, uma terceira pessoa pegou na arma e ninguém sabe quem é.

Sandra – Mas como a polícia chegou ao Pingo antes de nós?

Dr. Guilherme – Ele já cometeu alguns assaltos e tem ficha na 7ª Delegacia. No início, chegou a ser o principal suspeito, mas suas digitais não foram encontradas em nenhuma das quatro armas apreendidas no Calabar.

Canário – Voltamos a caminhar para lugar nenhum.

Pedro – E a revelação do Reginaldo, ela não serve para nada?

Dr. Guilherme – Serve, mas Luiz tem que falar para a imprensa que é inocente, precisamos dar entrevista, falar para a polícia onde o Pingo está e exigir que ele seja interrogado pelo delegado Maurício.

Pedro – Tem um detalhe: Luiz me falou que Pingo não estava no Calabar na terça-feira e na quarta-feira, e que estava sentado nas escadas justamente quando a polícia foi recolher a arma na sua casa.

Canário – Mas como Pingo entrou na casa de Luiz, retirou a arma, cometeu o crime e colocou a arma de volta no lugar que estava antes, sem deixar suas digitais?

Sandra – Se a polícia nos falasse como soube da existência da arma, acharíamos todas as respostas. Pelo que eu entendi, o Pingo sabia que a polícia estava fazendo a busca na casa de Luiz. Ele mesmo deve ter feito a denúncia.

Pedro – Luiz acha que alguém estava com uma cópia das chaves da casa dele, pois me pediu para trocar todas as fechaduras no dia que foi preso.

Dr. Guilherme – Só existe uma saída para solucionar o caso: prender o Pingo e, se não arrancar uma confissão dele, a gente vai ter que pegar o Chico e interrogá-lo por causa do sumiço da namorada de Luiz. O dr. Maurício já está com uma cópia da foto dela.

Canário – Eu acredito que a entrevista com Luiz vai fazer a polícia recomeçar as investigações e descobrir o verdadeiro assassino. Ainda acho que o Pingo não assaltou o Julio.

Pedro – Mas o que Reginaldo falou não serve para a gente investigá-lo?

Canário – Eu não disse que não foi o Pingo o autor dos disparos, acho que foi execução, o crime deve ter sido encomendado.

Dr. Guilherme – É por isso que a entrevista é fundamental. Se Luiz diz para um jornal que não matou ou mandou matar o Julio, a polícia vai ter que mostrar que está trabalhando para esclarecer o crime.

Sandra – Eu estou aqui para contribuir, vamos acertar os detalhes da minha entrada na penitenciária.

Dona Marta – Eu pago as despesas com táxi. Não suporto essa ausência humana do Luiz, é uma injustiça o que fizeram para ele ser preso.

A reunião se estende até às dez horas da noite. A presença de Carla Almeida é questionada por Sandra Rocha que faz a revelação de ter sido o casamento de Luiz e Carla a reportagem mais emocionante da sua carreira e fala que a próxima será mais arriscada e a mais ousada feita pelo jornal O Diário de Salvador. *Comenta também que o diretor de redação pretende adotar o Calabar como ponto de reportagens sobre desenvolvimento cultural e social das comunidades da capital baiana para amenizar o sofrimento dos moradores.*

No sábado, dia 25 de agosto, Luiz Silva liga para Fátima Pires apenas para bater papo e falar sobre seu desempenho como mulher na cama.

Luiz – Oi amor, tô com saudade, com muita saudade. Não vai dar, fui barrado esta semana de novo. Não, meu bem, se eu insistir, perco o direito de lhe receber na próxima semana. É melhor deixar para o primeiro sábado de setembro. É bom porque a saudade aumenta e a gente fica com mais desejo um do outro. E você, como está? O Chico não te procura mais? Agora é só minha! Que bom, vou guardar energia no meu corpo para gastar no seu. Será um prazer... Beijos...

Às duas horas da tarde do mesmo sábado, Sandra Rocha entra na penitenciária Lemos Brito como a nova namorada de Luiz Silva.

Assistente Social – Boa-tarde, moça! Você é visita íntima de quem?
Sandra – José Luiz da Silva Filho, o Mandela. Aqui está o número do registro dele.
As. Social – Você sabe que ele recebeu uma outra mulher por dois finais de semana seguidos?
Sandra – Mais ou menos, mas eu sou a namorada dele, estava viajando e foi por isso que aquela piranha veio aqui.
As. Social – Eu estou lhe falando isso, porque vai ter que pegar preservativos, não podemos deixar que você adquira aqui no presídio doenças sexualmente transmissíveis.
Sandra – Pode dar os seus preservativos para outra visitante, eu já comprei os meus.
As. Social – Preciso ver... Tá bom, tudo bem, pode entrar. Você é uma mulher muito bonita para vir fazer amor em um presídio.
Sandra – Eu amo meu namorado e vocês tiraram ele de mim, agora eu tenho que gastar a minha beleza vindo aqui.
Luiz – Meu amor, não fique discutindo à toa, vamos para o pátio.

Quando Sandra se aproxima de Luiz, ele agarra ela e fala para ela não criar problemas com os funcionários. Ao passar pelo pátio, Luiz fala:

Luiz – Estes detentos estão aqui no pátio para matar a curiosidade de ver você. É que ando recebendo outra pessoa aqui e eles disseram que você tem que ser mais bela que a outra.
Sandra – Boa-tarde, pessoal! A partir de hoje eu sou a única mulher que vai visitar esse sem-vergonha. Se aparecer outra, não poderá ser mais bonita que eu e me falem, porque a verdadeira "dona encrenca" dele sou eu.
Miguel – Quer saber, dona Mandela? A senhora está é muito bem acompanhada. Esse professor é a pessoa mais legal que já entrou aqui. Todo mundo respeita ele e seus amigos, cuida bem dele, o cara é poderoso.
Luiz – Tá vendo, meu amor? Agora é hora da gente se divertir.

Sandra Rocha segue agarrada na cintura de Luiz Silva, observada e aplaudida pelos detentos. Os dois seguem até o fim do corredor, onde fica o pequeno quarto onde vão passar o restante da tarde.

Sandra – Até aqui está fácil demais, meu celular ficou desligado na portaria, o seu advogado está no Jardim Santo Inácio com Mestre Canário e o Pedro me esperando. Eu tenho que sair daqui 5h30min, antes de anoitecer.

Luiz – Eu não tenho palavras para lhe agradecer por ter aceitado a minha proposta.

Sandra – Não precisa agradecer, estou cumprindo as minhas funções de amiga e de jornalista, vou atrás da verdade onde ela estiver, mesmo que tenha que entrar em um presídio disfarçada de namorada do entrevistado. Não se esqueça que você é meu amigo.

Luiz – Quando você terminar a entrevista, vai ter que enfiar o papel com minhas respostas dentro da sua calcinha. Elas vão colocar você em um banheiro que fica na recepção e mandar você tirar a roupa para ver se está com alguma coisa. Pode começar.

Sandra – Como você descobriu que sua ex-mulher tinha um caso extraconjugal com o empresário Julio Martinez?

Luiz – Eu não descobri, teve uma pessoa que a viu saindo do motel, me contou o que estava acontecendo e eu armei um flagrante. Sofri por uma semana só de pensar que ela estava transando com outro homem, até eu ter a confirmação, quando ela estava saindo do motel em um táxi.

Sandra – Qual foi o seu contato com o Julio?

Luiz – Nenhum. Nunca vi esse homem na minha frente, eu não tinha nada para falar com ele, só com a minha ex-mulher. Ele saiu na frente de carro e ela saiu em seguida em um táxi, portanto ele nem sabia que eu estava na frente do motel esperando por ela. O taxista parou antes da rua, eu abri a porta do táxi, conversamos um pouco, o flagrante se consumou e eu a deixei ir embora.

Sandra – Você se conformava com o fato de perder a sua mulher para outro homem?

Luiz – É uma situação chata, mas a gente tem que ser forte para não fazer asneiras. Se ela foi para o motel com outro homem é porque quis. Jogou o casamento no lixo, de forma que não há recuperação. O cara tem culpa só por saber que ela é casada, mas a mulher é a principal responsável na hora de decidir ir ou não para a cama com outro homem e, quando o homem também trai, a decisão é dele e não da mulher que ele arruma fora do casamento.

Sandra – Já que você tem essa opinião formada, qual deve ser a atitude da pessoa traída?

Luiz – Desprezo ao traidor! Qualquer outra atitude traz a chance da relação, que não mais existe, virar uma bagunça e desmoralizar quem não tem culpa, tais como amigos e familiares do casal.

Sandra – Você ainda ama a sua ex-mulher?

Luiz – Ela me deu um filho, formamos uma família bonita, pobre, mas muito bonita. Isso faz condicionar a um amor sem limites, sem dimensões. Mas, a partir da traição, esse amor teve que acabar, aos poucos está caindo num espaço vazio, o amor se perdeu no meio de tanta dor e ainda por cima fui cair atrás das grades da prisão. Não tem amor que suporte tanta violência.

Sandra – Não tem uma segunda chance?

Luiz – De jeito nenhum. Se eu fizer isso, quem vai me trair sou eu mesmo. Não me perdoaria, caso houvesse outra traição dela.

Sandra – É meio machista essa sua opinião, você não acha?

Luiz – Os valores da sociedade se desintegraram e foram se denegrindo por causa disso. Toda vez que um homem condena o que ele acha imoral leva logo nome de machista.

Sandra – E quanto ao assassinato de Julio Martinez? Por que você foi preso?

Luiz – Primeiro, porque a polícia tinha urgência em dar uma resposta imediata para acalmar a sociedade; segundo, é uma eterna, rotulada e inventada perseguição aos negros que sempre são os responsáveis por tudo o que é sujo que acontece nesse país, tudo o que é feio foi nêgo quem fez. Principalmente roubo e violência.

Sandra – Por que essa ideia baseada em racismo?

Luiz – Quando você sair, dê uma olhada naquele pátio e verá que a maioria aqui na prisão é composta de negros. Mesmo sabendo que a maior população da Bahia é formada por afro-descendentes, vai perceber que aqui dentro essa porcentagem é bem maior.

Sandra – Fora o racismo... Você é inocente?

Luiz – Dentro e fora do racismo eu sou inocente. O problema é que eu tinha uma maldita arma dentro da minha casa. Só que a polícia nunca revelou como soube da existência da arma. Acredito que houve algum tipo de armação.

Sandra – De quem seria a armação? Da polícia?

Luiz – Não, a polícia me atingiu com a sua incompetência de não me dar ouvidos, é por isso que você teve que entrar aqui clandestinamente para me ouvir. Tem alguém muito maldoso que retirou a arma da minha casa, matou o infeliz do espanhol, colocou a arma de volta em minha residência e depois ligou para a polícia me denunciando como principal suspeito do assassinato do Julio. Até que fui traído por minha mulher e que a vítima era o amante, o delegado já sabia.

Sandra – Há quanto tempo você não via a sua arma dentro de casa?

Luiz – Havia mais de um ano que eu havia pego naquela arma. Um dia, cheguei em casa e o meu guarda-roupas estava meio revirado, pensei que tinha sido minha ex-sogra tentando achar roupas sujas para lavar. Quem entrou em busca da arma demorou muito para encontrá-la. Dentro de uma cômoda, onde guardo os meus livros, havia uma flanela que envolvia a arma. Eu só desconfiei que alguém entrou na minha casa, quando a polícia pegou a arma sem a flanela. Com a cabeça quente diante de tanta confusão, esqueci de dar esse detalhe em meus primeiros depoimentos. Agora a polícia não quer mais ouvir nada ligado ao crime.

Sandra – A polícia acredita que o crime foi encomendado por você. Como você se explica?

Luiz – Minhas impressões digitais não estavam na arma. Meu advogado me disse que há digitais de outra pessoa e a polícia nunca me perguntou se eu tenho algum suspeito do crime.

Sandra – Bom, Luiz, se você tem algum suspeito eu não posso publicar quem é, porque isso deve ser investigado pela sua defesa, você não tem o direito de acusar ninguém, uma vez que está preso. Mas, no fundo, você tem um suspeito?

Luiz – Mas é claro que tenho, se eu estivesse solto já teria descoberto quem matou o espanhol e me livraria dessa carga que consumiu a minha paz e meu direito de ir e vir. A polícia investigou pouco, me jogou atrás das grades e encerrou o caso. Eu não mandei matar nem matei o namorado da minha ex-mulher. Declaro que sou inocente, quero justiça, tenho um filho que precisa muito de mim e outros trinta garotos que adotei para educá-los usando meus conhecimentos com a música e para transformá-los em cidadãos, conhecedores dos seus direitos. Tem horas que penso que estou aqui dentro para não poder mudar a cabeça dessa meninada, acho que é por isso que me incriminaram. Tem gente nesse sistema selvagem que acha que o mundo tem que estar repleto de miséria social, e a música pode tirar muitos garotos dessa situação.

Sandra – Para encerrar, qual a sua frase para a sociedade?

Luiz – Que a sociedade pense duas ou mais vezes antes de colocar um ser inocente atrás das grades, independentemente da sua cor, raça ou classe social. Eu quero sair desse inferno, dar um abraço em meu filho e voltar a fazer músicas para o Calabar, na tentativa de deixar os moradores com um fio de esperança.

Sandra – Eu não tenho mais o que fazer, Luiz, me dá aquela camiseta, preciso secar as lágrimas.

Luiz Silva levanta-se do canto e pega uma camiseta que está em cima da cadeira, entrega a roupa para Sandra Rocha e fica de pé olhando para os olhos dela.

Luiz – Você é muito sentimental, mas nunca fala em seu namorado.
Sandra – Atualmente, eu só me dedico à minha carreira de jornalista, não quero namorar. Por que?
Luiz – É que você foi aplaudida pelos presos e, quando a gente for se despedir, eles vão querer que você me beije na frente de todo mundo.
Sandra – Eu não vou fazer isso só para satisfazê-los.
Luiz – Fica fria, que a gente faz um ensaio antes.
Sandra – Que ensaio, Luiz?
Luiz – Depois que você esconder as minhas respostas, a gente fica se beijando para você ficar craque no assunto e não decepcionar os seus fãs.

Sandra Rocha não dá respostas para Luiz Silva e vai para o canto do quarto para colocar suas perguntas e respostas dentro da sua roupa íntima, ele fica de costas para ela. Como Sandra retirou os sapatos para sentar-se no colchão, ao voltar do canto ele pega os sapatos e vai ajudá-la a se calçar.

Luiz – Se eles encontrarem essas perguntas e respostas não precisa se preocupar, eu gravei toda a nossa conversa com esse gravador portátil que uso para compor músicas, darei um jeito de mandar a fita para você. Sabe, Sandra, você tem os pés mais bonitos que eu já toquei.
Sandra – Obrigada, precisamos ir embora.

O silêncio toma conta do cômodo, os dois ficam se olhando profundamente. Luiz Silva pega a mão de Sandra Rocha e dá um beijo em seu rosto, depois um beijo rápido na boca. Depois de mais silêncios e olhares, ela fala:

Sandra – Eu não gostei nada dessa sua ideia de beijo.
Luiz – Você é uma ótima profissional, vai saber me dar um beijo técnico.
Sandra – Não senhor, já são cinco horas e vinte minutos, tenho que ir embora...

A voz da jornalista é interrompida pela boca de Luiz Silva. Os dois se beijam por uns três minutos. Sandra fica pequena nos braços dele, o que era beijo técnico virou beijo apaixonado, ela abraça ele e deixa a cena se desenrolar como se já fossem casal antigo.

Luiz – Que beijo gostoso, Sandra! Se esse era de brincadeira, quero receber o de verdade.

Sandra – Eu fiz uma bobagem, temos que ir embora agora.

Luiz – Você não fez bobagens, se saiu muito bem. Deixa eu bagunçar um pouco o seu cabelo, desarruma a roupa também, retira o batom. Isso, agora parece que acabamos de fazer amor. Quem me dera que isso acontecesse de verdade.

Sandra – Para de falar essas coisas. Quando você sair da cadeia, vai me dar outra entrevista?

Luiz – Todas que você precisar. Quero que você venha me pegar, não esqueça de ligar para dona Marta e agradecer pelo apoio que ela está me dando.

Sandra – Eu ligo, sim, e também venho te pegar. Posso mencionar na reportagem que você aqui é chamado de Nelson Mandela?

Luiz – Pode e deve, é a única coisa que me dá orgulho aqui dentro, ser chamado de Mandela.

Sandra – Eu vou mencionar também que você é bem-tratado aqui dentro. Eu aprendi muito entrando nessa penitenciária para ver isso.

Luiz – Nem sempre é assim, tem gente que entra aqui e sofre maus-tratos dos funcionários e dos outros presos. Isso aqui é um pesadelo, ninguém merece passar uma única noite dentro desse fosso.

Quando os dois chegam ao pátio da saída já é hora do recolhimento dos presos. Sandra Rocha fica meio perdida naquela multidão que a aplaude, ela dá adeus para Luiz Silva com um breve beijo na boca e sai sendo guiada por uma agente penitenciária que a conduz para a portaria. Sandra olha para trás e acena com uma das mãos. Quando chega à portaria, ela é levada para uma pequena sala, é obrigada a tirar a roupa na frente das agentes. Nada foi encontrado, ela é reconduzida à portaria, lhe entregam sua bolsa e o telefone celular. Por fim, ela sai e pega um táxi na frente da Lemos Brito e liga para Pedro.

Pedro – Oi, Sandra! Deu certo? Não chora, você já está fora da penitenciária, o perigo já passou. Pede para o táxi parar na entrada da estação Pirajá. Não se preocupe, já estamos a caminho.

Canário – Deixa eu ligar para o Sérgio. Alô, meu amigo! Deu tudo certo, vá procurar o Pingo e mande ele ir pintar a creche na segunda-feira às sete horas da manhã. Isso mesmo, o dr. Guilherme vai acionar o delegado para prender aquele maldito bem cedo.

Pedro – Faz muito tempo que eu não faço uma festa, quando o meu amigo Luiz

sair da cadeia vou ter muito o que comemorar.
Dr. Guilherme – Vocês estão melhores que a polícia, eu nunca tive tanta colaboração para solucionar um caso.

Nesse momento, Luiz Silva volta a ligar para Fátima Pires:

Fátima – Você de novo? Hoje? Por que você está me falando isso? Sim, eu sei que iria acabar sabendo. Não, Luiz, eu não tenho o direito de sentir ciúmes de você. É claro que vou, mas só se você me garantir que ela não vai voltar. Eu só vou aí lhe dar carinho, já que você tem uma nova namorada, não vai mais precisar de mim. Não vou dividir meu querido, eu achei você primeiro, só volto aí se for a única, faz muito tempo que deixei de ter homens de outras mulheres. Parece ciúme sim, mas não é, mudei de postura e vou continuar assim. Beijos... Não se preocupe, eu vou ficar bem, se precisar, me liga.

Quando Sandra Rocha encontra os amigos de Luiz Silva, ela é atirada para o alto várias vezes como criança em jogo de futebol.

Pedro – Obrigado por tudo, deixa a gente jogar você para cima.
Sandra – Não faz isso, vou morrer de vergonha, tenho medo de altura.
Canário – Sem você, a gente não tinha a menor chance de provar para a sociedade que nosso Luiz é inocente antes de ele sair da cadeia.
Sandra – Tá bom, gente, me põe no chão, por favor...

No Calabar, Sérgio das Flores vai procurar Pingo para acertar a pintura da creche do Alto das Pombas.

Sérgio – Tudo bem, Pingo? Vim só confirmar para você fazer a pintura da creche na segunda-feira. Tem que começar às sete horas, porque às onze horas eu vou para o Rio Vermelho trabalhar.
Pingo – Essa pintura veio em boa hora, eu não faço nada desde o mês de maio. Passa aqui às seis e meia que já estarei pronto.
Sergio – Tá bom, Pingo, quando a gente terminar a creche, tem a Associação de Moradores para pintar.
Pingo – Obrigado, Sérgio, e pode contar comigo.
Sergio – Valeu, a gente se vê na segunda-feira.

Quando Fátima Pires chega à rua Sabino Silva, ela encontra com Karina Men-

des que já voltou de Feira de Santana. As duas amigas entram na rua Baixa do Calabar e vão conversar sobre Luiz Silva.

Karina – Quais são as notícias de Luiz?
Fátima – As melhores possíveis, só que ele anda lhe traindo com outras duas mulheres.
Karina – Eu não tenho o direito de reclamar, não apareci nem para testemunhar e dizer que ele não dormiu aqui no Calabar na noite do crime.
Fátima – Ele arrumou um recibo de cartão de crédito comprovando que comprou pizza no Cabula minutos antes do assassinato do Julio, foi acusado de mandante do crime.
Karina – Será que ele vai me entender algum dia?
Fátima – Ele está meio frustrado com o seu sumiço, mas disse que entende que você não queira se meter com a polícia.
Karina – Como você ficou sabendo de todos esses detalhes?
Fátima – Eu fui lá conferir se o negão é mesmo tudo aquilo que você e a Carla me falaram dele.
Karina – Você foi na penitenciária fazer amor com Luiz? Perdeu o juízo?
Fátima – Depois que eu e Chico nos separamos, me senti alvo certeiro da vingança de Luiz por ter colocado o Julio no caminho da Carla, por isso fui acalmar a fera.
Karina – E se ele ficar com mais raiva de você?
Fátima – Nenhum homem na solidão resistiria ao amor que eu fiz com ele no presídio. Pode parecer que joguei sujo, mas ele também estava jogando, aí a raiva dele passa a não existir.
Karina – E o Chico? Vocês não vão mais voltar?
Fátima – Não, Karina! Ele me quebrou na porrada sem me deixar dar explicações. Não volto, porque tenho 32 anos e nunca tinha apanhado de nenhum homem.
Karina – Como você se livrou das garras do Chico?
Fátima – O Sérgio, nosso vizinho, e Carla ouviram os meus gritos e entraram aqui. Sérgio me amparou e a Carla tirou o Chico daqui a força. Até hoje eu não sei como ela dominou ele com a ira que o cara estava.
Karina – A Carla continua sua amiga?
Fátima – É claro que sim, ela está chegando, veio te conhecer.
Carla – Boa-noite! É essa aí que estava saindo com o Luiz?
Karina – Sim, Carla. Só passei a sair com ele depois que vocês se separaram.
Fátima – Era para ser quando vocês ainda estavam casados, mas não deu certo.

Carla – Como é que é? Eu seria traída?

Fátima – Exatamente. Eu estava armando para você flagrar o Luiz com a Karina e ter um motivo para se separar e ir viver com o Julio Martinez sem problemas. Só que o Luiz lhe flagrou antes.

Karina – Depois do flagrante e da separação, ele me ligou e a gente ficou se encontrando.

Carla – Então eu fiquei perto de ser feliz com Julio sem nenhum problema?

Fátima – É por isso que lhe chamei aqui para conhecer a Karina.

Carla – Me desculpa por ter entrado aqui de maneira meio agressiva, eu não sabia que você é uma pessoa que poderia ter me ajudado.

Karina – Está desculpada, gostei de ver você de perto, é mesmo uma negra muito bonita, o Luiz tem bom gosto com mulher.

Fátima – Carla, eu não coloquei vocês duas frente à frente para uma humilhar a outra e, graças a sua compreensão, vocês se entenderam.

Carla – Foi bom, Fátima, isso me fez bem, porque deu a chance de ver que Luiz não foi infiel à minha pessoa.

Fátima – Não se iluda com a volta dele para você, fiquei sabendo que ele não quer voltar.

Carla – Pedro já me alertou, mas eu prefiro ouvir isso da boca dele.

Karina – Eu acho melhor você não contar com o tão esperado retorno. Luiz nunca lhe perdoou, agora que foi preso por causa da morte desse Julio, deve ter ficado mais irredutível ainda.

Carla – O que ele falava dessa minha relação com o Julio?

Karina – Ele sempre foi muito frio com o assunto, só se alegrava quando comentava as travessuras do filho. Mas nunca gostava de falar de você, se eu insistisse para te perdoar, ele me deixava falando sozinha e ia tocar violão.

Carla – Por que você está me falando essas coisas?

Karina – Por causa da sua amizade com a Fátima, sei que sair com o homem que você ainda ama e a partir de hoje não quero mais deitar com ele, mesmo que ele diga que está apaixonado por mim. Acho o Luiz um cara espetacular como namorado, mas ver você sofrer assim me dá uma vontade de chorar. Tente voltar para ele, só desista quando não houver mais saída.

Carla – Obrigada pelo conselho. Foi um prazer conhecer você, vou para casa, preciso me restabelecer. Tchau, Fátima!

Fátima – Amanhã, eu passarei na sua casa para a gente bater um papo.

Na saída, Carla vê Chico Capoeira subindo as escadas para a casa do andar de cima.

Chico – Oi, Carla, tem notícias do Luiz?
Carla – Pedro e Canário disseram que iam tentar visitá-lo hoje, mas ainda não voltaram.
Chico – Por que você não vai fazer uma visita a ele?
Carla – Ele proibiu qualquer mulher de ir fazer visitas. Mandou até carta dizendo que são horríveis e humilhantes as revistas. Disse que não quer que nenhuma amiga ou parente passe por isso por causa dele.
Chico – Eu queria visitá-lo, mas, como não sou parente, não posso.
Carla – Faz uma carta pedindo para fazer uma visita que eu mando pelo Pedro na semana que vem.
Chico – Boa ideia, farei a carta no meio da semana e te entrego.
Carla – Tá bom, Chico, se você não me vir, entrega para a minha mãe. Tchau!
Chico – Tchau, Carla!

Quando Carla se afasta, Karina Mendes aparece para falar com ele.

Karina – Chico, posso subir para a gente conversar?
Chico – Pode, Karina, vamos colocar o papo em dia.
Karina – Como você está, Chico, e por que você e a sua morena não voltam?
Chico – Eu estou mais ou menos, ela apanhou muito de mim, é natural não querer voltar. Ficou uma mulher diferente, dura e ainda ameaçou chamar a polícia para mim.
Karina – Então acabou mesmo, Chico?
Chico – Eu gosto dela, mas os meus problemas me levaram para a violência, coisa que ela não merece. Por isso, preferi me mudar e deixar ela com o Daniel.
Karina – Eu entendo, espero que um dia ela volte para você e lhe dê a chance de refazer a família de novo.
Chico – Obrigado! Você pretende ir visitar o Luiz na cadeia?
Karina – Só como amiga e mesmo assim dizem que ele não quer mulheres fazendo visitas. Eu vi a mulher dele sofrendo muito, não quero me sentir culpada.
Chico – Aqueles dois não têm mais jeito, pare de ficar se culpando.
Karina – Você gosta da Fátima, mas não entende nada de amor. Luiz ama aquela mulher, se algum dia eles dois se encontrarem de novo um vai perdoar o outro e vão reinventar o relacionamento com uma nova lua de mel.
Chico – Se eu estivesse no lugar dele, não perdoaria. Teve flagrante, morte e prisão, tudo isso fez o clima entre eles ficar muito pesado.
Karina – Deixa de ser arrogante, Chico, você precisa do perdão da Fátima.
Chico – O nosso caso é bem diferente.

Karina – Você precisa aprender a ser mais tolerante, bater em uma mulher é pior que trair, é pior que não perdoar a mulher quando é traído. Abandone esse machismo e procure ser feliz.

Chico – Um dia desses a Carla me falou quase a mesma coisa que você, eu vou tentar mudar.

Karina – Eu espero que você mude, se precisar de uma força me liga para a gente conversar.

Chico Capoeira fica sentado no sofá da sala e Karina Mendes desce as escadas e volta para a casa de Fátima Pires.

Fátima – Conversou com o seu amigo Chico?

Karina – Sim. Ele quer o seu perdão, mas é meio cabeça dura. Pelo que eu vi, não vai conseguir nada com você.

Fátima – Ele jogou sujo demais comigo. Eu deixei você subir por educação, não me peça para voltar porque se ele tentar eu saio dessa casa, levo o meu filho e não ponho mais os pés no Calabar.

Karina – Você está podendo tomar essa decisão?

Fátima – Estou sim e ele sabe disso. Fiquei aqui para o Daniel não sentir a falta do Chico. A Carla tirou umas fotos do meu rosto cheio de hematomas. Eu fiz uma carta dizendo que iria à polícia e mandei uma cópia das fotos, é por isso que ele ficou menos agressivo.

Karina – O Chico é violento ao ponto de você precisar tirar essas fotos?

Fátima – É violento, sim. Até hoje os vizinhos ficam de olho com medo da gente voltar a brigar.

Karina – Qualquer problema, vá morar comigo.

Fátima – Obrigada, não vai precisar. Joana Dark chegará na próxima semana, nós vamos montar um salão de beleza, eu serei a gerente e ela a proprietária.

Karina – Mas a Joana vai querer voltar a morar aqui no Calabar?

Fátima – Com certeza! Joana tem uma casa alugada e não vai abandonar o bairro onde nasceu e se criou, então eu deixo ela morando nessa casa e me mudo para outro local.

Quando Pedro Almeida dá a notícia que Luiz Silva pode ser libertado da prisão na segunda-feira, todos na casa de dona Catarina vão comemorar. Ele pede para seus parentes não comentarem a novidade com os vizinhos para evitar uma fuga de Pingo e vai para a casa de Carla.

Pedro – Boa-noite, minha irmã querida, que cara é essa?
Carla – Foi bom você vir aqui, não aguento mais chorar. Hoje eu vi a namorada do Luiz e ela disse que não vai mais procurar por ele para não atrapalhar o meu caminho.
Pedro – O que isso tem a ver com essa choradeira?
Carla – Percebi que só eu perdi e só eu fui burra nessa história, só eu não enxerguei o amor dele por mim e, ainda o que é pior, ignorei meus próprios sentimentos por Luiz.
Pedro – Senta aí, se acalma. Mesmo que Luiz e você não voltem, o mais importante é a liberdade dele e isso pode acontecer em menos de quarenta e oito horas.
Carla – Deixa de delirar, meu irmão, se Luiz sair vai ser por falta de provas, isso quando completar 90 dias, que podem ser prorrogados para 120 dias de xadrez.
Pedro – Mais uma vez, você vai ter que guardar segredo, eu guardei até hoje e foi uma ansiedade muito grande. Canário, Sérgio, eu e o advogado de Luiz descobrimos um suspeito em primeiro grau que atirou no Julio. A Sandra entrou na prisão e fez uma entrevista com Luiz dizendo que é inocente, isso assegura a integridade dele, se não for essa pessoa quem cometeu o crime. O dr. Guilherme vai dizer para o delegado onde o assassino está, a polícia vai prendê-lo e forçá-lo a confessar se é ou não o criminoso.
Carla – Você virou investigador ou louco? Quem vai acreditar numa maluquice dessas?
Pedro – Os tiros na garganta é característica de um assaltante aqui do Calabar. Nós descobrimos isso, eu viajei com a Lúcia para falar com um informante que revelou a intenção desse assaltante e Luiz mencionou na entrevista com Sandra que alguém entrou aqui e revirou a casa até encontrar a arma. Foi por isso que ele pediu para trocar todas as fechaduras. Lembra?
Carla – Meu Deus, até a coitada da Lúcia você meteu nessa loucura. Quais são as chances dessa maluquice de vocês dar certo?
Pedro – A informação que eu tive do cara que só atira na garganta das vítimas é segura. Veio de gente que já ouviu o sujeito dizer que um dia acertaria uma vítima nessa região do corpo. Nossas chances são de cem por cento.
Pedro – Não sei onde você conseguiu tudo isso, mas vou torcer que dê certo. E a Sandra, como ela entrou na penitenciária?
Pedro – Como namorada de Luiz, foi tudo combinado antes e deu certo. Ela entrou e foi para um quarto isolado com ele até a hora da visita acabar, depois saiu e a gente foi pegar ela de carro na estação Pirajá.

Carla – Você me deixou mais preocupada do que aliviada, porque se esse plano do investigador maluco de vocês falhar, o Luiz não vai sair tão cedo da prisão por ter dado entrevista clandestina nas barbas da Segurança Pública. Isso parece coisa de preso político na época da Ditadura Militar. Tudo foi feito em sigilo dos tiras para a adrenalina subir, a inteligência fluir e se perder o medo do perigo. Agora, o coitado do Luiz corre o risco de passar anos e anos na prisão porque vocês resolveram colocar a loucura em ação.

Pedro – Deixa de ser pessimista, Carla, essa é a nossa chance de tirar ele daquele lugar sujo e hoje é o dia de visita íntima, a Sandra entrou e saiu sem nenhum problema.

Carla – Essa sua turma devia ir morar em um hospício, seria sucesso na certa. Vou manter em segredo até a bomba estourar e vou rezar pedindo ao Senhor do Bonfim que livre Luiz da cadeia e vocês dessa loucura que estão sofrendo.

Pedro – Para com esse drama e tenha um pouco de esperança que as coisas mudam para você.

Carla – Eu estou muito angustiada, fica comigo essa noite, vem dormir aqui com a Lúcia.

Pedro – Vamos para a casa dos nossos pais.

Carla – Não vou, porque o meu pai fica pegando no meu pé. Se você não pode vir, tudo bem, já estou me acostumando a ficar sozinha.

Pedro – Eu venho ficar com você, a Lúcia vai entender.

Carla – Se for para criar problema, é melhor não incomodar a Lúcia. Obrigada, meu irmão, você é a única pessoa que eu posso confiar, os outros fingem que gostam de mim, mas sei que só você me ama.

Pedro Almeida vai embora e Carla fica chorando na porta, ela olha a rua e vê os policiais que patrulham o Calabar passando na frente da sua casa. Um deles para e fica observando-a. Carla pensa em perguntar se ele perdeu alguma coisa, quando Luiz Carlos aparece e se agarra em suas pernas. Ela acaricia a cabeça do menino, afasta-o da entrada da casa passando o seu corpo também para dentro, em seguida ela bate a porta com toda a sua força deixando o policial sem jeito de continuar parado onde estava. Ele desce as escadas com a cabeça baixa observado pelos olhares curiosos dos moradores que abriram portas e janelas para ver o que estava acontecendo.

Ao chegar em sua casa, Pedro vai conversar com seu Paulo e dona Catarina.

Pedro – A gente precisa dar mais atenção para Carla, ela está desanimada demais. Falei da possibilidade de Luiz sair da prisão na segunda-feira e ela não reagiu com alegria.

Dona Catarina – Ela só fica trancada dentro de casa, não aparece aqui para a gente conversar.

Pedro – Carla reclamou do meu pai, ainda cobra um bom comportamento dela, é por isso que ela evita vir aqui.

Seu Paulo – Manda ela vir que eu não vou cobrar mais nada.

Lúcia – Eu vou chamar ela para passar a noite aqui com a gente. Dona Catarina vá fazer uns petiscos para acompanhar nossa cervejinha.

Lúcia Veiga vai para a casa de Carla e a encontra separando as roupas de Luiz para lavar:

Carla – Não precisava você vir Lúcia, pedi para o Pedro não lhe incomodar.

Lúcia – Está todo mundo te esperando para ficar no terraço comemorando a entrevista do Luiz.

Carla – Eu até me animei um pouco e separei essas roupas dele para lavar, se é que esse plano maluco vai dar certo.

Lúcia – Põe tudo numa sacola, que a gente lava amanhã na casa de sua mãe. Vamos, que seus parentes estão te aguardando.

Carla – Eu acho um exagero comemorar antes da hora.

Lúcia – Eu também não concordo com essa comemoração, mas não quero estragar a alegria dos seus pais que ficaram mais animados com a notícia desse tal plano de Pedro, dr. Guilherme, Canário, Sérgio, Sandra e do próprio Luiz.

Quando Carla, Luiz Carlos e Lúcia Veiga saem, mais policiais estão nas escadas, após fechar a porta e a grade da pequena varanda. Carla olha para eles e começa a falar em voz alta.

Carla – O que vocês estão fazendo na frente da minha casa? Estou de saco cheio de ver vocês me observando.

Lúcia – Para com isso, Carla, é o trabalho deles.

Carla – Trabalho nada, Lúcia. O Luiz tinha razão de desconfiar que a polícia sempre perseguiu ele, agora eu sei por quê.

Lúcia – Vamos embora, não faz escândalo.

Carla – Eu não tenho medo de falar. Esses abutres prenderam Luiz e não saem do Calabar por nada, parecem cachorro que não larga o osso.

Lúcia – Pelo amor de Deus, para com isso, Carla.

Carla – Eu não vou parar. Fátima foi detida, apanhou do Chico e eles dois se separaram, esses policiais trouxeram o caos para o Calabar.

Lúcia – Entra e para de falar.

Carla – Eu vou ligar na segunda-feira para os responsáveis dos Direitos Humanos e dizer que essas pragas estão trazendo terror psicológico para os moradores.

Pedro – Que gritaria é essa?

Carla – São esses parasitas que agora só vivem parados na frente da minha casa me observando. Uma hora dessas, eu vou jogar um saco com mijo e cocô na cara deles.

Pedro – Pronto, gente, a fera acordou, esqueceu-se da dor e vai partir para a luta. É a velha Carlinha de volta, boa de briga e com a língua mais afiada que faca de açougueiro.

Lúcia – Como você ainda tem coragem de fazer piadas numa situação dessas?

Pedro – Fica na tua, amor, está saindo da alma dela paixão, dor, vingança, ciúme, muito ciúme, defesa para Luiz e quem bater de frente com ela vai encontrar aquele personagem da música "É tudo Calamaço", que diz que é capaz de comer o leão para não ser devorado.

A noite de sábado volta a ser daquelas que a família Almeida se reúne no terraço para se divertir. Carla passa a noite toda abraçada com seu Paulo e dona Catarina. Na hora de dormir, ela vai para o quarto de Pedro e Lúcia, os três conversam até o dia clarear, passam o dia de domingo juntos. dona Catarina, seu Paulo, Sérgio, dona Quitéria, Canário e dona Graça vão para a Feira de São Joaquim, na Cidade Baixa.

Na segunda-feira, dia 27 de agosto, Sérgio das Flores vai para a creche do Alto das Pombas com Pingo às 6h30min da manhã. O jornal O Diário de Salvador sai com uma foto de Luiz Silva na primeira página com o título "Entrevista com um inocente na Lemos Brito". A televisão local começa as reportagens do dia comentando a entrevista e volta a falar do caso de Julio Martinez. Sérgio toma o cuidado de não ligar rádio nem TV para não alertar Pingo da eminente prisão que acontecerá mais ou menos às sete horas da manhã. Dr. Guilherme Souza liga para o delegado Maurício e depois para o celular de Sérgio das Flores, já em cima das sete horas.

Sérgio – Oi, doutor! É claro que estou. Não está tudo bem. Só vou sair daqui às onze horas da manhã. Tá bom, pode contar comigo, um abraço.

Pingo – Algum problema seu Sérgio?
Sérgio – Não Pingo, eu vou ter outro jardim para fazer amanhã, seria bom você ir comigo, estou sem ajudante.
Pingo – Obrigado pela oportunidade que o senhor está me dando.
Sérgio – Não há de quê. Vou pegar um café na padaria para a gente tomar.

Quando Sérgio abre a porta da creche, dois policiais civis entram com armas em punho e colocam ele contra a parede.

Policial 1 – Encosta na parede com as mãos na cabeça e me dê seus documentos.
Sergio – Pelo amor de Deus, meus filhos, se acalmem.
Policial 2 – Você aí, deixa essa lata de tinta e coloca as mãos naquela mesa, rápido.
Sérgio – Calma, moço, nós somos da Associação de Moradores...
Policial – Eu não lhe perguntei nada. Não é esse daqui, segura esse cara da mesa.
Pingo – O que está acontecendo?
Policial 2 – Nada, você está preso como suspeita de ter matado uma pessoa no feriado de 2 de Julho.
Sérgio – No que você se meteu, Pingo? Deixa eu te acompanhar.
Pingo – Não precisa, seu Sérgio, eles vieram me pegar, eu tenho que obedecer. Perdi.
Policial 2 – Pode continuar a sua pintura, moço, só vai ter que arranjar outro ajudante. Esse aqui vai para a delegacia.

Os policiais colocam Pingo na viatura e partem em alta velocidade rumo ao estacionamento São Raimundo, onde fica a 10ª Delegacia de Polícia. Quinze minutos após a prisão, dr. Maurício Garcia começa a interrogar Pingo.

Maurício – Eu estou surpreso com a sua perícia em matar as vítimas dando tiro certeiro na garganta.
Pingo – Eu não atirei em ninguém, nem sei por que estou preso.
Maurício – Tem uma pessoa inocente na prisão e eu tenho muito pouca paciência com gente covarde.
Pingo – O senhor está perdendo o seu tempo, doutor, eu não cometi nenhum assalto.
Maurício – É verdade, se fosse levado objetos da vítima, seu risco de mofar na Lemos Brito seria por muitos anos, então atirou no coitado do gringo e fugiu sem levar nada dele. Assim, cumprirá pena só por assassinato, se livrou do latrocínio.

Pingo – Que motivos eu teria para matar uma pessoa que nunca vi na minha vida?

Maurício – Você não teve nenhum motivo, mas o mandante do crime, sim. Quem é o verme que você está protegendo?

Pingo – Eu não estou protegendo ninguém, foi tentativa de assalto, aí o cara começou a fazer confusão, gritou alto e eu atirei nele sem querer. Fugi sem levar nada, porque ia começar a aparecer os moradores de perto da oficina.

Maurício – Então, foi tentativa de assalto. Mas o que você estava fazendo perto da casa do Luiz, quando eu fui recolher a arma na casa dele?

Pingo – Nada, eu fiquei ali por coincidência, não tenho nada a ver com a prisão do Luiz.

Maurício – E a arma? Como ela saiu das suas mãos e foi parar na casa de Luiz?

Pingo – Aí, o senhor me pegou, doutor. Eu entrei na casa dele, peguei para fazer assalto e depois a coloquei de volta no mesmo lugar, daí não sei mais de nada do três oitão.

Maurício – Secretária, liga para o dr. Guilherme e para Bernardo, manda soltar José Luiz da Silva Filho, ele é inocente.

Secretária – Mas ele vai precisar de uma liminar e dos exames médicos para ser solto.

Maurício – Então, agilize a liminar e os exames médicos, não quero o povo nas ruas protestando contra a polícia, se não a cidade vai virar um caos.

Secretária – Tem uma senhora no telefone chamada Marta Fagundes que quer falar com senhor.

Maurício – A tormenta já começou, vá logo e libere o inocente, essa pessoa no telefone é a patroa dele. Alô! Sim, senhora! Me dá um tempo, pelo amor de Deus. Por favor, minha senhora, o diretor do presídio tem normas para cumprir e eu já antecipei a providência da documentação, o rapaz vai ser solto até o fim da tarde de hoje. Não, dona Marta, não liga para a imprensa. A mulher desligou o telefone.

Sandra Rocha esta de saída para a redação do jornal O Diário de Salvador, *seu telefone toca.*

Sandra – Oi, dona Marta! O quê? Deu certo? É o tal Pingo mesmo... Não vou mais para o jornal, vou direto para a penitenciária. Deixa comigo.

Pedro Almeida está no trabalho, quando é chamado para atender a um telefonema.

Pedro – Alô, Sandra! Verdade? Eu vou espalhar pelo Calabar, claro que o povo vai reivindicar a liberdade imediata do seu líder.

Dona Catarina está no terraço com o neto Luiz Carlos, seu telefone também toca.

Dona Catarina – Alô! Ôi, Pedro. Meu filho, não brinca assim com a sua mãe. Então, foi o infeliz do Pingo? Tá bem, meu filho! Vê se você liga para a Carla.

Mestre Canário está na Associação de Moradores andando de um lado para o outro, de repente o telefone toca.

Canário – Alô! Fala, Catarina, meu Deus, foi o Pingo mesmo. Meu Luiz vai ser inocentado. Eu vou ligar para o Armando, liga para o Sérgio que ele ainda está lá na creche.

No supermercado, onde Carla Almeida trabalha, o assunto do dia é exatamente a reportagem que saiu no jornal O Diário de Salvador, o gerente da unidade vai até o caixa que Carla opera e fala.

Humberto – Carla, eu já recebi várias ligações e sempre lhe chamei para você atender na sala, mas para essa ligação fiz questão de trazer o aparelho sem fio até você, é o seu irmão Pedro.
Carla – Muito obrigada, seu Humberto! Alô, Pedro! Tudo bem? Eu tinha que receber essa notícia de você, eu te amo meu irmão. Tinha que ser você. O Senhor do Bonfim lhe abençoe. Obrigada, um beijo em você, meu irmãozinho.
Humberto – Eu torci muito para essa confusão acabar e parece que o fim vai ser bom. Você está liberada para ir pra casa.
Carla – Obrigada, mais uma vez! Deixa eu fechar o caixa.
Humberto – Não precisa, deixa que eu fecho pra você, vá ver o pai do seu filho.

Carla Almeida desce as escadas chorando, é amparada por suas colegas de trabalho. Para ela acabou um pesadelo que começou no estacionamento do aeroporto quando ela saiu pela primeira vez com Julio Martinez. Ali começaram dois lados desconhecidos de uma mesma moeda na vida da menina mais querida do Calabar, a luxúria e o prazer, a traição e seus riscos. Mais adiante, as máscaras foram caindo, perderam-se os valores dos seus laços familiares e amizades de infância, mas veio o tão sonhado valor financeiro que tem um preço muito alto para ser pago, o rompimento repentino do casamento, a dor da morte do seu novo amor, a absurda prisão do pai do seu filho, o sentimento de culpa e perda de Luiz para outras mulheres.

Julgada pela sorte que a brinda com o retorno de Luiz Silva da prisão, com a consciência aliviada, mas com a dúvida de que se depois de tanto vendaval a sua cama vai continuar vazia, se o seu corpo voltará a ser tocado profundamente pelo único homem que ela já amou de verdade e que já deu sinais de que não quer se reconciliar ou reatar a relação.

Os motivos rodeiam a cabeça de Carla com diversas perguntas: será que cabe perdão? Será que haverá uma segunda chance? Será que os medos e os erros foram superados? E o amor? Ele se desgastou e não há recuperação em definitivo? As dúvidas continuam, andam com Carla como uma sombra que aparece onde não há luz, segue seus passos no dia a dia e agora é a hora do teste final, ela quer pedir perdão. Mesmo sabendo que isso não garante o retorno, ela vai em busca do perdão como quem quer se aliviar da dor.

Dentro da penitenciária Lemos Brito começa um burburinho por causa da reportagem feita por Sandra Rocha.

Bicudo – Mandela, eu já vi todo tipo de louco aqui dentro, mas você supera todos eles com uma larga vantagem. O diretor da Lemos Brito quer falar com você, coisa muito rara de acontecer com um preso novato.

Luiz – Eu só falarei com ele na presença do meu advogado, eles me jogaram aqui sem provas concretas do meu envolvimento no crime e eu não serei bonzinho com quem tentou acabar com a minha reputação de homem do bem.

Bicudo – Você já está falando como quem está com o pé lá fora, aqui dentro as coisas não funcionam assim.

Luiz – Já falei com o meu advogado, ele me disse que para eu sair daqui é apenas questão de horas.

Bicudo – Então, se é dessa forma que você está falando, só tenho que lhe desejar boa sorte.

Luiz – Eu não sei como lhe agradecer pelo que fez por mim, peço desculpas por não ter lhe informado sobre o meu plano com a jornalista. Não quero deixar problemas internos para você.

Bicudo – Se tem uma coisa que eu mais admiro em você é a sua postura e a sua sinceridade. Está desculpado pelo deslize que para mim não foi tão grave assim, mas não se esqueça dos seus amigos que vão ficar aqui dentro, eles precisam da sua voz lá fora.

Luiz – Eu sei, não pretendo abandonar a causa. O problema é que eu não tenho boas lembranças daqui, se caso eu não conseguir entrar aqui, o bloco Calamaço virá me representar.

Bicudo – É muito difícil uma pessoa que não tem nada a ver com o crime passar uma temporada aqui dentro e não sair com traumas. Eu vou tentar passar isso para os nossos amigos. Você já sabe quem é o assassino do espanhol?

Luiz – Não podia ser outra pessoa que não fosse o Pingo, meu advogado me disse que ele acabou de confessar o crime.

Bicudo – Avisa para o Sérgio e para o Canário para orientar o delegado responsável pelo caso para não mandá-lo para cá. Se esse Pingo ou outra pessoa envolvida nesse assassinato vir parar aqui, vai sofrer maus-tratos dos outros presos até morrer.

Luiz – Mas e você? Não vai fazer nada?

Bicudo – Você é o nosso Mandela, nosso Zumbi dos Palmares, não era para ser mandado para a prisão por um crime que não cometeu. Luiz, você é um negro que todos esses negros da prisão pensavam que não existiam mais. Sabe o que significa isso?

Luiz – Mais ou menos...

Bicudo – Não fique no mais ou menos; saia daqui e lute por seu povo, nunca abandone o seu povo, ele acredita em você, gosta de lhe ver como um herói, como aquele que veio para libertá-lo. Esses presos e o povo do Calabar viram isso, você aqui é Oxalá, Jesus Cristo na língua africana. Você só não é criminoso. Depois que sair, vá a Igreja do Senhor do Bonfim e regenere as suas forças e fé.

Luiz – Obrigado! Eu vou seguir os seus conselhos.

Dona Marta Fagundes liga para o presídio para falar com o diretor penitenciário.

Dona Marta – Alô! É da Lemos Brito? Quero falar com o diretor. Marta Fagundes, patroa de José Luiz da Silva Filho. Ande logo, se não eu vou ligar para a garagem de ônibus e mandar moradores do Calabar para a porta da prisão. Não lhe interessa o assunto, chame o diretor... Alô, com quem eu falo? Com o diretor dr. Bernardo? Sim, claro. Eu quero que o senhor liberte Luiz da Silva o mais rápido possível. Já prenderam o verdadeiro criminoso. Que se dane os seus regimentos, liberte o meu funcionário. Não vai? Tá bom, vou contratar cinco ônibus, enchê-los de moradores do Calabar e levar o povo para fazer protestos na porta da sua amada penitenciária. Exames? Eu pago uma clínica particular. Escolha, doutor, ou você liberta o Luiz ou mando o povo pegar o seu líder comunitário com apoio da imprensa. Lhe dou meia hora para arranjar a equipe médica ou em menos de uma hora os ônibus já estarão com os moradores fazendo muito barulho no seu ouvido. Resolva!

Doutor Bernardo Barreto desliga o telefone. Quando se vira, dá de frente com doutor Guilherme Souza, advogado de Luiz Silva.

Dr. Bernardo – Afinal, o que você está querendo? Pensa que eu vou liberar o seu cliente antes do prazo? Isso é ilegal e não vou passar por cima da lei.

Dr. Guilherme – Eu vim impedir que moradores do Calabar façam manifestações na frente da penitenciária.

Dr. Bernardo – Marta Fagundes me disse que, se eu não liberar o seu cliente dentro de meia hora, vai trazer cinco ônibus cheio de manifestantes em menos de duas horas. Quem ela pensa que é?

Dr. Guilherme – Ela lhe enganou, tem cinco ônibus estacionados ao longo da rua Ranulfo de Oliveira desde oito horas da manhã esperando as ordens para trazer os moradores para cá.

Dr. Bernardo – Essa mulher é maluca? Eu vou mandar colocá-la no hospício.

Dr. Guilherme – O pior é que ela é maluca, mesmo! Está esperando a minha ligação para dizer se manda os ônibus para cá ou não.

Dr. Bernardo – Mas esse Luiz colocou uma jornalista aqui dentro sem comunicar a direção, isso é contra a lei, preso não pode dar entrevista sem a gente conhecer o conteúdo.

Dr. Guilherme – Não subestime a liderança e a inteligência dele, se o povo vier para cá, ele vai virar herói e você vai virar o vilão. Quer ouvir o meu plano?

Dr. Bernardo – Se é para me livrar dessa maldita confusão, prefiro lhe ouvir.

Dr. Guilherme – Você tira o meu cliente da cela e coloca numa sala reservada, enquanto ele espera os médicos que vão fazer os exames. Como já tem equipe de televisão lá fora, você vai lá fora junto comigo e diz que o meu cliente já está numa sala aguardando os médicos e que, assim que os exames forem feitos e a coleta de sangue for efetuada, ele será liberado e que a Secretaria de Segurança Pública faz questão de devolver o Luiz da Silva para a sua honrosa comunidade.

Dr. Bernardo – Você pensa que eu sou louco? Isso vai gerar protestos dentro da própria polícia, eu só posso liberá-lo setenta e duas horas depois dos exames.

Dr. Guilherme – Tudo bem, fique com as suas normas e enfrente sozinho o Movimento Negro da Bahia, os partidos políticos de esquerda que vão disputar a filiação do meu cliente para as próximas eleições e o povão que a Marta Fagundes está mandando para cá, além do desembargador do estado que é muito amigo do doutor Hélio Fagundes! Tô fora, vou ligar para ela!

Dr. Bernardo – Espera, eu vou dar a entrevista, mas não vou retirá-lo da cela.

Dr. Guilherme – Eu continuo fora, o povo vai gravar o que você falar, mentira não cola numa hora como essa que o povo está de olho nos acontecimentos.

Dr. Bernardo – Que humilhação! Essa gente pobre agora quer até mandar na polícia.

Dr. Guilherme – O mundo está mudando, o direito à cidadania avança com passos largos. O meu celular está tocando, é a dona Marta Fagundes.

Dr. Bernardo – Fala para essa cobra que eu vou fazer as suas vontades.

Dr. Guilherme – Está tudo acertado, dona Marta, o Luiz já está sendo retirado da cela e vai para uma sala reservada onde vai aguardar até fazer os exames. Nós vamos falar no telejornal do meio-dia. Acredito que às três horas da tarde ele já deve estar em liberdade. Como? Não precisa mais. Tá bom, obrigado!

Dr. Bernardo – O que a cascavel falou?

Dr. Guilherme – Ela disse que, se até uma e meia da tarde você não soltar o empregado dela, os ônibus virão para cá, ela vai ligar para o celular do funcionário responsável pelos ônibus estacionados perto do Calabar.

Dr. Bernardo – O Maurício me falou que ela é decidida, mas eu não pensei que fosse me desafiar.

Dr. Guilherme – Então, você fez besteira sabendo quem estava tentando enganar. Vou descer e não volto mais a negociar nada contigo.

Dr. Bernardo – Eu não quero perder o controle da situação, já pensou se todos os presos arrumam uma pessoa louca como você e essa Marta para defendê-lo.

Dr. Guilherme – Não estamos diante de um caso comum de crime, meu cliente é inocente e usou a imprensa para dizer à sociedade que não matou ou mandou matar o Julio Martinez, o caso dele é diferente e agora a sociedade sabe disso. Agora que apareceu o verdadeiro criminoso, liberte ele ou eu mesmo vou até a imprensa e digo que na 10ª Delegacia está o homem que atirou no gringo.

Dr. Bernardo – Tudo bem, Guilherme, vá até lá fora e diga para a imprensa que antes do meio-dia eu e você vamos dar a maldita entrevista. Essa você vai ficar me devendo.

Dr. Guilherme – É você quem vai ficar me devendo... Se eu não ligar para a Marta Fagundes, o povão virá fazer tumulto na porta da sua penitenciária.

Doutor Guilherme desce para pedir que retire Luiz Silva da cela e falar com os repórteres. Nesse momento, Fátima Pires liga para Carla Almeida comentando o que acabou de ler no jornal.

Carla – Oi, Fátima, eu também já li. Estou em casa arrumando a casa para a chegada dele, pode ser solto a qualquer momento, vem me ajudar, tenho que levar minhas coisas para a casa da minha mãe. Tô te esperando.

Na 10ª Delegacia de São Raimundo, o delegado Maurício volta a interrogar o Pingo.

Maurício – Pingo, você confessou que atirou em Julio Martinez. Mas como explica a ausência das suas impressões digitais na arma usada no crime e como o senhor pôs a arma de volta na casa do Luiz da Silva? Por favor, se explique. Quer um cigarro?

Pingo – Esse cigarro não vai entrar no meu depoimento. Estranho como o senhor está me tratando bem. Eu já lhe disse: entrei na casa, peguei a arma, tentei assaltar o cara, deu tudo errado e eu coloquei a arma de volta no lugar onde estava.

Dr. Maurício – Mentira sua, eu já sei que você nunca teve contato com o Luiz. Está protegendo quem?

Pingo – Não estou protegendo ninguém, meu caro doutor, fiz tudo sozinho.

Maurício – Tudo bem, se você não quer dizer, eu vou lhe mandar para a penitenciária Lemos Brito, onde todos gostam do Luiz que é chamado de Nelson Mandela da Bahia pelos detentos. Você vai apanhar todo dia até morrer por ter deixado o seu vizinho inocente ficar preso em seu lugar.

Pingo – O senhor não pode fazer isso comigo, doutor, eu sequer tenho dinheiro para pedir que um advogado mande um pedido de proteção de vida para presos diante da Justiça.

Maurício – Melhor ainda, posso mandar você para onde eu quiser.

Pingo – Se eu falar quem está comigo nessa, o senhor me manda para o presídio de Castelo Branco?

Maurício – Por sua colaboração, lhe mando para Feira de Santana, desde que o que venha a falar seja verdade.

Pingo – Foi o Chico Capoeira quem pegou e me entregou a arma, eu recebi dinheiro dele para tirar a vida do espanhol e devolver a arma de volta para o Chico.

Maurício – E as sua digitais? Por que elas não aparecem na arma?

Pingo – Eu usei luva de pano para não deixar as minhas digitais na arma.

Maurício – Então, aquelas digitais são do Chico Capoeira, um cara acima de qualquer suspeita.

Pingo – Com certeza, doutor, entreguei a arma para ele e fiquei com uma flanela que estava envolvendo o oitão. Essa era a única forma que eu tinha para provar que o Chico estava envolvido no crime. Como ele é aspirante em assassinatos, ficou fácil para mim e para vocês da polícia também.

Maurício – Eu fiquei surpreso com a sua esperteza. É a primeira vez que o Chico entra no crime com você?

Pingo – Já disse, doutor, o Chico é principiante, não saca nada da vida bandida, tanto é que caiu feito bobo na minha armação das digitais. O senhor mesmo falou que tem marcas de dedos para vocês confrontarem, basta pegar o Chico e trazer para fazer a perícia.

Maurício – Está querendo me dizer o que devo fazer?

Pingo – Não, doutor, eu tenho umas contas particulares para acertar com Chico, jurei para mim mesmo que se eu caísse, ele viria junto.

Maurício – Isso é problema de vocês. Se o que você me falou for verdade, manterei a minha palavra de não lhe mandar para a Lemos Brito, caso contrário terei o prazer colocar você perto dos amigos que Luiz da Silva fez na Mata Escura.

Quando faltavam apenas dez minutos para o meio-dia, uma chamada da televisão anuncia que o caso do empresário morto nas proximidades do Calabar poderia sofrer uma nova reviravolta com a prisão de um assaltante chamado Pingo, pela manhã. Chico Capoeira, que só trabalha na academia de São Lázaro à noite, costuma acordar depois das onze horas da manhã. Quando põe a cara na rua, ouve os comentários do que saiu no Diário de Salvador. *Ele resolve voltar para casa e encontra Fátima Pires, que está indo em direção a casa de Carla Almeida.*

Chico – Eu posso falar com você um instante?

Fátima – Pode, mas eu estou com pressa, Carla me chamou para ajudar ela na arrumação da casa, o Luiz está para ser solto hoje.

Chico – Eu também fiquei sabendo, tome cuidado para o Luiz não sacar o nosso envolvimento com o Julio.

Fátima – Eu sei me cuidar, te cuida também.

Chico – Eu estou bem garantido, evita falar do Julio perto do Luiz, ele vai acabar desconfiando da gente.

Fátima – É melhor você não ficar por aí falando essas coisas, parece que desaprendeu como se trabalha em sigilo...

Vinte minutos depois, a televisão transmite ao vivo a entrevista do dr. Guilherme e dr. Bernardo Barreto. Eles falam que com a prisão do assaltante Pingo, ele confessou ter disparado os tiros que matou o empresário espanhol Julio Martinez e que não faz mais sentido manter José Luiz da Silva Filho preso na penitenciária Lemos Brito, que o jovem músico só está aguardando os exames serem concluídos para finalmente ser libertado.

Na casa de dona Catarina tudo preparado para receber Luiz Silva de volta. Na frente da comunidade, o policiamento foi reforçado. Na Associação de Moradores, Mestre Canário prepara os alunos para fazer uma calorosa recepção ao criador da pequena Escola de Música. O Bar do Armando voltou a ser ponto de parada dos moradores em busca de músicas do Calamaço para ouvir e saber notícias de Luiz.

Sandra Rocha vai para a Penitenciária Lemos Brito esperar o desfecho da soltura de Luiz Silva. Na televisão, dr. Bernardo Barreto diz que faz questão de devolver o músico para a comunidade do Calabar. Após a equipe médica fazer os exames necessários para descobrir se o inocente contraiu alguma enfermidade ou doenças, um oficial de Justiça traz os papéis para ele ler na frente do seu advogado e assinam depois que ambos concordam com o que está escrito e finalmente José Luiz da Silva Filho é solto pelo diretor da Penitenciária Lemos Brito e o Calabar vira de imediato uma vila carnavalesca. O delegado Maurício Garcia ordena que a polícia se retire das duas comunidades para evitar atrito e provocações dos moradores que começam a fazer batucadas pelos becos. Às duas horas da tarde, José Luiz da Silva Filho é solto sob os aplausos de todos os detentos que estão no pátio, dos carcereiros e até de policiais presentes no presídio.

Doutor Guilherme comunica ao seu cliente que a polícia faz questão de devolvê--lo ao Calabar.

Dr. Guilherme – Bom, meu amigo Luiz, assine aqui nessas folhas onde está o seu nome e você já vai estar livre da prisão. A polícia faz questão de levá-lo de volta para o Calabar.
Luiz – Se o senhor não poder me levar, peço para a Sandra. Caso ela esteja ocupada com o jornal, eu peço carona aos motoristas de ônibus, mas no carro da polícia eu não entro. Quero voltar ao Calabar como saí: limpo e com minhas próprias pernas.
Dr. Guilherme – E se nenhuma das suas caronas der certo, o que você vai fazer?

Luiz – Eu vou andando até a minha casa, mas no carro dessa polícia suja eu não entro.
Dr. Guilherme – Então, vire-se e veja quem veio pegar você, a sua jornalista preferida.
Luiz – Obrigado por tudo, dr. Guilherme, o senhor foi muito importante para mim e para os meus amigos na luta pela minha liberdade.
Dr. Guilherme – E você foi o melhor cliente que eu já auxiliei, só vou cobrar de você os custos do escritório. Foi uma boa experiência trabalhar no seu caso. Agora, vá embora que o Calabar está lhe esperando.

Luiz Silva é revistado por um carcereiro, depois ele dá adeus para Bicudo que está no corredor, ao lado de dois policiais militares. Na saída, um policial informa que está ali para levá-lo para casa, ele olha no fundo do olho do policial civil e fala:

Luiz – Não precisa o senhor me levar, eu já tenho quem me conduza até a minha comunidade.
Sandra – Vamos, que o teu povo está ansioso para te ver de novo.
Policial – Sou eu quem deve levá-lo ao Calabar, são ordens do diretor.
Luiz – Diga para o seu diretor que economize gasolina da viatura para ir atrás dos verdadeiros criminosos que estão acabando com a paz dessa cidade.

Luiz Silva dá um abraço em Sandra Rocha e ela seca as lágrimas dele. Leva-o diante dos olhares dos policiais, e dos jornalistas e repórteres que fazem presença na portaria da penitenciária Lemos Brito.

Repórter – O que você tem a dizer para a sociedade sobre os dias que passou na prisão como um inocente e não um assassino?
Luiz – Que antes de julgar qualquer pessoa, venha aqui no presídio e veja o inferno que as pessoas passam dentro dessa prisão.
Sandra – Não fala isso, Luiz, tenha cuidado, pode haver distorção ou má interpretação do que você fala, entra no carro.
Luiz – Sinto muito, senhores, a partir de agora só dou entrevistas na presença do meu advogado. Se os senhores querem saber mais sobre quem eu sou, nos acompanhem até o Calabar e verão como o povo de lá vai me receber.

A LIBERDADE

Luiz Silva fica calado, mesmo cercado de vários jornalistas e curiosos que estavam na frente do presídio. Sandra Rocha e dois policiais vão abrindo passagem para que Luiz chegue até o carro dela, o pequeno tumulto chama a atenção de dr. Guilherme Souza e ele sai para dar explicações porque Luiz se recusou a entrar no carro da polícia, nesse momento o delegado Maurício Garcia está reunido com dois policiais civis e mais quatro militares no posto policial da rua Sabino Silva, eles vão entrar pela rua Baixa do Calabar até chegar onde mora Chico Capoeira, os policiais militares sobem as escadas do beco e se posicionam de forma que não haja fuga, os dois policiais civis, seguidos pelos olhares dos moradores, avançam até o primeiro andar onde Chico está morando. Os vizinhos correm e vão chamar Fátima Pires que aparece com Carla Almeida e dona Catarina.

Maurício – Senhor Francisco Campos, é a polícia, a sua casa está cercada, tenho um mandado de prisão contra o senhor, saia com as mãos na cabeça ou arrombaremos a sua porta imediatamente.

Chico Capoeira sai de dentro de casa com as mãos na cabeça e vê a maioria dos seus vizinhos no beco olhando para a cena da sua descida da escada.

Carla – O que houve, dr. Maurício?
Maurício – O Chico foi acusado pelo Pingo de ter pago para matar seu namorado, Julio Martinez.
Fátima – Deixa eu falar com ele um minuto, sou mãe do filho dele.
Maurício – Terá que ser rápido, não tenho muito tempo, o Luiz já deve estar retornando para casa.
Fátima – Eu nunca pensei em te ver algemado, Chico. Foi por isso que você me bateu?
Chico – Eu não podia confiar em mais ninguém, e você...
Fátima – Agora vai parar na cadeia por não ter confiado em mim. Por que você não me contou mais esse seu plano de derrota?

Chico – Não é hora de você fazer essas perguntas.

Fátima – Você estragou a sua própria vida por causa de grana, não desistiu quando parou de ganhar um pouco mais e vai pegar uns vinte e cinco anos de pena e viver no mínimo nove anos preso para deixar de ser imbecil.

Chico – Isso eu já sei, por favor, cuida do Daniel por mim.

Maurício – dona Fátima, eu preciso interrogá-la amanhã sobre prostituição. Se houver adolescentes nesses seus programas será presa, se forem só mulheres adultas responderá ao inquérito em liberdade, assine aqui e me entregue a sua carteira de identidade. Amanhã, a senhora deve comparecer às nove horas da manhã para prestar depoimento e eu ou lhe devolvo o seu documento ou lhe mando para atrás das grades.

Fátima – Tudo bem, eu vou sem problemas, não faço mais programas sexuais e nunca fiz nada com mulheres menores.

Maurício – Pode de calar, tudo o que disser pode ser usado no inquérito, estarei lhe esperando amanhã.

Dona Catarina – Mas o que está acontecendo, gente? Por que eles vão levar o Chico?

Carla – Mãe, vamos para casa e esperar o Luiz chegar.

Maurício – Carla, vá amanhã às onze horas na delegacia, preciso confrontar o seu depoimentos com o do Francisco Campos, da mulher dele Fátima e concluir logo o inquérito. Se foi ele realmente quem mandou matar o Julio, Luiz vai ter que depor junto com você, mas esse depoimento do Luiz pretendo fazer no posto policial da rua Sabino Silva para não constranger mais o inocente.

Carla – Obrigada pela compreensão, ele não vai se sentir bem tendo que voltar à delegacia para depor.

Chico Capoeira é conduzido pelos policiais até chegar à rua Baixa do Calabar, os vizinhos ficam em silêncio, mas acompanham a prisão. Carla Almeida deixa dona Catarina em casa e acompanha o preso e os policiais.

Carla – Chico, fala comigo um instante, para de chorar. O que aconteceu para você fazer uma loucura dessas? Fala comigo, Chico, eu quero lhe ajudar.

Chico – Foi o dinheiro, Carla, a grana acabou com o seu casamento e com minha vida. Tudo por causa de grana.

Carla – Tudo vai acabar assim, Chico. Procuramos brincar com a ganância e acabamos com o que a gente tinha de melhor: eu perdi o casamento e você sua mulher e a sua liberdade.

A música que fazia parte do início de tarde do Calabar parou. O silêncio da paz falsificada voltou a reinar como nas tardes passadas, ninguém comenta nada, não se ouvia uma única palavra sobre o que estava acontecendo, só Carla e Chico conversavam, seguidos pelos olhares dos vizinhos que apareciam em portas, janelas, terraços das casas e esquinas dos becos para olhar e se deparar com a inesperada prisão do maior e mais famoso capoeirista do Calabar. Pedro Almeida está chegando para esperar Luiz, ver Chico sendo levado pela polícia e Fátima Pires acompanhando os policiais.

No fim da rua Baixa do Calabar, Sandra Rocha e Luiz Silva estão estacionando o carro quando veem a cena que o delegado Maurício Garcia tentou evitar: Chico sendo levado à força pelos policiais. Quando ele avista Luiz, abaixa a cabeça e aumenta os passos quase que puxando os policiais que o seguram pelos braços.

Luiz – Fátima, espera um pouco.
Sandra – É melhor você não acompanhá-lo até a delegacia, já liguei para o Sérgio e ele vai mandar um advogado do Ministério Público acompanhar o caso do Chico.
Fátima – Está vendo aí, seu burro, as pessoas ainda gostam de você, foi loucura o que fez.
Maurício – Luiz e Sandra têm razão, o caso dele vai chamar a atenção da imprensa, é melhor você falar com ele amanhã quando for à delegacia, eu deixarei vocês conversarem à vontade.

Realmente, dos repórteres e jornalistas que seguiram Luiz Silva e Sandra Rocha até o Calabar, metade volta atrás dos policiais que estão prendendo Chico Capoeira e a outra metade vai registrar a chegada do músico em sua amada comunidade.

Carla e Pedro Almeida vêm correndo ao encontro de Luiz e Sandra que estão amparando Fátima Pires, os dois irmãos se agarram aos outros três jovens e todos são tomados pela emoção e alívio, dona Catarina, que chega segundos depois, começa a separar Luiz dos jovens.

Dona Catarina – Sai, Pedro, sai Carla, larga ele que eu quero abraçar sozinha o meu moleque.
Luiz – Ah, meu Deus! Pensei que esse pesadelo nunca ia acabar.
Pedro – Luiz, Carlinhos chegou para te dar um abraço...

Luiz – O papai voltou, meu filho, agora a gente vai poder jogar bola, vou te levar para a praia e não quero mais viajar para ficar muito tempo longe de você.
Carlinhos – Pai, a polícia levou o tio Chico, disse que ele não vai voltar tão cedo.
Luiz – O tio Chico fez besteira, mas um dia ele vai poder voltar, vamos para casa.
Armando – Você voltou, meu grande músico, dá um abraço no Armando que sente tanta falta da sua boa amizade.

Chegam Andrezinho e dona Maria e logo vários moradores fazem uma roda para abraçar José Luiz da Silva Filho, injustamente preso e acusado de um crime que nunca passou por sua cabeça cometer. Pedro e Andrezinho vão organizando uma fila para os vizinhos que querem abraçar o jovem trabalhador que tentou mudar a vida das pessoas que mais sofrem no Calabar. Os jornalistas e repórteres não entendem o que veem, mas vão fazendo suas narrativas sobre o líder que caiu na armadilha certeira e traiçoeira do seu algoz, da víbora que o cercava e das circunstâncias que precisou da ajuda de um inconsequente para esclarecer e desvendar os mistérios de uma traição armada em nome da ganância e da luxúria. Foi Reginaldo Campos, maconheiro, desordeiro, alcoólatra e desacreditado pela maioria dos moradores, que viu e falou a verdade sobre a traição de Carla Silva, na época casada; e ao saber dos detalhes dos disparos, deu a dica e acertou em cheio em quem poderia ser o autor dos disparos que deu fim a vida de Julio Martinez, para finalmente libertar Luiz Silva da prisão. Quem imaginaria que dentro de um homem sem o menor valor social, morava, e ainda mora, o respeito, a moralidade, a honestidade e a indignação ao erro da mulher traidora e de seus interesseiros amigos? Reginaldo Campos tinha que morrer no segundo capítulo da trama, mas por descuido do autor, que só veio lembrar disso na hora de narrar quem estava no casamento de Carla e Luiz, ele foi ficando na história e se encaixou como uma luva na hora da traição. O personagem Reginaldo foi a peça fundamental para montar o quebra-cabeça da saga, por isso foi morar na paradisíaca Ilha de Itaparica, foi encontrar no mar um caminho para se livrar das drogas, Reginaldo foi reencontrar sua Janaína, deixar a vida de cão e tentar ser feliz. Ser tão feliz como os amigos de Luiz Silva que depois de jogá-lo várias vezes para cima, finalmente entram na rua Baixa do Calabar e vão para a casa de seu Paulo:

Canário – Me dá um abraço, se não eu vou te agarrar na frente de todo mundo, Luiz.
Luiz – Você e o Sérgio são uns guerreiros! Quantas noites eu sofri pensando em vocês dois quebrando a cuca para achar uma solução para o meu problema...

Sérgio – Não chora, seu moleque, você é a nossa joia, jamais a gente ia deixar de lutar por sua liberdade, você é o filho que eu sempre quis ter.
Seu Paulo – Deixa de ser intruso, Sérgio, ele agora é meu filho, eu vi primeiro, pode sair que quem vai abraçar Luiz agora sou eu.
Luiz – Pena que a gente teve que se separar esse tempo todo, vamos manter nossa amizade acima de qualquer coisa seu Paulo.
Canário – Gente, vamos andando que o Armando e o Júnior colocaram umas cervejas para a gente comemorar no terraço do Paulo.

Quando Luiz e os amigos chegam à casa de dona Catarina, quem abre a porta é Lúcia Veiga, que estoura uma garrafa de champanhe para comemorar a volta do amigo e dá um abraço demorado em Luiz.

Lúcia – Pensei que nossa amizade teria que ficar entre o Calabar e as grades da prisão, não se arrisca mais, Luiz, deixa as coisas mudarem um pouco, a gente não aguentava mais sofrer com a sua ausência.
Luiz – Obrigado, Lúcia, que palavras lindas essas suas, voltei e não vou me arriscar de novo. Como está o seu bebê?
Lúcia – O bebê está ótimo. Você agora tem que evitar falar em público sobre o que aconteceu, aquela sua entrevista na televisão hoje é uma provocação, para de protestar contra o sistema se não eles te prendem de novo.
Luiz – Vão ter que prender mesmo, acabei de fazer uma música para relatar a realidade da cadeia. Vou até a Igreja do Senhor do Bonfim na sexta-feira de manhã agradecer por estar vivo e livre, mas vou pedir forças para continuar lutando contra as injustiças sociais do meu bairro e da cidade de Salvador.

Sandra Rocha começa a bater palmas e é seguida pelas pessoas presentes. Luiz Carlos ainda não entende o que está acontecendo e também bate palmas, não sai de perto do seu pai que para ele estava viajando, Carla Almeida fica distante observando os dois. Fátima Pires amparada por Pedro vai para casa:

Fátima – Obrigada pelo apoio, Pedro. Eu quero contar para Carla o que aconteceu entre eu e o Luiz na prisão.
Pedro – Você ficou maluca? Ela não vai perdoar nós dois.
Fátima – Temos que contar para ela. Quando eu decidi ir pra cama com ele é porque eu já desconfiava que Chico tinha algum envolvimento na morte de Julio Martinez.
Pedro – Luiz sabe que desconfiava do Chico?

Fátima – Não, o problema é que quem apresentou o Julio para a sua irmã fui eu, já fiz isso com outras mulheres, só com a Carla deu tudo errado.
Pedro – Então é você a tal cafetina?
Fátima – Mais ou menos, até me relacionar com Chico, eu era uma prostituta.
Pedro – O que tem isso a ver com você ficar com o Luiz?
Fátima – Medo, Pedro. Fiz isso para não ser hostilizada por ele e também evitar ser expulsa do Calabar, medo de ser presa como cúmplice do Chico e deixar o meu filho sozinho pelo mundo. Agora, acredito que Luiz vai pegar leve comigo, mesmo sabendo o que eu fiz junto com a sua irmã.
Pedro – Por que você quer contar tudo para Carla? Tenho certeza de que ela não vai te perdoar.
Fátima – Eu não quero perdão, quero evitar que ela fique sabendo através de outra pessoa e gere mais confusão, depois dessa história percebi que nada fica oculto, senão o Luiz não teria descoberto do Julio tão e do Pingo, o verdadeiro assassino, tão rápido. Aproveite e conte para ela, vocês são muito unidos, Carla vai lhe entender.
Pedro – Tá bom. Eu vou preparar o Luiz, depois a gente vai para um lugar reservado e conversa os quatro de uma só vez para não ficar dúvidas.

Pedro Almeida vai para casa e encontra as crianças da Escola de Música da Associação de Moradores do Calabar entrando com os instrumentos para tocar no terraço onde está o seu professor cercado de vizinhos e amigos do Bloco Calamaço, todos os filhos de dona Catarina, pelos cantos da casa tem várias velas acesas colocadas por Carmem Almeida, ela amarra uma fita do Senhor do Bonfim no braço de Luiz, Sandra Rocha e Sérgio das Flores saem para a rua e voltam com dona Marta, dr. Hélio Fagundes e dr. Guilherme Souza que vieram abraçar o amigo. Os visitantes são recebidos por Carla Almeida, que continua meio por fora da festa.

Carla – Luiz, veja quem veio lhe ver: dona Marta e seu Hélio.
Luiz – Gente, me dá licença um instante, preciso falar com a pessoa que enfrentou os poderosos da Segurança Pública para me libertar.
Dr. Hélio –Você, Luiz, deu a essa cidade um exemplo de coragem e perseverança em busca da verdade, mereceu o que Marta fez o tempo todo para te livrar daquela cadeia suja.
Luiz – Obrigado, dr. Hélio. A senhora veio me ver no Calabar. Por que não esperou eu ir ao condomínio?
Dona Marta – Porque eu fiquei ansiosa para te dar um abraço. Luiz, você me deu um trabalho danado para lhe tirar da cadeia.

Luiz – Obrigado por ter me ajudado, toda vez que me lembro da senhora, a minha mãe vem à minha cabeça.

Dona Marta – Quando as minhas amigas me perguntam por meus filhos, eu incluo você entre eles, você é o meu filho negro.

Sandra – Façam uma pose para eu colocar uma foto na primeira página do jornal.

Luiz – Como vai ser o título dessa reportagem?

Sandra – Negro inocente sai da prisão e a sua patroa vai abraçá-lo no Calabar.

Dona Marta – Assim, vocês do jornal vão matar o diretor da penitenciária de raiva.

Sandra – Eu não faço reportagem para agradar político sujo, fiquei sabendo que ele quer se candidatar para Deputado Estadual em 2002.

Luiz – Então foi por isso que ele ofereceu carro para me trazer de volta ao Calabar.

Sandra – Quem parece que vai se dar bem nessa história é o delegado Maurício. Ele quer que eu faça uma reportagem dele falando sobre o caso Julio Martinez.

Dona Marta – É melhor você viajar por uns dias para o interior, ele foi um incompetente, investigou muito mal o caso e prendeu Luiz sem lhe dar uma chance de defesa.

Sandra – Por mim tudo bem, vou tirar férias que estão atrasadas.

Luiz – Quando eu vou poder voltar a trabalhar?

Dona Marta – Pode voltar em dezembro quando completará quatros meses desempregado.

Luiz – Nesse período vou fazer uns cursos de pré-vestibular, quero entrar para a faculdade.

Dona Marta – Agora eu ouvi algo que sempre quis ouvir de você, se esforce que lhe ajudarei.

Sandra – Bom, gente, eu já entrevistei todo mundo que está aqui, agora vou andar pelos becos para colher comentários dos moradores.

Luiz – Vá com Sérgio e Canário, não se esqueça que metade da polícia da Bahia está querendo arrancar a sua pele.

Sandra – Essa vai ser a minha última polêmica com a polícia, depois vou trabalhar a parte cultural do jornal e incluir o Calabar em notas de festas e eventos. Chega de confusão!

Dona Marta – Luiz, vá amanhã ao condomínio, a Sandra quer fazer uma reportagem chamada "Um dia depois da liberdade".

Luiz – É claro que eu vou e o Carlinhos vai comigo.

Dona Marta – Perfeito, assim você mostra à sociedade que é pai de família e trabalhador.
Luiz – Vocês me dão licença que eu vou falar com outras pessoas que vieram me ver.

Quem Luiz viu foram os compositores que iam participar do Festival de Música do Calabar, ele conversa com os músicos e depois se aproxima de Karina Mendes.

Luiz – Pelo visto você já conhece até a Carla, mas não foi me ver no dia da prisão.
Karina – Eu sinto muito, me desculpa, não dava para ir lhe ver mesmo.
Luiz – Eu entendi, você estava meio suja para ir até uma delegacia.
Karina – Eu vim aqui para conferir o quanto você é querido no Calabar. Estou gostando, fico feliz ao ver toda essa gente lhe dando apoio.
Luiz – Como você conheceu a Carla?
Karina – A Fátima me apresentou a ela. Você é muito exigente com mulheres, só quer ficar com as mais bonitas.
Luiz – A gente precisa conversar.
Karina – Se for sobre você e a Fátima, já estou sabendo. Quanto a nós dois, a gente não volta porque a Carla precisa de você, deixei o caminho livre para ela.
Luiz – Independentemente de eu ficar com você ou não, eu e a Carla não temos mais chances de voltar.
Karina – Eu já ouvi isso várias vezes da Fátima, mesmo assim não quero ser pedra no caminho dela.
Luiz – Tudo bem, eu vou passar logo essa minha decisão para ela não continuar alimentando esse inusitado retorno.
Karina – Aproveita que ela está chegando. Bem-vindo à liberdade.
Luiz – Obrigado, fique à vontade que aqui tudo acaba em festa. Carla, vamos descer e conversar um pouco no quarto, preciso te falar umas coisas.

Luiz Silva e Carla Almeida descem as escadas observados pelos olhares atentos de Pedro, dona Catarina e Lúcia. Ao entrar no quarto, enfim, Carla pode abraçá-lo sem a presença de outras pessoas.

Carla – Eu pensei que você não voltaria mais para o nosso lado, mas graças ao Senhor do Bonfim você está aqui.
Luiz – Carla, você não tem ideia do que passei na penitenciária.
Carla – Eu imagino, só agora que te dei um abraço percebi o quanto você emagreceu. Eu fiquei várias noites sem dormir pensando em você, o sofrimento

acabou Luiz, é hora de refazermos nossas vidas de novo.

Luiz – Espera, Carla, eu não vou volto para você. O nosso relacionamento acabou faz muito tempo.

Carla – A Karina não quer mais continuar com você.

Luiz – Já estou cheio de falar que mesmo sem a Karina, eu e você não voltaremos.

Carla – Então quem é a sua pretendente agora? As minhas amigas, minhas vizinhas ou outra mulher que eu ainda não conheço?

Luiz – Não se trata de eu ter ou não uma pretendente. O problema é que nossa estrada teve duas variantes, você seguiu por uma e me obrigou pegar a outra. No fim, as duas não se encontram. Seguiremos as nossas vidas em caminhos diferentes.

Carla – Começou a filosofia: tudo bem, vá em frente, curta a sua vida à vontade, leve quantas mulheres quiser para a cama. Quando você esbarrar num Berro D'água e se lembrar de mim, pode me ligar que eu vou te pegar na sarjeta, te darei banho, cortarei o seu cabelo e me entrego de novo para você. Não é falar bonito e difícil que você gosta? Entrei na sua.

Luiz – Eu não vou virar um alcoólatra, Carla, simplesmente a nossa estrada teve uma divisão muito triste. Acabou mesmo.

Carla – E o seu amor por mim, ele caiu na cratera dessa estrada e morreu?

Luiz – Não, Carla, o restante desse amor ficou preso na Lemos Brito.

Carla – Então, me entrega as chaves que abre as grades dessa prisão que eu vou armada com escudo e espada, irei resgatá-lo, regenerá-lo e regar todos os dias para nosso amor nunca morrer. Entenda, Luiz, eu te amo e não consigo me livrar desse amor.

Luiz – Para com esse teatro, não entrei aqui para ouvir você se humilhar.

Carla – Me diz como eu vou parar com algo que não tenho forças para vencer? Depois de tudo o que aconteceu, eu não queria mais gostar de você para não me rastejar. Só que virei cobra sem veneno, perdi minhas virtudes nessa tempestade toda. Meu irmão Pedro me disse que você é uma águia que não voa, agora entendo por quê.

Luiz – O que você entende, minha professora de psicologia?

Carla – Que a águia foi se renovar e as águias por serem aves nobres não comem restos de outros predadores. Eu vou ficar sem homem nenhum tentando purificar meu corpo. No dia que a águia me vir como caça limpa e bonita ela vai me capturar outra vez, eu não vou tentar fugir, nem vou me debater, vou deixar a ave de rapina degustar do meu corpo e satisfazer o seu apetite me devorando por inteira. Um dia você vai voltar a ser meu.

Luiz – Pelo visto, você ficou meio louca enquanto eu estive preso.

Carla – Aprendi essa loucura com você. Se o Julio não tivesse virado a minha cabeça e eu dissesse essas palavras bem baixinho em seu ouvido, tenho certeza de que eu ouviria um animado parabéns seu.

Luiz – Pode ter um pouco de verdade nisso. Mas posso ir embora?

Carla – Foi nesse quarto que você me viu nua e passou a me querer, tudo começou através daquela porta, com o seu olhar certeiro de rapina. Eu vou voltar a morar aqui e quando a gente voltar a fazer amor quero que seja neste quarto. Vou cuidar do meu corpo para voltar a ficar tão belo como estava naquela tarde de domingo que a gente foi pela primeira vez à Lagoa do Abaeté. Agora, se quiser, pode se retirar.

Luiz – Eu nunca lhe falei que foi a beleza do seu corpo que me atraiu até você.

Carla – E eu nunca lhe falei que várias vezes fiquei nua com a porta do quarto aberta para atrair você. Fiz isso porque te desejava muito, se houver necessidade e chance farei tudo outra vez.

Luiz – Estou surpreso, mordi a sua isca sem perceber. Mesmo assim não me espere, você é livre para fazer da sua vida o que quiser.

Carla – Para o seu bem, eu não vou abandonar o amor que sinto por você, é a única coisa bonita que ainda habita a minha alma. Depois que vi a lama das drogas tragar as outras duas pessoas que me envolvi, decidi manter esse amor, mesmo não correspondido, pelo único homem que me deitei e nunca se drogou.

Luiz – É só por isso que você me ama?

Ela se aproxima e começa a acariciar o rosto e o pescoço dele.

Carla – Não. Tem o nosso filho, a nossa história de vida que é linda, o medo de encarar outra pessoa e a minha vontade de reparar o meu maior erro.

Luiz – Não se iluda, Carla, eu não vou reatar o nosso relacionamento, até já assinamos a papelada da separação.

Carla – Amor, não precisa de papelada... Corta esse cabelo, eu gosto mais do seu estilo de rapaz comportado.

Luiz – Esqueça o estilo comportado, eu vou fazer rastafari como o Edson Gomes.

Carla – Essa prisão mudou você demais, só falta dizer que fumou bagulho dentro do xadrez.

Luiz – Foi aquela tarde de domingo na Praia do Corsário que me mudou, eu já te falei isso.

Carla – Vamos subir, não quero tocar nesse assunto numa hora como essa.

Luiz – Evita ficar me pedindo para voltar, não quero ficar com pena de você.

Carla – Eu sei o que estou fazendo, nunca lutei por nada na minha vida, deixa eu lutar por amor.

Luiz – Você sabe que eu não vou ficar sozinho, mesmo sabendo que você jurou abstinência ao sexo com outra pessoa.

Carla – Acho que você vai ter que conviver com outras mulheres até um dia cair na solidão. Como eu vou estar atenta aos seus passos, te pego de volta e não devolverei nunca mais. Vá curtir a vida, um dia você vai apanhar e lembrar da sua eterna negona...

Luiz – A coisa mais difícil que eu encarei na minha vida até hoje é esse nosso amor. Quero me livrar dele para recomeçar a minha vida, me deixa tentar esquecer você.

Carla – Eu já te disse que você pode fazer o que quiser até quebrar a cara, depois eu conserto tudo e te levo para dormir comigo, não importa quanto tempo durar esse hiato amoroso, um dia a gente vai voltar a arrebentar umas camas mundo a fora.

Luiz – Por que você tem tanta certeza?

Carla – O que você vai fazer com outras mulheres eu fiz com o Julio, depois vi que só você me satisfaz, as outras mulheres vão fazer você ejacular, mas gozar você só conseguiu comigo e só vai conseguir de novo quando nossos corpos voltarem a rolar na cama.

Luiz – É muito complicado o que você está dizendo, você sabe que a coisa não é bem assim, só você me satisfaz...

Carla – Chega, vá atender os seus amigos, um dia eu vou te caçar como você me caçou, sei muito bem qual é a sua fraqueza, pode subir, Luiz.

Carla Almeida senta-se na cama e pega uma toalha para secar as lágrimas e ver a porta sendo fechada bem devagar, o corpo daquele que ela tentou mais uma vez levar ao leito se retirou e o silêncio invadiu o quarto outra vez. Enquanto Luiz Silva comemora a liberdade com os moradores do Calabar, Chico Capoeira está na 10ª Delegacia sendo autuado como mentor do assassinato de Julio Martinez.

Maurício – Leva o Francisco Campos para a sala de interrogações, quero esclarecer o envolvimento dele no crime.

Chico – Posso saber como o senhor chegou ao Pingo?

Maurício – Quem tem que ser interrogado aqui é você, não eu. Acabaram as suas chances de tentar dizer que é inocente, acabei de receber o resultado dos exames e as digitais encontradas na arma são suas. Como você se meteu nesse assassinato?

Chico – Eu devia uma grana para o Luiz e dei a arma para liquidar a dívida, eu sabia que ele tinha uma arma dentro de casa.

Maurício – Mas por que você colocou na cabeça que tinha que matar o espanhol?

Chico – O safado do espanhol me devia 7 mil e não queria pagar por nada, eu fui na casa de Luiz, peguei a arma e passei para o Pingo fazer o serviço.

Maurício – Como você conseguiu entrar e sair da casa do Luiz?

Chico – Fui eu e minha ex-mulher que apresentamos o gringo para Carla, um dia ela foi na minha casa conversar com minha mulher sobre a sua decisão de ir morar com o Julio, elas entraram para o quarto e Carla deixou a bolsa na sala, eu peguei as chaves e mandei um moleque tirar cópias de todas as chaves que estavam no chaveiro dela. Guardei comigo as cópias e coloquei as originais onde estavam antes. Esperei Luiz sair de casa, testei as chaves até acertar a que abria a porta de entrada, entrei e fui procurar a arma. No primeiro dia, revirei o quarto inteiro e não encontrei nada, decidi ir embora e até pensei em desistir de mandar matar o gringo.

Maurício – Por que você não optou pela desistência?

Chico – Ora, doutor, ele expulsou a mim e a minha mulher do apartamento dele como se fôssemos cachorros sem dono, ele me humilhou na frente de minha mulher. Aquela cena não saía da minha cabeça de maneira alguma. Voltei à casa do Luiz e não perdi tempo procurando a arma no quarto, fui até uma cômoda na sala e encontrei o revólver numa gaveta, estava atrás de vários livros, peguei o revólver e fiz a proposta ao Pingo. O cara estava duro e não rejeitou, queria matar o gringo de qualquer forma. Eu disse para aguardar que um dia ele vai aparecer aqui no Calabar.

Maurício – Me responda duas coisas: como estava a arma na gaveta e como você sabia que o Julio um dia apareceria no Calabar?

Chico – Isso facilitará a minha vida na Justiça?

Maurício – Quem pergunta sou eu e quem responde é você. Mas se houver alguma informação em suas palavras que lhe ajudem, podem ser usadas pelo juiz no dia do seu julgamento, está tudo sendo registrado pelo escrivão. Só não vou lhe permitir fazer mais perguntas.

Chico – A arma estava enrolada em uma flanela amarela e eu sabia que o Julio apareceria no Calabar porque ele gostava da maconha que eu comprava para ele. Só que o miserável não queria mais pagar o que me devia, aí eu o deixei sem bagulho.

Maurício – Como é que é? Você comprava e entregava ou comprava e revendia? De quem era o dinheiro que você comprava a maconha no Calabar?

Chico – O dinheiro era meu, ganhava "um qualquer" em cima, doutor. O espanhol tinha muita grana, mas era pão duro.

Maurício – Escrivão, inclua aí tráfico de entorpecentes. E, quanto ao Pingo, como ele ficou sabendo o dia que o Julio ia para o Calabar?

Chico – Ele me disse que foi coincidência, o Pingo estava num bar perto da boca de fumo quando soube que um bacana em um Audi preto estava querendo muita maconha, como ele já estava com a arma, foi conferir e não perdeu tempo. Mas foi ele quem atirou e matou o gringo, não fui eu.

Maurício – Por que o Julio te devia 7 mil, como a dívida chegou a esse valor?

Chico – Foi através de várias coisas, doutor, eu era quase empregado dele, fazia compras no supermercado para ele e nunca recebia de fato o que eu cobrava, aí ele se apaixonou pela Carla, eu e minha ex-mulher levamos ela até ele, aí eu resolvi cobrar o nosso serviço de cupido.

Maurício – A sua mulher sabia do seu plano para executar a vida do Julio Martinez?

Chico – Seria melhor que eu tivesse contado para ela.

Maurício – Seria melhor por que, Francisco?

Chico – Se eu contasse que pretendia matar o unha de fome do espanhol, jamais o senhor teria que me interrogar. Ela nunca me deixaria fazer o que fiz.

Maurício – Já que a sua ex-mulher é uma pessoa que não o deixaria planejar esse crime. Por que vocês se separaram?

Chico – Quando vocês estavam revistando todos os moradores do Calabar, ela foi detida por desacato a um policial civil, depois foi solta por causa de uma garotada que fez manifestação. O tira que a levou para o módulo policial foi pedir desculpas. Eu vi, pensei que ela deu alguma pista do meu envolvimento com o Julio, perdi a cabeça e bati muito na única mulher com quem convivi. A Carla me arrancou de dentro da minha casa à força, foi uma coisa horrível, me arrependi porque além de perder a cabeça, minha relação foi para o espaço, perdi minha família, acabou tudo.

Maurício – Você e a sua ex-mulher organizavam programas sexuais com turistas. A dívida que o Julio tinha com você tem alguma coisa relacionada a sexo?

Chico – Não, senhor, aproveitei a ligação dele com a Carla para cobrar outros serviços que eu fazia para ele. Desde que a Fátima decidiu morar comigo que ela deixou de ser prostituta.

Maurício – Mesmo assim eu vou pegar o depoimento dela e completar o da Carla também. Por que você não fugiu do Calabar quando deu no rádio e na televisão que o Pingo estava preso e que o Luiz podia ser solto a qualquer momento?

Chico – Porque eu e o miserável do Pingo tínhamos um trato, se vocês pegassem ele, eu não seria citado de maneira alguma no depoimento dele para tentar arrumar um advogado para soltá-lo, só que o ordinário me traiu.

Maurício – É verdade que Luiz era seu colega de bloco de carnaval?

Chico – Era sim, ele mudou um pouco a trajetória do Calamaço.

Maurício – Então foi bem feito o que Pingo aprontou com você, o coitado do Luiz já havia perdido a mulher para o seu amigo espanhol que você se viu obrigado a matar, não necessitava da covardia e da injustiça de deixar um jovem tão generoso como seu companheiro de bloco passar pela humilhação de ser preso por você colocar a arma do crime na casa de um rapaz trabalhador e inocente. Agora, vai pagar pelo que fez e provar do mesmo mal que proporcionou ao próximo, a Justiça tarda, mas não falha, eu prendi o Luiz por causa das provas que eram muito evidentes, nunca acreditei que ele mataria outro ser humano.

Chico – Mas quem atirou e matou foi o Pingo, eu só paguei e coloquei a arma de volta na casa do Luiz.

Maurício – Não tente me enganar, você foi o mentor do crime e armou para uma pessoa inocente ser responsabilizada por algo que nunca fez. Você vai para o presídio de Castelo Branco para não ter problemas com os presos que ficaram amigos do Luiz na Lemos Brito e o Pingo vai para Feira de Santana. Escrivão, leia os direitos do senhor Francisco Campos.

Depois que o escrivão ler os direitos de Chico Capoeira, ele é levado para uma cela isolada no fim do corredor, onde ficará sozinho até ser transferido para o presídio de Castelo Branco que fica no conjunto habitacional de Cajazeiras. Quando passa pela cela em que Pingo está detido, os dois começam a trocar farpas.

Chico – Pingo, seu infeliz, tomara que você morra na cadeia.

Pingo – Cala a boca, Capoeira de araque, você não se esqueça que também está preso e que seus crimes são tão graves quanto o meus.

Chico – Nós dois tínhamos um trato e você não cumpriu.

Pingo – Eu quis comer a sua gostosona, mas você é muito guloso e não quis me dar um pedaço daquele mulherão.

Chico – Se eu tivesse ouvido ela, jamais falava com você de novo, mas como sempre achei que você era meu amigo, confiei nesse traidor e vim parar no xadrez.

Pingo – O seu tempo de dar as ordens acabou, seu bandido encubado, agora vai ver o que é ser fora da lei e fingir que é um anjo.

Chico – Quando eu sair da cadeia, vou lhe botar numa roda de capoeira e quebrar essa sua cara de traíra.
Pingo – Tá bom, Chico, eu sei qual é a roda que você vai botar.

Chico Capoeira avança para tentar agredir Pingo, que se afasta da grade.

Pingo – Pode ir se acalmando, seu trambiqueiro, valentões só têm vez lá fora, aqui tem que ser manso e às vezes virar mulher para os outros presos, um dia quero ouvir a sua história de ter que rebolar na frente de um negão.
Chico – Um dia eu te pego, miserável, um dia eu te pego...
Pingo – Cala a boca, seu chifrudo, a sua mulher foi para a Lemos Brito fazer amor gostoso com o Luiz inocente.
Chico – Mentira sua, ela tem medo de entrar em delegacia.
Pingo – Além de corno, é metido a ingênuo, o Bicudo sabe de tudo, ele ligou para a minha mãe e ela me contou; primeiro pegaram a sua mulher, agora você é a bola da vez.
Chico – Você está inventando essa história para me descontrolar, um dia eu vou arrancar a sua língua.
Pingo – Você arranjou o gringo para transar com a mulher do Luiz e ele se vingou transando com a sua, é por isso que ninguém toca nesse assunto no Calabar, a vingança do chifre como resposta é um prato muito mais frio para quem ajeita "Ricardão" para as mulheres dos vizinhos. Você acabou com o casamento do Luiz e só de raiva ele pegou a sua morena.
Chico – No dia em que eu botar os pés na rua, vou lhe procurar, mas não para lhe dar uma surra, vai ser para te matar.
Pingo – Doutor delegado, o Chico está me ameaçando de morte, registra aí...

Os carcereiros retiram Pingo da cela e o colocam em outra parte da delegacia para evitar mais discussões entre ele e Chico Capoeira. Enquanto isso, no Calabar, Fátima Pires que ainda lamenta a prisão de Chico Capoeira vai para a casa da família Almeida para conversar com Luiz Silva, Pedro e Carla Almeida.

Fátima – Eu ainda não me conformei com a prisão de Chico.
Carla – Eu fiquei meio por fora das investigações e não sabia de nada, mas mesmo assim tentei consolar ele.
Fátima – Pede para Pedro e Luiz deixarem a gente sozinha aqui no terraço.
Pedro – Vamos descer, Luiz, meu pai quer falar com você.
Seu Paulo – Venha que eu quero te fazer umas perguntas.

Luiz – Pode perguntar o que o senhor quiser.
Pedro – O seu pai ligou quando estava conversando com a Carla, fica atento ao telefone que ele vai voltar a ligar às nove horas da noite.
Luiz – Obrigado, Pedro!
Seu Paulo – Catarina quer saber onde você pretende morar: se aqui em nossa casa ou vai viver sozinho de novo?
Luiz – Eu gostaria muito de voltar a morar com vocês, mas a Carla quer vir morar aqui, como ela é filha, eu não quero tomar o espaço que é dela.
Seu Paulo – Vocês não vão voltar, não é?
Luiz – Por ela, a gente recomeçava a relação ainda hoje, mas acabou mesmo, não faz mais sentido a gente voltar.
Dona Catarina – Eu e o Paulo já aceitamos a separação de vocês e não vamos cobrar nada de você, meu filho, sabemos o quanto foi responsável com o nome da nossa família, isso é o que me interessa e me deixa realizada como mãe e avó.
Luiz – Era tudo tão bonito entre mim e a filha de vocês, eu já pensava até em ter mais um filho, mas de repente tudo acabou.
Dona Catarina – Acabou por causa da ambição da Carla, foi ela quem jogou os nossos nomes no lixo e não você. Sabe, meu filho, honra e respeito é algo muito raro nos dias de hoje, mas o Senhor do Bonfim vai iluminar o seu caminho. É só ser firme no que faz e ter fé no que desejar.
Luiz – Obrigado a vocês dois, são os pais que eu não pude ter. Eu vou fazer vestibular, aproveitei esse tempo na cadeia para estudar mais um pouco, vou tentar fazer letras ou história, a Sandra vai me passar material para estudar.
Seu Paulo – É assim que se reorganiza a vida. E por falar na Sandra, ela está pelos becos fazendo entrevista com os moradores, eu vou orientá-la.

Carla Almeida e Fátima enfim voltam a se comunicar depois de tanto tempo afastadas.

Fátima – Carla, o Chico pediu para lhe falar que se a polícia prendesse ele que é para você não comentar com o delegado sobre a dívida do Julio comigo e Chico, se não vai sair na imprensa que você era uma mulher casada que fazia programas, será o fim da sua família no Calabar.
Carla – Tudo bem, eu não vejo a hora de botar uma pedra em cima dessa história que arrasou com a minha paz e a reputação dos meus pais, chega de encrencas. O que você, o Luiz e o Pedro querem falar comigo?
Fátima – Só dá para falar os quatro de uma vez só.

Carla – Você agora deu para andar de segredinhos, onde foi parar a nossa amizade?
Fátima – A nossa amizade depende muito dessa conversa...
Carla – Já vi que vem mais peso para minhas costas, chama logo aqueles dois.

Fátima Pires abre o portão que dá acesso ao terraço, Carla fica em pé olhando os três arrumarem uma mesa onde os quatro vão se sentar, depois ela puxa uma cadeira e pergunta.

Carla – O quê vocês três aprontaram?
Luiz – Se você está disposta a ouvir a confissão de três pessoas que, na hora do aperto fizeram algo feio longe dos seus olhos, fique e ouça uma dura verdade, caso contrário vá embora e a gente não toca mais nesse assunto para o resto de nossas vidas.
Carla – Vocês são três palhaços. Qual é esse assunto tão sério? Luiz pegou AIDS na prisão?
Pedro – Não, Carla, eu ajudei Fátima entrar na Lemos Brito como visita íntima do Luiz.
Carla – O quê? Eu sequer fui visitar ele e você foi dar pra ele na cadeia? Depois a traidora sou eu.
Fátima – Depois que eu percebi que o Chico tinha algum envolvimento no assassinato do Julio, vi que precisava de alguém para me apoiar.
Carla – Não tinha outra maneira para pedir apoio?
Fátima – Você sabe muito bem no que eu sou boa, usei a arma mais forte que a mulher tem para acalmar um homem ferido. Portanto, não ignore a minha atitude.
Carla – E você, seu come quieto, gostou?
Luiz – Eu não posso lhe dizer que sim ou não, estava há mais de mês sem mulher, veio na hora que eu mais precisava.
Carla – Safado, fingido de uma figa. É por isso que não me quer mais, agora vive provando de tudo que é mulher que aparece na sua frente. Quem será a próxima ou a nova vítima?
Pedro – Ele disse que se eu não desse o recado para Fátima quem ia servir de mulher para ele era eu.
Carla – Com você eu converso depois, eles te usaram para fazer sacanagem no xadrez. Conheço esses dois melhor que você.
Fátima – Carla, já pensou se eu fosse presa, quem ia cuidar do meu filho?
Carla – Mas precisava ir fazer sexo com o ex-marido da amiga na prisão para

se livrar de ser presa?

Luiz – Tudo aconteceu quando eu estava montando o quebra-cabeça para encontrar quem atirou no espanhol. Eu desconfiava do Chico e ele se separou da Fátima bem na hora que eu precisa detalhar umas conversas com a pessoa que me delatou você, aí aparece uma maneira de eu obter informações sobre a amizade de Pingo e Chico. Independentemente da transa que aliviou meus nervos que pareciam linha de pipa, fiquei sabendo coisas que ajudaram muito para eu chegar ao Pingo e consequentemente ao Chico. Foi um jogo, a minha competente equipe saiu vitoriosa e além disso não vou denunciar a sua amiga por prostituição.

Carla – E desde quando homem descarado é contra saliência paga? Conta outra, Luiz.

Pedro – A gente resolveu te contar tudo, porque alguém poderia lhe falar, isso colocaria a nossa amizade em jogo.

Carla – Pedro, você está perdoado. O problema são esse dois assanhados. Quem garante que eles não vão se encontrar na calada da noite feito gato e cachorra, brigam de dia e transam durante a noite?

Fátima – Eu dou a minha palavra de que não vai rolar mais nada.

Carla – O Chico está preso. Quem vai apagar esse seu fogo de mulher que não vive sem homem?

Luiz – Eu também me garanto, vou me comportar em nome da amizade de vocês.

Pedro – Bom, Carla, o Luiz já está solto, a Fátima promete não ficar mais com ele, agora só depende de você para a gente viver um pouco de alegria.

Carla – Deixa de ser ingênuo, Pedro, se Luiz não me quer mais é porque já tem pernas femininas para se enroscar.

Luiz – Eu prometo que nunca mais me enrosco nas pernas da Fátima, estou fora da prisão não tenho mais motivo para procurar por ela.

Carla – Deixa de ser cínico, agora tá até cuspindo no prato que se lambuzou e, o que é pior, na hora em que estava morrendo de fome, seu ingrato.

Pedro – Vamos parar com esse papo obsceno. Quero saber se você vai perdoar esses dois ou não?

Carla – Vou me jogar na cama e dormir com a minha cabeça pegando fogo, mas mesmo assim eu vou perdoar, foi bom você ter me contado, só que o Luiz não jurou abstinência sexual. Tenho certeza que na hora do aperto ele vai bater na porta de alguém, isso na hora que quer transar. Perdi sempre a noção das coisas.

Pedro – Isso é ele quem vai decidir, a gente não pode proibir o cara de ser feliz.

Luiz – O que eu quero mesmo é curtir vocês um pouco, matar saudade, tocar umas músicas, fazer uma feijoada e deixar as horas passarem sem muita responsabilidade. Gente, eu quero é viver.

Quando Luiz, Fátima, Pedro e Carla descem, encontram Sandra Rocha conversando com dona Catarina e seu Paulo Almeida, o fotógrafo do jornal está na cozinha tomando café com Paulo Júnior e Luiz Carlos que tenta tirar uma foto dos dois.

Luiz – Sandra, não tive tempo para lhe agradecer por ter vindo e trazido dona Marta e dr. Hélio Fagundes.
Sandra – Não precisa agradecer, estou fazendo o meu trabalho, preciso lhe pedir uma coisa.
Luiz – Pode pedir à vontade.
Sandra – Faz uma reunião sua com a família Almeida para eu tirar uma foto e depois quero umas outras fotos de você chegando em sua casa ao lado do seu filho.
Carla – Bem pensado, Sandra, essa foto no jornal vai provar que no Calabar vivem muitas famílias de bem.

Pedro e Luiz saem em busca do restante dos filhos, genros e netos de seu Paulo. Após as fotos com a família Almeida, Sandra Rocha, o fotógrafo, Luiz com Carlinhos nos braços e Pedro, que vai acender as luzes da casa de Luiz. Entram para tirar as últimas fotos, enquanto isso, Carla e Fátima ficam nas escadas do beco observando o trabalho.

Carla – Você é muito sem vergonha, tascou o meu negão.
Fátima – Ah, minha amiga, eu fui tirar a prova dos nove, realmente você tem razão, o cara é um lobo, parece que vai devorar a gente na cama.
Carla – Se eu te pegar com ele, vou arrancar esse teu cabelo de bruxa.
Fátima – Ele não vai mais para cama comigo, já tem outra mulher na mira do pinto dele.
Carla – Para de ser fingida, sua vaca, ele não ficou chateado por você ter colocado o Julio no meu caminho. Tenho certeza de que ele ainda vai querer tirar uma casquinha da morena do Chico.
Fátima – Carla, você não entende nada de homem, presta a atenção no jeito que ele fala com essa jornalista.
Carla – Bem, aí você matou a minha dúvida, eu achei ele meio tranquilo, o safado já tem outra negona para se deitar. Como ficou cínico e fingido.

Depois das fotos, Carlinhos vai ficar perto de Carla e Fátima, Pedro e o fotógrafo ficam na varanda guardando os equipamentos fotográficos, Sandra com um bloco de anotações na mão fica fazendo as últimas perguntas para Luiz sem sair de dentro da casa, após ela fazer as observações, ele fala:

Luiz – Acho que a gente precisa conversar.
Sandra – Sobre o quê?
Luiz – Sobre algo que começamos no sábado passado e não terminamos.
Sandra – Pode ir tirando o seu cavalinho da chuva, eu vi várias mulheres querendo ficar com você, eu não saio com homem mulherengo.
Luiz – Você já esqueceu aquele beijo de sábado?
Sandra – Eu não senti nada demais naquele beijo.
Luiz – Eu senti e não tenho inspiração para traduzir a cena que ainda não saiu da minha cabeça.
Sandra – Mas eu não quero te namorar, é muita mulher atrás de você e isso não combina comigo.
Luiz – Elas estão assim porque eu ainda estou sozinho, depois que descobrirem você, vão bater em retirada.
Sandra – Tá bom, a gente conversa outro dia, mas não se anime, porque só vou conversar, estou sozinha e pretendo continuar como estou.
Luiz – É claro que será outro dia, eu ainda vou pegar o resultado dos exames médicos que fiz na prisão.
Sandra – Ainda vai querer fazer jornalismo?
Luiz – Estou com dúvida, a única coisa certa no meu caminho é uma jornalista muito bela.
Sandra – Vamos lá pra fora. Quando você quer começar a fazer o pré-vestibular?
Luiz – Na segunda quinzena de setembro.
Sandra – Ótimo, tenho um material de estudo dos cursinhos, depois passo para você.
Luiz – Obrigado mais uma vez por tudo, Sandra! O Pedro vai levar você e o fotógrafo até a rua Sabino Silva, eu vou ficar mais um pouco com os meus alunos da Escola de Música, com seu Paulo, dona Catarina, o Sérgio, a Lúcia e o Canário.

No dia seguinte, terça-feira, dia 28 de agosto, Luiz, dona Catarina, dona Graça, dona Quitéria e Luiz Carlos vão para a Cidade Baixa e sobem a Colina Sagrada onde fica a igreja do Senhor do Bonfim. A presença dele é notada entre os fiéis e pelos funcionários da Catedral, imediatamente o padre fica sabendo e convida

Luiz e as senhoras que o acompanham para ficarem sentados na primeira fila e seu nome é mencionado na missa do dia. Após a missa, as senhoras vão para o Calabar, Luiz e Carlinhos seguem para o Rio Vermelho, ele vai encontrar com Sandra Rocha que fará a reportagem do dia após ser libertado. Luiz visita os seus colegas de trabalho, os funcionários do condomínio. Fátima Pires e Carla Almeida vão para 10ª delegacia prestar os depoimentos para a conclusão do inquérito com delegado Maurício.

Maurício – Senhora Fátima, já sei que você é uma prostituta que se relacionou com Chico Capoeira apenas para ter um filho e aparentar ser uma mulher de respeito, mas que por trás da jovem dona de casa vive a cafetina. Foi a senhora quem levou o Julio até a Carla?

Fátima – Eu não nego que fui uma prostituta, mas essa história de cafetina é mentira. Nunca tive ponto fixo, apenas quando era procurada para sair com os gringos eu indicava quem quisesse ficar com eles, a minha relação com Chico mudou a minha vida e eu não sai mais nem transei por dinheiro. Agora é verdade que fomos eu e o Chico que apresentamos o Julio para Carla.

Maurício – E uma grana que o Julio devia para o Chico?

Fátima – Ninguém procurou o Julio para oferecer nada, nem eu nem o Chico. Foi ele quem se interessou pela Carla e nos ofereceu dinheiro, chegou a perguntar ao Chico quanto valia a amizade dele com o Luiz.

Maurício – É verdade que Chico fazia diversos trabalhos para o Julio?

Fátima – Pareciam patrão e empregado.

Maurício – E quando o Julio ofereceu dinheiro, a senhora se interessou em ajudar no caso entre ele e a Carla.

Fátima – Eu trabalho muito para ganhar um salário baixo, ninguém que ganha pouco nunca resiste a uma proposta alta.

Maurício – Tudo bem, ainda não estou convencido de que você e o seu ex-marido são agenciadores, assine esses documentos e será sempre convocada para prestar depoimentos toda vez que houver problemas de prostituição nos locais que a senhora mora, trabalha e frequenta. Eu estou de olho em suas ações na rua.

Fátima – Conte com a minha colaboração, não nego o que já fui nem o que já fiz, mas lhe garanto que a partir de agora a minha vida será dedicada a um salão de beleza que será montado na Barra. Esse é o número do meu celular, precisando falar comigo é só ligar.

Maurício – Pode se retirar.

Fátima – Posso falar com o Chico?

Maurício – Vou algemar as mãos e os pés numa sala, o Chico está furioso com a senhora.

Fátima – Ele me bateu, matou uma pessoa e eu é que pago o pato?

Maurício – Não se trata de erros dele, é que ele ficou sabendo que você andou fazendo umas visitas íntimas ao Luiz na Lemos Brito.

Fátima – Eu quero falar com ele assim mesmo, é bom que ele já esteja sabendo, assim a conversa fica mais interessante.

Delegado Maurício sai, pega Chico Capoeira, algema-o com as mãos para trás e as pernas presas na cadeira onde Chico vai ficar sentado, impossibilitando o capoeirista de tentar fazer qualquer movimento violento contra Fátima Pires que entra na sala com um policial, depois que ela se senta numa outra cadeira o policial se retira.

Chico – Bom-dia, Fátima! Foi você quem mandou esses caras algemarem até as minhas pernas?

Fátima – Não, Chico, o delegado mandou fazer isso por conta própria.

Chico – Eu quero ouvir de você se é verdade que fez visita íntima ao Luiz. Isso é verdade ou é mentira?

Fátima – Verdade e das mais puras.

Chico – Foi vingança?

Fátima – Não, foi precaução.

Chico – Vá para o inferno, Fátima, sei que a gente já não estava mais juntos, mas ir transar com Luiz no xadrez é insulto dos piores, é provocação.

Fátima – A Carla não podia mais me ajudar por causa da família dela, ficamos só eu e você para segurar a pressão. Você, burro como sempre, vai e mata o coitado do Julio, me espanca sem eu ter feito denúncia de algo que nem sabia. Comecei a achar que foi você quem matou o Julio, nem me lembrei do Pingo, fiquei sozinha no mundo porque sabia que cedo ou tarde a polícia descobriria o assassino. Tive que ir atrás do Luiz e fazer com que ele não me repreendesse.

Chico – O que isso tem a ver com fazer sexo com meu inimigo na cadeia?

Fátima – Sabe, Chico, o Luiz nunca foi inimigo meu nem seu, até aquela prisão inocente não retirou o ser humano que habita naquele corpo e naquela cabeça. E eu fui fazer amor com ele porque estava com medo de perder o meu filho após ser presa.

Chico – Não coloca o nosso filho nesse lixo...

Fátima – Cala a boca, Chico, não adianta você reclamar, fiz amor com ele para não ser denunciada. Luiz descobriu muita coisa sobre mim, você e a Carla. Por enquanto as coisas estão bem, mas não como será o dia de amanhã.

Chico – Mas botar nosso filho como desculpa é demais.

Fátima – Fui ao presídio e dei para o Luiz com medo de perder o meu único filho e não me arrependo disso. Feio mesmo é o que você fez, pagou para matar um homem porque ele te devia dinheiro de uma parada que deu errado. Foi uma atitude idiota.

Chico – Ele humilhou a mim e a você quando expulsou a gente do apartamento naquele sábado.

Fátima – Precipitação sua, eu havia combinado para Carla ir pagando aos poucos, você se apressou, matou o gringo, me bateu, perdeu a sua morena e ainda vai ficar na cadeia durante muitos anos longe do seu filho.

Chico – Você já tem outro homem?

Fátima – Não, Chico, mas mesmo assim a gente não volta mais, quero curtir o meu filho mais um pouco, depois vou pensar se vou me casar com alguém. Da experiência com você, a única coisa valiosa é o nosso Daniel.

Chico – Pode ir embora, Fátima, quando você achar que deve me fazer uma visita pode vir que eu lhe recebo...

Fátima – Me perdoa por ir transar com Luiz, foi a única arma que tive nas mãos para lutar.

Chico – Fica fria, a gente às vezes é obrigado a fazer de tudo para poder proteger nosso filho, se você fez isso por ele, está perdoada. Sou obrigado a te compreender. Conheço muito bem os riscos que você corria, mas fiquei e estou com ciúmes...

Fátima – Não chora na minha frente, eu quero sempre lembrar do Chico Capoeira e não esse que chora nessa hora.

Chico – Eu sei, me dá um abraço...

Fátima – Posso te dar um conselho?

Chico – Você sempre me deu bons conselhos, é claro que pode.

Fátima – Quando chegar na prisão, monta uma escola de capoeira, dá aulas aos presos que a sua pena será diminuída. Eu vi Luiz ser querido entre os presos dando aulas de violão na Lemos Brito. Faça o mesmo e será respeitado.

Chico – Obrigado, Fátima! Agora vá embora, eu quero derramar as minhas lágrimas, você é a minha guardiã, vá embora, eu vou seguir os seus conselhos...

Fátima Pires dá um beijo no rosto de Chico Capoeira, sai da sala e pede para o policial não entrar na sala por enquanto, porque assim como ela Chico, está chorando. Ela passa na sala do delegado Maurício e vai embora para o Calabar.

No fim da manhã, é a vez de Carla Almeida ir prestar depoimento ao delegado Maurício.

Maurício – Carla, eu ainda tenho umas dúvidas para esclarecer: o que a senhora ganharia se relacionando com o Julio Martinez?

Carla – Confesso que embarquei nessa relação com Julio, porque ele mandou me dizer que a minha vida mudaria se a gente se relacionasse. O senhor sabe qual é a diferença de morar no Calabar e de ir morar na Graça?

Maurício – Quanto você levou de dinheiro nessa relação?

Carla – Nada, doutor, só promessas. Não tive tempo de pegar dinheiro nenhum com o Julio, ele andava dizendo que ia abrir uma conta em banco para mim, só que ele morreu, fiquei de mãos vazias, sem o meu casamento e ainda por cima o senhor prendeu o pai do meu filho inocentemente.

Maurício – E do Chico e Fátima, você ganharia alguma coisa?

Carla – Não, senhor, eles realmente me apresentaram o Julio, mas não houve lance de grana. O Chico era professor de capoeira do Julio, eles estavam sempre juntos, mas quando eu resolvi ir morar na Graça os dois já haviam rompido com a amizade.

Maurício – Por que você escondeu em seu primeiro depoimento que conheceu o Julio através do Chico e da Fátima?

Carla – Porque quando eu e o Julio nos conhecemos eu ainda era casada, entrei nessa sem medir os riscos e até agora não entendi a ideia do Chico planejar a morte do Julio, sei que ele é um cara durão, mas jamais imaginei que ele seria capaz de mandar matar alguém. Confesso que ainda estou surpresa com a atitude dele.

Maurício – Você sabia que a Fátima era prostituta e que aliciava mulheres para fazer programas?

Carla – Eu só fiquei sabendo disso recentemente. No Calabar ela se comporta como uma mãe de família.

Maurício – Como eu posso acreditar que você não está apenas protegendo a sua amiga?

Carla – Se a Fátima é uma cafetina para mim isso está bem escondido e eu tenho um motivo para dizer isso para incriminá-la, mas como para o senhor só interessa a verdade, é a verdade que eu estou lhe dizendo.

Maurício – Me convença de que não está escondendo nada. Qual é o motivo?

Carla – Eu andei falando para ela como o Luiz é na cama, ela foi na Lemos Brito, fez visita íntima a ele só para tirar uma casquinha e tirou. Existe coisa pior para uma mulher que isso ser feito por uma amiga?

Maurício – É, mas você e Luiz já assinaram o divórcio.

Carla – Que se dane a papelada do divórcio, eu quero o meu homem de volta e ponto final.

Maurício – Mesmo que o envolvimento com Chico e Fátima não tenha indícios de prostituição, eu vou investigá-la. Se descobrir algo, eu mando a Justiça retirar o filho dela, a lei existe para ser cumprida.

Carla – Não lhe garanto que encontre nada, porque ela quer montar um salão de beleza e apagar de vez o passado. O Chico fez uma parte dessa luta dela e agora ela quer se dedicar ao filho, já me falou que nem pretende se casar de novo para poder ser mãe integral. Acho que ela vai provar isso para todo mundo.

Maurício – Muito obrigado pela sua colaboração. Passa na sala principal e assina o inquérito e depois de dez dias venha pegar a sua cópia, o caso está encerrado.

Carla – Obrigada! Fora o senhor ter prendido o Luiz, até que ajudou. Pedro me falou que a sua aceitação de prender o Pingo foi fundamental para esclarecer o crime.

Maurício – A vida que o Luiz levava foi mais fundamental que a minha contribuição, se fosse um homem com outras entradas em delegacias ele jamais teria uma segunda chance.

Carla – Eu sei, doutor, até cheguei a duvidar da inocência dele, é por isso que vou lutar para convencê-lo a voltar para mim e reparar o meu erro.

Maurício – Aí é com vocês, eu acho difícil de ele querer voltar.

Carla – Todo mundo acha, mas o amor que ele colocou em minha alma vive dentro da minha cabeça dizendo: não desista, Carlinha, não desista....

Na sexta-feira, dia 31 de agosto, por volta das cinco horas da tarde, Fátima Pires e Carla Almeida vão ao aeroporto de Salvador pegar Joana Dark que está retornando da Itália.

Joana Dark – Minhas amigas maravilhosas, estou de volta para vocês e para a Bahia!

Fátima – Já chegou fazendo escândalo, deixa eu te abraçar.

Carla – Ficou mais branca, Joana. Lá não tem praia?

Joana Dark – Foi falta de tempo para pegar sol, minha linda. Vamos tomar um café e vocês me contam como rolou essa história da Carla com o Julio.

Fátima – Era para dar tudo certo, mas Luiz desconfiou, foi investigar e descobriu tudo.

Joana Dark – Que babado, hein? Por que o Chico mandou matar o gringo?

Fátima – Por causa de grana. É aquilo que lhe mandei por e-mail: o Chico perdeu a cabeça porque o Julio se recusou pagar um restante de dinheiro do nosso acerto.

Joana Dark – Loucura do Chico, mas no mínimo vocês venderam a princesa do Calabar.

Carla – Me venderam, e a Fátima foi até a prisão por duas vezes transar com o Luiz.

Joana Dark – Foi prestar solidariedade sexual para o ex-marido da amiga? Fátima, você não perde tempo.

Fátima – Eu fui, para o Luiz não me envolver com a polícia, mas mesmo assim estou respondendo a um inquérito policial por incentivar a prostituição.

Carla – Só quem se deu mal nessa história fui eu. Luiz pediu separação logo após o flagrante e o Julio morreu antes passar de qualquer bem para o meu nome.

Joana Dark – Que horror! E o Bloco Calamaço, como está?

Carla – Mestre Vendaval vai assumir a Diretoria dos Capoeiristas. Luiz acha que o bloco não será mais o mesmo com a polícia dia e noite dentro do Calabar. Meu pai, Sérgio e Canário ainda não perderam a esperança.

Joana Dark – Por que a polícia ainda está no Calabar?

Fátima – Por causa da repercussão do assassinato do Julio. Agora que o crime foi esclarecido a coisa ficou pior, estão falando em construir um posto policial onde ficava armado o palco do bloco.

Joana Dark – Então condenaram o Calabar a não crescer como comunidade. Será que isso nunca vai mudar?

Carla – Eu ouvi um comentário do meu pai com Pedro que Luiz agora só quer compor reggae, que vai montar uma nova banda com Andrezinho na guitarra e dona Maria fazendo *backing vocal*.

Joana Dark – Uma banda de reggae! Então só vai gravar músicas de protestos?

Fátima – Eu ouvi Luiz tocar três músicas na prisão, fiquei surpresa com a mudança dele.

Carla – Peguei um caderno das mãos do meu filho e conferi essa mudança. Acho que, se ele lançar aquelas músicas, vai forçar a polícia devolver o espaço que é do Calamaço.

Joana Dark – Eu pago pra ver. Quando o Poder começa a mandar a polícia para os bairros pobres é um caminho sem volta, perdemos a nossa praça para sempre.

Fátima – O bloco vai ensaiar no Alto das Pombas toda quinta-feira, e em São Lázaro no domingo, até a situação se normalizar.

Joana Dark – E você, Carla, já arranjou outro namorado?
Carla – Eu estou esperando o Luiz esfriar um pouco a cabeça para a gente finalmente voltar.
Fátima – Acorda, Carla, o Luiz está de olho na jornalista e você fica sonhando com o retorno de vocês dois.
Joana Dark – Como é, de olho na jornalista?
Carla – É aquela que fez a reportagem do meu casamento.
Joana Dark – O cara não perde uma negona e ainda por cima agora atacou uma jornalista.
Carla – Ele ficou com uma outra garota chamada Karina.
Joana Dark – Meu Deus, o cara pegou até a Karina. Minha amiga como você perdeu um negão que tem um fogo desses?
Fátima – Ela perdeu ele no dia que se casou, só que apareceu o Julio para alterar a direção que a vida dela e do Luiz estava seguindo, por isso que morreu, se meteu com uma mulher que conheceu a namorada do marido no dia do próprio casamento. Acho que a Sandra ficou de olho no Luiz desde o dia do casamento.

Nesse momento, Luiz Silva chega ao Largo de Santana, no Rio Vermelho, ele foi ao condomínio onde dona Marta Fagundes mora para pegar o resultado dos exames médicos que foram feitos antes de sair da penitenciária, quem está a sua espera é Sandra Rocha que acabara de sair de férias do jornal O Diário de Salvador.

Luiz – Sandra, está tudo bem com a minha saúde, a gente pode namorar sem perigo.
Sandra – Espera um pouco, Luiz. Quem foi que lhe disse que eu quero namorar com você?
Luiz – Eu mesmo...
Sandra – Ah, então é assim? A sua decisão vale para os dois?
Luiz – É, se não você vai querer fugir de mim.
Sandra – Como você é metido a gostosão. Eu não quero namorar com você porque é muito mulherengo.
Luiz – Eu estava sozinho, por isso fiquei com duas mulheres e mesmo assim a segunda me procurou numa hora muito difícil para eu poder dizer não. Deixa isso pra lá, Sandrinha, me dá um beijo...
Sandra – Luiz, fala sério comigo, não sou o tipo de mulher que você está pensando, já são quase três anos que estou sem namorado.
Luiz – Tá bom, eu vou morar no seu apartamento para as mulheres do Calabar

não te incomodarem, depois a gente se casa.
Sandra – E a sua casa?
Luiz – Eu termino o andar de cima para alugar e embaixo monto a Escola de Música Marlene da Silva.
Sandra – Para de fazer planos, eu ainda não lhe disse sim.
Luiz – Mesmo que a gente não fique junto, eu vou montar a minha Escola de Música para ajudar as crianças do Calabar como a minha mãe sempre quis.
Sandra – É isso que eu mais admiro em você. Vamos voltar a falar do namoro... Eu te quero sim.
Luiz – Eu também te quero, me dá um beijo.

O novo casal fica um tempo de rosto colado até que Sandra volta a conversar.

Sandra – Eu já estou de férias do trabalho, só vou passar no jornal amanhã para entregar umas matérias, passarei em sua casa para te levar comigo para Santo Antônio de Jesus.
Luiz – Eu tenho uma ideia melhor, nós vamos para a Ilha de Itaparica e ficamos a noite do sábado na casa do Reginaldo, é só eu ligar para ele e combinar tudo. Vou programar uma noite inesquecível para nós dois.
Sandra – Me beija, por você eu faço qualquer coisa, vou contigo para qualquer lugar.
Luiz – Eu quero recomeçar a minha vida ao seu lado, só não sei se a gente vai poder se casar.
Sandra – Eu sei disso, tenho certeza de que a Carla não vai querer assinar o divórcio.
Luiz – Já desfizemos o casamento na igreja, falta no Civil que é a parte mais complicada de uma separação, mas acredito que tudo dará certo.
Sandra – Eu não me importo muito com casamento, quero ficar com você e ter a certeza de que será só meu.
Luiz – Eu brinco muito com as pessoas e às vezes parece que não sou sincero, mas eu tô louco por você, nunca gostei de ficar sozinho.
Sandra – Para de falar e toca uma música para mim.
Luiz – Primeiro, vou pedir um acarajé, depois tocarei várias músicas para você.
Baiana – Eu pedi muito a Oxalá e Iemanjá para ajudar você sair da cadeia, meu lindo.
Luiz – Então, foi por isso que essa moça bonita entrou lá e saiu sem problemas.
Baiana – Foi essa a jornalista que lhe entrevistou na prisão? Você foi muito corajosa, minha filha, uma mulher bela como você tem que ter uma ge-

nerosidade muito grande para ajudar outras pessoas e Luiz mereceu o seu empenho.

Sandra – Obrigada pelo elogio.

Baiana – Por nada, minha querida, você está muito bem acompanhada, Luiz é um cavalheiro raro. Só tem que tomar cuidado com as piranhas, elas não perdem tempo. Vai querer abará ou acarajé?

Sandra – Quero um acarajé. E você, Luiz?

Luiz – Eu quero um abará, depois um acarajé. É hoje que acabo com a minha vontade de comer essas delícias que só o Rio Vermelho tem.

Baiana – Daqui a cinco minutos vai estar pronto, vá tocar umas músicas para a sua linda moça.

Luiz – Sandra, vou tocar "Você é linda", combina mais com o seu jeito de ser.

Sandra – Eu imagino o que se passava na sua cabeça quando batia saudade dos seus amigos e dos lugares que você gosta de ir.

Luiz – Toda segunda-feira eu saía do trabalho e passava aqui para ficar com Carla, dona Catarina e o meu Carlinhos. Me sentia o homem mais feliz do mundo. Às vezes, seu Paulo também vinha, aí a gente só ia para casa mais tarde, isso é vida, o resto é dia a dia.

Sandra – A sua relação com os pais dela foi sempre boa ou só ficou assim depois do casamento?

Luiz – Sabe, Sandra, eu nunca vi na minha vida uma família como aquela, eles são unidos e desde que eu cheguei de Cruz das Almas me trataram do jeito que você viu. Eu respeito todos eles como se ainda fosse casado com Carla.

Sandra – Será que eles vão me aceitar como sua namorada?

Luiz – Na segunda-feira, eu tive uma conversa de homem para homem com seu Paulo sobre você, ele me deu um abraço tão apertado que quase me quebrou as costelas e disse que eu sou livre para fazer o que quiser.

Sandra – E dona Catarina, o que ela achou?

Luiz – Ela chorou e lamentou as loucuras da filha.

Sandra – Eu não quero que você perca o carinho deles por causa de mim.

Luiz – Não se preocupe, eles são compreensíveis, agora deixa eu tocar a sua música.

Sandra Rocha coloca a mão no queixo e fica ouvindo Luiz Silva dedilhar o violão e cantar a música de Caetano Veloso. Minutos depois, quando os quitutes baianos ficaram prontos, o casal retomou o bate-papo. Alguns frequentadores do Largo de Santana reconhecem Luiz e falam com ele, outros até tiram fotos.

Sandra – Eu fiz outra reportagem com você que vai sair no domingo, posso acrescentar que a família Almeida continua te apoiando?

Luiz – Não só isso, menciona que eles têm a verdadeira consciência do que é ser negro na Bahia, a família tem o orgulho da cor que tem na pele, coisa que a maioria dos baianos precisa ter para desenvolver a consciência.

Sandra – Por que você acha isso importante?

Luiz – É importante para mim, porque eu vivi e continuo vivendo no meio da família de dona Catarina. Tudo o que o Mestre Canário aplica no Bloco Calamaço vem de seu Paulo e da sua mulher, o casal tem uma coleção de livros que debate a consciência negra na Bahia, e os filhos podem pegar esses livros para ler e aplicar o que aprendem, é por isso que são muito unidos.

Sandra – Será que eu poderei fazer uma entrevista com todos os membros da família?

Luiz – Deixa a gente voltar da viagem que eu acerto essa entrevista para você.

Sandra – Será que eles vão aceitar?

Luiz – Eu tenho certeza, eles querem mostrar para a Bahia que o Calabar tem uma família que reverencia seus antepassados da África e querem passar esses valores para a nova geração de afro-descendentes.

Sandra – Essas tradições são ligadas ao candomblé ou a outra religião dentro da família?

Luiz – Só a Carmem é adepta ao candomblé, os outros membros da família são católicos ou sem religião. As tradições são comidas, fantasias, danças e histórias das famílias de ex-escravos que formaram o quilombo que hoje é o Calabar.

Sandra – Eu fiz jornalismo, mas não fiquei sabendo desses detalhes.

Luiz – Fui na universidade pesquisar para fazer músicas e descobrir várias curiosidades e que quem faz o curso de história tem mais informações.

Sandra – Tem uma pesquisa que retrata a Diáspora Africana, que retrata isso muito bem, mas a nova geração anda meio por fora do Movimento Negro, a gente precisa se mexer, pesquisar nossas origens, divulgar nossas influências nesse tempo corrido e resgatar o valor da existência do negro na sociedade.

Entre uma paradinha para bater papo, uma música tocada no violão, abraços nos amigos de Luiz e beijos apaixonados, o casal passa o início da entrada noite no Largo de Santana, no boêmio bairro do Rio Vermelho. Sandra começa a se encantar com o principal músico do Bloco Calamaço e a fazer carinho nele, aos poucos um vai conquistando o outro, Luiz com a música e Sandra com o carinho, ela começa a fazer tranças no cabelo dele que não é cortado desde que foi preso.

Sandra – Você não vai mais cortar cabelo?

Luiz – Não, agora eu sou mais um rastafari legítimo nessa cidade que tem a África como raiz, mas falta embuti-la na consciência.

Sandra – A consciência precisa ser aplicada todos os dias, nas crianças, nos jovens e nos adultos, os mais velhos de hoje não têm a liberdade de conversar abertamente com os mais novos.

Luiz – O problema não é a relação entre quem tem mais experiência de vida e os mais novos, é uma questão de mercado mesmo, o que presta para ser vendido é o que vai estar em evidência e a mídia divulga, influenciando a juventude consumir o que é moda. Então, eu e você que não entramos nesse jogo temos que passar isso para o jovem.

Sandra – É mais fácil fazer músicas fortes e colocar na cabeça deles, o resultado um dia aparece.

Luiz – Sem uma leitura da consciência do que somos nem a música resolve os problemas da nossa causa. O Bicudo me disse para não abandonar o meu povo, eu não quero abandoná-lo, mas o povo precisa saber que eu não sou herói, que a luta tem que ser dele e que eu sou o apenas o seu porta-voz.

Sandra – É por isso que você é querido, se o povo foi para as ruas pedir a sua liberdade é porque você é a voz da libertação desse povo, mesmo que esse povo seja desconhecedor da Consciência Negra. Para ele, você é a consciência, ele é apenas a sua plateia, você foi até o palco deu o show e seu povo estava lá te aplaudindo. Você se casou e seu povo foi te abraçar; você foi preso, seu povo se sentiu só e oprimido e sem forças para romper as grades da prisão e te libertar. Isso porque ele espera de você a orientação para se manifestar, sem você seu povo fica acuado, sem direção e com medo.

Luiz – Então o que você quer que eu faça para retribuir isso?

Sandra – Conte a sua passagem na prisão para o seu povo, assim ele passará a temer o sofrimento da cadeia e passará a lutar para nunca botar os pés na prisão, isso é liberdade, se prevenindo contra o crime, as drogas, aos riscos da violência e até da injustiça que a polícia comete. Liberdade é povo informado. Como você é ouvido por ele, só você pode abrir a cabeça dessa gente tão sofrida.

Luiz – É isso que eu quero fazer, escuta esse reggae.

As lágrimas molham meu rosto
Dor da mãe que nunca pariu

Sou acolhido pelo medo
Chorei, minha mãe não ouviu
Gotas de lágrimas secam no ar
Antes de esparramar no chão
Na prisão, chão de lajedo
Meu olhar testemunha segredo
Irmão segregando irmão
Apanhou sem soltar o gemido
Paulada nas costas, dor no coração
Oh, Mãe África!
A cada dia uma agressão
Teu povo nasceu negro
A Bahia é a tua nação
Minha liberdade roubada
Pranto e fome na escuridão
A vida não vale nada
Quando se perde o amor
Natureza de Madagascar
Gente negra de Salvador
Primitivos vivos do Calabar
Que me liberta dessa prisão
Oh, Mãe África!
A cada dia uma agressão
Teu povo nasceu negro
A Bahia é a tua nação

Sandra – Meu Senhor do Bonfim! Quando você fez essa letra?
Luiz – No dia em que você foi me entrevistar na cadeia.
Sandra – É muito bonita, é isso que o povo precisa, de algo que fala da perda do amor, amor ao próximo, de irmão para irmão, mesmo não sendo filho dos mesmos pais.
Luiz – Eu pensei muito como os filhos de dona Catarina vivem, eles são diferentes dos outros moradores, um ajuda o outro.
Sandra – Como é o título da música?
Luiz – Como estou falando de tratamentos diferentes para pessoas que precisam ser mais ligadas aos amigos e vizinhos, coloquei "Irmão segregando irmão".
Sandra – É pesado, mas pode ser que chame a atenção e faça sentido em relação a prevenção de não se arriscar e ir parar na prisão. Deixa eu te dar um beijo....

O jovem casal fica sentado no Largo de Santana até às nove horas da noite, conversam sobre sua sofrida irmandade negra, discutem sobre o que pode ser feito para mudar a realidade dos jovens e depois vai cada um para a sua casa. No sábado, dia primeiro de setembro, por volta das três horas e meia da tarde, Sandra Rocha entra no bairro do Calabar e vai direto para a casa de Luiz Silva, ela encontra Luiz Carlos na porta que lhe abre os braços, os dois se sentam no sofá e ficam conversando, enquanto Luiz acaba de se arrumar. Ele sai do quarto com um aparelho de som portátil, uma sacola e o inseparável violão, dá um beijo em Sandra, fecha as portas da casa e sai para deixar o filho na casa de dona Catarina, abre o pequeno portão, entra e vai falar com a dona da casa.

Dona Catarina – Vocês já vão para a Ilha? Querem um lanche?
Luiz – Infelizmente não vai dar tempo, o Ferry Boat está marcado para às cinco horas da tarde.
Sandra – A gente volta no domingo da próxima semana.
Dona Catarina – Que brincadeira é essa de reportagem com todos os membros da minha família? Acredito que você tem coisas mais sérias para direcionar em seus trabalhos.
Sandra – Essa reportagem é da mais extremada importância, vocês estão entre a Barra e a Ondina, a sociedade precisa saber que no Calabar tem uma família que preserva os costumes do seus antepassados africanos, apesar de tanta diversão e modernidade no meio de bairros ricos e prósperos como esses que vocês estão no meio.
Dona Catarina – A gente só evita deixar morrer aquilo que corre em nossas veias: a essência da Mãe África.
Sandra – Eu vou fazer uma reportagem com outra família de Santo Antonio de Jesus que guardam instrumentos e outros objetos da época da escravidão, depois farei a de vocês e coloco no jornal no mesmo dia, aí vai dar o que falar. Uma família do interior e outra da capital da Bahia que preservam os mesmos valores das suas origens.
Dona Catarina – Quanto ao seu namoro com o Luiz, você cuida bem dele, hoje ele é como um filho para mim, esqueça que foi casado com Carla e me tenha como sogra, faça meu garoto feliz.
Sandra – Pode deixar comigo, eu sei que ele merece ser muito feliz...
Luiz – A gente vai um cuidar do outro, dona Catarina, a Sandra é meio solitária, precisa de carinho e atenção. Agora, a gente já vai, vamos sempre ligar para dar notícias. Tchau!

Dona Catarina fica no portão com Luiz Carlos agarrado em sua saia longa de senhora baiana e observa Luiz Silva e Sandra Rocha descerem as escadas e seguir pela rua Baixa do Calabar, rumo a rua Sabino Silva, dessa vez os olhares curiosos reaparecem, alguns moradores falam com Sandra com certa intimidade, pois já a conhecem das conversas que ela teve com eles no dia da liberdade de Luiz, ele é pura simpatia com os moradores, o novo casal passa no Bar do Armando para cumprimentá-lo e logo em seguida vai embora. Às quatro e meia da tarde, Carla Almeida volta do trabalho e ainda na rua fica sabendo que Sandra e Luiz foram para a Ilha de Itaparica, ela chega em casa pisando firme, dona Catarina está na cozinha.

Dona Catarina – O que é isso, Carla? Tá querendo derrubar a casa com os pés?
Carla – Se eu pudesse derrubava o mundo, parece que o carrego sozinha nas costas.
Dona Catarina – Calma, minha filha, almoçou abelha viva?
Carla – Mãe, a senhora sabe que o Luiz está de namorico com a Sandra e que foram passar o fim de semana na Ilha?
Dona Catarina – Eu sei. Por que?
Carla – Então, é assim? Eu sou a última a ficar sabendo das coisas?
Dona Catarina – O Luiz não te quer mais, um dia ele ia arrumar outra mulher, ainda bem que arranjou a Sandra, uma jovem responsável que a gente já conhece.
Carla – A senhora apoia esse namoro, tô fora dessa tal reportagem, não vou participar, essa mulher atravessou o meu caminho na hora errada.
Dona Catarina – Eu acho que é tarde demais para você sentir ciúmes do Luiz.
Carla – Não é tarde, mãe, comprei roupas para Luiz e para Carlinhos e me programei para passar o domingo com eles na Lagoa do Abaeté.
Dona Catarina – Marca para outro domingo.
Carla – Perdi a batalha, esse é o primeiro fim de semana depois que Luiz se livrou da prisão, eu queria marcar essa data com um domingo cheio de alegria entre mim, ele e o nosso filho, mas jogaram água na minha fogueira, acabou até a fumaça.
Dona Catarina – Eu já lhe falei para desistir do Luiz, se não vai sempre se decepcionar.
Carla – Eu não quero desistir, toma os presentes e entrega quando ele voltar, afinal você e ele viraram amigos íntimos.
Carla Almeida joga as sacolas com as roupas no sofá e termina de subir as escadas, ela encontra seu Paulo que vem do terraço e repreende a atitude da filha.

Seu Paulo – Você não respeita mais a sua mãe? Peça desculpas para ela.
Carla – Me deixa em paz, eu não estou muito boa hoje.
Seu Paulo – Você hoje está provando do seu próprio veneno, mas não use o efeito colateral dele para matar a sua mãe.
Carla – O senhor está é ficando meio gagá, não entende nada de mulher.
Seu Paulo – Você já feriu muito a sua família e até hoje não lhe repreendi, porque moramos na mesma casa, mas exijo que você respeite a mim e a sua mãe.
Carla – Agora, o senhor vai jogar a moradia na minha cara? Não se preocupe que eu vou embora da sua casa.
Seu Paulo – Me avisa o dia para eu não ver você sair, sua ingrata.

Lúcia Veiga está chegando do trabalho, ouve a gritaria e vê dona Catarina sentada no sofá com Carlinhos no colo. Ela fala:

Lúcia – Que gritaria é essa que se ouve até pelos becos do Calabar? A senhora está bem?
Seu Paulo – É a Carla que agora deu para sentir ciúmes do Luiz e desrespeitar a mim e a Catarina.
Carla – Eu não vou ficar mais aqui para não ouvir as suas provocações.
Lúcia – Seu Paulo, venha dar água para dona Catarina e Carla vá para o quarto que eu quero falar com você.
Seu Paulo – Ainda não terminamos a conversa, Carla.
Lúcia – Para de resmungar e vá pegar água para a sua mulher.
Carla – Lúcia, você não venha querer me dar ordens, caso contrário eu nem entro no quarto.
Lúcia – Você precisa se acalmar, anda muito tensa.
Carla – Já que você quer conversar, vai ter que ouvir uma coisa fora do comum.
Lúcia – Eu não vou me meter na sua briga com os seus pais, só falei aquilo para acabar com a discussão.
Carla – Eu estou passando por cada situação que você não faz ideia.
Lúcia – A culpa é toda sua, já sabe que o Luiz não lhe quer e ainda fica atrás dele.
Carla – Deixa de ter a língua grande, eu só dei um abraço nele no dia em que chegou da prisão.
Lucia – Então por que essa gritaria na frente do seu filho e a discussão com seus pais? Qual é o motivo para tanta briga?
Carla – É o Luiz, estou ficando louca por causa dele.
Lucia – Sabe, Carla, vocês nunca vão se ver livre um do outro, só cego não vê isso. Você perdeu ele porque não quis perceber isso antes de trair ele com

o Julio. Qual é a sua confissão?

Carla – Desde que eu comecei a sair com o Julio que eu e Luiz fomos diminuindo a quantidade de vezes que fazíamos amor. Como a minha cabeça estava mais voltada em ter uma vida melhor, eu não percebi a falta que sentia dele na cama. Quando Luiz me flagrou, fiquei sem ele e sem o Julio e comecei a ter sonhos intermináveis fazendo amor com o negão. Depois de tentar em vão convencer Luiz a voltar, decidi morar com o Julio e a situação ficou pior porque eu gritava o nome de Luiz embaixo do Julio, era uma loucura. Para de rir, senão eu paro de te contar a história...

Lúcia – Não tem com não rir de uma coisa dessas, sem pé e sem cabeça, mas eu vou tentar segurar a gargalhada. O Julio nunca reclamou?

Carla – Ele ficava meio frustrado, mas me entendia. Depois que o Julio morreu, a situação ficou mais complicada, teve uma noite que eu derrubei o coitado do Carlinhos da cama, é por isso que eu coloquei o meu filho para dormir com a minha mãe.

Lúcia – Será que isso não é obsessão sua? Vá ao médico e conte o que está acontecendo.

Carla – Vai anotando aí para não perder a conta de onde já fui procurar ajuda: psiquiatra, terapeuta, até no candomblé a Carmem me levou e nada. Só aquele negão para me tirar dessa agonia.

Lúcia – Então você vai ter que arranjar um namorado.

Carla – Eu tenho medo de ter outro homem, ninguém vai me entender. O Luiz está mais dentro de mim que eu mesma, ele não invadiu apenas o meu dia a dia, fiquei viciada nele e só vim descobrir isso quando fui para a cama com o Julio.

Lúcia – Eu acho que é tudo coisa da sua cabeça.

Carla – Seria melhor que fosse, é algo mais poderoso que eu, é o fogo dele que arde na minha alma. No primeiro dia que eu vi o Luiz senti que renasci, foi amor à primeira vista, a gente se separou e eu preciso voltar à minha vida normal, sair de casa, ir ao cinema, viver como todo mundo, mesmo sem ficar com outro homem.

Lúcia – E esses sonhos, como acontecem?

Carla – Tem noites que eu não sonho com ele, mas tem noites que começa logo assim que pego sono. É uma briga em que eu nunca saí vencedora, ele aparece e me domina em qualquer lugar, só uma vez eu acordei sem sentir orgasmo.

Lucia – Orgasmo em sonho? Você pirou?

Carla – É por isso que não quero ir fazer terapia. Já perdi o corpo real dele para a Sandra, não posso perdê-lo em meus sonhos, tenho consolo de ser caçada por ele quase toda madrugada e depois ser devorada por ele. É o que sobrou dele em mim.

Lucia – Até quando você pretende alimentar essa loucura?

Carla – Até ele voltar para mim ou eu sentir alguma coisa igual por algum homem, o que eu acho muito difícil.

Lúcia – As duas coisas são difíceis. Tenta dialogar com ele, conta o que você está sentindo, o que não pode é viver com esse amor ardendo por dentro e o cara deitando com outra mulher.

Carla – Ontem, quando ele veio falar da tal reportagem, ficamos eu, ele e o nosso filho no terraço, conversamos um pouco. Quando eu falo dos meus pais, do Carlinhos, Calamaço... Ele dialoga na boa. Se o assunto for nós dois, a coisa fica complicada e ele não me dá ouvidos, agora com essa Sandra no pé dele as minhas chances evaporaram-se.

Lúcia – Ele mudou muito, Carla, essa prisão despertou a malícia e adormeceu a ingenuidade do Luiz.

Carla – Ele escreveu umas músicas novas, são todas diferentes das antigas, o amor que ele celebrava com tanta harmonia deu lugar a outros temas mais duros e realistas demais. Eu li umas letras que ele escreveu quando estava preso, são metáforas loucas e frias, muito racional para quem escrevia coisas tão leves, eu não sei onde isso vai parar.

Lúcia – O puxa-saco do Pedro estava cantando um reggae muito bom, que eu pensei que fosse do Edson Gomes. É do Luiz e foi criado no dia que a Sandra entrevistou ele na prisão.

Carla – Eu acho que ele comeu aquela piranha no xadrez.

Lúcia – O Pedro garante que não, porque ela estava apavorada quando chegou perto dele, do dr. Guilherme e do Canário após a entrevista.

Carla – O meu irmão lutou e se arriscou para tirar o Luiz da penitenciária, mas levou mulher para meu ex-marido fazer amor.

Lúcia – Ele é fã do Luiz, o tem como um irmão, se fez algo errado foi por amor ao próximo.

Carla – Você não sabe do terço a metade do que eles aprontaram, eu não vou te contar porque eles me disseram que foi uma tal estratégia investigativa e se a polícia ficar sabendo pode recomeçar a infernizar a vida do Luiz, mas teve sacanagem das grandes nessa penitenciária.

Lúcia – Eu acho que fiquei sabendo de todos os detalhes que eles usaram para chegar ao Pingo.

Carla – Você usou a palavra certa, acho, continue achando que será melhor para todos.

Lúcia – O Pedro fez alguma coisa errada?

Carla – Fez e eu me senti obrigada a perdoá-lo, me senti bem ao saber das armações dele, não se preocupe com o que foi porque o que foi feito só ofendeu a mim, em compensação o Luiz está livre da cadeia.

Lúcia – Vamos sair hoje à noite com o Pedro, estou com saudade de quando você ainda não tinha namorado e acompanhava a mim e ao seu irmão nas noites que a gente ia se divertir.

Carla – É muito bom ouvir isso de você. Hoje só tenho você e o Pedro para conversar, é claro que topo sair com vocês.

Lúcia – Pode deixar que eu vou pedir para a dona Catarina ficar com o Carlinhos.

Carla – Obrigada, na hora em que o clima estiver bom eu vou bater um papo com meus pais, explicar o que está acontecendo e pôr um fim nessas brigas.

Lúcia – Tá bom, Carla, eu vou descer e conversar com eles, quando o Pedro chegar a gente se arruma e vai passear um pouco, está na hora de você sair e dizer ao mundo que estar viva e que a vida continua...

No Ferry Boat, que faz o trajeto de São Joaquim para Bom Despacho, Sandra Rocha e Luiz Silva sobem para o pavimento superior da embarcação e de lá veem a cidade de Salvador se distanciando através da velocidade da navegação da embarcação de porte médio, o vento de fim de tarde lança no ar o cheiro suave de maresia, apesar de ainda ser inverno, o fim de agosto passa com dias claros, meio ensolarados, com nuvens no horizonte, o céu azul deixando a visibilidade boa e o mar calmo. O Ferry, como é carinhosamente chamado pelos baianos, avança tranquilamente pelas águas claras e limpas da Baía de Todos os Santos, um grupo de samba duro da Bahia está fazendo uma gostosa batucada e curtindo o visual da elegante viagem até a Ilha de Itaparica, quando eles reconhecem Luiz Silva e o chamam para participar dessa maravilhosa roda de samba navegante, o jovem acaba virando o puxador dos sambas antigos do recôncavo Baiano durante os mais de quarenta minutos da travessia, o grupo tem apresentação marcada para às dez horas da noite na Barra do Gil e Jorge Cavaquinho, líder dos músicos, convida Luiz para subir ao palco com eles.

Jorge – Eu faço questão que você dê uma canja no nosso show hoje à noite.

Luiz – Por mim tudo bem, mas vocês vão ter que pedir autorização à jornalista Sandra Rocha, a partir da minha saída da prisão, é ela quem cuida da minha vida e da minha carreira.

Sandra – Bom, nem sei direito o que falar, porque não estava em nosso plano fazer um show na Ilha. Eu só quero saber se posso registrar o momento e colocar no jornal depois que eu voltar das férias.

Jorge – Não tem problema, senhora Sandra, pelo contrário será um imenso prazer, a imprensa não nos dá muita atenção porque a gente não trabalha com músicas que tocam nas rádios, só tocamos as raízes da Bahia; Riachão, Camafeu do Oxossi, Novos Baianos, cantores do recôncavo Baiano e outros artistas desconhecidos dessa nova geração que nem tem ideia que o samba nasceu na Bahia.

Sandra – Deixa que a partir de agora serei a divulgadora da música de vocês. Vou tirar uma foto para registrar esse pequeno ensaio de vocês aqui no Ferry Boat.

Jorge – Meu amigo Luiz, que covardia foi aquela que fizeram com você?

Luiz – É o sistema, Jorge, sempre que um negro tenta ajudar as crianças pobres o sistema aparece e puxa o seu tapete.

Jorge – São homens de atitude rude, quando fiquei sabendo que o seu Festival de Música teve que ser cancelado, pensei o mesmo que você.

Luiz – Eu já fui solto, o crime esclarecido, mas a polícia está dentro do Calabar, só saiu de lá no dia que eu retornei para evitar confusões entre os policiais e os moradores. No dia seguinte, retornaram e, na praça que tinha um palco para o Bloco Calamaço fazer shows, tem um posto da polícia.

Sandra – Obrigada pela foto! A gente vai passar a noite na Ilha e amanhã à tarde iremos para Santo Antonio de Jesus.

Luiz – Eu quero ensaiar uma música nova com vocês, mas só que é um reggae.

Jorge – Pode deixar que a gente faz, tocamos muita música do Lazzo também, dá para rolar um ensaio e depois a gente toca ao vivo.

Luiz – Perfeito, Jorge. Viva o Samba Duro da Bahia!

Ao chegar em Bom Despacho, Luiz Silva e Sandra Rocha se despedem dos músicos e vão para a Barra do Gil, onde Reginaldo Campos os espera com a sua casa simples para recebê-los. Janaína é uma mulher jovem, branca, na faixa dos trinta e poucos anos que reatou o namoro e a paixão por Reginaldo, ela prepara a melhor moqueca de peixe da Barra do Gil, é dona de um pequeno restaurante que vive cheio de turistas se deliciando com o tempero dela. Reginaldo vai para a praça da Barra do Gil a cada meia hora para ver se chegou o amigo Luiz Silva, que por força das circunstâncias aprendeu a respeitar. De repente, para um carro no meio da praça, Luiz desce do carro com um violão na mão e vê Reginaldo Campos sentado em um banco feito com toras de coqueiro.

Luiz – Reginaldo, acorda, cara, eu já cheguei.
Sandra – Não faz isso, Luiz, o coitado pode até ter um troço.
Reginaldo – Patrão, que bom que você veio.

Luiz – Eu já lhe falei para você não me chamar de patrão.

Reginaldo – Lá vem você com suas ordens, pode deixar o carro aí e vamos para a minha casa que fica naquela rua pequena.

Sandra – Reginaldo, você foi muito importante para a gente chegar ao verdadeiro matador do espanhol.

Luiz – É verdade, mas o mandante do crime é irmão dele, o Chico.

Reginaldo – Eu pensei que a Fátima havia colocado meu irmão em maus lençóis, porém ele caminhou com as próprias pernas para a cadeia, a culpa foi toda dele, agora vai ter que pagar pelo o que fez. Gente, essa é a Janaína, minha mulher.

Luiz – Como você mudou vindo morar aqui na Ilha. Prazer em lhe conhecer Janaína, pelo visto você cuida muito bem do Reginaldo.

Janaína – Desde que ele chegou aqui só fala em você, nas suas músicas e na mudança que seu trabalho com as crianças proporcionou ao Calabar.

Sandra – Eu sou um pouco testemunha dessa mudança, realmente o bairro mudou muito com a Escola de Música e o crescimento do Bloco Calamaço.

Janaína – Vocês vão ficar nesse quarto, não reparem na simplicidade.

Luiz – Isso aqui é um luxo comparado com algumas casas do Calabar. Reginaldo, tem como eu e a Sandra passarmos a noite no Barco Bela Coroa?

Sandra – Você vai sozinho, Deus me livre de eu dormir dentro de um barco no mar.

Reginaldo – Eu entendi ele, dona Sandra, vocês não vão se arrepender, a Lua vai nascer às onze horas da noite, o luar no mar é a coisa mais bela que um casal deve contemplar e quanto a segurança, o BBC é uma das embarcações mais bem equipadas da Barra do Gil, pode ficar despreocupada.

Sandra – Mas ele vai participar de um show às dez horas...

Reginaldo – Não se preocupe com isso. É o show da praça da Barra do Gil?

Luiz – Sim, Reginaldo, nós viemos no mesmo Ferry que o grupo que vai se apresentar.

Reginaldo – Eu e você vamos agora levar uns colchões para o barco, quando o show terminar eu e a Janaína levaremos o belo casal para o mar.

Sandra – Eu já vi que vou ter que me adaptar às loucuras do Luiz, olha que a gente começou a namorar ontem e hoje ele já arrumou uma maluquice para eu fazer.

Luiz – Foi por isso que eu te liguei ontem, Reginaldo, a primeira impressão é a que fica, tem que haver um pouco de loucura.

Sandra – Ele é assim mesmo, Janaína, vive inventando coisas o tempo todo. Teve a coragem de me colocar no meio dos detentos para entrevistá-lo. Foi uma loucura, saí da penitenciária aos prantos.

Janaína – O Reginaldo disse que nunca foi com a cara dele, mas o Luiz conquistou a sua amizade com a sinceridade, ele fala que o único amigo que tem é a pessoa que ele sequer falava antes de ajudá-lo com a descoberta da traição da Carla.
Sandra – Você conhece a Carla?
Janaína – Conheço ela e a família inteira, nasci no Calabar e me mudei para cá depois que eu e o Reginaldo terminamos o namoro.
Sandra – Ah, então vocês já se conhecem muito bem?
Janaína – É claro que sim, terminei a relação por causa das drogas que ele usava, depois que ele me ligou dizendo que ia abandonar o vício, arranjei um barco para Reginaldo trabalhar e tudo deu certo, graças ao Senhor do Bonfim.
Sandra – Me fala um pouco da Carla...
Janaína – Ela é uma boa pessoa, foi a menina mais amada pelos vizinhos que já vi no Calabar, pena que sempre foi ambiciosa. Eu estudava com o Junior, sempre ia para casa de dona Catarina para fazer revisão das matérias escolares...

Janaína e Sandra Rocha vão para o quintal conversar, enquanto Reginaldo Campos e Luiz Silva vão para a praia levar o colchão até o Barco Bela Coroa e na volta eles passam para fazer o ensaio com o grupo de Samba Duro.

Reginaldo – Como está o Calabar, ainda tem ensaios do Calamaço?
Luiz – Não, porque a polícia ainda está dentro do bairro. As pessoas não saem mais à noite, acabou aquelas festas que a gente fazia e agora só vamos desfilar no dia 20 de novembro e no Ano Novo, talvez em 13 de Maio.
Reginaldo – E a sua Escola de Música?
Luiz – Quem está dando as aulas é Pedro, Andrezinho e Canário, a quantidade de crianças diminuiu bastante.
Reginaldo – Você não vai mais voltar a ensinar a garotada tocar instrumentos?
Luiz – Eu quero voltar em outubro para trabalhar a turma e fazer um desfile grandioso no Dia de Zumbi dos Palmares, com ou sem polícia no Calabar.
Reginaldo – Tem que fazer mesmo, até eu vou aparecer por lá. No Calabar foi sempre assim, quando começa a ganhar destaque acontece algo ruim e tudo volta à estaca zero, você foi o único que fez um trabalho cultural que durou um pouco mais de tempo. Essa ideia de enfrentar a opressão com música vai ajudar a quebrar o preconceito racial e social que o bairro sempre sofreu.

Quando Reginaldo Campos e Luiz Silva chegam, Sandra Rocha já está na Praça da Barra do Gil entrevistando os músicos. Janaína está em seu pequeno restaurante organizando o estabelecimento para a noite que promete ser bastante animada. Após o ensaio da música "Irmão segregando irmão", eles param para bater papo e aguardar a hora do show.

Jorge – Rapaz, eu já toquei muito reggae por essa Bahia adentro, mas esse seu é autêntico, puro e sem frescura, fala aquilo que muita gente sabe e tem medo de dizer.

Luiz – Eu acho que ainda falta algo na letra.

Sandra – É melhor você ver a reação do público e depois mudar alguma coisa, para mim está representando tudo o que você viveu na cadeia sem faltar nenhuma palavra.

Jorge – Eu fico com a sua madame, se mexer na letra vai ficar faltando alguma coisa ou com palavras demais, se você tem mais coisas para comentar é melhor fazer outra música.

Luiz – Eu tenho muito mais coisas para dizer, só que gosto de trabalhar na música até ela ficar perfeita.

Sandra – Só que essa música já nasceu perfeita, ainda mais diante das aberrações que são gravadas atualmente.

Jorge – Sabe, meu rei, eu não tenho mais nada para lhe dizer, só o seguinte: o que já nasceu perfeito, se sofrer alterações, fica imperfeito.

Sandra – Isso mesmo, vá em frente que a música já está pronta...

O show do grupo de samba começa sem atraso e depois de meia hora de muito samba com Luiz Silva no palco acompanhando os novos amigos, Jorge Cavaquinho para e fala da presença do músico do Bloco Calamaço. Diz que, por algum tempo, o samba vai ceder espaço para o reggae que também é música na raiz da Bahia. A levada da música jamaicana pegou bem com o clima de liberdade da Ilha de Itaparica. Após cantar quatro músicas, entre elas "É tudo Calamaço", Luiz Silva conta um pouco da sua passagem na prisão e alerta os presentes para ficarem atentos às acusações sem fundamentos de seus amigos e familiares. Ele é aplaudido e o público pede bis da música nova o que é atendido imediatamente. O show termina antes da uma hora da madrugada, após Sandra Rocha fazer entrevistas com o público. Ela, Luiz, Janaína e Reginaldo Campos pegam uma canoa na praia e seguem para o Barco Bela Coroa que está um pouco mais avançado mar adentro.

Sandra – Obrigada, Reginaldo, você é um bom rapaz.
Reginaldo – Não precisa agradecer, eu faço qualquer coisa para ver o Luiz se sentir bem. Às seis horas da manhã, eu volto para pegar vocês.
Luiz – Quando você e a Janaína forem para Salvador, a gente vai retribuir o favor dessa noite.
Janaína – Pode parar com essas promessas, Luiz, nós estamos acostumados a receber turistas aqui, sempre tem um louco querendo uma aventura diferente.

Luiz Silva e Sandra Rocha passam para a embarcação maior e ficam na lateral olhando a canoa se distanciando aos poucos até alcançar a areia da praia, o vento e as ondas balançam o Barco Bela Coroa e o amor embala o coração de Sandra Rocha. Luiz Silva, por sua vez, é mais contido e fica contemplando a beleza dela, o reflexo da lua no mar e vai tocando o seu inseparável violão para deixar a sua jornalista mais descontraída.

Sandra – Eu sei que você é meio louco, mas até que estou gostando dessas suas aventuras.
Luiz – Eu não sou tão louco quanto você fala, só gosto um pouco das coisas diferentes que as outras pessoas.
Sandra – O que vai acontecer comigo se eu me apaixonar por você?
Luiz – Nada demais, eu só quero te amar para o resto da minha vida.
Sandra – Para quantas mulheres você já falou isso?
Luiz – Só para a Carla, enquanto eu estava casado com ela eu mantive a monogamia.
Sandra – Mas comigo não será diferente?
Luiz – É claro, quero continuar com uma só mulher. Quando você foi no meu trabalho à procura de um apartamento é que eu percebi o quanto você é bonita, eu já estava meio desiludido com o casamento, juro que quase te convidei para passar o fim de semana no Litoral Norte.
Sandra – Mas você ainda estava casado.
Luiz – Um homem sabe quando o casamento só depende do tempo para acabar.
Sandra – Por que a nossa primeira noite tem que ser em pleno mar?
Luiz – O mar é o refúgio dos cantores, pescadores, poetas e apaixonados. Eu estou cantando tudo isso por você. Quero cantar para te alegrar, atrair você para a minha rede, fazer poesia para você, para o mar, essa lua... E me apaixonar cada vez mais por você.
Sandra – Você se esqueceu do louco...
Luiz – O louco está encravado no apaixonado, eles andam de mãos dadas.
Sandra – Você não tem medo de amar de novo?

Luiz – Eu tenho medo de não amar... E você?
Sandra – Eu ainda tenho medo, já sofri muito por amor.
Luiz – Deixa eu tirar a sua roupa que o medo sai junto com ela.
Sandra – Vá devagar, o meu coração está desacostumado, frágil...
Luiz – É bom assim, ele vai se acostumando aos poucos, depois a gente se gruda um no outro.
Sandra – Você vai me fazer feliz?
Luiz – Nós dois vamos lutar pela nossa felicidade...
Sandra – Apesar do vento, o teu corpo continua quente.
Luiz – Esse calor dele é para aquecer você.
Sandra – Ai, como é bom abraçar você...
Luiz – Te tocar é melhor ainda, vai deitando devagar...
Sandra – Eu já lhe falei para ir com calma.
Luiz – É você quem dá as ordens. Naquele dia na cadeia eu queria muito fazer tudo o que estou fazendo agora.
Sandra – Eu acredito, você não tem juízo.
Luiz – Quem manda você ser bonita, atraente e com essa cara de gatinha manhosa?
Sandra – Essa é a madrugada mais feliz da minha vida... Deixa eu te amar, nunca fuja de mim, quero te fazer feliz.
Luiz – Calma, Sandra, a noite é uma criança e a gente é um casal recém-nascido.
Sandra – Eu sei, mas tudo agora é inesquecível, eu olho o seu rosto e vejo um homem me enchendo de amor e muito prazer, à minha frente está um céu cheio de estrelas e uma lua linda me olhando e abrilhantando nosso primeiro encontro, viro para o lado vejo esse mar se balançando com suas ondas suaves, esse vento beijando nossos corpos... Tem momentos que penso que é um sonho.
Luiz – Quando o sol nascer, a gente vai estar pronto para viver uma grande paixão, daí em diante eu não quero ficar um dia sequer longe de você. Sonhei em ter uma pessoa para amar de novo e essa pessoa é você, Sandra.

Depois de um tempo fazendo amor, o casal resolve tomar vinho que compraram em Salvador.

Sandra – Eu não sei se essa é a hora exata para te falar, mas parece que achei a resposta para a insistência da Carla não desistir de você.
Luiz – Sandra, eu não gosto de falar da Carla...
Sandra – Eu sei, calma, deixa eu te explicar uma coisa: eu nunca tive uma transa sequer parecida com a que acabamos de ter. A gente usou camisinha e para

mim era carne na carne, é bem diferente... Você me entende?

Luiz – O que a Carla tem a ver com isso?

Sandra – O teu calor é diferente, é algo que queima a gente por dentro e aumenta a temperatura da mulher, acabamos de transar há pouco tempo e eu já quero mais, isso ainda na primeira noite, imagine a sua ex-mulher que conviveu mais de dois anos com você. Acho que ela é dependente do teu sexo.

Luiz – É aí que mora o perigo. Tinha que ver isso antes e não depois de me trair com outro homem e de tanta coisa ruim que aconteceu.

Sandra – Eu sei, talvez te falando isso você possa entendê-la.

Luiz – Agora é tarde, a única mulher que eu quero entender é você, Carla é passado e ponto final.

Sandra – Eu posso contar com você no futuro?

Luiz – Eu não vivo o futuro, vivo o agora porque é o presente que está ao meu alcance, já o futuro não vai poder vir aqui e me dizer se ele será melhor, pior ou igual ao presente.

Sandra – Só que o futuro é você próprio, sem você o Calabar jamais entraria para a história mais recente de Salvador.

Luiz – Eu não sou e não quero ser o futuro. Fiz na comunidade o que muita gente tentou e não conseguiu fazer, apenas tentei melhorar as cabeças daquelas crianças ensinando para elas que existem músicas mais bem elaboradas que as que costumavam ouvir sempre.

Sandra – É por isso que você é o futuro, ensinou às pessoas a ver coisas que elas não acreditavam que existissem, que a vida por mais dura que seja tem um jeito e talvez seja por isso que foi traído e depois preso.

Luiz – Você está me chamando de revolucionário?

Sandra – Antonio Conselheiro foi traído e virou beato que protestava contra a monarquia e você está prestes a virar um cantor de reggae, estilo musical que tem na sua raiz e na essência a questão social e política.

Luiz – Você quer dizer, a paranoia do racismo?

Sandra – Hoje, o racismo é coisa do passado. Quando os negros formavam a camada mais pobre das Américas, você podia falar em racismo, agora é o preconceito social quem dá as cartas, tanto faz ser negro ou branco, se for pobre não tem vez para ingressar na sociedade rica ou melhorar suas condições de vida.

Luiz – Se Castros Alves fosse vivo, hoje ele teria que criar a poesia da maldita pirâmide social, a camada de baixo seria equivalente ao Navio Negreiro, a diferença ficaria na mistura de brancos e pretos, todos pobres miseráveis sendo pisados por quem está na camada de cima.

Sandra – Perfeito, meu amor, agora chega de conversa social, quero te encher de beijos outra vez, quero te amar até o dia amanhecer...

Neste momento, no Calabar, Fátima Pires e Joana Dark estão conversando na laje e observando o movimento dos becos, enquanto seu Paulo, dona Catarina, Sérgio das Flores, dona Quitéria, Mestre Canário e dona Graça estão no terraço curtindo a noite.

Fátima – Eu sinto muito o que está acontecendo com a Carla, é certo que ela errou, mas merecia uma chance do Luiz.
Joana Dark – Isso que você sente agora é apenas remorso Fátima.
Fátima – Pode parecer isso, mas não é. Agora eu vejo a vida de outro ângulo, aprendi que há amor entre as pessoas e às vezes a gente ignora.
Joana Dark – Credo, mulher, vai virar dondoca?
Fátima – Não, eu vi o Chico chorando, foi pior que vê-lo ser algemado pela polícia. Naquele instante parei e pensei o quanto somos frágeis e inúteis quando desprezamos o amor.
Joana Dark – Até que lhe dou um pouco de razão, eu só não quero te ver aí se lamentando das coisas que a vida não pode te proporcionar.
Fátima – Eu não tenho muito o que lamentar, porque você é hoje a minha principal fortaleza, sem você para me apoiar eu não sei o que seria da minha vida, sem Chico, sem amigos e sem a amizade da Carla.
Joana Dark – Vocês chegaram a falar em romper a amizade?
Fátima – Não, mas eu sei que a partir de agora ela vai querer ficar distante de mim.
Joana Dark – Quer um conselho?
Fátima – Pode mandar, sei que vai ser pesado, estou preparada.
Joana Dark – Evite passar muito tempo perto da Carla, mantenha um pouco a distância sem desfazer a amizade, o episódio seu com o Luiz abriu uma ferida dentro dela. Por mais que você tente disfarçar, falar outras coisas, a lembrança da transa que você teve com o ex-marido dela vai sempre bloquear a entrada da confiança. Você é uma pessoa amorosa, não vai se sentir bem querendo ser amiga de uma pessoa que não confia mais em você.
Fátima – Obrigada por essas palavras, realmente eu aprendi muito a gostar da amizade da Carla, sinto muita falta da nossa amizade...
Joana Dark – Não chora, põe a cabeça em meu ombro, isso menina, não chora, eu estou ao seu lado... Calma, fica tranquila que a vida nos ensina a dar a volta por cima.

Enquanto isso, no terraço de dona Catarina...

Seu Paulo – Faz muito tempo que a gente não se reúne para bater papo, tocar sambas e tomar umas cervejas.
Canário – Agora nós temos motivo para fazer isso. Quando o Luiz voltar da viagem nós vamos organizar outra noite dessa.
Dona Quitéria – O danado vai mesmo namorar aquela jornalista?
Dona Catarina – Vai, sim, veio pedir permissão para mim e ao Paulo. Fiquei feliz em ver que ele ainda estima a gente e muito.
Sérgio – Eu nunca vi um garoto como aquele Luiz, respeitador, trabalhador e amoroso, ele foi visitar os colegas de trabalho, foi à igreja do Bonfim agradecer por estar solto e ainda tem na mente a consideração por você e pelo Paulo. Que menino de ouro!
Dona Graça – Seus filhos estão voltando da rua, até isso voltou a acontecer no Calabar, parece que as pessoas agora se sentem mais seguras.

Pedro, Lúcia e Carla Almeida estão de volta do cinema e deram uma passada no Rio Vermelho para bater papo e falar da volta do Luiz Silva. Eles sobem e pedem para os amigos de seu Paulo se retirarem que Carla quer conversar com seus pais.

Pedro – Gente, a Carla precisa falar com nossos pais, vamos fazer umas caipirinhas na cozinha e quando eles terminarem a conversa a gente se junta e a festa continua.
Lúcia – Dessa vez vai ser coisa boa, vamos descendo pessoal...
Dona Catarina – Segura o Sérgio para ele não rolar pelas escadas.
Seu Paulo – Cuidado para ele não colocar umas garrafas no bolso.
Sérgio – Deixa eu voltar que te dou a resposta, seu velho barrigudo.

Todos descem e ficam apenas a filha caçula da família Almeida e seus pais.

Carla – Primeiro, eu quero pedir desculpas pela confusão da última tarde, me perdoem, ando muito irritada ultimamente.
Seu Paulo – A gente já estava pensando em conversar com você, já que tomou a iniciativa, comece você a falar.
Carla – Eu estou com um pequeno problema e quero que vocês fiquem sabendo. Não consigo esquecer o Luiz, com esse namoro dele com a Sandra perdi a cabeça e acabei até gritando com vocês dois.
Seu Paulo – Pode ficar fria, Catarina, dessa vez ela não veio com chumbo grosso.

Dona Catarina – E quem foi que disse que eu tenho medo da minha filha? Foi a Lúcia que inventou aquela história da água.

Carla – Posso abraçar vocês dois?

Seu Paulo – É claro que pode, fala o que é que o Luiz ainda faz no seu coração.

Carla – Pai, ele faz ginástica dentro de mim. Ainda não consegui esquecer o pai do meu filho.

Dona Catarina – É castigo, Carla, vai à missa e se confessa para o padre.

Carla – Acho que é amor mesmo, mãe, eu só quero agora é ocupar a minha cabeça com algo útil para poder dividir o meu tempo com esse sentimento.

Seu Paulo – Você precisa é esquecer o Luiz de uma vez por todas, a qualquer momento ele vai querer se casar com a Sandra e você não vai aguentar essa dor.

Carla – Eu não quero esquecer o Luiz, quero continuar amando ele até o fim da minha vida.

Dona Catarina – Concordo que você não vai dar muito certo com outro homem, mas essa ideia de continuar amando um homem que já é de outra mulher pode até te enlouquecer.

Seu Paulo – Outra coisa que acho complicado é essa ideia de você não retirar a aliança depois da separação.

Carla – Eu uso a aliança para me defender do assédio dos homens que insistem em se relacionar comigo. Mãe, Luiz foi deitar-se com outra mulher e eu fiquei sozinha. Me lembro que antes dele o meu corpo ainda era juvenil, eu já havia feito amor, mas o outro homem não me tocou da mesma forma que ele quando me possuiu. Aquele negão me fez mulher, meu corpo pariu por causa dele. Só que eu esqueci que o amor não bloqueia intrusos, deslizei, fiquei com outro homem e nesse vacilo feri quem eu mais amava, quem mais me amou, hoje sei que o amor de Luiz por mim foi verdadeiro. Infelizmente, deixei outro usar o meu corpo, a coisa que ele mais venera em mim, ele me ama ainda, mas nega o sentimento que lhe arde a alma por dentro. Eu não quero que o meu sentimento vá embora, o que sinto é lindo demais para morrer assim sem eu lutar para recuperar o meu grande amor, só o tempo pode me ajudar, conto com ele para esquecer o meu negão ou para partir de vez para os braços de outro homem. É por isso também que ainda uso a aliança, quero dar um tempo para ver o que vai acontecer.

Dona Catarina – Até que eu concordo com essa barreira que a aliança forma para você. Mas e a sua cabeça minha filha?

Carla – Eu quero criar uma escola para dar aulas de informática na Associação de Moradores, vou ensinar essas donas de casa e as mulheres jovens como acessar a Internet, inclusive quero que a senhora seja a minha aluna predileta.

Dona Catarina – Isso é pretexto para ficar perto do Luiz na Associação, não vai dar certo.

Carla – Não é nada disso, mãe, o Luiz já disse que vai transformar o térreo da casa dele na Escola de Música Marlene da Silva, a gente nem vai se ver direito porque ele vai estudar à noite.

Seu Paulo – É verdade, Catarina, se Luiz vai estudar pré-vestibular à noite não tem como eles se encontrarem e a ideia da nova Escola de Música vai ser colocada em prática assim que ele voltar de viagem.

Dona Catarina – A Lúcia me confirmou essa sua ideia de você não querer homem nenhum por causa do que sente por Luiz, isso é o que mais me preocupa.

Carla – Pode ficar sossegada, mãe, eu não vou mais trazer dor de cabeça para vocês dois. Se um dia pintar um cara que me faça mudar de ideia eu vou tentar outro relacionamento, caso contrário prefiro ficar sozinha. Me casei muito bem, mas fui brincar com fogo e saí queimando e machucando as pessoas que eu mais amo, que é toda a minha família, meu filho e o pai dele. Agora sei o quanto vale a gente andar na linha, respeitar as outras pessoas e ser respeitada.

Seu Paulo – Eu pensei que você havia perdido o bom-senso, mas ele ainda mora dentro de você.

Dona Catarina – Para de chorar, minha filha.

Carla – Eu preciso deixar as lágrimas rolarem, me lembro daquela noite em que eu briguei com aqueles policiais, foi ali que a minha consciência voltou à tona. Coloquei a mão na cabeça e me perguntei onde eu estava quando deixei uma paquera se transformar em uma tempestade sem limites, naquele dia eu vi a namorada do Luiz e entendi que quem errou fui eu e que jamais deixaria a minha vida e a de vocês virar um inferno.

Dona Catarina – Você sabe que a gente reclamava com você, mas nunca deixamos de lhe amar.

Carla – Felizes são aquelas pessoas que têm alguém para reclamar, fazem a gente achar o controle de novo, se vocês e o Pedro não insistissem tanto que eu poderia resgatar a minha dignidade e o respeito eu não reencontraria o meu caminho.

Seu Paulo – Se é essa escola de informática que você quer como estímulo para se restabelecer, conte comigo! Vou pedir uns computadores usados na prefeitura e semana que vem a gente já monta a sua sala de aula.

Carla – É disso que eu preciso, pai, quero que essas senhoras que me viram pequena virem as minhas alunas, a inclusão digital delas vai me dar forças para a minha restituição.

Dona Catarina – Tem duas velhas chatas lá embaixo que eu vou fazer questão de levar para fazer matrículas.

Seu Paulo – Só tem um problema, vocês não podem ficar usando o computador para fazer receitas de bolo. Informática é coisa séria, Catarina...

Carla se afasta de seu Paulo como querendo escapar dele e fala.

Carla – Pode, sim, as alunas são minhas e quem vai determinar as aulas sou eu.

Seu Paulo – Segura essa menina, Catarina, vou dar umas palmadas nela. Onde já se viu uma professora desviar as aulas de informática para fazer receitas de culinária?

Dona Catarina – Quem está precisando de uma surra é você e o Canário. Quero aquela sala arrumada para minhas aulas de computador na segunda-feira, caso contrário eu vou colocar vocês dois de castigo.

Carla – Chega de brincadeira, pai, vamos descer que o Pedro quer fazer uma festa...

A INSPIRAÇÃO

Inspirado na cultura dos bairros de Salvador como Liberdade, Garcia, o próprio Calabar, na Bahia como um todo, seus blocos afros, sua gente, seus costumes, seus artistas, suas artes em qualquer segmento: plásticos, visuais, cênicos, artesãos, literários e músicos, aos muitos artistas da música baiana. Inspirado no Pelourinho, nos Filhos de Gandhi que rasgam as ruas de Salvador como um tapete branco clamando pela Paz e aos seus batuqueiros, nas praias de Salvador e seus coqueiros a balançar em frente ao mar, inspirado no Olodum, Ilê Ayê, Muzenza, Ara Ketu, Malê Debalê, Timbalada de Brown, no carnaval de Salvador, no reggae de Edson Gomes e nas letras de Extra, o antológico e politizado de Gilberto Gil.

DEDICATÓRIA

Este livro é dedicado a todas as pessoas que cercam a vida do autor, às memórias do seu pai Pedro Francisco e Ayrton Senna da Silva, ao volante Mauro Silva e aos seus companheiros que devolveram alegria dos brasileiros de torcer pela vitória do Brasil numa Copa Mundial de Futebol. Dedicado aos líderes comunitários de todo o Brasil que, assim como o personagem Luiz Silva, lutam para dar dignidade às nossas crianças pobres que a corrupção dos políticos brasileiros levou para o esgoto.

Dedicado ao Ministro da Cultura, Gilberto Gil, pela coragem de ir às comunidades para incentivar os artistas, prestigiar e divulgar a cultura dos menos favorecidos.

Dedicado a todas as comunidades em que o autor deste livro viveu: Santa Cruz, Vale das Pedrinhas, Mata Escura e o próprio Calabar, onde morou durante 21 dias, todas situadas em Salvador. Ao Vidigal, onde morou ao migrar para o Rio de Janeiro e à comunidade da Rocinha onde vive até a data da conclusão desta obra.

AGRADECIMENTO

Agradeço a Deus pela generosidade concedida à minha inquieta mente e pelo quente coração apaixonado por tudo que faço; ao mestre Jorge Mautner pelo incentivo à minha carreira e prefácios das duas obras que publiquei; à minha mulher, meus filhos, meus colegas de trabalho, minha família na Bahia, aos amigos que aceitaram o desafio de colaborar com esta obra; aos leitores de "O Veludo e o Espinho"; Michele Rocha, pelo seu empenho no projeto deste livro junto à secretaria de Estado de Cultura do Rio de Janeiro

Esta obra levou exatos quinze meses para ser concluída, esse tempo é contado do começo da escrita em rascunho no sábado, 14 de maio de 2005 até o final da sua digitação em agosto de 2006.

Rio de Janeiro, 15 de agosto de 2006.

Joilson Pinheiro

COLABORARADORES

Jorge Mautner
Antonio Carlos
Luciana Abreu
Alexander Prazeres
João de Abreu Borges
Duda Peçanha
Caroline Paz
Tatiane Gomes
Lenke Pentagna

CONTATO

veludoeespinho@yahoo.com.br

azougue editorial